新潮文庫

晴子情歌

上巻

髙村 薫著

新潮社版

9686

目次

晴子情歌

上巻

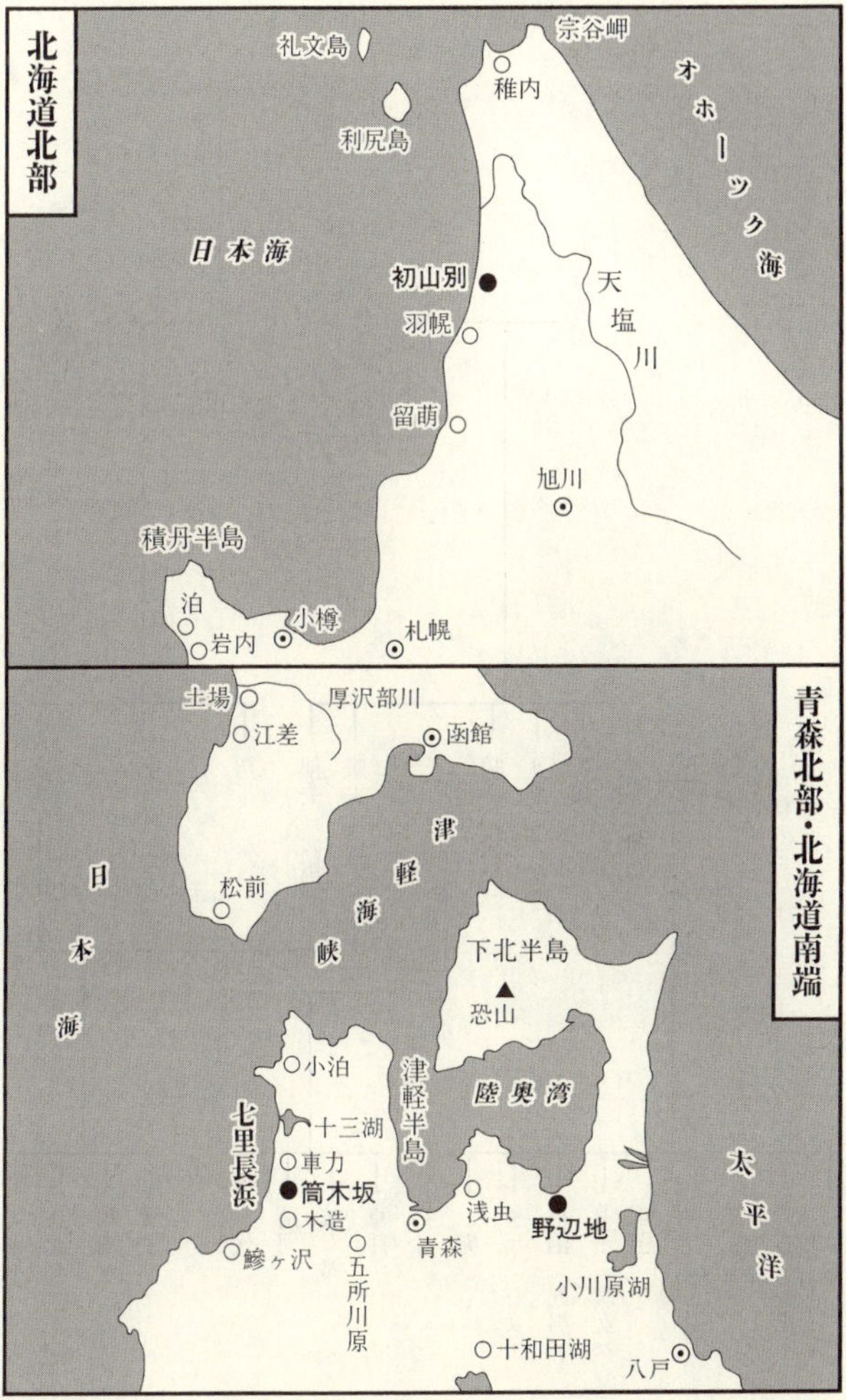

北海道北部
礼文島
宗谷岬
稚内
オホーツク海
利尻島
日本海
初山別
天塩川
羽幌
留萌
旭川
積丹半島
泊
小樽
岩内
札幌
青森北部・北海道南端
土場
厚沢部川
江差
函館
津軽海峡
日本海
松前
下北半島
恐山
小泊
津軽半島
陸奥湾
七里長浜
十三湖
車力
筒木坂
木造
浅虫
野辺地
太平洋
青森
鰺ヶ沢
五所川原
小川原湖
十和田湖
八戸

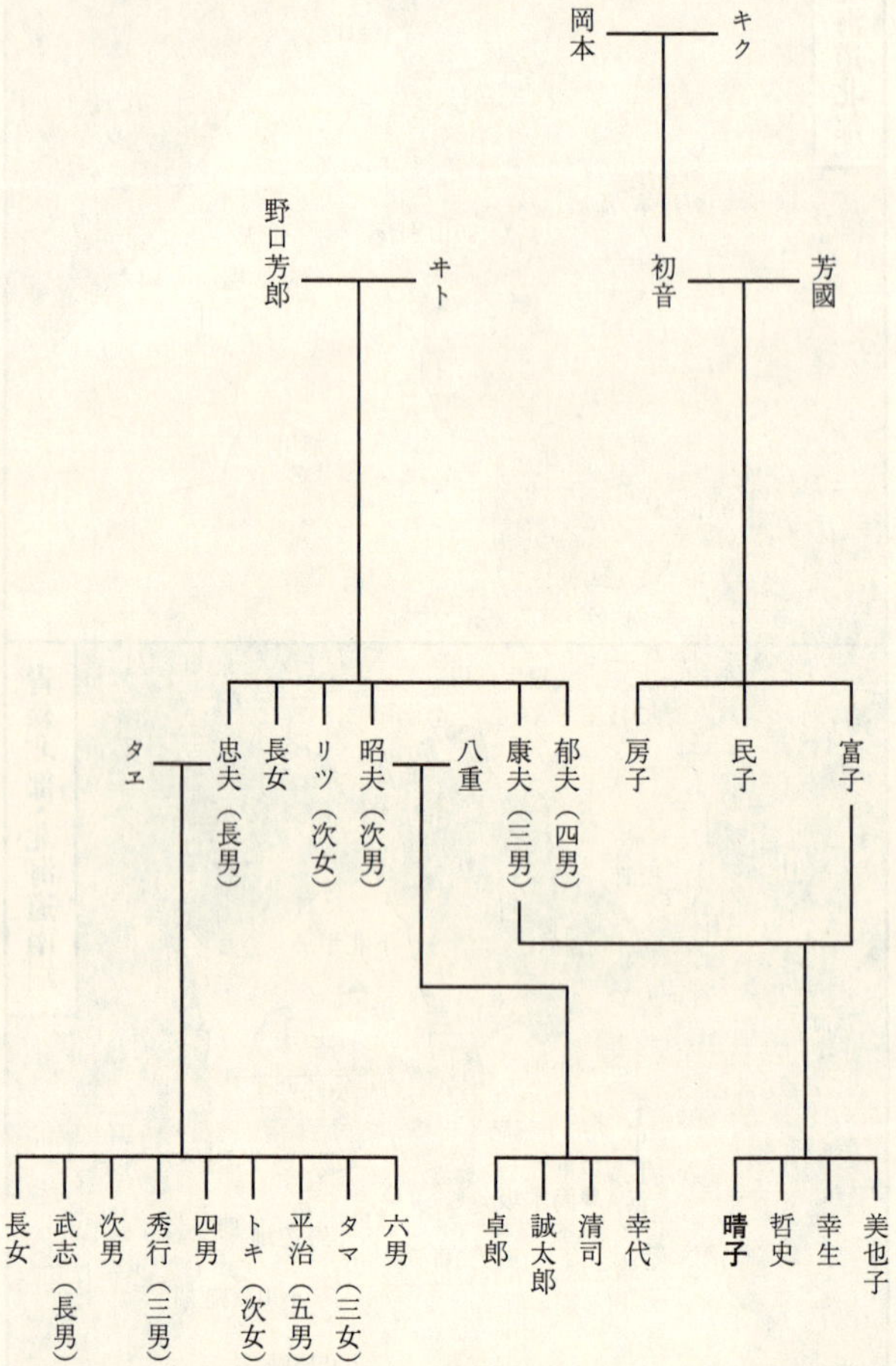
キク
岡本
芳國
初音
キト
野口芳郎
富子
民子
房子
郁夫（四男）
康夫（三男）
八重
昭夫（次男）
リツ（次女）
長女
忠夫（長男）
タヱ
美也子
幸生
哲史
晴子
幸代
清司
誠太郎
卓郎
六男
タマ（三女）
平治（五男）
トキ（次女）
四男
秀行（三男）
次男
武志（長男）
長女

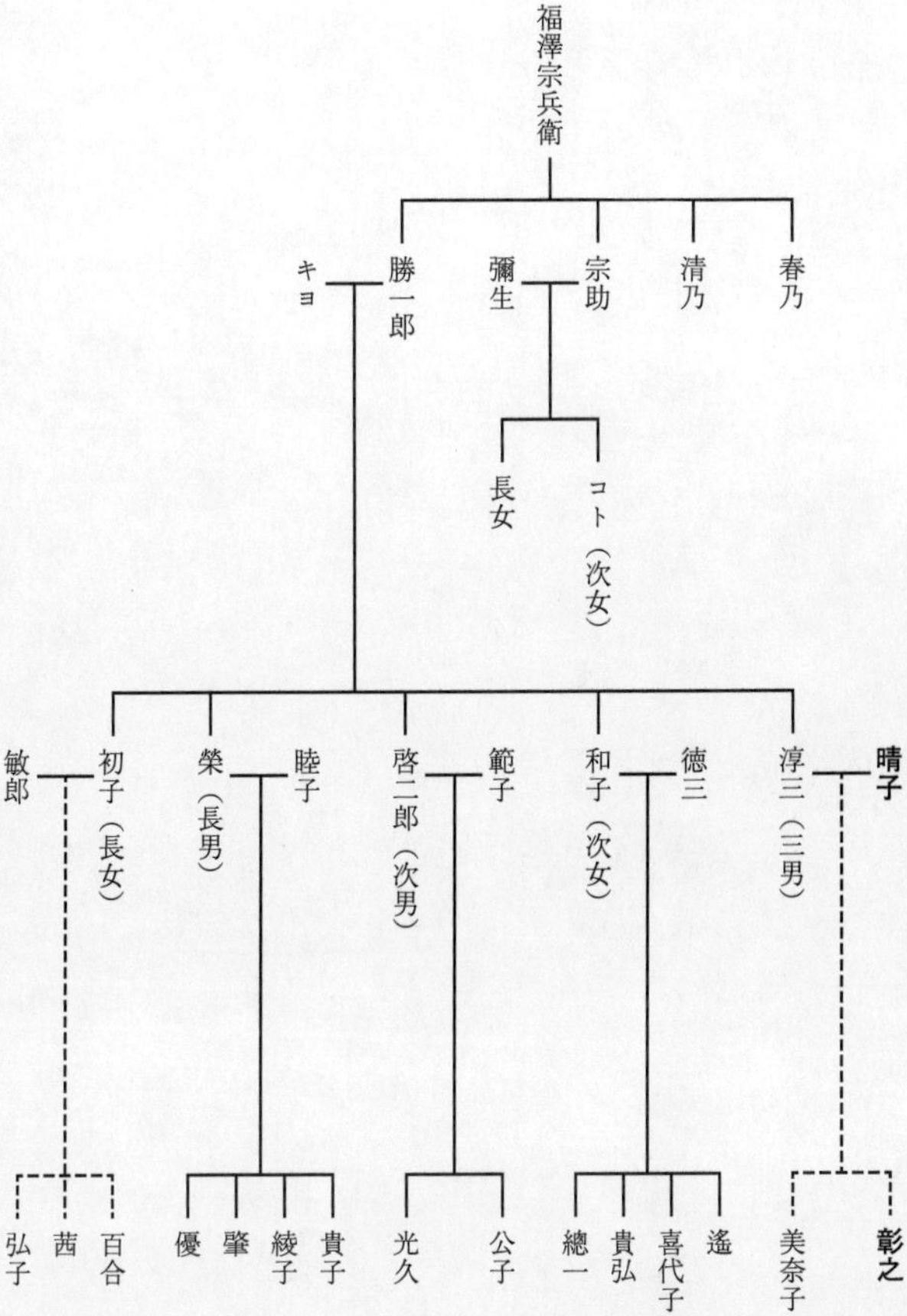
福澤宗兵衛
春乃
清乃
宗助
彌生
勝一郎
キヨ
コト（次女）
長女
晴子
淳三（三男）
徳三
和子（次女）
範子
啓二郎（次男）
睦子
榮（長男）
初子（長女）
敏郎
彰之
美奈子
遙
喜代子
貴弘
總一
公子
光久
貴子
綾子
肇
優
百合
茜
弘子

第一章　筒木坂《どうきざか》

I

晴子はこの三百日、インド洋にいた息子の彰之《あきゆき》に宛てて百通もの手紙を書き送り、息子のほうは、それらを何十回も読み返してもうほとんど文面を諳《そら》んじていたが、いまもまたそのなかの数通を開き、読み始めると、いつものように意識の周りに暗黒のガスが沁《し》み出した。またその昏《くら》いガスのなかでは、今日はどこかで火が焚かれているのか、やがて一人の雲水《うんすい》が墨染めの衣を赤黒く照り輝かせて蹌踉《そうろう》と現れ、通りすぎていったが、目を凝らすと網代笠《あじろがさ》の下のその顔こそ暗黒の穴なのだった。そうしていまも、彰之は寝入ろうとしていたのか、目覚めようとしていたのか。

『拝啓

貴方《あなた》の船はもう赤道を越えましたか。いまカレンダーを見て日数《ひかず》を数へ、丁度そんなころではないかと思ひました。

貴方が發《た》つてから、とき〲赤道の海がどんなものか想像しようとするのですが、こゝでは何も思ひ浮かびません。しかし昨日は、郵便局に行つた歸《かえ》りに『熱帶の生き物』と云ふ圖鑑《ずかん》を圖書館《としょかん》で借り、モンスーンの仕組みを知りました。晝《ひる》も夜もなく海が熱せられ、そこから立ちのぼる熱い空氣が水蒸氣に變《か》はり續《つづ》け、强大な雲が生まれ續けると云ふのは如何《いか》なる光景でせうか。

ところで今日、お晝をすませて居間に獨《ひと》りで坐つてゐたとき、邊《あた》りが急にしんと冷えてきて物音が途絶えると、私はふと野口の家に居るやうな氣持ちになりました。私は筒《どう》木坂《きざか》の夢を見てゐたのです。

夢のなかでは先《ま》づ、風の音がすぐ傍で聽《き》こえ、私はその風の下で眠つてゐるのでした。息が長く甲高く、か細く鋭く、どこまでも續いていく歌の節のやうな風の音です。

やがて私は目を覺《さ》ましましたが、一寸《ちょっと》目が潰《つぶ》れたのかと思ふほど邊りは暗く、自分がどこにゐるのか分からずに暫《しばら》くぼんやりしてゐました。續いて眩しい光に氣づいてそちらへ顏を向けると、大きな四角い光の枠があります。白いと云《い》ふか銀色と云ふか、くつきりと漆黑のなかから切り取られたやうな鋭く四角い光で、私は咄嗟《とっさ》に宇宙船の窓だと思ひました。丁度前の晩、風の音で眠れないと云ふ弟たちにジュール・ヴェルヌの火星旅行の話をしてやつたところでしたから。

かう云ふと一體《いったい》何を見たのかと思はれるでせうが、光の枠の正體《しょうたい》はたゞ、半分ほど開け放たれた戸板でした。その向かうで光つてゐるのは、土の黑と雪の白が混じり合つた畑です。一面の畝《うね》が續いていく先は靄《もや》のなかで、その靄も薄い銀色です。夜の間ぢう聽こえてゐた風の音はなく、人の姿もなく、動くものもありません。そのとき私は、白と黑の畑の畝の單調な直線を見てゐましたが、それが何かとも思ひ至らず、たゞ目の前に開いた光の穴を覗《のぞ》いてゐるやうだと感じてゐただけです。

それから背中や腰が重く疼《いた》み、起き上がると、私の手に觸《ふ》れた冷たい塊はざら〳〵した板間と蒲團《ふとん》でした。近くの暗がりのなかには、まだ寢てゐる弟たちと妹がをり、奥にはさらに暗い土間があり、みな冷え切つてゐて家の中はたゞしんとしてゐます。私はそこでやうやく少し頭がはつきりしてきて、こゝは昨日東京から着いたばかりの野口の伯父の家だと氣づくのです。

さうして私は、なぜ自分がこゝに居るのかを思ひだし、昨日迄《まで》とは全く違ふ生活のなかに居ること、ひどく空腹で胃がしく〳〵してゐることなどを思ふのですが、夢のなかの私に感情は無く、悲しいとも感じません。それよりも、板壁や梁《はり》や天井に圍《かこ》まれた漆黑はなほも鮮やかに濃く、私はそこにくつきりと開けた四角い光の枠にぢつと見入ります。畑の畝は光りながらうねる謎のやうで、その上を白や灰色の濃淡のある靄が這《は》ふやうに動いていきます。それはたゞ靜かで、うつくしいとか寂しいとか云ふ言葉は一つも浮かんで來ず、一昨日迄住んでゐた本郷の町家や通りを思ひだすことさへなく、息をしてゐるのは、昨日迄の私ではない清涼な何者かでした。私は、知らない土地に着いたばかりの宇宙船のなかにゐるのだと自分に云ひ聞かせ、大きな四角い光の枠を前に坐りなほします。そして、こゝが好きだわと思ふのです。

夢はこゝで終はります。

その後、また暫く風の音を聽きながら穩《おだ》やかに覺醒《かくせい》した私は、これはほんたうの話だらうかとしばし考へたのですが、どうしても分かりません。夢の中で起き拔けに板間に觸れたときのざら〳〵した感觸《かんしょく》がなほも手指に殘《のこ》つてをり、頭ではなくその手指が何かギュッと詰まつた異物のやうな悲しさを訴へてゐるかのやうでもありましたが、それこそ夢の名殘であつたのでせう。しかし野口の家には昔、確かに裏の畑に向かつて開かれた寢間があり、家のなかがひどく暗いので、戸板を開け放つとその開口部はいつも、四角い光の枠のやうにきりゝとした明るさになるのでした。いま思ふと、うつくしい明暗であつたやうに感じられます。

ところで前段の夢は、昭和九年三月の話です。貴方が小さいころに何度か話したことがあると思ふのですが、このとき私の父の康夫は東京での生活に見切りをつけ、四人の子どもを聯《つ》れて筒木坂の實家《じっか》に戻つて來たのでした。しかし父は、私たちを野口の祖父母と伯母に預けると、その日のうちに伯父と一緒に初山別《しょさんべつ》の鰊場《にしんば》へ發《た》つて行きましたから、夢のとほり、筒木坂での最初の朝を子どもたちだけで迎へたのは確かです。しかもその朝、野口の大人たちと年長の従兄《いとこ》はすでに畑の田起こしと草刈りに行き、年下の子どもたちも小學校へ行つた後で、私たちが起きたときには家は空つぽだつたのでした。いえ、正しくは土間の竈《かまど》の間仕切りの向かうの厩《うまや》から馬の頭が三つ覗いてゐましたが、馬たちもまた白い息を音もなく吐くばかりで、蹄《ひづめ》の音一つ立てようとしません。かうして思ひだしてゐると、不思議なことにその朝私たちが何をしたかが次々に浮かんできます。

私は家に誰もゐないと分かると、十一歳の哲史《てつし》と九歳の幸生《ゆきお》と六歳の美也子《みやこ》を起こし、急いで着替へをさせました。初めての家で寝坊をすると云ふのも情けない話ですもの。私はもう數への十五歳でしたから、差しあたり弟妹たちに食べさせるご飯があるのか否《いな》か、今日明日何をしたらいゝのかと考へるのですが、その端から父の顔が浮かんできたり、それにしてもこゝは物置よりひどい家ぢやないと思つたりでした。さうして眞劍《しんけん》に考へるべき事柄はみな、頭の入口で立ち往生してゐたと云ふのが正しいのでせう。もしも私が物事をぢつと考へる性格だつたら、惨《みじ》めでゐられなかつたでせうが、私は小さいころから、何しろ悲しいことを考へるのが苦手でしたから。

しかし正確に云ふと、そのとき野口の家は空つぽではありませんでした。蒲團を片付けてゐたとき、突然土間に十歳くらゐの歳恰好《としかっこう》の女の子が立つてゐたのです。見ると、前の日に會《あ》つた野口の従兄弟《いとこ》たちとは顔立ちが違ひますし、私は先づ、この家には全部で何人子どもがゐるのだらうと感嘆してしまひました。後で、それは近所の家から子守に來てゐた女の子だと分かりましたが、紺地の木綿の刺し子の小衣《こぎん》を着て赤ん坊を背負ひ、赤い足袋《たび》を履いてゐたその姿を、私はいまもはつきりと思ひだすことが出來ます。足袋の赤は柘榴《ざくろ》の色で、あかぎれでかさ〳〵した頰の赤はさくらんぼの色の斑《まだら》です。そのふつくらした頰をほころばせて、彼女は私たちを見てゐたのでした。

「あなた、誰？」と私が云ふと、彼女はそれには應《こた》へず、たゞ噴き出すやうにフフッと樂しげに笑ひました。それから彼女は私たちに手招きをして臺所《だいどころ》の土間へ出て行き、竈の釜の蓋を開けて「婆《ば》さまがこれ食《け》へろつてした」と云ひ、くゞり戸から表へ出て行つてしまひました。祖母が野良に出かける前に殘しておいてくれたのは、粟《あわ》に米を混ぜた淡い黄色のカデ飯《めし》と大根の漬物でした。女の子も、赤い足袋も、竈の溫かい黄色のご飯も、何だか魔法のやうでした。他にも、土間の大きな水瓶に驚いたり、突然馬がヒヽンといなゝいたかと思ふと厩のどこからか鶏が飛び出してきたり、話せばたくさんあるのですが、ともかくさうして私たちはご飯を食べ、ひと先《ま》づお腹もくちくなると、私はすぐに海を見に行かうと決めたのでした。父から筒木坂は海に近い村だと聞いてゐたのに、前の日は五所川原《ごしょがわら》から筒木坂へ到る道々つひに海は見えず、がつかりしたからです。

私は早速、三つ編みを結ひなほして自分の髪を整へ、弟妹たちにオーバーコートを着せました。哲史と幸生のコートは、水兵さんのやうな紺色の羅紗《らしゃ》の生地で金ボタンが付いてをり、美也子のは淡い草色で、かはいゝケープが付いてゐました。そして、私のコートは水色です。丸い襟《えり》で比翼《ひよく》仕立てになつてをり、裾まで襞《ひだ》がゆつたりと流れるやうな型は、一寸『少女畫報《がほう》』の插繪《さしえ》のやうでしたが、元はと云へば、亡《な》くなつた母が最後の冬に着てゐたものを市ヶ谷の伯母が一年前に仕立て直してくれたものです。かうして書きながらも私はその水色のコート一つをなぜか鮮明に思ひだし、何か胸が詰まるやうな感じを覺《おぼ》えるのですが、その理由を考へるのはいま少し後に囘《まわ》しませう。

ところでそのとき、また突然、あの女の子が土間の入口に立つてをり、私たちをぢつと見てゐたのでした。その目は異物を見るやうに硬い一方、どこか不思議さうでもあり、樂しげでもありました。私たちの裝《よそお》ひが、あまりに土地に馴染まないものであつたからでせうか。それとも、そのとき私が大人のやうに口紅を引いてゐたからでせうか。きつと兩方であつたに違ひありません。「あなたも一緒に海へ行かない？」と私が聲《こえ》をかけると、女の子はやはり應へず、今度は前とは少し違ふ嗤《わら》ひ方をしました。思ふに、含み嗤ひと云ふものであつたのかも知れません。そこで私は、何が可笑《おか》しいのかと少し不愉《ふゆ》快《かい》にもなり、もう誘ふまいと決めて「海はどつちへ行くの？」と尋ねました。すると女の子は、土間の入口の方向を指さし、またふいと身を翻《ひるがえ》しながら「行きてえけども行げね」と大人びた口振りで云ひ、出て行つてしまつたのでした。いつか、あらためて彼女の話をしようと思ひます。彼女はツネちやんと云ひ、當時《とうじ》の筒木坂で私が一番好きだつた女の子です。

しかし、さう云へばこんなふうに一つ一つ思ひだしながら、私はどこへ行かうと云ふのか、自分でも戸惑ひ、いま少し考へてしまひました。かうして思ひつくまゝに竝《なら》べてみる事柄はどれも、事實《じじつ》ではあるのですが、事實の全てではないからです。たとへばいまも、私は急に口紅のことを思ひだしてゐます。本郷の家から父に内緒で持ちだしてきたのは、キスミー化粧品の口紅や頬紅とウテナのコールドクリームで、それらはみな母の遺《のこ》したものですが、當時の私はすでにとき〴〵お化粧をして外出をしてゐたのでした。私の目は切れ長で二重ではありませんし、唇も鼻も薄くて愛嬌がないし、額は廣《ひろ》すぎるしで、少しくらゐ何か塗らなければ見られたものではありませんでしたから。

さうしてその日の夜、口紅を引いたまゝだつた私の顔を野口の大人たちや従兄弟たちがぢつと見てゐたこと、あへて口紅を落とさずに寝たことなど、留めどなく私の記憶のなかで話は繫《つな》がつてゆきます。しかし、少なくとも今日の私は、それらを事細かに泣べてみようと云ふ氣にはなりません。意思とは關係《かんけい》なく、出來ることならなほもこの手に殘つてゐる異物の感覺や四角い光の枠に留まり、抗《あらが》ふことなくどこかへ運ばれてゆきたいやうな心地のなかに私はゐます。私はいま、まだ夢の續きを見てゐるのでせうか。私と弟妹たちは野口の家を出發《しゅっぱつ》し、雪の殘る畑を歩いてゆくのです。

家のなかから眺めたのとは違ひ、ぢかに足で踏んでゆく畑の畝は雄々しい土塊《つちくれ》でした。その上に靄を透過してくる微かな日差しが映ると、土の黒が一層《いっそう》きはだち、空氣の冷涼とよく似合ひます。雪はざらめのやうな細かい穴だらけになつて緩《ゆる》み、踏むとザク〳〵音を立てます。そこから枯れ草が一本、また一本と立ち上がつてをり、弟妹たちは暫くの間それを踏みつけるのに夢中でした。

進むにつれて靄の向かうにあるものゝ姿があらはれ、僅かな茂みの影、まばらに植ゑられたか細い松の影などが浮かんでは遠ざかつてゆきます。四方に廣がる畑のなかに初めて田起こしの光景があらはれたとき、聲は聽こえず顔かたちも見えなかつたのですが、人も馬も、まるで私たち四人を驚いて眺めてゐるやうな感じでした。しかし、それもまた靄の中で光りながら消えてゆきます。振りかへるともう野口の家は見えず、濕《しめ》つた草の匂ひに滿ちた冷氣と靄が降りてくるばかりで、行く手の地勢も定かでなく、私は忽然《こつぜん》として宇宙船から降り立つた船長のやうな心地を味はひながら、自分がいまは確かに知らない土地に來たのだと云ふことを思ふのですが、夢のなかにゐるやうにやはり感情はないまゝでした。

やがて私たちは畑を過ぎて、雜木と下草に覆はれた林の中へ入つてゆきます。そこには私たちを迎へるやうに木々と下草の細いトンネルが續いてをり、弟妹たちはもう探檢ごつこのやうです。私たちが踏んでゆく地面はすでに土ではなく砂地に變《か》はつてをり、砂濱《すなはま》に立つ林だと私は思ひましたが、それは一寸不思議な風景でした。關東にはこんな林はありません。さうして進んでゆくうちに少しづつ靄は晴れてゆき、行く手が明るくなり始めると、突然風の音が傳《つた》はつてきます。前の晩、枕もとで聽《き》き續けた歌ふやうな節に、いまはすゝり哭《な》くやうな聲が混じつてゐましたが、確かに風の音です。海かしらと思ひ、私たちは走りだします。

そして間もなく林が途切れ、その先に山のやうな砂丘があらはれたときの驚きと云つたら！　その砂の山はなだらかな上り下りを伴ひ、見渡すかぎり續いてゐました。薄く被つた雪が風に巻き上げられて煙を上げてをり、さらに砂は別の煙になつてそれに重なり、滲みあひ、濃淡を作りながら流れてゆきます。その下では、未《いま》だ色のない草が間断《かんだん》もなく風になびき續け、砂丘そのものがうねりながら動いてゐるかのやうです。しかも、何と云ふ風でせう。それはもう鼓膜をぢかに震はし、ほとんど何も聽こえません。その風を見てゐるとき、ふいに「大氣の動亂《どうらん》」と云ふ言葉が一つ浮かんできましたが、『嵐《あらし》が丘《おか》』と云ふ小説のなかで、そこに吹く風のことをそのやうに書いてあるのです。まさに風の姿が小説家にそのやうな言葉を思ひつかせたのか、小説家のこゝろの有りやうが風の姿をそんなふうに見させたのか、どちらが正しいのかは私には分かりませんが、ともかくその外國の小説の感覺が突然身近になり、私はしばし言葉を失ひました。

私たちはすぐに砂で目が痛くなり、弟妹たちの顏を急いでマフラーで包んでやりましたが、私のはうはなほも砂丘を仰ぎ續けます。たゞ見たことがないものを見てゐたと云ふだけでなく、風も砂も草も先づ無邊《むへん》であり、世界にこれほどひろく靜かな土地があるだらうかと思ふと、その端から肌や臟腑《ぞうふ》がざわ〳〵してきます。もう日は高く、空もほんのりと光るやうに眩しく、風の覆ひを通した砂丘の稜線の向かうは、その下に光の塊が隱れてゐるかのやうにきら〳〵してゐます。そこにこそ海が潛んでゐるはずです。

私はさあ行かうと弟たちを促し、美也子の手を引いて歩きだしました。弟二人は何か文句を云ひましたが、海に着いたらキャラメルを上げると約束してやり、私は先に立つてどん〳〵進んでいきます。砂のせゐで足はゆつくりと運ぶほかなく、私たちはたゞ緩やかに上つたり下つたりしてゆくだけです。それにつれて視線もまた上がつたり下がつたりし、暫《しばら》く砂の壁と侘《わび》しげに生えた薄青の草を見續《みつゞ》け、立ち枯れた茅《かや》の間を這ふやうに上つてゆくと、今度は下り坂に變はつて急に空が開け、それを仰ぎながらまた草の底へ降りてゆくのです。その間、遠いと文句を云つた弟たちはもうそんなことも忘れたやうで、匍匐《ほふく》前進のまねをし、背丈ほどもある茅を振り回して遊び、少し離れた斜面に黒い野兎を見たときには歡聲《かんせい》を上げてゐました。初めはモグラかと思ひましたが、風を切るやうに長い耳を立てゝその生き物はこちらを見てをりました。それは直ぐに二、三度飛び跳ねて消えてしまひ、弟たちは追ひつきませんでした。

私はもう歩けないと云ふ美也子をおぶひ、さうしてさらに砂の山を進んでゆきながら、一體どんな時間の中にゐたのでせう。弟妹たちのことはもう頭になく、だからと云つて自分のことを考へてゐたと云ふのでもありません。私は無性にざわ〳〵するやうな心地のなかにをり、先《ま》づは昨日迄《まで》のこと、これからの生活のこと、冬まで歸《かえ》つて來ない父のことなど、次々に何ものでもなくなつてゆくのを感じます。私の身體《しんたい》はひどく清々としてをり、そこに穏やかな震へが起こつて、いまこゝにはない未來の時間がその一端をひらり、ひらり翻していくのですが、どんな未來かと云ふと何も分からないのです。十五歳の私にとつて、未來はたゞ茫洋とし、樂しいとか嬉しいとか云ふには遠い、放心するやうな輕やかさと一つであつたやうな氣がします。

私は斜面の途中に立つて振りかへります。緩やかに横たはる起伏と、その上を這《は》ふ薄青と褐色の一面の濃淡はなほも風に洗はれてをり、私はまた少し『嵐が丘』を思ひだします。私はキャサリン・アーンショーに生まれ變はり、鬱々とした思ひと強靭《きょうじん》な情熱を祕めていま、荒れ野に立つてゐるのです。愛しい人はこの邊《あた》りのどこかに隱れてをり、いまにも姿をあらはし、草の斜面を歩いて來るやうな氣がして、私は僅かに動悸さへ覺えます。その人はどんな姿をしてゐるのでせうか。背は高いでせうか。淺黑い精悍な肌でせうか、少年のやうな色白でせうか。いつかこゝで戀《こい》に落ちると云ふ唐突な空想はさうして私を夢中にさせましたが、一方では未だ形のない未來が、こゝでは一つ一つ未然に押し流されてゆくやうな豫感《よかん》にも襲はれ、私はその兩方の思ひの間に立つて邊りをぢつと見つめます。

私の目のなかで、薄青くくすんだ荒れ野はたゞ清々として鳴り續けてゐました。かの小説のやうに、戀人たちにも亡靈《ぼうれい》にもきつと似合ふに違ひない風と草の唸りでした。尤《もっと》も、そんなことを考へた短い間、私はまた一寸《ちょっと》夢のなかにゐたのでせう。私たちは先を急ぎます。行く手の方向から、低い地鳴りのやうな音が傳はり、潮の匂ひが強くなつてゆきます。さうして、もう忘れるくらゐ歩いた末につひに最後の頂上に立つと、そこからは緩やかに下つていく斜面を殘すばかりで、その先に眞つ白な水煙を噴き上げる海がありました。弟たちが「キャラメルだ！」と叫び、先を爭つて驅《か》け降りてゆきます。

私自身はたゞ目を見開き、耳をすませます。前方の海は、鈍く光りながら濱《はま》を覆ふばかりの波を繰りだして打ち寄せ、濱一面が飛沫《しぶき》とさらに細かい水煙の中にありました。眩しい白さは、まるで無數の光の點《てん》のやうです。濱は色がなく、海と砂丘の間に開いた水煙の靄の廊下のやうで、一體どこまで續いてゐるのか分かりません。その先のはうは半分明るく、半分翳《かげ》つてをり、空と陸の境も分かりません。

沖にはガスがかゝつてをり、薄い桃色と黄色に色づいて空と繫がり、そこからは仄かな日差しが透過してきて、ガスと海と濱の全部をぼんやり照らしてゐます。その遙か上方で鳴り續ける風音も、沖のはうから傳はつてくる轟音も、いまは少しくゞもつて響き、そこに打ち寄せる波の朗らかに高い音が加はると、まるで天と地が呼び合つてゐるやうに聽こえます。さらに私の空耳でせうか、そこにはやがてリン、リンと云ふ明るい鈴の音が混じり始め、初めは微かに響いてきただけでしたが、その音はしかし、遠くから確かに近づいてきます。

さうして突然、水煙の靄の濱にいくつかの人の姿があらはれたかと思ふと、それらの人影は、少しづつ間隔をあけてゆら〳〵と濱を近づいてくる行列の姿になりました。私は、海邊《うみべ》の蜃氣樓《しんきろう》を見てゐるやうな心地になり、さらに目を見開きます。いまはリン、リンと鳴り續ける音のほかに、ほーお、ほーおと云ふ齊唱《せいしょう》も聽こえてきます。私は靄のなかでゆらめき續ける人影を八つまで數へましたが、それは網代笠《あじろがさ》と墨染めの衣と白脚絆《しろきゃはん》と云ふ姿の人びとで、右手の小さな持鈴《じれい》を鳴らし、ほーお、ほーおと詠《うた》ふやうに長閑《のどか》でなほ鋭い喚聲《かんせい》を上げてゐるのでした。その行列の上に波しぶきの光の塊が降り、海と空から曇り硝子《ガラス》を通したやうな光が降り續けます。

私は、濱を走り回つてゐた弟妹たちをかき集め、横一列に竝《なら》ばせて手を合はさせます。私たちがさうして合掌する間、持鈴の音は次第に近づいてきて、澄みわたる響きはリン、リンと耳を穿《うが》つほどに高くなつてゆきます。やがて、それは私たちの直ぐ傍まで來て止《や》むと、間もなく今度は私たちの垂れた頭の上に、低く呟くやうな聲が降つてきました。ほんの短い間、意味も何も分からないまゝに、むへんぜいぐわん、むじんぜいぐわん、むりやうぜいぐわん、むじやうぜいぐわん、と云ふ不可思議な言葉の響きが私の耳に滲み込みます。そのときの心地を云ひあらはすなら、僅かに嬉しいやうな、樂しいやうな心地だつたと云ふところかしら。否《いな》、より正しくは、そこには同時に邊《あた》りがしんと冷えてゆくやうな、森閑《しんかん》として寂しい心地も混じつてゐたと云ふべきかしら。
行きずりの子ども四人に四弘誓願《しぐぜいがん》を唱へてくれた雲水たちは、さうして再び濱を遠ざかつてゆきました。リン、リンと鳴り續ける持鈴の音も、初めに近づいてきたときと同じやうに遠ざかつてゆき、私はなほも微妙な心地のなかで、どこへ行くとも知れないその行列を、姿が見えなくなるまで見送りました。弟妹たちはまた再び遊びに戻つてをり、いつの間にか海にかゝるガスは少しづつ晴れて邊りは明るさを增し、急に透明になつた風がひう〳〵節をつけて鳴りだします。その風音に負けじと波の音も一層高くなり、さうして濱を覆ふ飛沫には、いまは嬉々《きき》として笑ふやうな聲が混じり合ひ、輕やかにさんざめいてゐるやうに聽こえます。まるで、姿の見えない無數の幼い天女たちが虛空《こくう》に漂ひ、ひそ〳〵、くす〳〵と晴朗な笑ひ聲を立てゝゐるやうです。いま、濡れた砂に棒切れで線を引き、陣地取りをしてゐる弟妹たちには、聽こえてゐるでせうか。それとも私だけに聽こえるのでせうか。

彰之さん。知らぬ間に午前零時を過ぎてゐました。晝間《ひるま》あまりに生々しい夢を見て急に思ひたち、滅多に書かないことを書いてしまひましたが、あまり氣にしないで下さい。この邊《ま》りでひと先づ、夢もほんたうに終はりにします。今日はお父さまの定期檢診の日なので、朝一番に病院へ行きます。
貴方もどうか、くれ〴〵も身體を大切にして下さい。
かしこ
昭和五〇年七月十二日
野邊地《のへじ》にて　晴子』
福澤彰之様

2

風向きの具合か、一瞬、真空になった耳に草刈り機の滑らかなエンジン音が響いた。突然の人と物の気配は、風音に満たされて風洞になろうとしていた彰之の身体を驚かせ、自動的に音の聞こえてきた方角へ顔を振り向けると、まばらに低く傾いてうねるように立つ黒松の向こうの雪の残る薄い褐色の草地に、水色の軽四輪が一台見えた。

草刈り機とそれを動かしている男の姿はそこから少しせり上がった斜面にあり、背丈ほどに伸びて立ち枯れた茅《かや》の茂みに半ば埋もれていた。草刈り機の音は、牧草を刈る夏のそれとは違う響きで、まだ手指が凍るほどの四月初めには固く乾いた草が撥《は》ね飛ばされる高い金属音が混じり合い、ときどき金切り声を上げて鳴る風音と調子を合わせているかのようだった。しかし草地の男は、仕事に精を出しているふうではなく、草刈り機はゆったり弧を描いて揺れ、男の足元に刈り倒された枯れ草が積もっていく間も、絶え間なく変わる風向きによって、響き続けるエンジン音は遠くなったり近くなったりした。

筒木坂の集落から、彰之はまだわずかに二キロほど歩いてきたばかりだった。集落の百戸足らずの家はみな旧知であり、あれは田村の婿養子か、谷口の分家の長男かと、彰之はしばし草地の男の背格好に目を凝らした。

ほんの半時間前、彰之は村の古い墓所で母方の野口の墓に線香を上げ、ついでに墓所の裏手に広がる荒れ地と、かつてそこにあった野口の地所を覗いてきたところだったが、田村の家も谷口の家もそこから遠くはなかった。一九六一年に野口の大伯母タヱが亡くなった後、いまは関東にいるらしい息子や娘たちは誰も家を継がず、元から大して頑丈な造りでもなかった草葺《くさぶ》きの家屋は数年も経《た》たないうちに朽ち始めて、七年ほど前に取り壊されたときに、その工事を請け負ったのが田村の係累の土建業者だった。そんなことをちらりと思いだしながら、彰之は数分の間その場で足を止めていた。

また、半時間前のそのときのことだったが、そうして墓所へ参った後、彰之はすぐ隣の普門庵《ふもんあん》に立ち寄り、草庵の脇にある地蔵堂で野辺地の実家の母から預かってきた新しいお衣装を野口の家の二体の地蔵様に着せた。毎年六月末の地蔵尊祭のたびに、母は守る者の絶えた野口の地蔵様の供養をして来たらしいが、今年は行けるかどうか分からないからと息子に手縫いの小さな着物二枚を託したのだった。昔は三体あった野口の地蔵が、十五年ほど前に一体が見当たらなくなったとかで母はずっと気にしており、彰之は折にふれて隣村の洪福寺や、鰺《あじ》ヶ沢《さわ》にある普門庵の本寺の位牌堂を覗いたりして探してきたが、風化して顔貌も定かでなくなった石の塊一つ一つの来歴を、もとより真剣に尋ね歩いたわけでもなかった。

それから彰之は草庵にも顔を出したが、事前に連絡をしなかったために、住職の小和田和尚《おしょう》は所用で鰺ヶ沢へ出かけた後だった。代わりに草庵では、檀家の男たちが築三百年になる粗末な草葺きの本堂を建て替えるための寄り合いを持っており、彰之も末席でひととおり資金繰りなどの話を聞いた。この八年、一年のうちの三、四十日の間だけ寺男のようなかたちで庵寺に住まい、修繕や地所の清掃などのささやかな力仕事を供してきた彰之は、生業は一年の大半を洋上で暮らす漁船員だといっても、檀家の面々には和尚の窓口のようなものであったからだ。そして、そこで茶菓子をよばれ、最後に懇《ねんご》ろな挨拶をして辞去するとき、いまから浜へ出るつもりなのだと言うと、あたら風コ吹いだら吾《わ》ァまいね（あんな風が吹いたら俺はだめだ）、と年寄りたちは言葉少なに嗤《わら》い、若い彰之を何かしら含むような羨望の眼差しで見たのだった。

彰之は、寺の雑用の合間にひまを見つけては三キロほどの荒れ地を辿って七里長浜に出るのを習慣にしてきたが、村にはもう、浜に出て遊ぶ子どもも季節の漁に出る大人もいなかった。浜までかろうじて道らしいものが通じているのは、いまでは隣の車力《しゃりき》村の海辺にほど近い高山稲荷《いなり》神社の地所の脇と、木造《きづくり》町では出来島《できしま》の集落だけであり、その中間にある筒木坂の集落から浜に出る道は、彰之が普門庵に来たころにはすでに通る人も絶えて久しく、茅の群落に覆われた獣道に返っていたものだった。

その七里長浜の、二七キロも続く海岸線を覆う屏風山《びょうぶさん》の砂丘台地に開発利用計画のための調査が入ったのは彰之が小学生のときで、それから二十年も経た最近、ようやく国営の圃場《ほじょう》整備事業が筒木坂工区でも始まっていた。しかし村からの道すがら、荒く削られた砂丘台地のあちこちにブルドーザーの姿はあったが人けはなく、広大な草地のうねりはなおもただ茫々として見えた。また、そこから先には昔わずかな雑木の林があったが、数年前に大がかりな砂防林が造成されて林は消え、代わりにまだ人の背丈にも満たない黒松の若木が寒々と立つばかりの奇怪な荒れ野が生まれたのだったが、この無辺の風景のなかでは、変化というほどの変化には感じられなかった。

しかしそれも、彰之自身の心眼が目前の拓《ひら》けゆく土地にはなかったせいか。あるいは、海岸までまだ一キロはあるが、砂丘台地をわたる北西風はすでに目に見えるほどの砂粒を含んで重く吹きつけ、五体を麻痺させていたからか。この三百日余り遠洋マグロ漁で赤道以南のインド洋に出ていた身体は、焼津《やいづ》に帰港して数日で元の重力を取り戻したが、野辺地の実家で三月初めに死んだ父の供養《くよう》をし、残された母と一週間ほど過ごした後に筒木坂へ足を延ばした彰之は、またいつの間にか海にいるようだと感じ続けていた。ただし海といっても、いまあるのは風の海で、彰之の身体一つは重力と浮力の間を漂う小さな櫓櫂船《ろかいぶね》だ。心もとなく揺れ続け、揺れているのは分かるが自重が感じられない。またその海は、一方で遠心分離器のように渦を巻いており、まずは時間の感覚が消え、次にまとまった意思も引き剝《は》がされて、雑多な想念や記憶の飛沫が閃いてはそれも散ってゆく。しかし遠心分離器なら、そうして何かが濃縮されてゆくはずだが、では何がというと、今回もまた核心の部分は言葉のない暗黒だった。

草刈りの男は彰之に気づかず、彰之も呼びかけることはしなかった。彰之は、遠心分離器の風の底に閃き散る雑念の賑《にぎ》やかさにしばし驚き続けていたのだが、それはたとえば突然イカの声となって現れた。四月のいまごろは、対馬《つしま》海峡辺りで釣り上げられているはずの数千、数万のスルメイカのキュウキュウ、ヒュウヒュウと鳴く声だ。初夏には道南や三陸沖でもイカが揚がり始め、夜の漁場一面にキュウゥ、ヒュウゥとイカの鋭く細い声が上がる。海から揚がってくるイカの一体一体の姿はいつも劇的にうつくしかったが、いまはその天空を覆うほどのざわめきばかりを彰之は幻に聴き、同時に十代の半ば、夏休み毎に身内の経営するイカ釣り船に潜り込んでいたころの、船酔いとも目眩《めまい》ともつかない身体の痺《しび》れを呼び覚ましたりした。強いて言えば喉元が絞り上げられるようで、逆流した生温かい胃酸が胸を刺しているのになお、身体のほうは決まってその場の光景とは何の関係もなく、ただ気味悪いほど甘美な何かの心情の塊に満たされる、あの痺れ。

しかし、あれはほんとうにイカの声か。年月や場所の脈絡を欠いた記憶は渾然《こんぜん》とし、イカだと思った声も、別の一瞬には何か別の生き物の声と入れ替わって次々に調子を変えていった。そうして風の音は、増幅したり減衰したりしながら無数の和声やリズムを産みだしては、幻聴なのかどうかも判然としない奇怪な心地へと彰之を誘い続けたが、その間にいままた急に風向きが変わり始めると、新たな振動が湧き起こって彰之の耳を奪い、今度はどこから来た風かと四方を見渡すうちに、彼方に響いていた草刈り機のエンジン音は、突然絶えていたのだった。

二〇メートルほど離れた草地の男はいつの間にか彰之のほうを見ており、そこから「こただ日に、どこさ行ぐべァと思っだら」と声を上げた。しかし、手拭いで風除《かぜよ》けの頬かむりをしたその顔の見分けはつかず、彰之はかろうじて声で田村の婿養子だと見当をつけたが、仮に別人であっても、行きずりの彰之に投げかけられる言葉に大差があるわけではなかった。だいいち彰之には、ほとんど呼び名らしい呼び名もなかったからだ。普門庵の和尚は「うちの若い衆」と檀家に言い、檀家は「手代《てだい》さん」と言い、直接呼ばれるときは土地の言葉でもない「お前さん」だった。一方、村に現れる彰之の風体は、たいてい洗い晒《ざら》した作業着の上下にダウンジャケットというもので、わずかな身の周りの品の入ったキスリング一つを背負い、夏は野球帽、冬は毛糸の帽子を被っている。そんな服装の上に、遠目にもひときわ上背が際立《きわだ》つその背格好は、筒木坂では見間違えようもないはずだったが、適当な呼び名がないという理由で、いまも田村の婿養子は不便を感じたに違いなかった。誰だか気づかなかったというふうな巧妙な物言いも、そういうわけでいくらかくぐもった困惑や自嘲の色合いを含んでいた。

「ずっと見がげねがったばって、元気ならええども。早ぐ嫁っこ貰わねば」

そう言って男は嗤い、彰之のほうは「皆さんお元気ですか！」と声を張り上げた。しかし風の具合で十分に届かなかったか、返ってきたのは「苗代のハウスぁ風でぶっかれだはんで、風囲いせねば田植えも出来ねえし！」という返事だった。それも怒鳴り声に近い大声だったが、彰之の耳に届くまでに幾重にも風に阻まれ、途切れがちなものになった。

苗代のビニールハウスが風で壊れたというのは、砂丘を削ったために風の通り道が変わったということだろうか。そういえば、村の寄り合いで少し酒が入ったときのこと、圃場整備事業のために屏風山土地改良区に交付された莫大な補助金の行く先は、結局のところ県の土地連などの関係団体と、そこから工事を丸投げされた土木屋だと言いだしたのは、あの男だったか、それとも別の男だったか。

続いて草地の男はまた何か言ったが、今度はもうほとんど聞こえなかった。彰之は手で浜の方角を指し、その手を挨拶代わりに振って、止めていた足を再び踏みだした。

整備事業については、西瓜《すいか》栽培で少し景気のいい農家は経営拡大を当て込んでいたり、そうでない農家も漠然と何かを期待していたりで、おおむね歓迎ムードなのだった。そこで補助金の行方云々という話が出た際には同調する者はいなかったが、とりたてて鼻白む者や気色《けしき》ばむ者がいたわけでもない。それこそ、植林をしても半分は砂と潮風で育たず、稲を植えても、夏の天候一つで実ったり実らなかったりの土地に生きる知恵というものだった。そして彰之はそのとき、村の人のこころには矛盾も矛盾でなくなる深い沼があり、そこに湛《たた》えられた聡明な沈黙の水は、補助金の一つや二つ呑《の》み込んだくらいで濁るようなものではないのだといったことを考えたのだ。

いま、彰之はそんなことをだいぶん遅れて思いだしたが、誘い水になったのはおおかた、半時間前の村の寄り合いで自分に向けられた含み嗤いのさざ波に違いなかった。なぜなら、誰かが補助金の話をした席に漂ったのも似たような空気だったからだが、若さや、異質や、金や、あるいはここではないどこかへの羨望の周りを巡る、その柔らかな湿りけを含んだ視線や物言いの空気は、今回もまた格別な意味もなく彰之の神経にもぐり込み、臓器の一つ一つを、あるいは骨を微細に振動させたのだった。そしてその振動は、先ほど唐突に甦った身体の痺れと同じくわずかに疼《うず》くような熱を帯び、なにがしかの柔らかに潤んだ心地を孕《はら》んで、いまこの一瞬も風の底で煮詰まり続けていたが、彰之はふと、この振動も濃縮もほとんど暗黒の永久運動のようだと思った。あと一歩のところで決して煮詰まり切らず、ただ濃くなってゆくばかりで、どこにも言葉がなくかたちもないというのは。

半時間前の寄り合いも、村の年寄りたちはただ、三十そこそこの独身男が八年も景気のいい北転船《ほくてんせん》に乗っておれば、一千万そこらの金は手元にあるだろうに、今年もまたふらりと姿を現しては風の浜へ出て何をすると嗤ったのか。あるいは、近々出家するということで普門庵に居ついたはずのよそ者一人、何年経ってもその気配がないと言いたかったのか。残っているのはいまは臓腑の微かな痺れだけであり、そこから発した振動はもうこの風のなかで、確かなところは早くも暗黒だった。そして、いままた数分前の続きで重力と浮力の間を通過していきながら、彰之は不透明な懐疑に陥り、自ら名付けたばかりの永久運動の一語を反芻《はんすう》し、自問するのだ。すなわち、あるのはただ筋道を失った物思いの行ったり来たりと、些細な気分の浮き沈みだけではないか、と。濃くなってゆくものの正体は、磁場のように空気のすみずみに張りついている自意識であり、それこそが不毛な運動にエネルギーを供給しているだけではないか、と。しかしそんな自問もまた、たちまち当の永久運動の一部になって飛び去るほかなかった。

浜へ続く砂丘の背後は、いつの間にかたったいま言葉を交わした男の姿も声もかき消えた風の海に帰り、前方は灰色のかすかな濃淡しかない風の壁だった。かつて郷里の野辺地の海で、あるいは夏毎のイカ釣り船の上でそうした風に押し包まれたとき、十代の彰之はどれほど自分の身体のすみずみに風が棲《す》みついて意思も重力もない空洞に帰ることを夢想したか知れなかったが、その茫々とした身体の若さも二十歳にはすでに失われ、三十になったいまは、自分が何を待ち望んでいるのか、十代のころほどにも分かっていないという気がした。緩やかに上っては下る砂丘は、大きく揺れ動く草と黒松の波に洗われて稜線のかたちを失い続けており、そろそろ砂に埋まり始めた彰之の足元をさらに不確かにしていたが、それ以上に五体の感覚、耳や目や皮膚の感覚のすべてが不確かだった。彰之は、細々と立つ黒松の枝が耳元で甲高く鳴り続けるのを聴き、数分前に聞いたイカの声を再び聴き、たちまちそれを押し流してどこからか湧きだす無数の音響を聴きつつ、ここは時化《しけ》の海かと思い続けた。また、その海を行く五体を包む振動は、途切れることなく船酔いを誘う横波のようで、右へ左へ揺れ続けるその永久運動から振りだされた暗黒の波の一部が、泡立つようなひと塊のうねりになって寄せてきたかと思うと、それは突然、緩やかな上がり下がりを伴ったひと続きの音韻になり、ぎゃあてぇ、ぎゃあてぇ、はぁらぁぎゃあてぇ、はらそうぎゃあてぇ、と響いた。

彰之はふとまた、あの赤黒い衣を翻して徘徊する何者かの鈍い気配とともに我に返り、普門庵の和尚のものとは違う、長閑《のどか》に間延びしたその音調の後を追うようにして足を止めた。その者がいつも雲水の姿をして現れるのは、十代のころからいずれは出家するものと定められていた年月のせいだろうが、その者はいつのころからか彰之の筒木坂の伴侶のようになって久しいのだった。海の上まで追いかけてくることはないが、年に一度筒木坂へ足を運ぶたびにどこからか地虫のように湧いて来る。しかし耳にはもう何も聴こえず、振り返ると、いましがた歩いてきた道もすでに目では辿れず、一面の造成林のうねりがあるばかりで方位も定かでなかった。その黒々とした地平の一部に、いまは通り雨の薄暗い風の幕が降りてゆき、もやもやと紗《しゃ》をかけたように流れだしていた。筒木坂の集落がある辺りにもたちまちそれはかかり、農道へかかり砂丘へかかったかと思うと、墨のような霧雨になって、彰之の上にもさわさわと広がった。その下で、自分はいま確かに何か考えようとしていたのだと思いながら、彰之はまた少し、ぎゃあてぇ、ぎゃあてぇの声を探す。

朝、彰之は実家の布団のなかでその声を聞いたばかりだった。外は残り雪が凍るほど冷えていたが、仏間を覗くと、早朝から般若心経《はんにゃしんぎょう》を唱えていた母の晴子は袷《あわせ》のウール絣《がすり》の普段着一枚しか着ておらず、火鉢の火さえ入っていなかった。一年ぶりに会った母はこの一週間、伴侶を看取った直後だとはいえ少々うわのそらであったり、無関心であったり鈍かったりだったが、ともかく寒いだろうと思い、彰之は急いで台所の焜炉《こんろ》で練炭をおこした。亡父の淳三《じゅんぞう》が石油ストーブやガスストーブの臭《にお》いを嫌ったので、母は未《いま》だに火鉢しか知らない。すっきりと伸びたその背は長年そうして鍛えられ順応して、いまさら習慣を変えさせられるのを拒否しているようでもあったが、子どものほうが火の気のない家には耐えられなかった。そうして彰之が練炭をおこす十分ほどの間も母の読経は続き、居間の火鉢に火を入れたころにはちょうど十数回目の「羯諦《ぎゃあてい》。羯諦。波羅《はら》羯諦」の陀羅尼《だらに》にさしかかっていたが、その喉から漏れだすそれがふいに「いやぁだぁ、

いやぁだぁ、あぁぁいやぁだぁ」と聞こえて、なるほど本家の恐い祖母《ばあ》さまが生きていた時分に、何かの法事の席で「ハルさんは音痴だから」と一言、目元を奇妙に歪《ゆが》ませて呟くように漏らすのを聞いたことがある、と思ったりした。しかしそういえば、あれも含み嗤いの一種だったろう。

母は合掌し、長い間頭を垂れていたが、還暦も近い年齢にしてはまだ十分に黒い髪は、結い上げたというのでもなく軽くまとめてピンで止められただけで、いまにもややわやわと崩れそうなひと山を作っていた。そして彰之はまた一つ、どうしたらあんなふうに確かなかたちもない、戯《たわむ》れ合うような渦を作って髪をまとめていられるのかが、子どものころからの謎だったことを思いだしたのだったが、その直後、背筋を伸ばしたまま膝を揃えて向き直った母は、居間の息子の姿を見て「あら、起きてたの」と言った。あたかも母子の生活が何千日、何万日も続いてきたなかの、今日もその一日だというふうな素っ気なさで、実際には数えるほどの日数しか共に過ごしたことはないのに、いつもながら時空がほんの一ミリずれたまま固化したような、白々とした語調だった。しかも母は、息子と二人きりの家のなかで、そのときまで襖を閉めていたわけでもない隣の居間の足音が聴こえていなかったのだ。しかし、彰之がそうして些細な一つ一つの挙動にとらわれる一方、母は速やかにもう縁側の外の前栽《せんざい》に目を移しており、「天気予報は晴れだったのに。雨が降るのかしら」などと独りごちていたものだった。

そのとき彰之は、自分からもう一言ふた言話をしなければならないのではないかと迷ったが、何年もそうであったように、絞りだしたとしてもせいぜい「さあ、分からない」の一言だと思い、何も応えなかった。ほんとうならこの春には船を降り、十代の六年間を小坊主《こぼうず》として過ごした野辺地の常光寺の世話で今年こそ永平寺へ上山《じょうざん》する予定になっていたことも、実際には帰郷したその足で、急な父の死を口実にどうしても決心がつかないと常光寺へ詫びに行き、さらにその三日後にはもう、七年勤めた福澤水産の紹介で早々に北洋へ戻ると決めたことも、母との間ではまるで何事もなかったかのように過ぎてゆく。しかも彰之は、母には先方の会社で乗員のやり繰りがつかないらしいと嘘をつき、上山については延期したとも中止したとも言わなかったのだが、母もまた、どちらにしろ家にいない状況に変わりはないと思うからか、何も尋ねてこなかったのだった。

いま、西津軽の筒木坂には通り雨が降り注いでいるが、上北《かみきた》の野辺地の空がどうなっているのかは、彰之にはもう知る由《よし》もなかった。朝、青森行きの列車から見た野辺地の海は少し重苦しく、北西の風がいまにも東寄りに向きを変えそうで、春先のこの風だと短い通り雨ぐらいはあるかも知れないと漁船員の勘で思ったが、もしも降りだしたとなれば、母は何を考えることもなく庭に出て、自動的に洗濯物を取り込むだけのことだった。あるいは雨とも気づかず洗濯物を濡れるままにして、この一週間がそうであったように、独りになった家の居間でラジオを流し、新聞をじっと開き続けているかだった。しかし、日が暮れた後は何をして過ごし、明日は何をするのだろうか。そういえば実家の裏庭には十坪ほどの菜園があり、例年なら春のいまごろはジャガイモの苗が植えつけられているのに、今年は父の死があったためか土も起こされていなかった。それに気づいて、彰之は家にいた数日の間に母の代わりに畝《うね》を作り、慌ただしくジャガイモとトマトの苗を植えつけてきたのだったが、気候がよくなれば母は気晴らしにまた菜園の手入れをするだろうか。それとも去年の秋から放置されていたらしい菜園のことなど、もう忘れているのではないだろうか。

彰之はしばしかたちもない何ものかを捉えようとして放心し、そういえば母だけではない、もう顔も思いだせない亡父の淳三も、あるいは数日前、久しぶりに弟の声を聴きたいと言って青森から電話をよこした姉の美奈子もみな、すでに確かなかたちはないことを思った。この一週間、帰郷の挨拶に回った本家や分家の親戚の面々。あるいは会ったばかりの村の人びとや田村の婿養子。そして誰よりも、今朝も未明に目が覚めてまた何となく母の手紙を開いた自分自身。それを書き綴った本人と書き綴られた『私』。それらの全部が、実際はあるかなしかの質量をかろうじて保っているだけだったが、そのくせもう何日か何十日か、本来は無視できるほど小さいはずの引力の膜を一つ一つ繰りだしてくる、自分は呼吸するように誰かれのその気配の膜を吸い続けている、と思った。そしてそのどれもが気管に詰まった痰《たん》ほどにもかたちがないのであり、現に彰之は、いま考えていたのは母の何なのか、読経の声や菜園の何なのかと自問しながら、ぐるりと造成林の砂丘を見渡していた。

頭上は雨。背後の筒木坂の方角も雨。北の十三湖《じゅうさんこ》の辺りはなおも薄氷を透かすように薄明るく、南の鰺ヶ沢の方角は逆に地平線までが深い墨一色だった。さらに、その南北の空が出会う行く手の七里長浜の空は、無辺の濃淡が激しく振動しながら滲み続け、生まれては崩れる雲の一部が一つ、また一つ小さな旋風の渦を作っては上昇し、消えていた。また、その上方には見る間に厚みを増していく雨雲があり、音もなく瞬く稲妻を孕みながらゆっくりと北北東へ流れだしていたが、その厚みから見て、ここから北上していく間にさらに水蒸気を蓄えて発達し、途中に雨を降らせては衰え、また水蒸気を補給しながら、数日先にはカムチャツカ沖まで達しているだろう雲だった。彰之は明日には船の寄港地である釧路《くしろ》におり、午後には出航して向かう先はその海だったが、一つの低気圧がそこで死に絶えるのを自分が見ているころ、野辺地の母は縁側でまた別の新しい雲を見上げ、せいぜい天気予報が当たるか否かと考えているか、また一つ本人にしか分からない何かの思いを巡らせて、誰かに葉書か手紙の一筆を書いているか。

彰之は先を急ぎ、轟々と鳴り続ける造成林の砂丘を上り続けた。しばらく前から目だけ残してマフラーで顔を覆ってはいたが、吹きつける風の勢いに頭は自然に垂れ、その底に身体を低く屈《かが》めなければならなかった。そうして大地に近くなった姿勢で、もうそこにまで迫った最後の稜線を目指してゆく間、ときともなしに十五歳の晴子がすぐ近くを歩いていたり、三人の弟妹が野兎を追っていったりしたが、なかでも晴子は、当時すでに百六十センチをゆうに越えていた長身に大人びたコートが似合い、小さな色白のうりざね顔には口紅を引いた幼い唇があって、その不釣り合いが不思議な感じでもあった。おそらく自分の絶対的な若さを半ば周到に意識しつつ、半ば眼中にもない少女。未だ重い乳房も排卵する子宮も存在せず、魂に受けた少々の失意の傷くらい知らぬ間に蘇生してしまうほどの無意識の塊。あるいはキャサリン・アーンショーの上澄みか、上半身。

しかしまたその端から、彰之はそうしていつの間にか少女の夢想に寄り添っている自分に一寸《ちょっと》驚き、この世間のどこに四十年以上昔の母親の姿を思い浮かべる男がいるかと、可笑《おか》しくなった。そして、自分はもう忘れるぐらい昔に読んだ小説の女主人公よりも、いま渦を巻いて駆け昇るこの風を「大気の動乱」と呼んだ少女の感性に少しばかり感嘆を覚えただけだろうと考えてみた、そのときだった。今度はもう十数年も昔、福澤本家の土蔵で戦前の父淳三の蔵書のなかに『嵐が丘』を発見したときのことを突然どこかか呼び戻しては、彰之はまた少しざわめくような心地を新たにする。

世界名作文庫のその前・後篇はそのとき、千家元麿《せんけもとまろ》の詩集と『萬葉集《まんようしゅう》の精神』と『日本資本主義發達《はったつ》史講座』が一緒に並んでいるような、いかにも淳三らしい無節操な蔵書のなかに紛れ込んでおり、行李《こうり》のなかから密かな異臭を発して〈私を見つけてくれ〉と囁《ささや》いたのだった。それは手に取ると、変色した硫酸紙が媚《こ》びるようにシャラシャラ細い音を立て、久々に空気に触れた紙やインクがここぞとばかりに放つ芳香も刺々《とげとげ》しく鋭かった。またそれは、奥付の日付の昭和一二年ごろに購入されて以来一度も開かれた形跡がなく、なるほど、おおかた高校生の淳三がどこかの女の気を引くために買ってみたというのならありそうなことだ、その女は淳三の目には少女趣味に映った何者かであり、それはほかでもない、福澤家に奉公に上がって間もない時期の晴子だと彰之を確信させるに十分でもあった。しかしその後、その二冊を行李から持ちだして台所の竈《かまど》に投げ込んだとき、焚口《たきぐち》を覗き込もうとして折り屈めた身体の内側でぎりりと鳴り歪《ひず》んだのは、父母へのそうしたささやかな悪意か。それとも、そこに忍び込んでいた自意識のほうか。あるいはその少し前、一対の男女は蛙のように交尾するものだと知って以来、頭も身体も少々おかしくなっていたか。

その一九五九年という年、中学生の彰之は学校の休み毎《ごと》に野辺地から国鉄に乗って八《はちの》戸《へ》へ通う日々だった。そのころ身内の経営する福澤水産のイカ釣り船が八戸市小《こ》中野《なかの》の漁港を基地にしていたからだが、時化《しけ》で漁がなかった肌寒い七月のある日、福澤の四つ年上の従兄、福澤遙《はるか》に呼びだされた彰之は、船溜《ふなだ》まりに近い一軒の船具屋の離れに足を向けた。当時、従兄は八戸水産高校の二年だったが、それが三畳ほどの小屋の板間に火鉢一つを持ち込んで船具屋の娘を抱いている真っ最中で、彰之が戸口に立つと、従兄は火照《ほて》った顔だけを忙《せわ》しげに振り向けて「火さ当たって待ってれ」と嗤《わら》った。冷え冷えとした板間は半分が漁網や浮玉の置場で、割れたガラス窓の外を通りすぎてゆく小船の、焼玉エンジンのポンポン、ポンポンポン鳴っているのも間の抜けた感じがした。一方、火鉢の向こうの従兄の裸の尻《しり》や少女の脚はほとんど蛙が蛙を押しつぶしているように見え、濡れた髪の張りついた少女の胸には黒ずんだ大きな乳首があって、それを汗にてらてら光らせて声を上げているのが、彰之にはひどくきまり悪いような、異様のようなだった。従兄と同い年くらいの少女は「おめ、何見でらど！」と怒りながら嗤い、従兄の遙のほうはハハ、ハハと嗤っているのか息切れしているのか分からない声をあげ、板間がギシギシ鳴った。そして、その場にいた十分ほどの間、彰之は下を向いて火鉢にあたるふりをしながら、しきりに傍らの醜悪で侘しい淫らさのことを考え続けた末に、煽情的ですらない、ある種の不快や汚濁に感応する自分を発見したのだが、同時に小説のようにはうつくしくない己の人生の予感をいっぱしに引き寄せたものか、少々不機嫌になったのは確かだった。

なるほど、あの文庫本二冊は一人の子どもの気分の犠牲者だったか。彰之はいくらか白々としながら、それを投げ込んだ竈の火をいまはさらに思い浮かべてみた。そういえばそこは燃焼のための酸素が十分でなく、パルプが燃えながら見る間にかたちを失い分解してゆく傍らでは、化学の授業で習った通り、炭素分子が新たな重合や縮合を繰り返し、やがて煤《すす》になって姿を現したのだった、と。分解するものと生成するものの交替は鮮やかで、そのとき眼前で輝炎を上げる煤に見入りながら、自分のなかにある当面名付けがたいものも、燃やしてみたならば新たな質量と性質を備えた物質が派生するのだろうといった想像をしたのだ、と。それは実際、灰になるものから新生するものへの、永《えい》劫《ごう》回帰から転生への、一筋の閃きのようにも思えたことだったが、いまはまた一つ、そんな想像をしたときの一寸汗ばむような心地が立ち戻ってくると、彰之は風の下に屈めた身体の奥で、今度は間違いなく父母を含めた他者は関係ない、自意識の空洞が再びぎりりと声をあげるのを聴いた。

吹きつける砂の粒は一層重くなってゆき、斜面を登る足が一歩一歩海はまだかと訴える一方、頭上を回る風の遠心分離器が振りだす振動は、いまは一つ一つひりつくような熱を孕《はら》んで、分解したり結合したりしながら沸き立ってゆくようだった。また、いつのものとも知れないイカの声や草刈り機の一瞬の唸《うな》りや、ぎゃあてぇぎゃあてぇの声はなおも騒がしく重なり合い、輝炎を上げて燃える煤の名残や、いまも辺りを徘徊しているのだろう雲水の気配などを誘っては、次々に何かの名付けがたい心地を呼び起こし続けていた。またさらに、そのいくつもの無明の心地はいまにも喉元や鼻腔にまで溢れだしてきそうな嘔吐感に変わり、彰之は、そういえば朝母のために炭をおこしたときに襲われたのもこの嘔吐だったか、母に声をかけそびれたのはいくらかはそのせいだったかと考えてみたが、それを攫《さら》ってゆくのはまたひときわ強くなった風砂の一撃だった。しかし、自分には何か考えることがあったのだ、たったいまも何か考えていたはずだ。彰之は思い、砂地を踏みしめ踏みしめなおも何かをまさぐり、拾おうとし、砂丘の先端まであと一息の造成林を行く足を一歩毎に重くさせながら、海はまだかと思い続けた。

海はまだか。彰之は砂よけのマフラーを目元まで引き上げ、一歩一歩飛び散りそうな種々の嘔吐の断片をかき集めるようにして砂丘の行く手を仰ぎ、自分の足元に目を落とし、それにしても一年ぶりに会った母と手紙についてほとんど話もしなかったのはなぜか、家を出て十八年にならんとする息子に百通もの手紙を書いた母の気持ちくらい、自分は尋ねるべきではなかったかと、突然自問した。そしてその端から、またしばし郷里で過ごした数日の様子や、母との間に張り渡されていた羽毛をまさぐるような微妙な距離を呼び戻し、そこにこれまでとは違う微かな変調を感じ取ったのは気のせいだろうかと考えたのだったが、それに応えたのは、今度は砂丘の向こうからふいに轟いてきた七里長浜の轟音だった。黒松の防風林の帯が途切れた稜線はすぐそこにあり、その上には厚い灰色一色の虚空があり、回り続ける風は絞れば垂れるような低気圧の湿り気を含みながら、いまはさらに音高くなる。長年通ってきた海はもうそのすぐ下にあったが、彰之はあらためて何も分からない、当てどない情動の海を漂うような心地のなかで足を止めており、その顔を新たな砂が叩きつけていった。もう長年通ってきたから、いまやほとんど脳裏に棲《す》みついていて目を閉じていても全身を押し包んでくる海。稜線に立って見下ろせば、そこからは砂と草のなだらかな斜面が浜へ続いており、その先は海と空のすべてが境目もないだろう、昏《くら》すぎて眩しいほどの波しぶきの白と漆黒の波頭の海。

彰之は砂丘に立ち尽くしたまま、いつもするようにマフラーを目の上まで押し上げ、最初に視界の全部を奪い去った。そうして自分と自分の周りに広がる世界を隔てると、最初に見えたのは、この三百日の間に自ら編んだ新しいマフラーの編み目だった。編み物は十代のころに漁船員の先輩だった従兄の遙に習い、北洋にいた七年間は、船が底引き網を曳《ひ》く間のわずかな待ち時間に、アラン模様やスコットランド式の複雑な編み込み模様を作っては時間を潰してきた余技だったが、インド洋の延縄《はえなわ》漁では曳網時間が長くなり、これまであまり編まなかった透かし模様を工夫してマフラーを一つ編んでみた、その、掛け目で作られた緩い編み目の一つ一つが眼球の前でいま、小さな光の穴になり、その穴がさらに昆虫の複眼のように集まって一つのくっきりとした光の枠になる。

彰之はその先で像を結ぶ眩しい光に目を凝らし、これは砂丘の向こうにあるはずの海か、それとも四季を通じて人が近づけるほどに凪《な》ぐ日は年に数えるほどもない、そのいつの日かの希有《けう》な早春の海かと思ったが、眼球のすぐそばでちらちらと揺れ続ける光のしみに目を凝らし続けるうちに、また一瞬、水色のコートを着た見知らぬ少女の姿を見ていたりもした。そして、その後にはなおも茫々とした感じだけが残り、一方で身体のすみずみに満ちた風の振動は、種々の熱や、嘔吐や、何かの渇望のようなものをかき立てて止まず、彰之はいまは自分の両眼をきつく閉じて、晴子はまだ浜辺にいるのか、それとも弟妹たちを連れてもう帰っただろうかと自分に呟くのだ。

3

『彰之さん。昨日貴方に手紙を書いた後、私は何をしてゐるのだらうと自問し、今日は一日そのことを考へてをりました。いまも、かうして貴方にいろ〳〵なことを書かうとする衝動はこの心身のどこから來るのか、何に向かふ衝動なのかと考へるのですが、しかし、現にこんなふうにやつて來る衝動の、なんと自由で清々してゐること。ものすごいと云《い》ふほどでもなく、微々たると云ふのでもなく、何ほどかのその衝動に身を任せて、かうしていまも手紙の續《つづ》きを書かうとしてゐる私は、身の周りの時空から半歩離れたやうな輕やかな心地のなかにゐます。とは云へ、私は多分、娘である美奈子とはまた違ふかたちで、違ふ話を男の貴方にはしたいと思ふに違ひなく、さうであるなら、これもまた母の本態だととりあへず云つておきませう。

さて、今日は晝前《ひるまえ》から降りだした雨が一向に止む氣配もなく、半日押入れの片づけをしてゐましたら、去年の頂き物のなかから紅茶の罐《かん》が一つ出てきました。それでふと思ひ立ち、久しぶりに紅茶を一杯いれてみたときです。白い磁器を満たしてゆく湯氣やその下の薄赤い湯を眺めるうちに、思ひがけないひと塊の違和感のやうなものがやつて來て胸のうちを探りますと、そこにはあの水色のコートを着た私の母、野口富子がゐたのでした。同時に時や場所も思ひだしましたが、昭和七年の、三十四歳の富子です。富子は、パーマネントをかけた髪をふつくらと洋髪に結ひ上げ、眞新しいコートを着込んで、東京は本郷の自宅の前に立つてをりました。牛革の黒いハンドバッグを提げた手にはレース編みの手袋を着け、少し濃すぎる白粉《おしろい》や念入りに紅を引いた口許《くちもと》も、一體《いったい》どこへ行くのかと思ふめかし込みやうですが、そのわりにはどこか不安定な心地でゐるのが見て取れる不可思議な顔をしてゐます。また、當《とう》の水色のコートは數日《すうじつ》前に日本橋の白木屋《しろきや》で買つたもので、上背のある富子が着るとよく似合ひましたが、あらためて出《で》會《あ》つてみると少々晴れやかすぎる水色にも見えてきます。

結局、私はどのくらゐの間さうして富子を眺めてゐたのでせうか、やがて一言では云ひ表すことの出來ない宙づりの心地に陥《おち》りながら、なほも昭和七年二月のその日の氣分を思ひだしてをりました。街燈が一つ白々とついてゐた夜、私は末の妹の美也子をおぶひ、本郷の家の玄關先に立つて富子を見てゐるのです。富子は浮き〳〵してゐるやうな、苛立《いらだ》つてゐるやうなで、しきりに髪やコートの具合を氣にしてゐるかと思ふと「いつまで待たせるのよ、早く行きませうよ」と陽氣な笑ひ聲《ごえ》をあげます。いまから出かけると云ふのに、なか〳〵家から出てこない夫の野口康夫を呼ぶ聲です。私はどうしたものか戸惑ひ、母と玄關を交互に眺めて不安になります――。

それから私は急に富子に會ひたくなつて、もう何年も開けてゐなかつた納戸の長持ちから、一枚だけ殘してあつた昔の寫眞《しゃしん》を探しだしたのですが、それを文机に置いてみると、また少し考へがまとまらなくなりました。手元の寫眞は『大正二年四月森川寫眞舘』と云ふ裏の記載や富子の出《い》で立《た》ちから、見合ひ寫眞を撮つたときの一枚かと思はれますが、數十年ぶりに眺めてゐると、懷《なつ》かしいと云ふより、思はぬところで舊知《きゅうち》の誰かに出會つて戸惑ひ、何かあらぬことを思ひだして立ち盡《つ》すやうな感じだと云ひませうか。そこに寫《うつ》つてゐるのは私の母、野口富子その人ですが、かうしてまた別の富子と對面《たいめん》してみますと、亡《な》くなつて半世紀近くも經《た》つのになほも娘の私は戸惑ひ續けるのか、これが父母と云ふものかと思ひます。しかしともかく、いまは富子がどうやらこの私を當初の思ひとは違ふ彼方へ運んでゆかうとしてゐるやうなので、それならば今回《こんかい》は少し年月を遡つて、私の父母の時代の話を書くことに致しませう。

先《ま》づ、私の母の生家は名を岡本と云ひ、下宿屋を營《いとな》んでゐたその家は、東京帝大の文學部から本郷通りを渡つたところの、仕舞屋《しもたや》や一寸《ちょっと》した旅館やお寺が入り組んだ路地にありました。住所は本郷區《く》森川町一〇二番地になります。私の記憶にある家は大正一二年の震災後に建て替へられたものですが、本郷區は震災で燒けなかつたため、富子が若いころに眺めてゐた路地の風景は、私の覺えてゐるそれとだいたい似たものであつたはずです。

また大正二年には、私の父野口康夫が仙臺《せんだい》二高から東京帝大の英文科に入學し、その下宿屋の住人になりました。康夫の筒木坂《どうきざか》の實家《じっか》は、當時の西津輕では中程度の自作農でしたが、子どもを進學させるだけの餘裕《よゆう》はなく、鰺《あじ》ヶ澤《さわ》中學から二高、帝大へ進學出來たのは地元木造《きづくり》町の市田家の篤志《とくし》によるものであつたことから、上京の際にはごく自然に大學に一番近い、一番安い下宿屋を選んだものと思はれます。

その家は、四疊半《よじょうはん》の貸間が一階に三つ、二階に八つあつて、大家の岡本家が一階の一部に住居を構へてゐました。當時すでに築二十年になる安普請で、震災後に建て替はるまで內風呂《うちぶろ》もなく、隣家が迫つてゐるために日當りの惡い一階は、臺所の流しの下にキノコが生えて、それが子どものころの富子の遊び道具になりました。すり減つた木製の流しには水が溜まり、觸《ふ》れると少しぬる〳〵して苔《こけ》の色をしてゐるのが妙に好きだと幼い富子が云ふと、母の初音《はつね》は何とも云へぬ恐い顏をして何も云はず、あとで富子が茶の間の障子の陰から覗くと、着物の袖をたくしあげた初音が毆《なぐ》りつけるやうな勢ひで流しを磨いてゐたのださうです。そのうつむけた横顏や腕が青みを帶びて見えたと云ふのは、苔と裏庭に生ひ茂つてゐた棕櫚《しゅろ》や金木犀《きんもくせい》のせゐが半分、物云はぬ初音の世代に避けがたく伴つてゐた陰鬱な印象が半分の話です。しかしさうして磨いても流しの木はまたすぐに綠色に戻り、靜まり返つた午後には水道の蛇口からその流しへ垂れる水の音が時計のやうに聞こえてくるのを聞きながら、幼い富子は祖母のキクと隣の茶の間で晝寢《ひるね》をしました。そこは半分だけ西日の射す疊《たたみ》がしばしキグサの匂ひを立てゝ燃え、半分は黑い穴のやうで、富子はとき〴〵寢てゐるふりをしながら、祖母の顏や手の皺に意地惡くぢつと見入り、格子戸の外の路地を行く物賣《ものう》りの聲《こえ》を、あれは自分よりずつとしあはせな人だらうと思ひ聽《き》いてゐたさうです。また、とき〴〵父母の目を盜んで上がつた二階は、窓を開けると隣の香具店の抹香《まっこう》と裏庭の金木犀が一緒に匂ひ、大小の瓦屋根の向かうから大通りを行く路面電車の音がごろ〳〵響いて來たり、レコードの音樂や人の話し聲が屋根の下から傳《つた》はつて來たりするかと思へば、竝《なら》びの米穀店を出入りする大八車の鳴る音や、往來の下駄《げた》の音が乾いた路地に高く響くと云ふふうな様子だつたと云ふことです。

こゝで、そのころの岡本家のことを少し説明しておきますと、先づ當主の岡本芳國《よしくに》、すなはち富子の父は深川のはうで手廣《てびろ》く木材の商賣《しょうばい》をしてゐた商家の四男で、明治二一年、家業を手傳ふまでもなく、緣あつて岡本家に婿養子に入りました。芳國と云ふ人はもと〳〵商賣には不向きな小心几帳面な性格で、日曜日には淺草で芝居を觀て、ほんの少し煙草とお酒を嗜《たしな》むのが似合つてゐるやうな欲のない人だつたと云ひますから、この縁談は本人にとつても好ましいものであつたに違ひありません。また岡本家は、その二年前に文部省の官吏だつた初音の父親が結核で亡くなつてをり、初音の母キクが生活のために自宅を潰して建てたと云ふのが當の下宿屋でした。大正二年に私の父康夫がその下宿人になつたとき、芳國は東京電氣川崎工場の經理課に勤めてをり、下宿屋は初音が切り盛りしてゐて、三人の娘のうち上の二人はすでに嫁ぎ、同居してゐたのは三女の富子一人でした。富子は數《かぞ》への十五歳で高等女學校に通つてをり、將來は是非とも女子高等師範へ行きたいと云ふことで、入居したばかりの康夫には家庭教師の口が囘《まわ》つて來ることになります。

さて富子ですが、私の手元の寫眞《しやしん》のなかには、十五歳にしてはずいぶん見榮えのする少女がゐます。粋な矢絣《やがすり》の着物にきりゝと締めた博多織の帯の位置がひときは高く見えるのは、いまで云ふ八頭身ですし、その上額に垂らした前髪には流行りの電氣鏝《ごて》で付けたのでせう、輕いウェーブがかゝつてゐて、女學生と云ふには少々モダンすぎる風情です。尤も、富子が着てゐる正絹の御召《おめし》は、見榮つ張りの初音が見合ひ寫眞のために親戚から借りた代物でしたし、あらためて眺めてみるとなんとも取つて付けたやうと云ふか、場違ひと云ふか。自分がどこにゐるのか、寫つてゐる本人も分かりかねてゐるやうな、宙づりの落ちつかない空氣が傳はつてきます。さうして今度は私のはうが、皮膚が少しざわ〳〵するやうな、何とはない居心地の惡さに襲はれるのですが、一枚の寫眞に沁《し》みてゐるのは、富子本人と云ふよりはその周りにあつた家族や時代の空氣の全部であり、それがかうして私自身のうちに沁みだして來るのかも知れません。

ところで、こゝまで書いたところで私の紅茶はもうすつかり冷めてしまひましたが、それを啜《すす》つてをりますと、今度は舌の奥で甘い味が一つ膨らんでゆくやうな氣がしてきました。富子の寫眞と一つになつて私の胸に新たに沁みだして來るものがあり、私は少し胸苦しいやうなその甘味一つに何が含まれてゐるのだらうかと暫《しば》く考へた末、いまは昔岡本の食卓にあつた紅茶と、赤く燒けた網の上の食パンのことを思ひだしてゐます。

芳國が岡本の家に來たとき、そこではすでに毎朝、學生さんたちの賄《まかな》ひを終へた初音が焜爐《こんろ》に網をのせて四角い食パンを燒き、紅茶をいれるのが習慣になつてをりました。賄ひの味噌汁や漬物や干物の匂ひが染《し》みついた臺所に漂ふパンの匂ひは、こんな感じと云ひ表せない、まさにパンの匂ひとしか云ひやうのない、岡本家の朝の匂ひです。私の記憶では、そこには初音のつけてゐる髮油の匂ひと、佛壇《ぶつだん》の線香の煙が沁みた着物の匂ひも僅かに混じつてゐたと思ひます。パンと紅茶を頂く習慣は初音の亡父の時代に遡るさうですが、初音をはじめ岡本の人びとにとつては、食卓に竝《なら》ぶ磁器のティーポットや紅茶茶碗は、居間の鴨居の上に揭げられた代々の當主の寫眞とともに、かつては薩摩藩の上級士族だつたらしい岡本家の體裁《ていさい》を僅かに偲ばせる數少ない名殘の一つでした。しかし、その朝の様子はと云ふと、たとへばこんなふうなのです。

理想を云へば洋式のテーブルと椅子があるべきところ、六疊の茶の間の眞ん中にあるのはけやきの丸い卓袱臺《ちやぶだい》で、そこにその紅茶茶碗とポットが置かれ、皿に燒いた食パンが一枚づつ載つてゐます。紅茶茶碗と皿は、緣《ふち》に海老茶色と金色の線が一本づつ入つてゐます。大正の少し前、その周りを圍《かこ》んだのはワイシャツにネクタイと云ふ姿の小柄な芳國、丸髷《まるまげ》を結ひ着物に前掛けを着けた初音とその母キク、それに洋裝の娘三人の六人です。紅茶は、牛乳と砂糖を入れてうんと甘くして頂きます。それを音を立てずに啜《すす》り、パンは手で小さく割いて口に入れます。とは云へ、當時七十を越えてゐたキクは齒《は》のない口で紅茶にパンを浸して食べてゐたさうですし、私の覺えてゐる後年の芳國もパンが苦手で、いつも一口每に紅茶で流し込むと云つたふうでしたから、このパンと紅茶の朝食の風景は何と云つたらいゝのでせう。習慣と云つても誰が何を確信してゐるのでもなく、一寸した居心地の惡さの一方にふは〳〵した奇妙な明るさがあるのは、どこか手元の富子の寫眞と似てゐるやうに感じられます。それでも、その食卓にゐた富子たち三姉妹は、躾けにやかましい初音の目を盗んでは祖母の眞似をしてふざけたり、紅茶に山ほど砂糖を入れてみたりするのに忙しく、自分たちの家は何だか氣取つてゐると笑ひつゝ、少々の可笑《おか》しみも窮屈も一向に氣にならないほど、とにかく若かつたのでした。

富子たち岡本家の三姉妹は自立心旺盛で、それ〴〵に父母の世代の價値觀《かちかん》の枠からはみだしがちでしたが、三人がとくに進歩的だつたと云ふのではありません。目も耳も足も元氣もあるのですから。積極的に見聞を廣め、胸を躍らせてその日その日を賑やかに満たされて過ごしてゐたと云ふ意味では、三姉妹はむしろ平凡の中の平凡でありました。富子は長姉の房子とは八つ、次姉の民子とは六つ離れてゐたので、どちらかと云へば上二人の話題に感化される立場でしたが、話題と云つても一つ一つは實に他愛ないものです。學生が集まる本郷通りの界隈にはわりに文化的な空氣がありましたし、小石川のはうの大きなお屋敷の子女が級友にゐたりするため、姉二人は進歩的なお金持ちの暮らしぶりを目の當りにすることも多かつたやうです。さう云ふ家にはピアノがあつて、うつくしい椅子があつて、絨毯があつて、セザンヌの畫集《がしゅう》があつて。それに貴女《あなた》、シューベルトと云ふのを知つてる？『冬の旅』と云ふ歌曲を聴かせていたゞいたのよ。獨逸《ドイツ》の歌曲は何とも云へず浪漫的でうつくしいわ。洋行するなら絶對《ぜったい》に獨逸だわ。富子は半分はそんなお金がどこにあるのと思ひながら、半分はしつかり耳をすませて姉二人の話に聞き入ります。

ほかには近くの一高の學生の噂話、映畫の話、少し背伸びして足を運んでみた展覽會《てんらんかい》や音樂會の話。またときには自由戀愛《れんあい》についての下らない内緒話。さうして三人娘は甘い紅茶を飲み、夜は編物をしたりストッキングの繕ひをしたりし、同じころ茶の間では芳國がひとり肅々《しゅくしゅく》と碁盤に向き合ひ、その傍らで默つて針仕事に勤《いそ》しむ初音の頭は、娘たちを少しでも條件の良い家に嫁がせることで一杯なのです。しかし娘たちへの期待と云つても、一人くらゐは婿養子を取つて壯健な男子が生まれてくれたらと云ふ程度のさゝやかなもので、それ〴〵に生活に追はれ、文化だの進歩だのに追はれて何やら忙しく過ぎていくなかで、期待も焦燥も日々ぼんやりとした薄明るさに紛れがちでした。

ところで、長姉の房子は第一高女を卒業するとすぐに見合ひをして大宮の釀造元の家に片づき、翌年には次姉の民子が看護婦養成所を出て、これも首尾よく市ヶ谷の開業醫《い》と自由結婚をしてしまつたため、大正二年には富子ひとりが本郷の家に殘されてゐたのでした。そのころの富子の氣持ちを代辯《だいべん》しますと、ほんの少し出遲れたやうな氣分と、姉二人の自由さも底が割れてみれば確かなものは何もないことを見拔いた末のひどく醒《さ》めた氣分の二つだつたでせう。富子と云ふ女性は、三姉妹のなかでは一番頭の良い理想家でしたが、確固とした目標を見いだしかねてゐた狀況は姉たちと似たやうなものだつたからです。むしろ、才能や意思さへあればどんな未來も約束されてゐるかのやうな當世の風潮と、家柄や學歴や資産と云つた如何《いかん》ともしがたい現實の兩方が見えてゐた分、姉たちよりは惱《なや》みが深かつたかも知れません。實際、いくら希望しても最高學府の女子高等師範となるとさう簡單に入れるものではなく、自立する代はりに體《てい》のよい婿養子を貰ふ道を選んだにしても、土臺《どだい》こんな古い下宿屋に婿入りしようと云ふ相手など、たかが知れてゐると云ふものではありませんか。

それでも、時代も富子も希望を失ふには若すぎました。女高師へ行きたいと無茶を云つてみたり、『青鞜《せいとう》』の文人たちの眞似をして青いストッキングを履いてみたりと、家族や學校や世間に對《たい》して小さな抵抗を試みながら、十五歳の富子は少しでも長く夢を見《み》續《つづ》けようとしてゐたのでした。自分の人生を社會から制限されるのは我慢ならないと思ひ、かと云つて先進的な女性たちへの憧《あこが》れはなほも漠然としたまゝ、何ものにも代へがたい若さの輝きと不確かさの間を行き來してゐた富子は、とても自然に、自分に正直に生きてゐたのだと思ひます。寫眞のなかにゐるのは、まさにさう云ふ少女です。勝氣で、不安げで、そのくせいまにも音を立てゝ彈《はじ》けさうな、きら〳〵した果實のやうな顔。

さうして富子は現状に合はせて少しづつ夢を變形《へんけい》させてゆき、つひに落としどころを見いだしますが、それは岡本の家になかつたもの、紅茶とパンだけでは足りないもの、すなはち教養のある生活と云ふやつでした。教養は具體《ぐたい》的なかたちがない分、入手出來さうに思へたことでせうし、何よりも身近にゐた家庭教師の康夫が一番の手がかりになつたことは疑ふ餘地《よち》がありません。英文科にゐた康夫は、大正五年ごろにはすでに文藝の同人と親交を深めてをり、岡本の下宿には彼らが始終出入りしてゐました。私が子どものころ、家には『早稲田文學』『改造』『中央公論』といつた雜誌がたくさん殘つてゐましたが、そのなかの一番古い日附が大正五年で、私はそこで鷗外《おうがい》の『高瀬舟』を讀《よ》んだことを覺えてゐます。結局成績がついてゆかず、女高師を諦めて高女の高等科へ進んだ時代、富子が康夫に借りて讀み耽つた多くの雜誌のなかの一册です。

富子と小説の出會《であ》ひは、青春の高揚を繪《え》に描いたやうで、私は想像するたびに自分にもそんな時期があつた懷《なつ》かしさと面はゆさに驅られます。富子が包まれてゐたのは晴々として、大膽《だいたん》で、猥雜で、社會の誰もがその熱氣をおほらかに笑つて眺めてゐるやうな空氣です。新しい知識や感性に觸れる解放感などと云ふと平板に過ぎる、自由や理想の目に見えない狂騷です。もつと云へば、この私は後年富子から話に聞いただけで、私自身は今日まで生きてきてつひに出會はなかつたやうな氣がする、明朗で高々と澄んだ人間の聲です。さう云へば、何年か前に萬國博覽會《ばんこくはくらんかい》の音頭《おんど》を唄つた、あの歌手の聲もやけに朗々としてゐましたけれど、私の耳に聽こえてくる富子の時代の青年たちの聲は、もつと若々しく固いのです。

思ふに大正五、六年から私が生まれるまでの數年は、富子と康夫の雙方《そうほう》にとつて一番うつくしい無産の時代でした。康夫の下宿に文藝仲間が集まつたのは、ひたすら眞面目に大學と下宿を往復するだけだつた田舎青年の康夫の懐《ふところ》を當《あ》てにしてのことだつたやうですが、康夫は自分は呑まないのにいつも快く酒代をもつてやり、代はりに闊達《かったつ》な友人たちの議論を精一杯吸收しようとしてゐました。未だ生まれてゐない私は、そこで交はされた話題の中身を知りませんが、時代から云ひますと、自然主義リアリズムとか民衆藝術《げいじゅつ》の是非と云つたものであつたでせうか。またたとへば愛情の生理學的解剖とか、情死の心理とか。男女の情癡《じょうち》や激情をあらはに描いてみせることもまた進歩的だつた時代、言葉が熱を産み、熱が言葉を産み、氣がついたらほんたうに心中してゐたと云ふことも珍しくなかつたさうですから。一方、外に目を向ければロシヤで革命が起こり、歐洲では戰爭が廣がり、日本もシベリヤへ出兵したり、朝鮮半島で獨立《どくりつ》運動があつたりと云ふ時代でしたから、政治や思想の話題も大いに出たはずです。

富子はよく、このころのことを世界が動いてゐる感じがしたと云つてゐましたが、革命も戰爭も、遠い東京の片隅では詳細な事情が抜け落ちて、胸が高鳴るやうな、なにがしかの進歩の豫感《よかん》と云つたものに化けてゐたのかも知れません。あるいは革命も戰爭も、遠い歐洲から理念や情熱だけを康夫の四疊半に運んで來たのかも知れません。しかし、もしさうであつたとしても、大正と云ふ時代はたしかに明治の謹嚴な重しが外れたやうなところがあつたのですし、この時代の彼らの熱氣を浮ついた議論のための議論と批判するのは、後世の賢い人たちに任せることにしませう。それよりも私は、その四疊半の片隅で未だかたちにならない自らの思ひを抱き、押し默つて一心に耳を傾けてゐた康夫の姿を思ふのです。さらにその傍らで、ぢつとしてゐても溢れだしてくる若さの浮き〳〵した色香に包まれ、輕やかに興奮してゐただらう富子の顔を。

さう云へば、康夫は生來の壯健な體軀《たいく》に比して、頸《くび》から上は津輕人らしい色白の面長の童顏と赤みの差した艶《つや》やかな頰を持ち、桃太郎とか金太郎とか皆に云はれてゐたさうです。文人は青白くなければならないと云ふわけでもないでせうに。しかしこの時代、康夫が東北の農民の子であることは、富子の頭からも拔けてゐたか、さうでなかつたとしても大して意味を持たなかつたのは確かです。どちらにしろ、本來は生きることゝ一つであるべき人間の品位が、なほも教養や理想と同義語だつた富子のなかで、康夫がいつどのやうにして望ましい男性像になつていつたかも、たぶんリアリズムの目よりも浪漫的な情緒のはうが似合ふ話だつただらうと私は思ふのですが、はて。

閑話休題。富子や青年たちが議論に花を咲かせてゐたころ、一階では芳國が相變《あいか》はらず碁盤に向かひ、眉間に皺を寄せるのも習ひ性になつた初音は、縫ひ物をしながら一杯の甘い紅茶を啜つてをりました。そのさゝやかな安定の下には、青年たちの熱氣と對《つい》になるやうにして崩れてゆくもの、呑み込まれてゆくものゝ苛立ちがひそんでゐたかも知れません。私は五年前、あの萬國博覽會の未來都市を見學しての歸《かえ》り、ふと未來と云ふものがひどくぼんやりとして可でも不可でもないやうに感じられたのでしたが、思へば芳國たちももう五年前の私と同年代です。また、奥の寢間ではすでに耳も遠くなつた祖母のキクが腰痛《ようつう》で寢込んでゐましたが、大正七年夏にキクが亡くなつたのは、流しに落ちる水音が響いてくるあの茶の間で、晝寢《ひるね》をしてゐた間のことだつたさうです。

いま、かうして書いてゐるうちに、幾つかの名前が懷かしい靄のやうに浮かんできました。ガートルード・スタインとか、ヴァージニア・ウルフとか、T・S・エリオットとか、ジェームズ・ジョイスとか。子どもの私が父康夫から聞いた小說家の名前です。さう云へば、英語の分からない私は長い間讀む機會がなく、貴方《あなた》が大學のころ、いつも不要になつた本を送つてくれたので、やつと四十も半ばを過ぎてから翻譯《ほんやく》で讀みましたが、なかでも『ダブリン市民』は素敵でした。あの艷《つや》やかな人びとは何と云ふのでせう。ほの暗く、小さく泡立つやうな人間の生活の聲《こえ》が、幾つも幾つも重なつて聽こえてくるやうでした。

さて、大正八年春に康夫は東京外國語學校の英語講師になります。前年、女子英學塾の臨時講師を一年勤めた後、恩師の紹介で官立の專門學校の教職に就くことが出來たのは、堅い將來と云ふ意味で喜ぶべきことだつたと云はなければなりません。

そのとき實《じつ》は弘前《ひろさき》高校からも誘ひがあり、學資を援助して下さつた郷里の市田家への恩義を思へば、康夫はもちろん弘前に赴任すべきでしたが、それをあへて斷るに至つたのは、その直前つひに富子と所帶を持つたからでした。尤《もっと》も、康夫にはいづれ郷里の教壇に立たなければと云ふ逡巡があつて岡本の養子には入らず、富子は富子で青森に行くのはいやだと云ひはつた結果、その結婚は二人が康夫のはうの野口の姓を名乘りつゝ岡本の家に居候すると云ふものになりました。筒木坂の野口の實家としては、三男の康夫については元から口減らし程度に思ひ定めてゐたにしろ、それでも世間體《てい》と云ふ意味で失望がなかつたはずはなく、岡本の家とて養子に迎へられなかつたとなれば當て外れもいゝところです。そのやうな事情だつたため、富子と康夫は入籍だけして晴れがましい擧式《きょしき》は行はず、康夫は郷里から父母を呼び、岡本の下宿屋の一階の六疊間《ろくじょうま》で兩家揃つてかたちばかりの祝言《しゅうげん》が擧《あ》げられたさうですが、私は誰からもそのときの様子を詳しく聞いた覺えがないので、兩家にとつてあまり良い思ひ出とならなかつたのでせう。

しかし、結婚の形態など私にはどうでもいゝこと。若い男女の結婚はどんなかたちであれ、仕合はせと云ふうつくしい氣體《きたい》を邊《あた》りかまはず撒《ま》き散らして、前進あるのみでした。パンを燒き紅茶をいれる岡本の朝の食卓を圍《かこ》むのは、いまや初音と芳國、富子、康夫の四人の大人です。さうして肅々と皆で紅茶を頂いてゐるときに、富子が夫を「康夫さん」と呼び、康夫が妻を「富子さん」とか「貴女《あなた》」とか呼んだりします。親としてはもう、教養のある進歩的な若い世代はかうなのだと割り切るほかありません。それでも長年芳國のほかには男性がゐなかつた茶の間に初めて現れた若い康夫は、初音にとつてさへ一寸《ちょっと》新鮮だつたことでせう。六尺を越える壯健な男子が鴨居に頭をぶつけないやうほんの少し頭を屈《かが》めて入つてくるとき、若々しくほろ苦い男の匂《にお》ひが立つて、富子はそれだけでどき〳〵します。これが私の夫よ！　外の通りへ大聲で叫びたいやうな心地。

昨日までと同じ家同じ生活が違つて見え、雑巾がけをしてゐても自信や歡喜が溢れだして、つい驅け足してしまふ身體《しんたい》を持て餘《あま》しながら、富子は晝間家にゐない康夫を待ちわびます。お辨當《べんとう》を届ける口實を作つて神田錦町《にしきちょう》にあつた康夫の學校まで會ひに行くと、野口先生の奥さんと云はれるのが嬉しく、夫婦の財布を握りしめて酒屋へ康夫のために麥酒《ビール》を買ひにゆくのが嬉しく、物干し竿《ざお》に竝《なら》んだ洗濯物の中に康夫の男物の下着や靴下があるのも嬉しい。それで空を仰いで一つ深呼吸をすると、康夫と云ふ夫がほとんど未來永劫の寶物《たからもの》のやうに感じられる。それからもう一つ息をつくと今度は、欠伸《あくび》でさへ愛しく思ひだされてくる。新婚時代、康夫の歸宅《きたく》を待つ富子の様子を思ひ浮かべるとそんなふうです。

未だ生まれてゐない私になぜ分かるのかと云はれたら、娘だから分かるのだと云ふしかありませんが、平塚らいてうが何と云はうと、女性には幾つになつてもかう云ふところがあるのは確かです。このころの富子は、昔の自立心など一寸どこかへ置き忘れてしまつたかのやうですが、富子にとつて結婚は夫と決めた男性との一心同體《どうたい》だつたか、妻となつてなほ夫に戀《こい》をしてゐたかだと云つたら、まるで古びた小説のやうでせうか。後年のことですが、康夫の歸宅が遲くなつた日、富子は神經が立つて仕方がないのを理性で抑へた末、寢間で捕まへた夫に云ふのです。遲くなるのは構はないが、少しでも二人で語り合ふ時間をもつ約束でせう。さうでなければ私はいやだと云つたでせう。さァ話して頂戴。今日一日のことを話してくれるまで寢させてあげません――。

かう書いてゐる間にも、私は小さいときに襖越しに聞いた富子の聲を思ひだすのですが、さう云ふとき子どもの私は僅かに胸が苦しいやうな感じがして、母は父の前では別人になる、子どものやうな聲になると思ひ息を殺してゐたのでした。しかし、かうした富子は少しも先進的でも過激でもなかつた分、なほ凡庸のなかに閉ぢ込められた心情の濃密さのやうなものがあつて、いま私にやつて來るのは同性としての何とはない羨望だと云つておきませう。この私も、淳三の元氣なうちに一度くらゐそんなことを云つてみたらよかつたと云ふ意味で。しかしそれにしても、こんなふうに戀をされた若い康夫は、ほとんど圍《かこ》ひ込まれた蟲《むし》の體《てい》で、思ひだすと一寸可笑《おか》しい氣がします。

ところで大正九年二月二十二日の朝、そんなふうな家で私は生まれました。初産《ういざん》にしては樂なはうだつたと云ふことですが、それでも妊娠中の富子は、自分のお腹《なか》のなかにキノコが生えたやうで何とも氣持ちが惡いやら恐ろしいやらだと云ひ、康夫をうろたへさせたさうです。その話を聞いた子どものころ、私は椎茸《しいたけ》のやうに生えてきたのだと思ひ込み、正しい知識を身につけてからもキノコの話は私を大いに可笑しがらせたものです。しかしまた一方、富子は急に思ひだすやうに或る種の氣分が湧きだしてくると、かうも云ふことがありました。それがやつて來るのは、私の手を引いて夏の盛りに本郷通りを歩いてゐるときや、夜に寢間で『かぐや姫』の繪本を讀み聞かせてくれた後などです。貴女《あなた》が生まれたときどんなに嬉しかつたか。薄い金色の產毛《うぶげ》が生えてゐる頭を撫でるのが、どんなに神聖なやうな、恐いやうなだつたか。貴女のしつかりした重みが世界の全部の重みのやうに思へて來ると、どんなに震へだしさうだつたか。

これはたぶん、私を產んだときの直の感覺と云ふよりは、後から包み直した富子の心の包装紙だらうといまは思ふのですが、さう云ふときの富子の聲は薄い鏡を何枚も張り合はせたやうに遠くから響いてきて、小さい私は一瞬眞晝《まひる》のなかのひんやりした日陰に立つてゐるのでした。

さて、本郷の生活はなほ續《つづ》きます。

大正一二年九月の大震災當日《とうじつ》の記憶は、數《かぞ》への四歳だつた私にはありません。康夫と芳國は勤め先にゐて不在だつた正午前、大きな揺れが來て、家にゐた富子と初音が私を聯《つ》れて外へ飛びだすと、路地は一瞬時間が止まつたかと思ふ靜けさだつたさうです。それは何とも云へぬ感じで、あれは東京市中の人や乘物や工場などが一齊《いっせい》に停止して、一切の物音が絶えた靜けさだつたのだらうかと富子は何ケ月も經《た》つてから考へたさうですが、康夫や芳國はさう云ふ記憶はないと云ひますから、男と女ではいざと云ふときに働く器官が違ふのかも知れません。地震の直後、富子の近隣では岡本の下宿屋がきれいに傾いて隣の香具屋の屋根を押し潰してゐたほかは、米屋の土藏が一つ崩れたくらゐでほゞ平生と變《か》はりなく、富子も安普請の家が潰れたのはさほど堪《こた》へなかつたけれども、空を仰ぐと腹立たしいほどの晴天だし、こんなに暑いのに今日は行水も出來ないと思ふと情けなかつたと云ふことでした。尤も、このとき富子のお腹には二人目の子どもがをり、悪阻《つわり》がひどかつたと云ひますから、おほかた矢でも鐵砲《てっぽう》でも持つてこいと云つた氣分だつたのでせう。聞けば、その日の私は風邪氣味で機嫌が惡く、富子がとりあへず康夫の本や原稿用紙を運びだしてゐる間、富子を大いに困らせたさうです。

その日、夕刻近くには市中に火災が廣《ひろ》がつてゐると云ふ噂が傳《つた》はり、富子は私の手を引いて近くの寺の境内へ行き、そこから上野方面や宮城《きゅうじょう》邊りの空高く、赤く焼けた雲が湧いてゐるのを見たと云ふのですが、ほんたうに町が燃えてゐるとは思ひもしなかつたさうでした。しかしまた、その雲の下にゐた康夫も、外國語學校に火が迫つてきさうだと云ふのでとりあへず藏書を運び出すのに追はれ、避難する人びとの姿を學舍の窓から見たときは、神田界隈にこんなに人が住んでゐたのかと驚いたと云ひますから、火に燒かれなかつた幸運な市民は、おほむねこんなところであつたのかも知れません。

かうして私の父母たちの震災の經驗は、長年住み慣れた家が潰れたこと、大事にしてゐた紅茶茶碗やポットが割れてしまつたこと、夕刻に見た赤い雲、神田界隈の罹災者の光景などの斷片に留まり、後年私たち子どもに語られることも少なかつたのですが、父母の中では一つ一つの斷片がさうして鮮やかなまゝ行き場を失つたのかも知れません。それが父母たちそれぐ\の震災であつたのかも知れません。さう云へば、福澤本家の宗《そう》兵衞《べえ》曾祖父《そうそふ》もあの日、山本内閣の組閣中だつたために東京にをられて、麹町區《こうじまちく》の自宅で罹災されたさうですが、そのとき眞つ先に青森縣《けん》からの救濟員《きゅうさい》を組織すべく縣參事會や弘前《ひろさき》の第八師團《しだん》に要請を出したとか、上野三宜亭の縣救護事務所を聯日《れんじつ》見舞つたとか、死屍累々の凄慘《せいさん》は筆舌に盡《つく》し難き觀此《こ》れ有りと云ひつゝ、威勢の良い思ひ出話はいつも、何だか進軍ラッパのやうに聞こえたと云ふ勝一郎お祖父様《じいさま》の話でした。衆議院議員の記憶でもそんなふうです。

幸ひ本郷區に火は屆かず、私たちは一週間ほどして僅かな家財や本とともに大宮の長姉夫婦の家に移り、芳國と康夫は外國語學校も東京電氣の川崎工場も全半焼してをりましたし、下宿屋の再建問題もあつて東京に殘ることになりました。富子は翌年三月に大宮で長男哲史を出產しましたが、私たち一家が本鄕に再び集ふのは、大正一四年の春まで待たねばなりません。

ところでいま、かうして書いてゐる間に、この私にも震災の遠い外周を廻るやうにして立ち上がつてくる斷片があることに氣づきました。そのことを少し書き足しておきます。

私は後年、本鄕の家でとき〴〵障子を閉めて家人の目から逃れた緣側の隅にこもり、父の古雜誌を眺めて過ごすことがありました。尤も多くは黄ばんだ紙の匂ひを嗅《か》ぎながら大人の世界の一端に觸《ふ》れてみるだけの時間でしたが、さうして開いた古雜誌のなかに折りたゝまれた『勞働運動』新聞の束があつて、大杉榮《さかえ》の文章は平易だつたのでせうか、幾つか讀《よ》んだ記憶があります。大概ほかの社會主義者たちは、否、否、我々は、然《しか》るに、ねばならぬ、と云つた短く强張《こわば》つたシャックリのやうな書き方で、戰線とか、鬪爭とか、團結《だんけつ》と云つた言葉の繰り返しであるのに、大杉は勞働運動は勞働者の自己獲得運動、人間運動、人格運動であると書きます。勞働者が求めるのはその感情や精神のほんたうの理解である、と云つたくだりを讀むと、この人が聲高《こわだか》な社會主義者たちに異議を唱へてゐるのだと分かりますし、何事につけ自分の言葉を持つてゐると感じられたのでしたが、はて私の父、康夫自身は一體どのやうな思ひで、かう云ふおほらかで自由な感性の傍らを通り過ぎていつたのだらう――。康夫は後年、大杉が武者小路《むしゃのこうじ》實篤《さねあつ》の『人類の意志に就て』をこてんぱんにやつつけてゐる文章を讀んで大笑ひし、ぼくはやつぱり大杉が好きだなあと云つたことがありましたが、一方で康夫が殘した左傾の賴りなげな足跡は、大杉が批判した知識階級のものであつたやうにも思はれます。關東大震災と、その混亂《こんらん》のなかで憲兵隊に殺されたと云ふ大杉榮の名前は、かうして私のなかではある時期の父への不信や、後年の重苦しい時代の氣分と絕えず一つになつてしまふのですけれども、ぼくは精神が好きだと書いた大杉も、その精神に傾倒しつゝ姿を見失つてしまつたらしい康夫のどちらもが、少しづつ息苦しく、また無爲に思へることもあつたのは、あるいは十三、四の少女の一寸した生の氣分のせゐであつたのかも知れません。

さて、震災の翌々年の大正一四年四月、岡本の家は本郷の土地を半分賣《う》り拂《はら》ひ、そこに元の半分の大きさの下宿屋を建てたのでした。長くお世話になつた大宮の房子伯母の家については、臺所《だいどころ》の土間の奥の引き戸を開けると、敷居のすぐ外に金色や新綠の田んぼが廣がつてゐた不思議な風景と、そのずつと先に河川敷の土手が見えたことの二つしか覺《おぼ》えてをりません。小さい私はその引き戸の際《きわ》に立つと、夏から秋までは稻穗《いなほ》が頭の上まで來て、その上に見えるのは空だけなのです。大正一四年春の引つ越しの日、しんと冷えたその土間の引き戸の向かうの田んぼはレンゲの桃色に染まつてをり、そのなかの畦道を、灰色の貨物自動車が飛び跳ねるやうに右へ左へ傾きながら近づいて來た光景は、まるで蜃氣樓《しんきろう》のやうでした。

ところで、本郷の新しい家は一階が住居、二階に貸間が四部屋と云ふ造りになつて、元の家よりずいぶん手狹になり、次男幸生と一番下の美也子が家族に加はつた昭和四年には、六疊の座敷で岡本の祖父母が寢起きし、私たち一家六人は、四疊半の茶の間と六疊の二間に僅かな家財道具と一緒に詰め込まれることになりました。

しかし、その家には小さい緣側もあり、康夫はその隅に文机を置いてゐて、晝間《ひるま》はそれが私の机になりました。緣側の外は元あつた裏庭の一部だつた二坪ばかりの前栽《せんざい》で、物干し竿を渡すだけでほゞ一杯になる狹さでしたが、棕櫚《しゅろ》と柿《かき》と無花果《いちじく》が枝を張り合つて隣家からの目隱しになり、そこは板塀と木に圍《かこ》まれた小さな祕密の庭のやうでもありました。傍若無人に茂り放題の無花果の枝葉と、その茂みから突き出した棕櫚の葉はどうしてかうも魅惑的なのか、緣側の文机に坐つて硝子戸《ガラスど》越しに眺める庭は、初夏の雨の下では小茂田青樹《おもだせいじゅ》の『綠雨』と云ふ繪《え》を想はせ、盛夏の濃い綠の下では、ルソーの『夢』に似たエキゾチックな幻想のすみかになるのです。しかしまた、日差しが透明な冬の午後に緣側でうと〳〵してゐると、煙るやうな綠雨や濃い密林の幻はアラビヤやモロッコの海邊《うみべ》に變はり、私は灼熱の濱邊《はまべ》に立つ棕櫚を夢想したりもします。この海邊の棕櫚の夢想は、康夫が讀み聞かせてくれたヴァレリーの『棕櫚』と『海邊の墓地』と云ふ二つの詩から來てをり、子どもにはとても難解で意味は何も分からないまゝ、私の頭のなかで謎のやうに生まれたものです。

さうした樹木のほかに、その小さな前栽では苔も祕密の庭の一端を擔《にな》つてをりました。ご不淨の邊りから少しづつ廣がつていく苔は、濕《しめ》つた冷氣を立てながら緣側の下まで忍び寄り、晝間そこで父の古雜誌を盜み讀む私の鼻腔を滿たすのです。さう云ふとき、私は障子を閉め切つて音を立てないやうに息をひそめ、淺草紅團《くれないだん》の弓子は何とまァ刺激的だらうとわく〳〵したり、春琴《しゅんきん》の殘酷さに何か痛いやうな小氣味よさを覺えて震へたり。他愛ない少女の夢想は際限なく浮いたり沈んだりし、ふと目を上げるとそこにある前栽の綠は、その奧にさらに深い綠の影が重なつてゐて、私は震撼《しんかん》するやうな微細なのゝきを感じたり、かたちもなく息苦しい無爲に怯《おび》えたり、はたまた急に高揚がやつて來たり。だからどうだと云ふのでもないのですが、さうした祕密の時間は、おほかた當《あ》てもない未來への逃走路となつて延びてゐたのでせう。

しかしまた、天氣の良い日にはその緣側は家のなかで一番明るく、風通しのよい場所になりましたから、大きく硝子戸を開け放つたそこで、富子はよく裁縫をしてゐました。富子が初音や自分の古い着物をつぶして、スカートやブラウスに仕立て直す傍らで、私はぷんと樟腦《しょうのう》の匂ひのする縮緬《ちりめん》や羽二重の端《は》切《ぎ》れをもらひ、それを縫ひ合はせてお手玉の袋を作るのです。すると初音がそこに小豆《あずき》を入れてくれて、最後に口を綴《と》ぢるときのシャラ〳〵鳴る音の浮き〳〵すること〻云つたら。たゞの音と云ふのでなく、手觸《てざわ》りと一つになつて、身體ぢうの毛穴と云ふ毛穴がくす〳〵笑ひながら踊りだすやうな感じ。

晴れた日の緣側はまた、美容室にもなりました。緣側に鏡臺《きょうだい》を持ちだした富子は、新しい髮形の結ひ方が載つてゐる婦人雜誌と手鏡を傍らに置き、パーマネントをかけた自分の長い髮を器用に結ひ上げていきます。右へ左へと動くその富子の手を、小さい私は一時間も飽きずにぢつと眺めてをり、やがて自分の髮を結ひ終へた富子は、私のはうへ向き直ると、櫛《くし》を手ににやりと笑つて「さあ、今度は晴子ちゃんの番よ」と云ひます。私は「いや、いや」と逃げ、「ほら！」とばかりに富子の手中に捕らへられ、鏡臺の前に正座させられます。これは十歳くらゐまでの私と母の、いつもの決まり事のやうな戲《たわむ》れでした。さうして富子は私の髪を梳《す》き、櫛と母の手に引つ張られた髪がキュッ〳〵と音を立てるたびに、輕い痛みと可笑しみが一緒になつてやつて來て、私はやはり笑ひだすの。

まァ私と云へば、何を書いてゐるのでせう。かうして樂しい思ひ出はみな本郷の家にあつたやうな氣がして來るのは、たゞ子どもであることの無上の幸福のせゐでせう。また、それを眺めてゐる私にいま、ほんの少し痛みやよそ〳〵しさの伴つてゐることが、かつて子どもであつたことの歡《よろこ》びをなほのこと確かにしてゐるのかも知れません。しかしまた、」かうしてうつくしい縁側で過ごしてゐた間も、子どもの私は母が空氣のやうに康夫への思ひに包まれてゐるのを知つてをりました。母の機嫌がよいのは康夫との間に何かよいことがあつたからであり、そのおこぼれにあづかる子どもの私はほんの少し光の輪の外に置かれてゐて、それがまた一層《いっそう》母とのひとゝきを微細なものにしてゐたのでせう。

學校が休みの日、富子は下宿の賄《まかな》ひの買物に出るついでに、私たち子どもをよく小石川や上野の公園に聯《つ》れだしてくれました。ときには豆腐や大根を買ひに出たはずが、電車に乗らうと云ひだし、横濱《よこはま》まで足を延ばすこともありました。さう云ふとき、小さい弟妹たちは思ひがけない遠出に小躍りする一方、私は富子に引かれた手から傳《つた》はつてくる苛立つた神經を感じて少し身構へるのです。ぐい〳〵引つ張られる手の痛みは、横濱港で見た外國の貨物船の出入りの風景や、歸《かえ》りに感じのよいカフェーで食べさせてもらつたアイスクリームやライスカレーの味と溶け合ひ、いまもかうして薄れることはないのですが、これは前段の微細な歡びとは逆に、母と云ふ人と自分は別人であることを學び始めた子どもの悲しみだと云つておきませう。しかし富子の遠出は、家族のために精一杯理性的であらうとした富子が、お茶碗を投げる代はりに自分自身を外へ聯れだしたと云ふのではなく、むしろなほも變《か》はらず續《つづ》いてゐる康夫への戀《こい》の、一寸した波風と云ふべきものであつたのは確かです。

ところで母子の生活がそんなふうであれば、子どもはひそかに家への關心を失ひ、外の世界へ飛びだす日を待ち望みます。學校に上がつた私は身體も大きく活潑《かっぱつ》で、思ひだすのは運動のことばかり。第一高女に進學したときは、アムステルダム・オリンピックに行つた人見絹枝《ひとみきぬえ》のやうになりたいと眞劍に思つてゐたので、陸上競技部に入りました。自慢するやうですが、十三歳のとき東京市の競技會で百メートルを十三秒五で走つたのですよ。初めて康夫に買つてもらつた競技用の靴を履いて。尤《もつと》も手動の時計ですし、追ひ風が二メートルくらゐありましたから正確とは云へないけれども、いまふと加速がついた身體の、自分のものでないやうに躍る感覺を思ひだし、遠い歡聲《かんせい》まで聞こえたやうな氣もして、なんだか氣持ちよくなりました。この間圖書館《としよかん》で借りた本によると、運動の記憶はこの私の腦のなかでも、小腦と云ふところに入つてゐるさうです。そこにしまはれた記憶は一生失はれないと云ふのですが、はて小腦は私の身體が老いて衰へたことを知つてゐるのでせうか。

さて、女學生の私は毎日暗くなるまで練習をし、歸《かへ》りには友だちと餡《あん》パンを買つて食べたり、記録の話をしたりして油を賣《う》り、遲くなつて家に歸ると眞つ先にするのは、固くなつた足の裏を輕石で磨くことゝ、運動着の洗濯でした。そんなふうでしたから、この時代の父母のことを書かうにも私はあまりよく見てゐなかつたに違ひなく、父母の顔もほかの家族の顔も、なんだかぼんやりした塊のやうになつて浮かんでくるばかりです。

朝は、昔と同じやうにパンと紅茶の匂ひで始まります。青い線の入つたポットや紅茶茶碗は、新しい家が建つたときに康夫が奮發《ふんぱつ》して初音のために買ひました。富子が夏みかんの皮で作つたマーマレエドが瓶に入つてをり、いまで云ふスキートポテトに似たものがあつたり、リンゴや柿が出されたりし、紅茶にはやはり牛乳と砂糖をたつぷり入れて頂きました。その食卓はしかし、子どもたちとラヂオのせゐで昔よりはずつと賑《にぎ》やかです。ラヂオが私の家に來たのは、私が小學校の三年くらゐのときです。

私が暗くなつて學校から家に歸ると、臺所《だいどころ》の煮炊きの湯氣の中を富子のエプロン姿が行き來してゐます。新しい流しはブリキ張りで、それが富子や初音の自慢です。婦人雜誌で見て富子が自分で仕立てたエプロンは、一寸若い娘のやうで、生意氣な女學生の私はヘンだと思ふのですが、しかしそんな富子の姿よりも、夕飯の食卓を圍《かこ》んでゐる下宿人の學生さんたちの若々しい背中や、家族のものとは違ふその聲《こえ》のはうが私の目や耳を少しづつ刺激し、氣になるやうなならないやうなで、私は見て見ぬふりをします。さう云へば、學校では三つ編みと決められてゐましたから、歸り道に教師に見つからないやうそれを解《ほど》いて、長い髪を肩に垂らして歸つたりもしたものでした。すると家に着くころには、癖が取れてさらりとなつてをり、その髪で私は學生さんたちの傍らを通るのです。

その同じ光景の中で、弟の哲史は小さいくせに私より物知り顔をして、縁側の父の文机で本ばかり讀んでをり、下の幸生は漫畫《まんが》を讀み、まだ幼い美也子は初音の膝で指をくはへて寢てゐます。私は煮炊きをする母の手傳《てつだ》ひをしながら、すきを見て、本に夢中の哲史を父の文机から追ひ立てます。少しは男の兄弟に嫉妬してゐたのかも。そんなに本が好きなら、せい〴〵末は偉い博士か大臣になつて、一家を養つてくれるがいゝわと私は腹立つのですが、哲史と云ふ子はそれなりに従順に風呂を沸かしに行つたりするので、意地悪をしたはうの立つ瀬がないと云ふものです。そして、さうかうするうちに康夫や芳國が歸宅するころには、もう學生さんたちも引き揚げ、私たち一家は、子どもが多いせゐで自然に起こる賑やかさの他にはとくに話が弾むわけでなく、かうして何と云ふことのない、穏やかで單調な時間が流れてゆくのでした。

さう云へば、貴方《あなた》は佐藤春夫を讀んでゐるかしら。康夫は夜、遅くまで文机に向かつて小説らしきものを書いてゐましたが、やがて立ち上がつて茶の間に出てくるときに、「仕事は出鱈目《でたらめ》ぢや、金は無駄づかひぢや、安つぽい象牙《ぞうげ》の塔ぢや、命の堂々めぐりぢや！」と、大聲で云ふのです。富子も私も大いに嗤《わら》ひます。康夫も嗤ひます。尤も、さう云つて自分を嗤ふ康夫は名を成した厭世家の文士ではない、無名の英語教師です。

一歩下がつて眺めてみれば、この時代の康夫も富子も、何かかたちのないものに追はれてゐるやうに見えました。昭和の四、五年ごろから世間は目に見えて不景氣になつていき、官吏が減俸になつたり、下宿料を値下げせねばならなかつたりと、生活は少しづつ餘裕《よゆう》がなくなつてゆきましたが、何よりも康夫の俸給が正當でない使はれ方をしてゐたために、生活費がなくなるやうな事態にしば〳〵陥つただけであつて、世間で云ふ貧窮とはずいぶん様子が違ひます。私のやうな女學生でもアカと云ふ言葉を知つてゐた當時、外國語學校では教師や學生さんたちが思想調査で處分《しょぶん》されたり、康夫の文藝同人や知り合ひの勞働運動家が檢擧《けんきょ》されたりで、そのつど仲間うちでは一人當り何圓《えん》かの義捐《ぎえん》金が集められてゐました。それが月に二度三度と重なつてくると、襖の向かうで父と母は聲をひそめて云ひ合ひを始めるのです。友人の困窮は救はねばならぬと云ふ父と、共產黨員《とういん》の友人なんかいらないと云ふ母と。

さうして形勢が不利になると、康夫は私たち子どものところへ逃げだしてきて、よく聞きなさい、いまこの國は首相が狙撃《そげき》されるやうな時代を迎へてゐるのだ、と云つた話を始めます。濱口雄幸《はまぐちおさち》が東京驛《えき》で右翼に撃たれたのは、まさに政黨《せいとう》政治の終はりを意味してゐる、と。ロンドン海軍軍縮會議において艦船保持の比率對米《たいべい》七割の日本政府主張に反して、軍令部の同意なしに首相が目標以下の數字で調印に應《おう》じたのは統帥權干犯《とうすいけんかんぱん》に當るなどと、野黨《やとう》政友會の鳩山や犬養《いぬかい》がなりふり構はず云《い》ひだしたのは、明治憲法に定められた立憲君主制の否定そのものなのだ、と。ぼくは民政黨の味方をするのではないし、共產黨員でもないがこの政治の狀況には反對なのだ、と。私たち子どもは默つて聞いてゐましたが、後で母が私たちに、そんな話を決して外でしてはいけませんときつい顏をして云つたものでした。

昭和六年ごろ、私はさうした不毛な口論の周りに漂ふ空氣を折々に呼吸しながら、かの震災のときに殺されたと云ふ大杉榮の『勞働運動』を拾ひ讀《よ》んだのでしたが、大杉の時代が私の中で何か切實《せつじつ》なものになつて立ち現れるに至つたのは、たしかにその時期本郷の家を包んでゐた空氣のせゐでした。尤も、空氣と云つても目に見えないそれは、當時もきはめてあいまいなもので、少なくとも富子においては、社會や生活の何とはない閉塞に過ぎなかつたものが、自由主義や社會主義やアナーキズムや、はたまた滿蒙《まんもう》の新天地と云ふ熱を出してゐただけだつたやうにも思へます。富子は自由と名のつくものに心彈ませる平凡な都會婦人であつただけで、どんな理論を信奉してゐたわけでもなく、進歩や自由へのぼんやりした憧れも、それが一旦自分と康夫の夢を侵してくる事態になると、過敏に反應《はんのう》したと云ふに過ぎません。そんなふうでしたから娘の私が、現實のはうは當人が考へてゐる以上の暴力に滿ちてゐると感じたのも、たんに少女らしい感傷から來てゐたのかも知れませんけれども、呑氣《のんき》と云へば、當時私の家にしば〳〵集まつてきては赤い顏をして歸つていく陽氣な人たちのなかに、重松さんと云ふ身なりのいゝ東京美術學校出の畫家《がか》がゐたことを、ぼんやり思ひだします。鎌倉の資産家の御曹司で、身なりはいゝけれど、帽子を取ると若禿《わかは》げなの。

いつか富子に二科會の展覽會に聯《つ》れて行つてもらつたのは、その重松さんが出品してゐたからだと思ふのですが、その人はいつもステッキを手に路地を飄々《ひょうひょう》と歩いてきて、玄關を入つてくるときの、おい野口！ と云ふ明るい大きな聲《こえ》は、あら重松さんだと初音や私たち子どもまでが聲だけで分かるくらゐでした。ある日、重松さんがスケッチに使つたと云ふ鴨《かも》を一羽ぶらさげてきたとき、富子と初音はいやだと云つて逃げてしまひ、康夫が鴨を前栽《せんざい》の物干しに吊《つ》るし、首を落として血を絞りました。縁側でそれを眺めたのは私たち子どもと重松さんです。育ちのいゝ重松さんはきつと鴨など捌《さば》けなかつたのでせう。日が暮れかけた庭の地面に洗面器が置いてあり、そこに鴨の首から少し粘りのある血が細い筋になつて垂れるとき、座敷の明かりで僅《わず》かに艶《つや》やかな油繪《あぶらえ》の具《ぐ》のやうに光りました。それを見てゐた重松さんが「滋味深い色だね、生命の色だね」と私たちに云つたその長閑《のどか》な聲は、いまもこの耳に響いてくるかのやうです。

また、康夫と重松さんはその場で繪畫《かいが》談義もしてゐました。康夫が「この鴨は君の云ふフォーヴな具象に貢獻《こうけん》したのかい？」と尋ねると、重松さんは云つたものです。「問題は鴨ぢやない、鴨の載つてゐるテーブルの脚の比率だ。鴨とテーブルの脚が分裂するんだ。物の實體《じったい》を捉《とら》へるためには明暗で解決したくない。これは線と色の配分の、空間的力學の問題だ」と。すると康夫は「君は美の直感を數學的に收斂《しゅうれん》しようとしてゐるわけかい？」と尋ね、重松さんは「美の直感ぢやない、美のかたちだ」と應《こた》へます。こんな話を私がよく覺えてゐるのは、後年淳三からマチスの構圖《こうず》の話を聞いたときに同じやうなことを云つてゐたからですが、ともあれ構圖の空間的力學が云々《うんぬん》と云ふやうな人が社會主義リアリズムと相容《あいい》れるはずもなかつたのに、どう云ふわけかこんな人も十年來の共産黨員だつたとかで、このころ檢擧されていきました。康夫は後日、黨《とう》細胞の內部闘爭の犧牲者だと思ふと云つてをりましたが、私は官憲が陰慘だから檢擧される側も陰慘になるのだと思つたものです。

そして、そんなふうなことがあつた一方で、私たちの生活にはまつたく違ふ色もついてゐたのですが、これはもうかう云ふ時代だつたと云ふほかありません。昭和六年の暮れ、芳國の甥《おい》の孝雄さんが滿洲《まんしゅう》に出征すると云ふので、芳國と富子に聯れられて、私も一緒に深川の實家へご祝儀《しゅうぎ》を屆けに行つたときのことです。去年亡くなつた、靜岡のあの眼鏡の孝雄さんです。若いころは、頸《くび》から上はまァ〳〵の美男でね。すると、折角だから上がつてお行きなさいと云ふことだつたのでせう、丁度康夫が不在だつたのをよいことに、私たちは座敷でお壽司《すし》をよばれ、上機嫌の大伯父に一口お酒も頂いた上に、私は醉《よ》つた勢ひで、孝雄さんと一緒に祇園小唄を唄つたのでした。それで、そんなに羽目を外してしまつて、後で富子に叱られると思つてゐましたら、音痴は野口の血なのよねえと一言云はれただけでしたから、おほかた富子も醉つてゐたのでせう。醉ふと人は隱れた本性をあらはすものかも知れないけれど、さう云ふときの富子は一寸冷酷に見えたものです。

ほんたうは、康夫はこの年の秋に關東軍が滿洲の方々で軍事衝突を起こして以來、日本に滿洲を占領する權利はないと云ひだして、そんなことを云つたつて親戚《しんせき》が出征すると云ふのに知らん顏するわけにいかないでせうと云ふ富子とはまた口論があつたのですが、うまいことに當日康夫は鄕里に用事があつて東京を離れてゐたのでした。その年の東北は大變《たいへん》な凶作で飯米にも事缺《か》き、筒木坂の野口の實家が銀行から借入をするために、康夫が融資の申し込みに行つたか、あるいは保證人《ほしょうにん》になる手續きをしに行つたか、そんなところだつたと思ひます。しかし後に知つたところでは、孝雄さんと同じ時期に野口の四男、すなはち康夫の弟にあたる郁夫《いくお》さんと云ふ人も滿洲へ出征してをり、康夫はこのとき筒木坂へ向かふ前に弘前の第八師團《しだん》本部へ寄つて、弟の郁夫さんを見舞つてゐたやうです。結局、康夫にしても出征する肉親を見送るしかなかつたわけですが、私は、早くに筒木坂の實家を出て工科學校から陸軍に入つたらしい、この郁夫さんと云ふ人の生前を知りません。

さて、康夫の俸給ではときに家計を賄へなくなつたのは、書籍のせゐでもありました。この時世では近々自由に本など買へなくなるだらうから、いまのうちに買ひ込むべきだと云つたのは富子でしたが、研究書となると一册が五圓《えん》も六圓もした昭和の初め、これは大變なことでした。とくに六年の秋以降、康夫は例のごとく、滿洲情勢についてかゝる關東軍の行爲は明白なワシントン體制《たいせい》違反であるとか、若槻《わかつき》內閣が一旦は滿洲について不擴《ふかくだい》大方針を唱へつゝ結局軍隊增强を決定したのは、政黨政治の責任を投げ出したも同然であるとか學生さんたちに講義をして、學校と警察から嚴重注意を受けたりしてゐたこともあり、富子はさうして半ば仕方なく先走つたのです。自分が讀むわけではない本を生活費を潰《つぶ》してでも買はうと云ふのは、夫の言說を正しいと信じたのではなく、たゞ康夫と共有した夢をなほ追ひ續けようとする思ひが半分、この十數年を無にすることへの恐れが半分と云ふところだつたでせうか。一方、當の康夫については、普段から思慮深く滅多なことは云はない人が突然滿洲云々と云ひ始めたやうな感があり、富子も私も何かよほどのことだと思ふやうにしてゐましたが、私が康夫の本意を僅かに感じ取ることが出來るやうになつたのは數年も後のことでした。

ともあれ、家族よりも先《ま》づ夫が大事とばかりに始終書店に出かけては、樂しげと云ふより何かに憑《つ》かれたやうな顏をして風呂敷包みを手に歸つてきた富子の姿は、いまも目に浮かびます。當時の私はそんな富子を何とはない反撥《はんぱつ》を感じながら見てゐたやうな記憶がありますが、いまとなればあるのは或る種の羨望だけです。羨ましいのは、世間の云ふ良識の釣り合ひを激しく缺《か》いてゐた分だけ純粋だつたと云ふやうなことでなく、むしろそんなに本を買ふのを許してまで夫に求めるものがあつたこと、さうして現に求めたことです。尤《もつと》もさう思ふにつけ、康夫がそれに應《こた》へ得たのか否かは、また別の話になつて來ますけれども、かうして書くうちに私は、いまふと避けがたく淳三のことを考へてをりました。康夫と似てゐなくもない淳三の夢のために、私は伴侶《はんりょ》としてどれほどのことをしてこられたのだらうか、と。でも、その話はずつと〳〵後にいたしませう。

ところで、康夫の俸給の三番目の行き先は富子の買ひ物でした。私も富子くらゐの年齢のころ、とき〴〵無性に散財したくなることがあつて、幼い貴方と美奈子を聯《つ》れて青森へ買ひ物に出ては必要もない雑貨をあれこれ買ひ込み、月末になつて後悔したものですが、それにしても富子の買ひ物はいつも一寸大膽《だいたん》過ぎるものでした。あの水色のコートも實はその一つでしたが、富子は昭和七年の年明けに白木屋であのコートを誂《あつら》へ、さらに一緒に康夫の背廣《せびろ》も新調して、三百圓《えん》の虎《とら》の子《こ》を使ひ果たしたのです。上は十三歳から下は四歳まで四人の子どもを抱へ、祖父の芳國もすでに定年を迎へ、外には失業者や缺食《けっしょく》兒童が溢れてゐると云ふときに、これはさすがに尋常ではない散財でした。

いま、私にはその新しいコートを着て出かけようとしてゐた富子の姿が鮮明に浮かんできます。玄關の前で小さい美也子をおぶひ、それを見送らうとしてゐた私自身の目も。

それは、康夫の古くからの文藝仲間の一人がめでたく『新潮』と云ふ雑誌に小説を發《はっ》表《ぴょう》し、仲間で祝はうと云ふことで、銀座のルノワールで一寸した會があつた日でした。肝心のその人の名前はもう思ひだせませんが、その人を推薦したのは、何年か前まで『新潮』の編集をしてゐた佐々木千《ち》之《ゆき》と云ふ人です。元々弘前に縁のある人で、かの葛《か》西善藏《さいぜんぞう》を小説に書いた文士です。そして、富子に何があつたのかと云へば、たゞそれだけなのです。その會に着てゆくための自分のコートと、康夫の背廣でした。

玄關の前の路地で、富子は「どこか變ぢやない？　髪は大丈夫？」と幾度も氣にしつゝ、さう云ふ端から自分が何かを氣にしてゐたことも忘れてゐるやうな、うはのそらの顔を上氣させてゐました。久しぶりの外出だつたことや、華やいだ場への出席だつたことでこゝろから浮き〳〵してゐた一方、明るい氣分の皮一枚下では、何かが來るところまで來たやうに振動し、針の一點《いってん》で情緒のすべてを支へてゐると云つたふうでした。樂しいあまりにこゝろが彈みすぎ、どこを見ても落ちつかないと云ふ様子は、一時的な躁病だつたのでせうか。富子の目はあるいは、すでにひゞ割れが走り始めた硝子《ガラス》を通して、歪《ゆが》んだばら〳〵の世界を見てゐるやうであつたのかも知れません。とは云へ私は、僅かな違和感と云ふか、この夜の母は少し派手過ぎて知らない女性のやうだと感じただけのことで、このときもまた、富子を間近に眺めてゐたのに子細な注意は拂《はら》つてゐなかつたのでした。この夜の富子の様子をあらためて強く思ひ浮かべたのは、富子が亡くなつた後のことです。

また、富子がさうして玄關に立つてゐたのは午後七時か八時のことで、本鄉通りのはうで呼び子や怒鳴り聲が鋭く寂しげに響きわたり、自動車が音高く走り過ぎるのが聞こえたのでしたが、私が何があつたのだらうと思ひながら首を伸ばしたときも、富子はまるで氣づいてゐないふうでした。それは、後から思へば民政黨の井上準之助が近くの小學校の演說會會場で右翼の血盟團に射殺された、まさにその前後の騷亂《さうらん》の物音だつたのですが、銀座への行き歸りに警察の出動を見ただらう富子の口から、後日その話が出た記憶はありません。康夫と過ごして十九年、自分と伴侶を包む社會の空氣もうろくに屆かないほど、富子の夢の蟻《あり》の巢《す》は深く固くどこかへ延びてゐたのかも知れません。

ところで世に出たのは康夫の小說でなく、祝ひの會と云つてもごく愼ましい内輪だつたはずの集まりで、着飾つた富子の姿はひどく浮き立つてゐたことでせう。その場にゐなかつた私は、その夜の會の樣子をしば〳〵想像するだけですが、よく云へば人の成功を素直に喜ぶ心の廣《ひろ》さがあり、惡く云へば他愛ない富子のことです。自意識過剩の屈折した文士連をものともせず、よく喋《しやべ》り、よく笑ひ、いつときを惜しみながら、未だ見ぬ文壇への夢を廣げてゐただらう姿が目に浮かびます。世間の喝采を浴びる夫を眺める富子の夢、夫の成功の輝きを共有すると云ふ夢がどんなものであつたかは、當時もいまも、どこまでも娘の私が想像するだけのことですけれども、すでに具體《ぐたい》的なかたちは薄れ、漠としたものへと何歩も後退してゐたであらうその夢が、いつときにしろかつての無類の甘美の記憶へと富子を誘《いざな》つたのであればと、いまは思ふばかりです。

ところで、富子はこの年の三月に劇症肝炎で倒れ、櫻《さくら》も見ぬまゝあつと云ふ間に亡くなりました。病理檢査も追ひつかなかつたと云ふくらゐでしたから、家族の誰にとつてもあまりに急で、ほとんど何が起こつたのか分からないまゝ訪れた死でしたが、誰よりも一番譯《わけ》が分からなかつたのは富子本人だつたでせう。昏睡に陷る前、富子は最後に康夫さん、康夫さんと二度ばかり夫の名を呼び、「私、死にさうだわ」と幼女のやうな怯えた聲をあげました。私や弟妹たちもそばにゐましたが、もう子どものことを考へる力もなかつたか、富子は私たちの名前は呼びませんでした。しかしこゝで死の樣子をありのまゝに書かうにも、私はあまりに少しのことしか覺えてをりません。病院と云ふところは一旦床に就いたが最後、昨日までとは隔絶されて、あとはたゞ死に向かふのを誰もが爲《な》すすべもなく畏《かしこ》まつて待ち、悲嘆や狼狽さへ出口を失ふ非日常の場所です。床に就いた富子もまた元氣だつたころの面影もなく青ざめ、恐ろしげに窪《くぼ》んだ眼窩を黑ずませて、つひに知らない人のやうな相貌に變《か》はつて逝つてしまつただけでした。

康夫が云ふには、私は父や弟妹たちの前では泣かなかつたさうです。あれほど父を思ひ續《つづ》けた一人の女性が最後に無慘《むざん》な軀《むくろ》になつたことについて、私の悲しみは幾らか冷たい壁に張りついた結露のやうな感じであつたのですが、いまとなつては私の心がそんなふうであつた理由も定かではありません。しかし、おほかた間違ひなくなにがしかの生活が一つ終はつたと云ふ感じもあり、身近な死一つの姿がかやうに何か寒々したものであつたせゐで、私はその後暫《しばら》く埋め合はせのやうに、富子がまだ富子の姿であつたときに最後に出かけた夜の續きをよく夢に見たものでした。夢のなかの富子はなほも、康夫さん、康夫さんと夫の名を呼んでゐます。あまやかな、少し粘りつくやうな、娘のやうな聲で。

かうして書き聯《つら》ねてみた富子の姿も、あるいは夢のなかでくりかへし補強されたものかも知れませんが、いまとなれば、富子が最後に大枚をはたいた水色のコートは、康夫への變はらぬ思ひと、ときには去來することもあつたに違ひない絶望の間の、深い龜裂《きれつ》そのものであつたやうにも感じられることです。

それにしても、あつと云ふ間に母の話を終へてしまひ、私はまた少し戸惑つて、いまさらのやうに野口富子の姿はもつと彩《いろど》り豊かだつたはずだと自問してみたりします。

しかし考へてみれば、昨日のことも定かでないこの私が、ふと四十年以上も昔に死んだ人間について彩り豊かだつたと思ふ、それこそ記憶と云ふやつの怪しさでせう。康夫に好きなだけ本を買はせ、小説を書かせ、背廣を新調して見榮《みえ》を張り、何よりも康夫の文章を愛し續けた富子と云ふ女性に、娘の私が今日、つひに追ひつくことが出來なかつたと思ひかへすのも、そのことに全く葛藤《かつとう》がないと思ふのも、富子が私にとつて、十二年と云ふ僅かな年月で止まつてしまつた特別の記憶だからかも知れません。あるいはまた、四人の子どもの母であつた富子と、一人の男性の伴侶であつた富子を秤《はかり》にかけたなら、間違ひなく女であつた富子の方が重いだらうと思ふせゐかも知れません。しかしまた、さうだとしても何ほどの不都合がありませう。かうして私は、あの夜の富子が私のなかではいまなほ一番うつくしい富子であり續けてゐることを、今日また思ひがけず發見してしあはせな心地を味はつたのですから。でも、何と云つてもこれは富子を知らない貴方《あなた》に宛《あ》てゝ書いてゐるのですし、この邊《あた》りで富子の段は閉ぢることに致しませう。ところで、かうして私が貴方に手紙を書いてゐることを、お姉さんに云つてはなりませんよ。美奈子は私の大切な娘ですし、美奈子と私は、貴方とはまた違ふかたちで私たちだけの大事な思ひ出を築いてきましたけれども、産みの母を知らない美奈子には、たとへばかう云ふふうに私の母の話をすることはないだらうからです。私が富子のことを思ふやうには母と云ふものを思ふことが出來ないお姉さんを、貴方はこれからも思ひ遣《や》つて上げなければなりませんよ。

さて、筒木坂の話に至るにはまだ少し、康夫の最後の東京生活について書かなければなりませんが、それはこの次にして、今夜は初物の梅酒を少し頂いて休むことにします。晝間《ひるま》に味見をしてみたら、六月に漬けた梅が丁度よい具合になつてゐたのです。さう〳〵、いつか貴方が買つてくれた、あの寶石《ほうせき》のやうな江戸切子のグラスで呑《の》まうと思ひます。』

4

彰之は、函館《はこだて》から夜行と急行を乗り継いで午前十一時過ぎに釧路駅に着いた。まだらに雪が残る早春の空気は湿り気を含んで重たく、駅前の商店街から二十分歩いて薄日に霞《かす》んだ幣舞橋《ぬさまいばし》を渡り、辿り着いた旧釧路川河口の漁港は、時間や物音まで閉じ込めているような分厚いガスの中だった。四月初めの閑中にしても水揚げが格別に少ない日だったのか、人影もない漁協の集荷場は魚の臓腑の臭いを漂わせたまま、競《せ》りの後に撒かれた水が凍っており、そこを横切って水産会社の事務所へ向かう間に、彰之は出航前にまず新しいゴム長《なが》を買わなければならないことを思いだしたりした。

岸壁には沖合の底引き漁船が二隻、ホタテ漁の小型船が数隻着けており、そこから五〇メートルも離れて、未明に水揚げと補給のために入港した北転船《ほくてんせん》の灰色の影が霞んでいた。しかし、そこもまた早朝に始まったはずの水揚げや計量の混雑は昼前にもう跡形もなく、物資を積み込むクレーンとフォークリフトが数台動いているばかりだった。生《なま》操業期の最後になる四月のいまごろ、魚艙《ぎょそう》をスケトウで満杯にして西カムチャツカの漁場から先を争って戻ってくる北転船一隻の水揚げには、通常なら重機を使って六、七時間はかかり、仲買の急《せ》いた声や搬出の大型トラックの物音で集荷場は昼過ぎまで賑わうのだったが、そうか、五日前の事故でまともな操業が出来なかったのだと思い至るのに、少し時間がかかった。

彰之は数秒足を止め、数時間後には一年ぶりに自分を千五百キロの北方へ運んでいく船を仰ぎ見たが、わざわざ近づいてみるには凍った足元が難儀に感じられた。代わりに再度ゴム長のことを思い浮かべた後、集荷場からほど近い船主の田辺水産の事務所に向かい、凍ってガタガタする表の引き戸を開けると、そこはまた石油ストーブの熱気と薬缶の蒸気の新たな靄だった。

その靄の奥の事務机から、まず青い事務服に襟巻きをした初老の男が首を伸ばし、続いてひと回り若い四十がらみの男がストーブの傍から顔だけ振り向けて、彰之を見た。彰之は二人に「今度お世話になる福澤です」と告げた。すると、襟巻きの方が「あぁご苦労さん。私が田辺です。孫にもらった風邪がゆるぐねえもんで今日はこんな恰好で」と言い、「こっちは松田さん。初代の北幸丸からうちの船に乗ってる人」ともう一人を紹介した。松田と呼ばれた男は、ストーブの傍から「はあ」とだけ軽い会釈をよこした。

五日前、田辺水産の北幸丸では西カムチャツカ沖で揚網中に船が流氷の塊に突っ込み、甲板員一人が漁撈《ぎょろう》ウィンチに叩きつけられて頭の骨を折る事故があった。そのときは第一管区から救助船が出る騒ぎになり、一報はすぐに八戸の漁協にも伝わって、福澤水産からもなにがしかの見舞いを送ったと伯父の福澤徳三から聞いていたが、何を失念しているのか、田辺の口からはひとまず、その節の礼らしい一言は出なかった。

「まあ、うち辺りでも欠員となれば人はいるけども、誰でも乗せられるもんでもねえし。ちょうど福澤の社長さんからあんたのことを聞いたんで、福澤さんの紹介でもあるし七年も北洋さ出てた人なら、じゃあ来てもらうべかって話になって。早速ですまねえけども契約書だけ書いてもらうから、そこさ荷物ば下ろして坐ってけれ」

初対面の場を取りつくろうというのでもない、独り言に近い口をきいて田辺は古びた厚いセルロイドの眼鏡をかけ直し、手元の書類を揃え始めた。彰之の方は一寸《ちょっと》、富山の薬売りがどこかの商店に初めて顔を出したような気分に陥ったが、およそ事務屋という感じはない相手の風情《ふぜい》もたしかに、いままさに少し暗い店の奥で襟巻きをして伝票を繰っている商店主だった。彰之は、置き薬の代わりに青森で買ってきた木箱入りのカステラと、契約に必要な住民票と健康診断書を渡して「よろしくお願いします」と頭を下げた。すると田辺は「こったただ気遣いええでば」と口先だけでもなさそうな礼を言い、その田辺から「おい、あんたも上等のカステラ一切れ食うか」と声をかけられた松田某は、ストーブの傍から「飯食ったところだもの」と気がなさそうに応じただけだった。

彰之はストーブから少し離れたベンチに腰を下ろし、いまは北転船の専業船一隻と兼業船二隻だけでやっているという小規模な事業主の事務所を眺めるともなく眺めた。六〇年代の初めにはいち早く水産加工や冷蔵冷凍庫や物流へ多角化して四階建てのビルが建った八戸の福澤水産と違い、冬期の水揚げ港になる釧路や、夏期の塩釜《しおがま》や石巻《いしのまき》などでひと昔前にはよく見た、懐かしい佇まいだった。電話と漁業無線機などの載ったスチールの事務机があり、黒板があり、石油ストーブの周りには乗組員が立ち寄れるよう数人分の丸椅子やベンチがある。片隅に鏡のついた小さな手洗いがあり、傍らには小型の給湯器と湯飲みや急須《きゅうす》を揃えた盆がある。

また、色褪せたビニールクロスや新建材の壁には、知事許可や大臣許可の証書とともに、所有する船のカラー写真が恭しく額装されて並んでいるものだが、田辺の事務所には全部で五枚あり、うち二枚は減船や売却ですでに消えた船の写真だった。田辺の先代は戦前に北千島でサケ・マスを漁《すなど》り、戦後釧路に移ってサケ・マスの流し網から沖合底引き網へ進出した漁業者の一角で、五六年の日ソ漁業条約以降は漁場や漁獲割当の制限で流し網を廃業し、機船底引き網三隻を母船式サケ・マス独航船に転換したと聞いていた。当時、独航船への転換には五割増しの厳しい廃業トン数が義務づけられていたことを思えば、田辺は一か八かでサケ・マス独航船に賭《か》けた多くの北洋漁業経営体の一つであったということだ。写真の一枚にはその五〇年代後半の、両舷《りょうげん》が大きく切れ込んだ旧式の船舷トローラーの独航船の姿が一つ収まっていた。

同じ型の独航船はかつて福澤水産にも四隻あったが、五〇年代のそのころ、彰之は毎年五月一日の解禁日が近づくと、母や姉と一緒に船団の集結港になる函館に向けて出てゆく船を見送りに八戸へ行った。その日だけは、晴子は子ども二人に学校を抜けだしておいでと言い、まるで秘密の逃亡のように、申し合わせた時刻に野辺地の駅で落ち合い、列車が入って来るのを見計らって跨線橋を走り、飛び乗るのだった。

それは遠足や運動会よりはるかに身体じゅうが沸き立つような一日であり、晴子はいつも明るい萌葱《もえぎ》色《いろ》や空色の軽やかなアンサンブルで着飾り、絹のスカーフで髪を覆った上に颯爽とサングラスをかけていたりした。そうして港に一番近い鮫《さめ》駅に着き、福澤水産に立ち寄りもせずに鮫漁港に向かうと、遠くからも見える大漁旗の満艦飾は十年分の野辺地祭りの山車《だし》のようで、見送りの人だかりがそぞろ集まっており、その先では、二十隻以上も舳先《へさき》を並べた独航船の真っ白に化粧直しされた船体が、それぞれ雄々しく光っているのだった。中でも福澤の独航船福壽丸《ふくじゅまる》の、純白の船橋に揚がった大漁旗は濃い水色の地に金色の丸々としたサケが躍るうつくしい図柄だったが、その一枚の旗は、北洋の豊饒《ほうじょう》や大漁やどこまでも続く漁業の未来を約束しているように見え、十歳前後の彰之に何より強い感慨をもたらしたものだった。

その日はまた、福澤徳三の三男で四つ年上の従兄の遙がやはり学校を抜けだして来ており、すでに小学生のころから定置網漁やイカ釣りに出ていた筋金入りの、日焼けした凜々しい姿が船の上にあった。遙はそこから、まるで自分の船であるかのように「ほら、上がって来い！」と手を振り、六一年の春からは八戸水産高校を卒業した本物の漁船員になって、同じように「上がって来い！」と彰之を呼んだ。そうして独航船の甲板に上がらせてもらうと、畳み上げられた黒いトロール漁網の山も、ウィンチも漁撈マストも魚艙ハッチも何もかもが勇壮に大きく、足元は一斉に濃い潮の匂いを立てており、上にはただ空しかない。眼下には真新しい埠頭のコンクリートや休憩岸壁の小型船が光っており、すぐ下からは母と美奈子の華やいだ声が飛んでくる。学校の写真部に入っている美奈子が一眼レフのカメラを構えている。晴子が手を振る。「遙さんも彰之もこっちを向いて！　はい、チーズ！」と美奈子が叫ぶ。少し高音で、晴子とも彰之とも違う、父の淳三とも違う、明らかに別の血から来たと分かる透き通った声だ——。

彰之は一寸、美奈子にはまだ今度の乗船の話をしていなかったことを思いだし、また少し田辺の写真を眺め直しながら、あの毎春の独航船の出航風景が続いたのはしかし、ほんの五、六年のことだったと考えた。サケ・マスの未来は漁場と漁獲量の制限で急速に陰りだし、北緯四五度以南に新たにB区域が設定された六二年の減船で、福澤水産はいち早く独航船二隻を第一期枠の北転船専業船に転換申請したが、田辺もこのとき一隻を兼業船に転換する決断をした経営体の一つだった。

その後、北転船が実績を伸ばし始めた六七年の二次枠で、福澤水産は残る二隻も専業船に換え、田辺の方の二隻は専業船と兼業船になったが、いま、田辺の事務所にかかっている二枚目の写真は、二次枠のときの増トン特別措置で新造された三四九トン型の船尾トロール船、初代北幸丸と思われた。そしてその隣の二枚が現有の一二五トン型の兼業船。最後の一枚は岸壁で見た第二北幸丸だった。しかしいまはまた、サケ・マスの代わりにスケトウの夢に沸いた時代も過ぎようとしており、来年アメリカとソ連が予定通り二百カイリの経済水域を設定すれば、兼業船のほうはほぼ間違いなく減船になり、沖合底引き漁に戻るか、漁業補償と引き換えの廃業になる。

その五枚の写真の下には黒板があり、五日前の事故のときに慌《あわ》ただしく張りつけられたらしい何枚もの連絡事項のメモがそのままになっていた。その傍らには今朝の釧路や稚内《わっかない》の相場が走り書きされており、生鮮スケトウがキロ五〇円から五六円という高値だった。一年前より十円以上も高騰しているのは、今年もまた一段と漁獲高が減っているところへ、二百カイリ目前の思惑買いが重なっているということだったが、伯父の徳三と先日電話で話したとき、福澤水産の四隻の専業船も去年はいずれも水揚げが五千トンを切り、今年は四千を割るかも知れないということだった。このまま行くと、どこの経営体も魚価の上昇で一息つくどころか、設備投資で増加しがちな借入金の金利負担がまた重くなるのは必至で、規模の小さい田辺などはとくに厳しいに違いなかった。この最後の盛漁期に操業二日目の事故で引き返した北幸丸の水揚げは、今回三百トンも行ったのかどうか。

「福澤の人?」

ストーブの傍から、ふいに忘れ物を思いだしたような松田某の声がし、彰之は物思いから引き戻された。松田は「福澤から、なしてまた……」と小さく嗤《わら》った。彰之にしてみれば、二度や三度は尋ねられるだろうと覚悟していた質問だったが、ここへ来てとくに説明の必要もないような気がし、口が重くなったのは、いままたふと自分に向けられた含み嗤いのせいかも知れなかった。あるいは、自分でも分からないものに気を取られていて、何かを尋ねられたという意識さえなかったかだった。

「去年、マグロのほうへ行ってみたくなって福澤を出ました。とくに理由はなかったです」とりあえずそんな返事をしている自分の、身の入らない声を聞いた。

「マグロは近海で？」と、案の定松田は遠慮がちに聞き返してきた。

「遠洋です。焼津の宝珠水産です」と彰之は応《こた》えた。

「したら、南十字星を見だんだべか」

「タスマン沖で見たと思いますが」

「へえ……」

松田は軽く肩を揺すって嗤い、何を言いたかったのか、それ以上は尋ねて来なかった。

彰之は宙づりにされた心地で、かつてその辺の役場や郵便局の壁で黄ばんでいた『南十字星が呼んでいる』という遠洋漁船員募集のポスターを思いだし、遠洋と聞いて松田某の思い浮かべたのはそれだったのかと勘繰ってみた。しかしだからどうだと言う話ではなく、その端からまたふとイカ釣り船の繫《つな》がれていた小中野漁港の、あの船具屋の破れた板塀にも同じポスターがあったのだと思うと、そこに張りついていた澱のような空気を知らぬ間に鼻腔に甦らせて、何ということもなく勝手に苛立つ結果になった。

彰之は、手続きの書類はまだかと思いながら、それにしても一年前の自分は何を求めていたのだろうかと続けて考えたが、確かなところはやはり分からなかった。稼ぎで言えば遠洋マグロ漁は北転船の七割も行けばいいほうであり、彰之が福澤を出て遠洋へ移りたいと告げたとき、伯父の徳三はわざわざ条件の悪いマグロ船に移る者など聞いたことがないと、しごく常識的な意見を言ったものだった。そのときも彰之は「とくに理由はない」と言って徳三の不審を買いながら、あるとき自分の知らない力が働いて住み慣れた環境から出ていこうとするのも、生き物に備わった生存の本能だとぼんやり考えていただけだった。応接テーブルをはさんで一メートルの間近にあった徳三の顔の小鼻には、福澤の資本に買収された水産問屋から養子に入った男の異質さが四十年かけて凝固したかのような疣《いぼ》が、いつになく鮮やかに坐っていた。彰之の方は少しも嫌悪したことはなかったが、徳三の疣はそのときもまた、福澤の閥から落ちこぼれた甥だからこそ長年可愛がってきたのにと言わんばかりの卑屈な愛情と軽蔑をいっぱいに溢れさせており、最後は彰之が予想した通り、義弟の淳三があんな甲斐性《かいしょう》なしだから息子も根無し草になってしまって、これでは晴子さんが可哀相だと徳三は言ったのだった。

彰之はひまに任せて一年前のその徳三の口ぶりを思い返しながら、そうだ、徳三はあのとき確かに「ハル」ではなく「晴子」と言ったのだと思った。福澤の男や女たちのなかで、俗称の「ハル」が「晴子」に変わるときの密《ひそ》やかな響きを、長い廊下の先のまた先の、襖の向こうの薄暗い奥座敷のようだと感じ取ったのは彰之がまだ幼いときだったが、あの徳三もまたこの四十年、ひょっとしたら晴子に気があったのではないか。そんなことを唐突に反芻《はんすう》するやいなや、一瞬汗ばむようなどこか暗然とした気分になったが、あるいはただ、石油ストーブと蒸気で一気に温められた身体が、ダウンジャケットの下にこもった熱に悶えただけのことかも知れなかった。

「まあ、いまどきの若い人はそんなもんでねえの。ヤマイチのところの北大を出た息子、松田さんも知ってるべ。あのぼうず、水産庁に入ったと思ったら半年で辞めで、この間親父さんに聞いたら、オーストラリアを自転車で旅行してるんだそうだ」

田辺はそんなことを言って嗤ったが、わざわざ釧路一の大手水産会社の御曹司を引き合いに出したのは、弱小の田辺が今回、福澤水産の人間で欠員を埋めることになった事情を考えると、微妙な物言いだと言えなくもなかった。彰之は伯父の徳三から、独航船の減船で六、七年前に北洋トロールに転換した福澤の一隻がそろそろ耐用年数に近く、価格が折り合えば権利を買いたいという田辺との間で売却話があるのだと聞いていたが、田辺としては、落としどころを見つけるにも、大手に気を遣う話が多々あるのは間違いなかったからだ。それにまた、農水族ではないとはいえ自治大臣福澤榮の名前の後光が、常夜灯のようにここ釧路まで届いていないわけもなかった。一方、松田は「それにしたって」と言葉少なに呟き、初めから深く詮索するほどの興味もなかったらしい素振りで、すぐにまた手元の新聞に目を落としてしまった。

入れ替わりに、「じゃあ、これ書いて」と田辺から渡された契約書の用紙に、彰之は生年月日と氏名を記入し、三文判を押した。賃金はこれまで通り、労働協約の規定通りの基本給と経歴加算額で十六万になり、それに歩合給を足せば、例年通りなら四十万前後というところだった。

そしてその用紙を返して三度目の頭を下げ、ベンチに坐り直すと、彰之はまた再び所在がなくなった。福澤の名に伴っている社会的価値に頓着しないことが間違っているのか、頓着しようにもその能力がない自分の居場所のほうが間違っているのか、考えるのはしかし、陸上にいるわずかな時間だけではあった。海に出てしまえばこの壮健な身体はそれなりに役割を持ち、無為や所在なさは無言の穏やかな隣人の姿に変わって寄り添ってくる。その隣人を自分は好いているのだと思ってみたが、事務所のベンチの固い木に坐っているいま、彰之はいつものように信号機が点《つ》いたり消えたりするのに似た、なにがしかの命令形の時間に見下ろされながら、待つものを失った終身刑の服役囚の胃腸はどんな感じだろうか、などと考えた。

それから、目と鼻の先で燃え過ぎているストーブを眺め、蒸気を噴きだしてちりちり鳴り続ける薬缶《やかん》を眺めているとき、ふいにその向こうのガラス戸が開いてまた一人誰かが入ってくるのを見た。それは柄もののスキー帽から長髪をはみ出させ、襟を立てたピーコートにジーパンという格好の若い男で、漁船員の風体ではないと思っていると、向こうから先に「新しい人って、お宅ですか」とその辺の学生のような屈託のない声を挙げた。

「ぼく、小比類巻《こひるいまき》と言います。面倒な名前ですからトシオでいいです。去年来たばっかの新米だし、未成年だし」

「福澤です」彰之は少し面食らいながら四度目の会釈を返した。

「それ、家内の従弟で。東京さ行って芝居だか何だかやって、食えねくて、いまは船さ乗ってるんだども。東京の食堂で働いてたから、賄《まかな》いの腕はまああってとこです」後ろの事務机から、田辺は言い訳のようにそれだけ言い、自分はすぐにどこかへ電話をかけ始めた。その間にストーブの端では「お前、デートでねがったのか」「アハハ、いやですよお」といった短いやり取りがあった。それから自称トシオはもう、松田の隣で厚さが三センチもありそうな漫画雑誌を開いており、「自己表現て言ってさあ、みんな何となく自己満足しているだけだと思いませんか。そういうのがいやになっちゃって」などと言ったが、一寸《ちょっと》誰に向かって話しているのか分からない物言いだった。

血管を切り裂いたら、血漿《けっしょう》の代わりに精製塩で出来た生理食塩水が出てくるような感じ。唐突にそんなことを思いつきながら、彰之は東京にいたという青年をいま少し眺め、こういう感じは知っていると思った。もう十年も前、東京は新宿の地下にあった小劇場へ入ると、スポットライトの下で響いていたのは、あたしは母さんの子宮から血まみれで生まれた、そして目を開けた！　といった生硬な台詞《せりふ》であったり、皮膚とか毛穴とか体液といった想像力に乏しい言葉を連ねた詩の朗読だったりした。あの、濃度のない、さらさらした言葉が生理の半透膜を透過してゆく感じ。そのとき隣にいた女友だちにそんな意味のことを言うと、だからポップなんじゃないと相手は嗤った。その言葉の調子もまた似たような感じがし、そういうとき彰之は、子宮とか毛穴とか言わない、生々しい呼吸の気配や身体の臭《にお》いしかないある種の女や、漁民や、年寄りたちのことを考えていたのだった。

そして彰之は、自分で思い出しておきながらまた少し落ち着かない気分になり、おおかた『南十字星が呼んでいる』というポスターの記憶の続きだと思ったが、それからストーブの上で急にちんちん鳴り始めた薬缶の音で我に返ると、なおも十数分来、初めて訪ねた水産会社の事務所のベンチに坐《すわ》り続けている自分がいるだけだった。

薬缶はなかの湯が残り少なくなっているに違いなかったが、田辺は漁協らしい相手と電話で話し続けており、自称トシオは背を丸めて漫画雑誌の上に頭を垂れたままだった。一方、松田某はしばらく前から二つ折りにした新聞の紙面にじっと見入っており、何を読んでいるのだろうと思ったら、くわえタバコの先から灰が落ちるのが見えた。しかし松田は気づかず、そのまま新聞を置いて椅子《いす》から腰を上げると、目が合った彰之に突然「武者小路實篤《むしゃのこうじさねあつ》が死んだそうだ」と言った。

彰之は虚をつかれて、立ち上がった男の顔を一寸見つめた。しかし、日焼けした男の肌の中の目鼻だちははっきりせず、「本の名前は、もう忘れたな」と呟いて今度は軽く嗤いだした口許《くちもと》の白い歯だけが、薬缶の蒸気の向こうで躍った。「昔、家の近くの女子高にめごい子がいだのさ。ある日バスで隣の席に坐って、その子が読んでる本ば覗《のぞ》いたら、人類の意志がどっただ、こっただ……。んだで、急に思いだしたんだども」

そう言う間、松田は一瞬彰之の顔に見入るような目を見せたが、気のせいかも知れなかった。彰之は「松田さんのお国は青森ですか」と尋ねてみた。

「青森市。浪打《なみうち》と言っても分がんねべけど。福澤さんといえば野辺地だったべか。野辺地は行ったことねえな……」

松田は何事にもやはりそれほどの興味はないのか、最後はそう独りごち、彰之のほうも無難な愛想笑いを返すに留めた。家が青森市内と聞けば、松田がひとり、半日足らずの帰港の残り時間をこんなところで過ごしている理由は腑《ふ》に落ちたが、逆に残りの乗組員の大半は地元の人間で、いまごろは家で家族と過ごしており、そうでない何人かは栄町辺りにしけ込んでいるということだった。一方、雑誌から顔を上げもしないトシオの住まいはどこにあるのか、数分も遅れて「いまどき武者小路なんて、シュールだなあ」と鼻にかかった嗤い声をあげたが、その一言も宛て先不明だった。

そうして彰之はまた少しダウンジャケットの下の熱が疼くのを感じながら、さらに数分をかけて、そうだ、松田の言ったのは『人類の意志に就て』だと思いだし、人類の善なる意志というのは、大杉栄が生真面目に反論するまでもなく、確かにシュールだと思ったりした。それからあらためて、土台一年前に懲《こ》りたはずなのにまた今度も、松田やトシオを含めた二十人以上の初対面の人間と気を遣い合う生活に立ち至っている自分自身について、いくらか心もとない気分に陥ったとき、松田某はもう出かけようとしており、毛糸の帽子を目深に被《かぶ》り直すと「あんた、パチンコは」と尋ねてきた。彰之は「買物があるんで」と断り、松田は「したら、また後で」と言って出ていってしまった。

一方、田辺の電話はまだ続いており、黒板に向かって屈《かが》んだ青い事務服の背中越しに、五二度付近は薄いとか、北へ上がったらどうかとか、いまも北緯五〇度以北の漁場にいる各船の操業状況を巡るやり取りが、途切れ途切れに聞こえてきた。樺太《からふと》沖に停滞している低気圧が明日には千島列島に達するとかで、漁場までは時化《しけ》るのだろうと思ったが、一年ぶりの漁場を思い浮かべてみた額のなかは、ほとんど薄暗い物置のようだった。

やがて田辺は、やっと電話を終えて壁の時計を見上げ「丼でも取るから、昼飯食っていげ」と誘ったが、彰之は買物があるのでと辞退した。「したら、四時に漁撈長やなんかみんな集まって、打合せやって、出航は五時だから」と田辺は言い、彰之は「よろしくお願いします」と五度目の頭を下げた。

荷物を置いて事務所を出ると、半時間前よりわずかに薄日がさした河口は、川面のガスが動きだしており、激しく揺らぎながら立ちのぼる水蒸気の渦が音もなく踊り狂っていた。そこから広がる海も漁港岸壁も白濁し、幣舞橋を通る車の黄色いフォグランプがゆっくりガスの中を動いていく先では、対岸の倉庫の姿が浮かんだり消えたりしており、正午を告げるサイレンが両岸のどこからか響きわたってきた。

彰之は漁港に近い南大通りに出て少し歩き、通い慣れた雑貨店でゴム長と手袋を買った。金物類の微かな油膜の臭いや、長靴や長エプロンの独特のゴムの臭いの漂うそこはまた、石油ストーブの熱で暖められた小さな奥深い虚空で、十年前から同じ顔をしている初老の店主は「お客さん、どこの船ですか。……ああ、田辺さんなら先日事故があったとかで心配したども。……そうですか、もう出航ですか。したらどうぞ身体に気をつけて」などと言った。

そこを出て、再び人けのない通りを歩きだすと、濡れた路面に重いエンジン音を響かせて路線バスが通り過ぎていった。その車窓の中には揃いの紺色のコートを着た高校生らしい少女の顔が二つあり、下を向いて文庫本を読んでいるその顔はどちらも、蒸気で曇ったガラスのせいか、一寸目を引くほどきれいな面差しに見えた。それを見送った数秒の間、彰之は一瞬自分が本郷の家の庭に立ち、ガラス越しに縁側の隅で本を読み耽《ふけ》っている幼い晴子を眺めたような錯覚のなかにいたが、続いて松田の話をまた少し思いだした。なるほど、バスでわざわざ意中の少女の隣に坐って覗いた本が『人類の意志に就て』だったら、少なくとも男が不条理というやつを発見するには十分だと思い、可笑《おか》しくなった。そして、バスが行ってしまうと、彰之はまた少し何ということもなく棕櫚《しゅろ》や無花果《いちじく》があったという本郷の裏庭を思い、何か急《せ》かされるような軽い焦燥に駆られたが、考えようとしたのは手紙のことだったのか、昨日の朝別れたときの母の様子だったのかも分からなかった。

彰之はその足で人通りのないバス道の傍の衣料雑貨店を覗き、半分カーテンの閉まったガラス戸を叩《たた》くと、奥から出てきた小母《おば》さんが「ああ、兄《あん》ちゃは毛糸だね」と笑った。店はわずかな生地と、ボタンや糸などの裁縫用品や毛糸を売り、ついでにミシンと編み機の取次もやっているが、壁の取次店のポスターはもう何年も端が破れたままなのだった。小母さんは、年に一度か二度立ち寄っては毛糸を買っていく男の事情も、その男がこの一年余り姿を見せなかった事情も、何ほどでもないというふうに「今年は新しい毛糸、入れてないの。店、ひまだから」と言い、この前使われたのはいつだったのか分からない店の石油ストーブに火を入れようとした。彰之はすぐ帰るからとそれを断り、棚に詰まった毛糸も心なしかくすんで見えるなかから、母の肩掛けにするつもりで目についた深紫のシルクヤーンを選び、五十グラム玉を一ダース買った。それを紙袋に入れてもらい、すぐに店を出た。

彰之はその後、漁港の近くの食堂で昼の定食を食い、そのままほかに客のいない昼下がりのテーブルの片隅で一時間余り、ゲージを測るために買ったばかりのシルクヤーンの試し編みをした。その間に外は少し気温が上がったのか、ガラス窓の結露がときおり筋になって流れ落ちてゆき、薄日が差した。何も考えずに買った極細の糸は滑りがよく、レースのようなくっきりした光沢のある編み目になることが分かると、いい買物をした気分になった。

そうして一〇センチ角の目数と段数を方眼紙の余白に書き留めた後、彰之はついでに同じ方眼紙に模様編みの図案を引いた。一旦《いったん》出航すると、揺れる船の上では正確な作図が出来ないこともあったが、それ以上にただ、集合時間まで何もすることがない所在なさを恐れたというところだった。彰之は、手が動くままに定規で大きな正六角形を一つ描き、そこに対角線を三本引いて、しばらくその単純な形を見つめた。続いて対角線の交点に、六角形の一辺の二分の一の長さを一辺とする正三角形を二つ重ねてダビデの星を作り、さらに対角線で作られた六つの正三角形をそれぞれ三等分する線を引いてゆくと、図柄は刺し子の伝統柄の六角花文になった。

そして、自分の手で引いた幾何学模様一つは、彰之をまた少し茫洋とした気分へと誘い、ほんの昨日、筒木坂の海辺をさも何か言いたげに徘徊していた雲水は、いまはまたどこへ行ったのだろうと思いだしながら、彰之はもう形もない振動の名残を探そうとして一寸息を殺していた。続いて、しばし子ども時代のささやかな記憶に落ち込み、野辺地の家の縁側に方眼紙や斜眼紙を広げて刺し子の図案を引いていた母の姿や、傍らでそれを眺めた自分の目を思い浮かべたが、鮮明なかたちになったのは六角花文や、亀甲や、菱青海波《ひしせいがいは》などの図柄だけだった。ひょっとしたら、母の定規と鉛筆の下で縦横斜めに引かれた精巧な直線が、やがてだまし絵のような図形になって浮かび上がってくるのを何時間も眺めた間、子どもの頭にはたとえば六角形が一つ据わり、代わりに言葉が一つ落ちていったのか。コンパスや雲形定規で描かれた曲線が、藍木綿《あいもめん》の上で分銅つなぎ、半丸つなぎ、網文《あみもん》といった線の運動に化けていく様に見とれながら、無限大の等比数列を一心に考えた間にもまた、n個の言葉が消えていったのか、などと思った。

その後、彰之は長居をした食堂を出たとき、もう一つ用事が残っていることをゆっくり思い出した。そして少し迷った末に行きずりの公衆電話ボックスから青森市の美奈子の嫁ぎ先に電話をかけると、いまごろならまだ買物には出ていないだろうと思った姉は不在だった。電話口には耳の遠い姑《しゅうとめ》が出、「彰之さん？　野辺地の彰之さんですか？美奈子さんは今日は野辺地さ行ぎなさったども」という心もとない返事が聞こえた傍からは、四歳になる甥の「バさまぁ！　バさまぁ！」と泣き叫ぶ声が一緒に響いてきた。

彰之はよく事情が呑み込めず、姉は折り合いの悪い姑に息子を預けて行ったのかとまず訝《いぶか》った。それから、姉は実家の母をたまには外に連れ出したいと言って出かけたことを聞き、そういうことなら姉はどのみち、いまごろは母から弟がまた海に出ていったことを聞いているということだと思ったが、一つ手間が省けたというより、姉は自分と入れ違いになるよう図っていたのかという新たな疑問が一つ湧いた。そもそも、父の四十九日を終えていない母がこのところ家に閉じこもっていることは知っていたが、そのことでとくに案じもしなかった自分には母の何も見えていなかったのだろうか。急にそんなことを考える一方、息子を送り出して一人になった母は密やかに息子の知らない何者かになる、美奈子もまた弟の知らない顔をして実家の養母を訪ねてゆく何者かになると思い、どちらもが自分とはわずかな接点を持っているだけの不安定な天秤のように感じられると、いまさらながら少し当てどない心地にもなった。

それから早々に電話を切ろうとしたとき、受話器の向こうから耳の遠い姑は「そったごとより、今朝福澤の本家から電話あったですよ！」と怒鳴った。「彰之さんと連絡つかねえはんで、もし電話あった場合は伝えでけれどいうごとだったども！　今朝、女の人ァ本家に彰之さんば訪ねてきたそうですよ！　彰之さん、聞こえでますか？」

「はい、聞こえてます！　女の人の名前は？」と彰之は怒鳴り返した。

「名前はタナカさん！　生命保険の手続きの話だったばって、本家はハルさんと美奈子さんに電話したよでした。そせば確かにお伝えしましたよ！」

電話は切れ、彰之は路傍の公衆電話ボックスにひとり取り残された。

保険には漁船員になった年に漁協で加入していたが、手続きのために職員が福澤の本家を訪ねてくるはずはなかった。本家の聞き違いか、あるいはもう自分は忘れている誰かが保険外交員にでもなったのかと思いながら、彰之は自分を訪ねてきたという女の姿をしばし思い浮かべようとした。そして、どこの誰とも知れないまま、ふいに或《あ》る愚かしげなぐずぐずした顔つき、或る苛立たしいような切ない眼差しが辺りの空気から急に滲《にじ》みだしてくるのを感じると、あゝこういう女なら自分は何人か知っている、と思った。小中野の船具屋の離れにいた少女。東京でいっとき付き合ったことのある女。何年か前、石巻か塩釜の漁港近くの呑み屋で逢った女。しかしいまごろ思いだす理由も分からず、どの顔もすぐに漠となって、あとには不透明な膜のように一抹の不可解な気分が降りてきた。


『今日も野邊地《のへじ》は雨が止《や》みません。

早朝、下澤《しもざわ》の地所の斜面が崩れさうだから見に來てくれと消防團《だん》から云はれて、二年前の豪雨のときのやうな大事になつても困るので、淳三の代はりに急いで見に行つて來ました。斜面の下の貸地には僅かな畑しかありませんが、崖が崩れたら道路に土砂が流れ出ると云ふことですので、本家の優さんのところに土嚢を積んでくれるやう頼みました。また少し費用が嵩《かさ》みさうです。

それで午前中は少し手を取られ、晝《ひる》近くになつてやうやく文机に向かつたのですが、さて今日は父野口康夫のことを書かうと思ふと、これが案外難題に感じられて、私はのつけから思案してゐます。何よりも富子が終生戀《こい》をしてゐた康夫だと云ふのに、私の年齢が足りなかつたこともあり、とくに東京時代の父康夫は私にとつて、云はゞ蟲食《むし》ひだらけで多くの活字が缺落《けつらく》した古新聞一枚のやうだからです。それでも、もう私のほかには殘つた活字を拾ふ者もゐないことを思ふと、孫の貴方にはやはり、こんな人だつたと傳《つた》へておきたくなりました。

先《ま》づ、富子が生前傾倒してゐた肝心の康夫の小説について、どんな種類の客觀的な評《ひょう》價《か》も成しえないこの私が、こゝで云々するのは難しいことです。しかしながら昭和六年ごろ、文机の引出しに康夫が隱《かく》してゐた短編小説を一つだけ盜み讀《よ》みしたときの、十二歳の意地惡な少女の印象は「退屈」でした。西津輕の郷里とおぼしき寒村に、長い間樺太の漁場にゐた男が一人歸《かえ》つて來ます。貧窮の村は小作爭議で沸いてをり、男は運動に加はるのですが、小作料の猶豫《ゆうよ》を求める運動には共感しつゝも、農本主義者の支援を得て大規模になつてゆく運動の高揚に乘れない自分に絶望し、男は濱《はま》に出て海を眺めると云ふ話です。

康夫は書物の頁《ページ》を折り返したり下線を引いたりする人ではありませんでしたし、書いたものを引出しに隱すくらゐですから、娘の私は父がどんな作風や文體《ぶんたい》を好んでゐたのか、表立つて聞く機會はありませんでした。こんな小説家がゐる、あんな詩人がゐると、たくさん教えてくれましたが、康夫は決して自分の口から「これは下らない」「これはなか〳〵である」と云つた批評はしなかつたのです。しかしいつだつたか、夜中に明かりをつけたまゝ康夫が縁側の自分の机で寝入つてしまつたとき、その手元のノートを覗くと數十行の文章が綴られてゐて、そこに「一たび妖魅せらるゝは蓋《けだ》し後に澄清《ちょうせい》なる識別を得るの始めなるべけれ」とありました。それが北村透谷《とうこく》の引用だつたと知つたのは後のことですけれども、一體《いったい》康夫にとつて澄清なる識別とはどんなものであつたのかと思ふにつけ、何やら斯《か》くあるべしと聲高《こわだか》であつた當時の文藝の勢ひを前に、然《さ》したる地歩も確信もないまゝ、若い康夫は生來の直觀だけを頼りに、自らの欲するところを探さうとしてゐたのではないかといまは思はれてなりません。なにしろ件《くだん》の昭和六年の一篇は、歸鄕《ききょう》する男の心情や風景の味はひは敍情《じょじょう》的で、小作爭議のスローガンはどこかで聞いたやうな勞働組合の演説で、貧窮を見つめる視線は恐る〳〵のリアリズムと云つたふうであり、十二歳の私は、なんだか借り物の繪《え》の具を塗り重ねたやうだと思つたのでしたから。

とは云へ、娘の私がこゝで父の文才について問ふても仕方がありません。私が透谷の文章を幾つかまとめて讀んだのはもう少し後、父の本棚にあつた岩波文庫でしたが、布《ふ》團《とん》のなかで讀みながら獨《ひと》りで拳を握りしめるほど好きだと思ひ、純粋と云ふだけでない詩人の直觀とはかうしたものかと心地よく突き放されるやうな感じに襲はれたものでした。さう云ふとき、はたと父康夫のことを思ひだし、私なりに考へたことがあつたと云ふのみです。すなはち康夫に到來しなかつたのは直觀ではない、妖魅せられた後の澄清なる識別であり、さらには透谷の如《ごと》く情熱的に直進する力だつたのだらう、と。

さて、富子を失つた後の康夫の身邊《しんぺん》を思ひ返しますと、決して順調であつたとは云へません。先づ外では、富子の初七日が終はらないうちに、共產黨員《とういん》やシンパの藝術家や思想家の一齊檢擧《いっせいけんきょ》が始まり、半袖の季節まで大がかりな檢擧が續《つづ》きました。ある日、康夫が前裁《せんざい》で雜誌や手紙などを燃してゐた數日後、新聞には逮捕された人びとの名前が載り始め、康夫の歸宅も遲くなることが多く、日が暮れてくると芳國や初音が物も云はずぢつと柱時計を眺めてゐたものでした。最大限に想像を逞しくしても、私には康夫が强《こわ》面《もて》で非合法活動をしてゐた姿はどうしても思ひ浮かびませんが、友人の生活を助けるとか、印刷物を作ると云つたかたちで、折々に何事かには關はつたと云ふことかも知れません。

この時期の私の心持ちは、啄木《たくぼく》を借りれば、夏休み果ててそのままかへり來《こ》ぬ若き英語の教師もありき、でした。不穩のなかには數年來の父への不審が一つかたちになつた感慨が混じつてをり、姿の見えない革命家なる生きものが、どこかの廢屋《はいおく》の隠れ家で蜂起のときを待つてゐると云つた、小説のやうな興奮もなくはありませんでした。しかしまた、社會のありやうについて否、否、と唱へる人びとがみな正しいと云ふ確信もない。信念を持つことゝ行動することは、なんだか別の話のやうだとも思ふ。さうして祖父母に隠れて新聞に竝《なら》ぶ共産黨員の名前を當《あ》てもなく眺めたり、犬養毅《いぬかいつよし》が狙撃《そげき》された日の夜遲く、首相官邸に異變《いへん》ありと聲高《こわだか》に傳《つた》へるラヂオ放送を一人で聽《き》いたりしながら、譯《わけ》もなく手に汗握つてゐた私はきつと、十三歳なりの陰険な不毛を心身に育《はぐく》んだ小さな懐疑主義者であつたのでせう。

しかしまた、その一齊檢擧の嵐《あらし》が過ぎると、康夫は一轉《いってん》して何事もなかつたかのやうに學校へ通ひ、一時的には平穏な生活に戻りました。海軍大將齋藤實《まこと》が首班になつて擧國一致内閣が誕生した日、祝賀の日の丸がそこらぢうに出てゐたのを康夫はどんな思ひで見てゐたのか、そのときも「政黨政治の終はりだ」と一言云つただけでした。昭和七年から八年にかけて、私の記憶にある康夫の姿は毎朝物靜かに「行つて來ます」と家を出てゆき、午後七時か八時ごろには戻つて來ると、ほんの少し思ひ出したやうに小さい幸生や美也子を抱いてやつたりした後は、ひつそり文机に向かふと云ふものでした。ほんたうはそのころ、京大法學部で後に云ふ瀧川《たきがわ》事件が起こり、大學自治を求める教授會や學生の大規模な運動が、本郷通りの向かうまで廣《ひろ》がつてきてゐたなか、康夫の身邊も靜かであつたはずはないのですが、十三、四の女學生の目に何がどれほど見えてゐたかと云ふと、甚だ心もとないとしか云へません。それに、康夫がたぶん小説を書かなくなつたからでせう、おう野口！と云つて三々五々訪ねてくる文藝の同人も減り、瀧川幸辰《ゆきとき》ら京大法學部教授會支援の集會を二高出身者で組織するとかしないとか、そんな話を一つ襖越しに聞いた記憶があるくらゐです。さう云へば、このとき最終的に瀧川の罷免《ひめん》を要求し、文官分限令によつて休職處分にしたのは、康夫が大嫌ひだつた文部大臣鳩山一郎です。

とは云へ、康夫は外で起こつてゐることを家では一切話さうとはせず、もはや滿洲の話すらせず、あるとき文机を覗いてみますと、康夫は厚さが一寸もある講義錄の綴りを開いてをり、そこはもう米粒ほどの餘白《よはく》もないほど書き足し書き足しした英字で埋まつてゐて、私の知つてゐる單語の一つもありはしませんでした。それで康夫曰《いわ》く、これは『失樂園』と云つて、英文學の課題のうちで毎年一番學生たちに評判が惡い古典だ、また今年も彼らを泣かせる季節がやつて來たと云ふことでしたから、あれは新學期のころだつたのでせうか。康夫は君にはこれはまだ一寸《ちょっと》讀めないよと云ひ、代はりに文庫版の『嵐が丘』を私にくれたのでした。しかし、さう云ふときも康夫は少々上の空だつたに違ひなく、後で私がとても面白いと云ふと、どの本のことかと尋ね返してきたものです。

私の目のなかの康夫は、身の丈六尺を越える偉丈夫にもかゝはらず、朝卓袱臺《ちゃぶだい》に着いて紅茶を飲んでゐる姿も、このころには心なしか小さく見えました。何よりも「富子さん」と呼ぶ相手がゐなくなつた本郷の家も食卓も、康夫にとつては今度こそ借り物になつたと云ふ感じだつたのかも知れません。昔から胡座《あぐら》はかゝない人でしたけれども、大きな體軀《たいく》で正座をし、少し前屈《まえかが》みになつた姿勢で、ほんたうは好きではないマーマレエドを塗つた食パンを肅々《しゅくしゅく》と食べてゐたのは、あるいは大正二年に東北から上京した下宿生野口康夫、その人だつたのかも知れません。これは富子と二人で築いた東京の二十年を失つた康夫が、云ふなれば振出しに戻つたと云ふ意味です。

若い貴方には少し説明が必要でせうか。康夫の時代、地方から帝大へ賑々《にぎにぎ》しく送り出された秀才青年たちはいまよりはるかに強く將來を矚望《しょくぼう》されてをり、おほむね自分が何を望むかでなく、何をすべきかと考へるのを習ひ性として官吏や教員になつてゆきました。その中で、さして先鋭な才覺の持ち主でもなかつた康夫がからうじて自分の意思と云ふものを發見出來たのは、富子と出會《であ》つたからでせう。さらに云ふなら、さうして發見した文學への志や新しい時代への意思が、この二十年現實に生きてゆくことゝ何とか釣り合つてきたのも、たぶん富子がゐたからでせう。そのことを當時の康夫はたぶん富子からの借り物と云ふかたちで自覺し、富子の力で支へられてきた自分の二十年が振出しに戻つたと感じてゐたのではないかと思ふのです。これはどこまでも今かうして娘の私が振り返る康夫の姿ですけれども。

それにしても、齢《よわい》四十になつた男子に振出しもくそもないと云ふのもまた一面の眞實《しんじつ》で、私たち家族にとつて、この時期の康夫は何とも得體《えたい》の知れない生物と云ふだけでした。假《かり》にも判任官《はんにんかん》一級の官吏で二千圓《えん》以上の年俸を頂戴《ちょうだい》してゐる一人前の男子なら、先づは岡本の父母の面倒を最後まで見ると決めてそれなりに腰を据ゑるべきところ、人の善い芳國が氣晴らしにでもと圍碁に誘ふと、康夫は「はい、どうも」。初音が氣を利《き》かせて食膳《しょくぜん》に麥酒《ビール》を用意しても「はい、どうも」。おほかた義父母の顏など見てゐなかつたに違ひありません。ましてや、娘の私が家事を手傳ふために陸上競技部の練習にあまり出てゐなかつたことや、とき〴〵學校をさぼつてゐたことや、弟妹たちを動物園に聯《つ》れて行くと僞《いつわ》つてポパイやターザンの映畫《えいが》を觀《み》に行つてゐたことなど、康夫には何も見えてゐなかつたのは確かです。康夫は康夫なりに母親を亡《な》くした子どもを氣遣ひ、日曜日には横濱《よこはま》や江ノ島へ聯《つ》れ出してくれたり、學用品や洋服を買つたりしてくれてはをりましたが、父親とカフェーでアイスクリームを食べても何だかヘン。しかしそれも、あるいは富子がゐたときには表立たなかつただけで、父と云ふ生物は、私たち子どもにとつて世界とのある種の距離を發見する第一歩だつたのでせうか。

かうして私の毎日も、岡本の家の毎日も富子がゐたころとは少しづつ變《か》はつてゆきました。たとへば市ヶ谷の町醫者《まちいしゃ》に嫁いでゐた民子伯母さんが、何かと私たちを氣遣つて本郷を訪ねてくるやうになつたのも變化《へんか》の一つでした。民子さんは、私のためにあの水色のコートを仕立て直してくれた人ですが、子どもがゐないせゐで、妹の富子が四人も子どもを授かつたことに少々嫉妬してをり、富子が生きてゐたときはあまり岡本の家に顏を見せなかつたのでした。しかしそこは、若いころは三人姉妹の中で一番のモダンガールだつたと云ふだけあり、看護婦になつたのはお醫者をつかまへるためだつたと、自分で云つてはから〳〵笑つてみせるやうな大雑把で明朗な女性のことです。斷髪《だんぱつ》の民子さんが颯爽とスラックスをはいて現れたり、タクシーで乘りつけたりすると、必ず虎屋の羊羹や中村屋の月餅《げっぺい》を持つて來るので、哲史が一番に「甘い匂ひがするぞ、羊羹が歩いて來るぞ」と弟妹をけしかけ、みんなで飛びだしていくのでした。數《かぞ》へで四歳の美也子は富子との區別がつかず、民子さんが來ると膝《ひざ》の上から離れないので、それが羨ましい幸生とけんかを始めるほどです。一方、さつきまで文机に坐つてゐたはずの康夫はさう云ふとき、いつの間にか縁側から脱出してしまふのでしたが、富子と面差しの似てゐる女性が、富子とは違ふ空氣を岡本の家に運んで來ては子どもたちを懷柔してゐると康夫は感じてゐたやうです。

私は後年、民子さんが早くから幸生か美也子を養子にくれと云つて富子と諍《いさか》ひをしてゐたことを初音から聞きましたが、何事も生きてゐるはうの勝ち、羊羹を持つてくるはうの勝ちと云ふものです。さうして康夫の顔色に關係なく、本郷の家からは少しづつ富子が溜《た》め込んだ文藝や浪漫主義の埃《ほこり》が掃きだされてゆき、代はりに講談や少女歌劇や東郷青児《せいじ》が入つてきて、私たち子どももまた少しづつ富子の記憶を消し去りながら、そこ〳〵に忙しく暮らしてゐたのでした。この私もひまがあれば民子さんと映畫に行つたり、婦人雜誌を覗いたり、富子の殘した化粧品を使つてみたり。いまの時代なら小さな不良少女と云ふところです。

こゝで康夫の身邊《しんぺん》に訪れた二つのお葬式のことに觸《ふ》れておきませう。

昭和七年六月、前年暮れに出征した康夫の弟の郁夫さんが滿洲で戰死し、一月ほど經《た》つたある日津輕の野口の實家から、遺骨が歸《かえ》つて來る日取りを知らせる電報が來て、康夫はその日に合はせて一人で發《た》つてゆきました。ところが康夫が家を出た後にまた電報が屆き、役所の手續きの變更《へんこう》で今日遺骨が着いた、と云ふのです。すでに康夫は汽車のなかで、私たちは顔を見合はせるほかありませんでした。富子を亡くしてから、郷里の親兄弟への思ひがさらに格別なものになつてゐた矢先のこと、汽車を乘り繼いで二日がかりで當地に着いたとき、康夫は一體《いったい》どんな顏をしたことでせうか。しかし康夫は、後日私たちにそんな話さへすることはなく、野口の郁夫さんと云つても顏も見たことのない私は、なにがしかの感慨さへ持ちやうのない死一つの曖昧《あいまい》さについて、少しばかり考へるに留まつたのでした。

もう一つはこの前少し書いた、あの若禿《わかは》げの畫家《がか》重松さんのお葬式です。昭和八年二月二十一日と云ふ日付をかうしていまも覺《おぼ》えてゐるのは、私の滿十三の誕生日の前の日だつたからですが、重松さんは二度警察に檢擧された後に結核を患ひ、半年ほど療養した後の自死でした。ところでその日、康夫は朝早く喪章を付けて鎌倉のお寺へ出かけてゆき、夕方には風呂敷《ふろしき》に包んだ重松さんの油彩畫を一枚抱へて歸宅しました。遺族からの形見分けだと云ふそれは、いつかみんなで潰して鍋にした野鴨の繪《え》で、草土社ふうの昏《くら》い色調でマチスふうの平面を創りだしてありましたが、何と云つても私たちの目を引きつけたのは鴨の目でした。黑光りする羽根のなかに青や綠が深々と輝いてゐるのに、半開きの目の隙間から覗く一筋の灰色を見ると鴨は死んでゐるのです。康夫は、友人と過ごした思ひ出の夜の鴨だから貰《もら》つてきたと云ふのですが、八歳の幸生は一言「死んでる」と云ひ、十歳の哲史は「死んだ鴨を描いたんだから當り前だ」と云ひ、祖父母に至つては緣起でもないと云ふ顏で消えてしまつて、康夫は氣まづさうに繪を包み直して本棚の上に置くと、障子を閉めて文机のある廊下の隅に引つ込んでしまつたものでした。その繪は結局、二度と日の目を見ることなく失はれてしまひましたが、いつか重松さんが哲史たちの圖畫《ずが》を見てやりながら、自分の心に映つた通りに描くことが大切だ、酸《す》つぱい夏みかんは酸つぱいやうに描かなければならない、さう云ふ線や構圖を見つけるのが繪と云ふものだ、などと云つてゐたこともいまは一寸懷《なつ》かしく思ひだします。いまとなつてみれば、あの鴨の一筋の目は生前の重松さんの目であり、世界と云ふよりは自分を見る目であり、畫家の目だつたと云ふだけだらう、その目が灰色を塗れと繪筆に命じたのだらうと思ひますが、當時の康夫の心境を想像するに、もしかしたら共產主義も戰爭も革命ももはや小さなことだ、透谷の云ふ造化の祕藏も澄清《ちょうせい》たる識別も小さなことだと冷笑してゐる死者の目を、康夫はそこに見たのかも知れません。後で知つたことですが、同じ日に小林多喜二《たきじ》が亡くなつてをり、康夫はその一報もどこかで聞いてゐただらうからです。

さう云へば、障子を閉めて出てこない康夫を放つておいて、私たちが食べたその日の夕飯のおかずは、寒ブリと大根の炊き合はせでしたが、初音が炊いた大根はいつも醬油と山椒が少し喉を刺すやうで、辛すぎるのでした。福澤で京料理を仕込まれてから私ももうあの味を忘れかけてゐますが、とき〴〵煮物を作りながらふと甦つてくる濃い醬油の匂ひがあり、そのたびに少し胸が詰まるやうな感じを覚えて、私の心は一寸本郷の家へ歸つてゆきます。とくに、あの二月二十一日の夜へ。

その夜、私は遲くまで雪見障子の下から父の様子を眺めてゐました。文机を前に坐り込んで、康夫が一體何の思ひに耽《ふけ》つてゐたのかは臆測するのみですが、古い知己の自死も、特高に殺害された小林多喜二の死も、生きてゐる者にそれ〴〵さァ君はどうするのだと選擇《せんたく》を迫るやうなものであつたのかも知れません。重松さんはなぜ君は生きてゐるのだと問ひ、小林はなぜ君は行動しないのだと問ひ、もつと遠くから富子もまた、貴方はもう文藝を捨てたのかと康夫に問ふてゐたのかも知れません。しかし、あの世から一つの回答を要求してくるのは死者の特權ですけれども、生きてゐる康夫はそんな問ひには應《こた》へられないのです。康夫は逆に、君はなぜ妻子を殘して死ねたのかと重松さんに問ふたでせうし、小林に對《たい》してはたぶん、共産黨はほんたうに大地を耕す農民の生活と心をつぶさに研究したかと問ふたかも知れません。あるいは、君には信念や理念と云ふ名の特權意識はなかつたかと問ふたかも。また富子に對しては、自分はどうしたらいゝのだらうと問ひ返したかも。

しかしまた、當時の康夫は教師としても、まさに行動か沈默かを迫られてゐたときだつたのは確かでした。帝國大學からマルクス主義者や自由主義者の教師が次々に追放されてゆくなか、京大で始まつた學生自治と學問の自由を求める運動が全國に波及しようとしてゐた時期に、康夫はひとり坐り込んでゐたのです。その無力な、無名の後ろ姿をかうして思ひだすとき、いまになつて私は頻《しき》りに物云はぬ市井《しせい》の人間と云ふことを考へます。物を云ふことで殺されるでなく、鋭い才氣に殺されることもない代はりに、市井の人間と云ふのはその分永らへてより多くの人生を生き、より多くを眺めてそれをみな自らの身體《しんたい》にたゞ沈澱させてゆくのだらう、と。そこには何一つ成すことのない者の自覺もまた少しづつ沁《し》みてをり、それも人は自分のうちに沈めることを學ぶのだらう、と。確かに、物を思ふ力だけ與《あた》へられ、行動する力を與へられなかつた人間はそこに辿《たど》り着くまでに先《ま》づ、己の無力感と戰ふやう强ひられますが、そのどこがいけないと云ふのでせう。物を云ふか沈默するかの選擇が學問や教育や良心の踏み繪のやうだつた時代の前で、康夫のやうに立ちすくむほかなかつた人びとが、ほんたうはどれほどゐたことでせう。

尤《もつと》も、誕生日の一日前だつた私の心持ちを振り返りますと、さうしてしばし康夫の後ろ姿を眺めた末に、何とはない失望を感じ、とくに根據《こんきょ》はなかつたものゝ父はこのまゝ教師は續けられまいと云ふ豫感《よかん》を持ち、だからと云つて子どもに出來ることは何もないと思ふと、結局はかうして今日も明日も何も起こりはしないのだと自分に云ひ聞かせただけだつたやうにも記憶してゐます。

かうして書いてをりますうちに、私はいまふと、昭和四四年の年明けのことを思ひだしてをりました。貴方《あなた》が卒業した翌年です。東大の安田講堂に機動隊が入つたと新聞に出てゐた日だつたか、数日後だつたか、理學部の貴方の後輩の親御さんが、御子息が逮捕されて留置場で自殺を圖《はか》つたと云ふことで、福澤本家に相談の電話をかけてこられたことがありました。そのとき貴方はもうカムチャツカにゐて、榮伯父様が警視廳《けいしちょう》と話をつけて下さいましたが、そのことを後で知つた貴方は、四月に歸港《きこう》したとき、私と淳三にかう云つたのでした。すなはち「大學にはいま、豫《あらかじ》め過《あやま》ちと分かつてゐるテーゼを過ちと認めないバカ、過ちと知つてゐて闘争するバカ、當否《とうひ》を問ふことを知らないバカがゐる。しかしぼくは、行動しないバカだつた」と。貴方は覺《おぼ》えてゐますか？

當時、野邊地の田舎暮らしから眺めた大學紛争は昭和八年のそれと何だかそつくりで、私には繰り返される歴史が少しおそろしく感じられたのでしたが、かうして貴方の云つたことをよく覺えてゐるのは、あのとき一瞬、貴方の言葉が康夫の言葉だつたやうな錯覺にとらはれたせゐです。もう何を云つても生死に關はることはない時代でも死を思ふ者がをり、行動しなかつた自分を責める者がゐると云ふのは、私にはある種感慨深いことでしたが、それにしても貴方はなんと康夫と似たことを云ふのだらう。あのとき私たち父母にさう云つた後、貴方は部屋に引つ込んでしまひ、その夜はずつと縁側に坐り込んでゐましたが、その貴方の背中も康夫にそつくりで、私はしばし目を見張つてをりました。とは云へ、これは脱線。昔の話をしたがらない貴方がたぶん顔をしかめてゐるだらうと思ひつゝ、ふと大人になつた貴方と康夫を重ね合はせてみたりしたのは、かうして何事か書き聯《つら》ねてゐるうちにやつて來た、私の心身の小さな一搖れなのだと云つておきませう。

ところで昭和八年の本郷の生活については、あまり語ることもありません。春先に初音は朝夕の下宿の賄《まかな》ひだけでふう／＼云ふやうになり、醫者から砂糖入りの紅茶を禁止されました。古稀を迎へた芳國はいたつて元氣なだけが救ひで、民子さんは相變はらず羊羹や玩具を持つて現れては、學校へ上がつてゐない美也子を懐柔してをりました。私は家事を手傳《てつだ》ふため一學期で陸上競技部を辭《や》め、夏休み以降は臺所《だいどころ》の窓から眺めた裏庭の棕櫚《しゅろ》や無花果《いちじく》の姿しか記憶にありません。そのころです、流しの下に昔富子が話してゐた白い半透明のキノコが生えたのは。初音に見つからないやうバケツを被《かぶ》せ、暫《しばら》く大事に育てゝやるとむく／＼大きくなつてゆきましたが、ある日私が學校から歸るとバケツごと消えてゐて、學生さんたちの夕飯のみそ汁の具になつてゐました。

さう云へば夏の前、臺所の窓から本郷通りの騷ぎが聞こえてきて、外へ出てみましたら米屋のご主人が云ふには、法學部の建物を取り圍《かこ》んだ警官隊が學生集會に參加した學生たちと衝突したらしいとのこと。急いで通りへ出たときは、もう警察の貨物自動車しか見えませんでしたが、初夏だと云ふのに一寸冷や汗が噴きでたものでした。學生集會を許可したのは、あの美濃部達吉だつたはずです。しかしまた、その同じ夏には私は隣の香具屋の內儀《おかみ》さんと盆踊りに行つて、東京音頭を踊つてゐましたよ。そのころは「東京よいとこ日の本照らす、君が御稜威《みいつ》は、君が御稜威は天照らす」と云ふ歌詞でしたが、いまはもう變はつてをりますね。

その年の師走《しわす》に、康夫は外國語學校を退職しました。學生運動は夏過ぎには跡形もなかつたのですが、以前から心づもりをしてゐたことであつたのか、何か急な事情があつたのか、康夫は祖父母にも辭表《じひょう》を出したとしか云はなかつたやうです。それは早朝からラヂオが明仁《あきひと》親王のご誕生を繰り返し繰り返し告げてゐた日のことで、本郷の路地にも軒先と云ふ軒先に日章旗が竝《なら》んでをりました。萬世《ばんせい》一系のお世繼《つ》ぎがやつとお生まれになつた目出度《めでた》さと云つても、私たち子どもは冷え〳〵した冬の緣側で日の丸の小旗を作り、身支度をして祖父母と一緒に宮城《きゅうじょう》へ行くと、ものすごい人出で何も見えなかつたことしか記憶にありませんが、夕刻いつもより早く歸宅した康夫は、街ぢうの日の丸が朝から一つも目に入らなかつたやうな顔をしてゐたものでした。富子が生きてゐた最後の秋以來、突然關東軍の滿洲侵攻に一教師として疑義を唱へ、その後再び沈默してしまつたことを含めて、そのころの父はたゞ謎めいてをりました。

夜、康夫は襖を閉めた茶の間で祖父母と何か話し合つてをりましたが、襖越しに聞き耳を立てる氣も起こらなかつたのは、豫想《よそう》してゐたことだつたと云ふほかに、先々の生活についてぼんやりした不安はあつてもなほ、具體《ぐたい》的な實感はなかつたと云ふことかも知れません。それよりも私と弟妹たちは寢間の障子を少し開けて、外の路地を通つてゆくお祝ひの提燈《ちょうちん》行列を眺め、遠い花火の音を聞いてをりました。そのとき私は、急に滿洲はどんなところだらうと思ひを巡らせ、いつそ家族で滿洲へ行けば、ついでに上海《シャンハイ》租界を見られるかも知れないと考へたりしたことを思ひだします。お祝ひ氣分に誘はれたのでせうか、とき〴〵雜誌に横光利一などが書いてゐた豪華絢爛《けんらん》の上海です。

それから年の瀬はもう、ラヂオから聽《き》こえてくる奉歌も商店の大賣出《おおうりだ》しもひと際華《きわ》やかで、本郷の家も餅をついたり、大掃除をしたりと忙しかつたときに、康夫はひとり挨拶回りのために郷里へ歸つて行きました。事こゝに至つては、康夫が津輕へ居を移す腹を固めてゐるのはもはや明らかであり、初音と芳國はときに民子さんも交へて何事か話し込んでをりました。彼らがいかにも困惑げな顏をして私を呼び、遠回しに、お前たちは東京にゐていゝよ、何も心配しなくてもいゝよと云ふその口ぶりは、自分たちも子どもたちもみな康夫の被害者だと云つたふうで、そのつど私は心配などしてゐない、父には父の考へがあるはずだと應《こた》へなければなりませんでした。いざとなれば成績優秀な哲史は東京の學校へ行くはうがいゝだらう。勉強嫌いの幸生は軍隊に入らない條件でなら津輕で逞《たくま》しく生きるのもいゝだらう。末娘の美也子は康夫が手放さないだらう、などと私なりに考へはしましたが、さて自分はどうかと自問するとよく分からなかつたからです。實感が持てなかつたのは、何よりも東京から思ふ津輕が、滿洲よりも遠く感じられたせゐもあつたかも知れません。

當の康夫は、昭和九年一月一日の日付けで郷里の筒木坂《どうきざか》から葉書を私たちに書き送り、當地は天地を洗ふ地吹雪にて、小生の心地も懸案もスッキリ致し候《そうろう》云々と云つてきた後、十日ほどもしてぼそりと歸京すると、この私を縁側に呼んで、ぼくは津輕へ歸らうと思ふ、津輕の人のやうに生きてみようと思ふと云ひました。さらに續《つづ》いて、野口の實家の長兄や次兄を見習ひ海へ出ようと思ふ、と。

いまとなつては、そのとき私は樣々な意味で感慨を覺えたとしか云へませんが、康夫は先づ、十五の娘の私を前にして一人前の大人と相對《あいたい》してゐるかのやうな物云ひ、態度でありました。私は少し嬉しく少し誇らしくもありましたが、他方、海へ出ようと思ふといきなり云はれたときの啞然たる氣持ちと云つたら――。あんなに父の顏をよく〳〵眺めたことはありません。康夫が津輕でまた英語教師の職に就くものと思ひ込んでゐた私の豫想は速やかに崩れさり、そこにある父の目鼻や口許《くちもと》や顏の全部が急に見慣れた輪郭を失ふのを感じ、存在の不安と云ふのはたぶんかうしたものを云ふのでせう、私は身體《からだ》の芯が少しばかり冷えていくやうな心地になりました。

康夫は、筒木坂にも學校はあり、銀行預金を野口の實家に預けるので何も心配は要らないし、野口の祖父母も長兄夫婦も心優しい人たちだと云ひます。四町歩の田畑は春と夏は深い綠に染まり、秋は稻穗《いなほ》の金色に變はり、冬は雪の白一色になる。多くの青壯年男子は田畑を家族に任せて北海道へ渡り、春は鰊《にしん》漁、秋から冬にかけては樺太《からふと》へ鮭鱒《さけます》を獲《と》りに行き、正月に外地の土產を手に一齊《いっせい》に凱旋して來る。東京の生活とは全く違ふが、土地を耕し、喰ひ、生きてゐる人間の本來の姿があると思ふ。この國がほんたうはどんな姿をしてゐるか、日本人が何を願ひ、何を喜び、何を怒り、生きてゐるかを日々學ぶと云ふ意味で、日本人に生まれたことを喜び悲しみ、深く考へるやうになる土地だと思ふ。さう父は云ひ、私はほとんど何も思ひ浮かべることが出來ずに、これは父の本心だらうか、現實の話だらうかと疑念が募つてゆきます。

身體は壯健でも、長年本より重いものを持つことのない生活をしてきた人間に、漁民も農民も務まるはずがないのは明らかです。またそれ以上に、もう二十年以上も離れてゐた郷里に農家の三男の居場所があるはずがなく、また何よりも、この三年の東北の凶作と貧窮を康夫は忘れてゐるのです。私は胸のなかで、これは夢を見てゐるのではないかと思ひ、その端からすぐにまた自分の氣持ちがよく分からなくなつて、喉元まで出かけた言葉が聲《こえ》になりませんでした。さうして私が默つてゐると、康夫はまたさらに、郷土は明治以來、慶應義塾の精神の流れを汲《く》む東奥《とうおう》義塾に於《お》いて自由民權思想とキリスト教をいち早く啓蒙《けいもう》したやうな氣風に滿ちてゐると云ひ出します。葛西善藏《かさいぜんぞう》や佐藤紅綠《こうろく》を筆頭に鳴海要吉《なるみようきち》、和田山蘭《さんらん》、佐野翠坡《すいは》など多くの歌人文人がをり、文藝誌の活動も盛んで、僕はあまり好まないが今東光《こんとうこう》や羽仁《はに》もと子なども郷土の人だ、金木《かなぎ》出身の太宰治《だざいおさむ》と云ふ若手の小説家もゐる、僕が好きなのは福士幸次郎《ふくしこうじろう》と云ふ詩人だ、などと云ひます。その多くは、後年私が當地にて知つた名前です。

康夫は、あるいは死んだ富子に語つてゐたのでせうか。かうして思ひ返すにつけ、康夫は私の顔のなかに富子を見てゐたのだらう、富子を說得してゐたのだらうと思ひますが、富子が生きてゐたらこんな話を承知しないし、その前に康夫自身、こんなことを云ひだしてゐないのは確かでした。私はあらためて富子を失つた康夫のこの二年を思ひ、さうだ、父はこれ以上どうしやうもないのだ、これが康夫と云ふ人間なのだと思ひました。父はかうして郷里へ逃げ歸つてゆくのだらう。あるいはこゝに至つて、勞働の實踐《じっせん》と云ふかたちで行動しようと心に決めたのだらう。さう思ふと、悲しいと云ふのではなく、情けないと云ふのでもなく、さつきまで冷えてゐた臓腑が今度は生温かくなつて、私は少し泣きました。そして、泣いてしまふとまた自分の氣持ちが分からなくなり、父が何者であれ私は結局初めから津輕へ行く決心はついてゐたのだと自分に云ひ聞かせたのです。

それから、私が筒木坂はどんな土地なのか慰みに尋ねてみたとき、康夫は暫く考へ、さうだね、『嵐が丘』のやうな荒れ地だとうつくしい微笑を浮かべて云ひました。私はまんまと引つかけられて、ではヒースが生えてゐるのかとさらに尋ねると、康夫は我が意を得たりとばかりに熱心に應《こた》へたものです。ヒースは日本に自生してゐないが、筒木坂から七里《しちり》長濱《ながはま》に至る屛風山《びょうぶさん》の砂丘には、ヒースの代はりにス、キやヲギなどの茅《かや》が生えている。花では、黄色いニックヮウキスゲと薄紅のハマナスの群落がある。一年ぢう風が轟々と鳴り、茅の砂丘を越えると日本海が廣《ひろ》がつてゐる、と。さうだ、早春にはシベリヤへ帰る雁《がん》やカモやコハクテウの渡りがある。筒木坂から二里ばかり南にある平瀧《ひらたき》沼はヲナガガモ、一里東の田光《たっぴ》沼はコハクテウ。三月、一面の氷原が眞つ黑になるほどの數《かず》が集まり、早朝黑雲となつて舞ひ上がつていくときは空が割れるかのやうだ、それが過ぎると次は雲雀《ひばり》が來る、と。

それにしても、もしもそのころ私が二十歳だつたら、かうして拾ひだす野口康夫の斷片はもつと違つた姿をしてゐたのでせうか。あるいはあの夜、それでも父は父だと云ふ以外の結論を出せたのでせうか。いまの私は、早くに他家に預けられ筒木坂を出た康夫にとつて、父母と云ふものや、家族や郷土と云ふものがおほむね觀念のなかにあつたこと、康夫がほんたうは農民や漁民と云ふ觀念を追つてゐたことを知つてゐますが、最後に『嵐が丘』のやうな土地なら行つてもいゝと應へたときの私の思ひは、しごく曖昧《あいまい》なものでした。娘を前に日本人云々と語つた康夫も、それを聞きながら富子さへ生きてゐたらとぼんやり考へてゐた私も、あの夜はどちらもが同床異夢のふは〳〵した生き物だつたと云ふことかも知れません。康夫も私も未だ、ほんたうには津輕と云ふ土地を知らず、大地や海に生きると云ふことを知らなかつたからです。

ところで、地所も生業も持たない農家の三男が子ども四人を聯《つ》れて實家へ歸ると云ふのは、誰が聞いてもたゞならぬ話であつたため、暫《しばら》くは豫想《よそう》した通り、岡本の家も民子さん夫婦も聯日《れんじつ》の親族會議になりましたが、どれも堂々巡りに終始したので細かなことはこゝには書きません。かう云ふ事態になつて初めて、民子さんが康夫にあまりいゝ感情を持つてゐなかつたこと、もと〳〵富子との結婚に反對《はんたい》してゐたことなどを知りましたが、それももう間もなく過ぎてしまふことでした。私が少しばかり心殘りであつたのは、もう何を云ふこともなく坐《すわ》り込んでゐた祖父母のことだけで、三年もして私が大人になつたら必ず歸つてくると當《あ》てのない約束をして、またそのときも少し泣きました。哲史と幸生の轉校《てんこう》の手續きを考へ、引つ越しの準備は二月末になつて大急ぎで行はれました。子ども四人の衣類と學用品と父の書籍とで、チッキにした荷物は貨物自動車一臺《だい》分もあつたかと思ひます。また、筒木坂を離れて鰺《あじ》ヶ澤《さわ》の高等女學校に行くのは現實《げんじつ》には無理なことでしたが、高女の教師や級友には向かうでも學校へ行くと噓《うそ》をつきました。事情を説明するのも面倒に感じられただけでなく、私自身が何ひとつ自分に説明出來なかつたからですが、學業について未練があつたと云ふ覺えはありません。十四や十五の時分には未だ、どんな時間もひたすら長く感じられるものですが、私はいゝ加減長く暮らしたやうに思ふ東京を離れたいと、こゝろのどこかでは望んでゐたのかも知れません。

出發の日の朝、私たち一家五人は本郷の家からタクシーに乗りました。祖父母が玄關の前に立つてをりましたが、その表情はもうよくは思ひだせません。その日上野驛《えき》で新聞を讀んでゐたとき、拂《はら》ひ下げを受ける豫定の未登記の國有地に一族が學校法人を建設してゐる疑惑を追及されて、あの鳩山一郎文相が辭意《じい》を表明したとあり、康夫にほらと見せましたら、康夫はぼんやりした顏で「うん」と云ひました。

私はいま、筒木坂に着いたその日に私たちを殘して北海道へ發《た》つて行つた父康夫の顔を思ひ浮かべてゐます。それは、三月末にはやつて來る鰊《にしん》に備へて漁場の準備が始まる數日前のことであり、西津輕の雇ひの衆が留萠《るもい》のさらに北にある初山別の鰊場《にしんば》へ出かけていくには、ぎり〳〵の日でした。野口の長兄の忠夫さんは、普段ならもつと早く出發するところを、弟一家の到着を待つてゐてくれたのです。

康夫は、先《ま》づ二年前に戰死した弟の郁夫さんが祀《まつ》られた佛壇《ぶつだん》に線香を上げ、土間の上がり框《がまち》に腰かけて慌たゞしくお茶一杯を啜りました。少し前、私たちが客馬車と徒歩で辿《たど》り着いた野口の家の土間の外は、雪の白が日暮れには早い薄墨に翳り始めてをり、土の漆黑が目に痛いほどでした。私と弟妹の四人は、上がらせて頂いたばかりの板間に畏《かしこ》まつて坐り、周りには野口の留守居の家族が坐つてをりました。ほんたうを云へば東京から來た者の目にはびつくりするほど粗末な板間であり、土間でありましたが、誰もが東京で案じてゐたのとは違ひ、とりあへず康夫が云つたとほり優しい目をした人々でした。土間には雪焼けした逞しい風貌《ふうぼう》の忠夫さんが立つてゐて、私には土地の言葉は分かりませんでしたが、遠來の弟をからかふやうに何事か云つては優しげに笑ひます。

身支度を整へた忠夫さんの風體《ふうてい》は、犬の毛皮の帽子と外套《がいとう》を羽織り、足元は頑丈さう

ろ

な長靴と云ふもので、まるで外地の兵隊さんのやうでした。忠夫さんは實は、若いころから筒木坂はもちろん、隣の舘岡《だておか》までいなせで通つてゐた人ではあつたのですが、それにしても片や康夫は、學校に通つてゐた時と同じ、羅紗《らしゃ》の灰色のオーバーコートと短靴なのです。兄弟ともに長身の壯健な體軀《たいく》の上、顏貌も似てゐる二人の、その風體《ふうてい》のちぐはぐは奇怪とか滑稽ではなく、私をしてたゞ言葉を失はせ、海へ出ようと思ふと云つた二ヶ月前の父の聲を遠くに甦らせては、それもまた速やかに押しやりました。さうしてほんの短い時間に私がとらはれた思ひは、一言では云ひ表すことが出來ません。着いたばかりの知らない土地、知らない家族に圍《かこ》まれた野口康夫を眺めながら、私は本郷の家で盗み讀《よ》んだ康夫の短編小説が、やはり理念の産物であつたことを思ひました。あるいはまた新しい生活と云ふ急な實感を覺《おぼ》え、それがまた何一つ名付けやうがないのに早くも未だ見ぬ夏や秋の色合ひや賑はひを思ひ、それらが一齊に取り留めなく混じり合ふうちに、私の感覺はしばし痲痺《まひ》したのかも知れません。

康夫は腰を上げ、では行つて來ますと云ひ、土間を出て行きました。その顏は弱々しく自信なげでもあり、同時に東京では見たことのなかつた青年のやうな初々しさと云ふか、少し歳《とし》を取つた桃太郎と云ふか、失意と希望が混じり合つたやうな感じでもありました。その顏を思はず眺めたせゐで、康夫が子どもたちへ穩やかに笑ひかけていつたとき、私はうまく笑ひ返すことが出來なかつたのでした。
忠夫さんと康夫が出て行つた庭の正面には、門扉の代はりに大きなタモの木が二本聳《そび》えてをり、黒い枝が曲がりくねりながら薄墨の闇を摑むやうに伸びてゐました。二人の姿はすぐに見えなくなりましたが、その後に殘つた二本のタモの木は、眩しいほどに、いまにも光りだすほどに黒々と奇怪な姿をして、いまも私の額の裏に立つてゐます。』

5

第二北幸丸は釧路を出航して十二時間が経ったが、発達した低気圧は未だ船に追いつかず、二段ベッドの壁にどうにか背を預けて坐っていられる揺れに留まっていた。いまは択捉《エトロフ》沖辺りだろうか。しばらく前から船体に当たるざらざらした流氷の音が船首楼下の居住区にも遠く響き始めており、機関室のエンジン音とは別に、船倉の鋼板を伝わるその反響が低い太鼓の連打のように聞こえてくるのを、彰之は耳をすませて聴き入った。船は頭上の船橋で見張り一人と漁撈長《ぎょろうちょう》と航海士が起きているだけで、足の下の機関室も工場甲板もすでに点検や巡回を終えて人が行き来する気配はなく、二十人ほどが身を横たえている居住区の各室から漏れてくるラジオの音もなかった。西カムチャツカの生《なま》操業期では、漁場までの四昼夜というもの、甲板員に課せられる作業は急な漁網の修理でもない限りほとんど何もなく、あてがわれた二人部屋の居室にいる限り夜も昼もない時間や、果てしない惰眠や、あるいは酔いが許されているのだった。彰之と同室になったのは、出航前に事務所で会った松田と同じく、もうずっと田辺水産にいるという五十代の甲板長で名を足立といった。二時間ほど前、少し倦《う》み疲れた夜警のような足取りで足立は漁撈甲板の見回りに行き、「夜明けには氷の城ど」と呟いて戻って来ると、防寒衣だけ脱いで横になってしまい、いまはカーテンを閉めた下のベッドは鼾《いびき》もなかった。

彰之は出航してすぐ何時間か眠り、目覚めると、そのまま枕の上に模様編みの図案を引いた方眼紙を広げた。しかし覚醒にはまだ遠く、図柄の六角形の一辺を一〇センチに決めて一目ずつ編み目を考え始めると、そのうちまた少しうとうとして、しばらくの間、方眼紙の彼方でひとり折れ曲がりながら伸びてゆく線の夢を見た。最初に正三角形が一つあり、その各辺が折れ曲がり、一辺の三分の一の長さを一辺とする新たな三角形をそれぞれ形作ると、ダビデの星が現れる。するとさらに、その星の十二辺の一つ一つが、その長さの三分の一を一辺とする新たな三角形を作って伸びてゆき、そうして無限に繰り返される相似形の増殖は、やがて微細にうねる波を描きながら、一つ一つの三角形は限りなく点に近づいてゆくのだ。

それは、一面の海を少しずつ埋めてゆく流氷の運動のようであり、反転すると、逆に一面の流氷原が少しずつ割れて海が広がってゆく運動になる。あるいは、増殖しながら暗黒を広げていく未然の言葉の海になり、放射状筋繊維の収縮と拡張で広がったり縮んだりするイカの色素胞になり、海中から揚がってくるイカの外套膜いっぱいに広がる深紫の光線になり、再び流氷の海に戻りするうちに、彰之はふと、その海が正六角形をしていることに気づいて驚いた。それから再び方眼紙を眺め始めたが、どこで自分が目覚めたのかは分からず、編み目を計算する傍らではなおもしばらく、闇を埋めて広がってゆく何かの運動が続いているかのようだった。

現に彰之はなおも、自己相似形を作る折れ線の運動には何か名前が付いていたはずだといったことを考え、その肝心の名前よりも、こんな理論を知っているかと、もう十年も前に松原の下宿で『数学ジャーナル』か何かを広げた同郷の後輩の顔を思い浮かべ、次いでもう念頭にもなかったその男のくだりを晴子の手紙に発見したときの、何とも言えない驚きを呼び戻したりした。後輩の顔を含めた自分自身の六〇年代の全部が、身体の内外で鈍い余震を起こした驚き。かつて何も覆《くつがえ》さなかったはずの本震の下に隠れていたのだろう裂け目の、もうわずかしか感じられない熱の、元あった熱量を一瞬想像した驚き。

六八年三月の卒業式前、貸してあったサルトル全集を返しにきた後輩は、おれは革命の可能性は信じないが、いまの官僚支配の権威主義的状況を越えてゆくために自由への意思というやつを持つことにしたと告げて、革マルの集会に出かけていった。それが後輩の顔を見た最後だった。その日彰之は、時計台占拠と卒業式阻止の実力闘争に反対する理学部有志の声明文に署名した直後だったが、後輩が去ったとたん、正しいのは彼かおれかと自問し始めた。なぜなら稚拙なバリケード封鎖と角材で世界を変えるというのも、対話による変革を目指せというのも、どちらもがある既定の枠組みについての自分たちの予断であるのは確かだったからだ。当時彰之の周りでは、『資本論』が描いた単純な上部構造と下部構造の関係ではない、重層的な構造や階層の相互作用として社会経済を捉《とら》え直す構造主義的マルクス主義が流行《はや》っていたが、それにしたってAに対する反Aという以上のものでなく、世界はいまある枠組みではない何かをなおも見いだしてはいなかった。しかしだからといって「いま解決しなければならない課題があることに変わりはない」という後輩はほんとうに正しいか。いまある課題とはどこまでも、Aとか反Aの枠組みのなかでの話ではないのか。しかしまた、それでは新しい世界観の誕生を当てもなく待っている自分の根拠は何なのだと自問すると、それも分からなかった。何かを待ち望んでいるのは確かだったが、そのぼんやりしたかたちすら実のところ分かってはいなかった。そのとき彰之はすでに一週間後には釧路へ行き、カムチャツカで操業中の北転船に乗ることを決めていた未来の漁船員だったが、それは率先して権威主義を捨てたのでも、労働者という細胞になろうとしたのでもなく、ましてや世界に内属している身体の無明《むみょう》の衝動というのでもなかったからだ。

しかしまた、冬の生操業期を終えて四カ月ぶりに実家へ帰った六九年春、後輩の自殺未遂の話を父母から聞いて、自分は正確には何を考えたのだろうか——。彰之はそうしていまはまた少し、三百日前の晴子の傍らに引き寄せられてゆき、もう自分の世代にはない、ある種の平明な明るさと闇が感じられる時代の空気を一瞬嗅《か》ぎながら、そうか、母は誤解しているのだと唐突に考えていた。母は「行動しなかったバカ」と自称した息子の暴言一つをまったく違う意味で聞いたのだ、と。そこから彰之はまた方眼紙の正六角形を分割していく三角形の運動に見入り、いまは流氷原が割れて広がっていく海を覗《のぞ》き込むようにして、六九年のその日の気分に一寸《ちょっと》立ち戻っていった。そうだ、自分は反権力を掲げておきながら逮捕されたとたん福澤の名前を頼った後輩を先ず嫌悪し、次いで頼られた福澤の名前自体を嫌悪したが、そんなものは些細な感情だった、と。それよりも、新左翼各派の掲げた理念がどれも理念であることすらやめて、組織維持の硬直した行動原理にすり変わった六八年の全部を自分は嫌悪したのだ、と。しかしそうだとしても、とにかく世界の状況を越えてゆこうとした連中の意思が、そうした悲惨なかたちで引き裂かれたことに突然言い知れぬ衝撃を受けた、あの直観はどこから来たのだろう。まさにあれこれの理念が死んだという直観。あるいは自分の生きてきた戦後の時間が死に、この先の地平に何もないのを見たという直観は。

彰之はそう自問したが答えはなく、代わりにやがて噴出する寸前だったはずの断末魔の言葉や理想の、いまは死んだ熱を呼び戻したとき、その場に参加しなかった者は何かを永久に失ったのだということを二十三歳の自分は考えたのだと思った。「行動しなかったバカ」と自称したのがそういう意味だったことを、しかし、晴子や野口康夫の世代はもう知らない。自分というもの、それに対峙《たいじ》する社会、その二つの頭上に伸びてゆく理想や理念の階段のどれもが確固として若々しかった時代のことを晴子は語っており、半世紀後の息子の世代にはもう、それらの全部のかたちがなくなったことを晴子はついぞ知らない。弱冠二十歳そこそこにして、息子の世代は言葉の固さと、言葉で組み上げることの出来る世界の固さを失ったのだということを知らない。世界を変えなければならないという信念や文言の挫折が、社会や人間の精神の体系の敗北が、六九年一月のバリケードの残骸の跡にはまったく異質な、何もない地平を開いたことを知らない。その地平が、自己相似形を作る折れ線の無限の運動を守っているこの六角形の外の、何もない白紙のようだったことを知らない。

それから彰之は、白紙のあとに自分たちが決め込んだ沈黙の上で高速道路が増殖している、大量生産ラインが増殖していると思ってみたが、やって来たのはやはり生理の一寸した違和感だけで、代わりにやっとコッホ曲線という不確かな名前一つが浮かび、消えていった。一方、少し前から居室の下の作業甲板ではトシオとかいう生理食塩水の青年がギターをかき鳴らしており、しばらくして通路のどこかで「こらァ!」という間延びした怒鳴り声がし、ギターは止《や》んだ。

彰之は覚醒したという感じもなく、役場の事務員が台帳をつけるようにして方眼紙の図案に編み目記号を入れていき、そのうちまたふと、そういえばそんなふうに八年前の息子の姿を思いだしたという晴子が、三百日前に自分でそう書いていた「心身の揺れ」とはどんなものだったのかと思い、しばしぼんやりした。しかしその端からまた、昨日急に晴子を訪ねていったらしい姉の美奈子のことを思いだすと、母を連れ出すというのなら野辺地に近い浅虫温泉だろうと憶測を巡らせたが、浴衣《ゆかた》姿で下駄《げた》を鳴らして歩いてゆく母の姿はさらにぼんやりしたものに留まり、そんなことはもう母と息子の双方にとって問題ではないのだと、あらためて自分に呟くに至った。実際、晴子は六年前も本家の義姉たちと大阪へ万国博覧会を見物に行った帰りに、一人で熊野路《くまのじ》の温泉へ足を延ばしたらしかったが、手紙の中ではそんなことは一字一句も触れていないのだった。手紙のなかの母は、思いつくままに筆を運んでいるようでいてその実、日々何をしたとか、何を思ったといった次元にもうそのこころはなく、どの文面も呼び戻されると同時にまた別の思いに浸食されて幾重にも滲《にじ》んでゆくような、事実と夢想が間断なく重なり合ってゆくような感じなのだ。そういう母を姉は知っているのだろうか。そうしてまた一つ疑問符をつけ、何やら思わせぶりな姉の姿を脳裏から追いやった後、今度は野辺地の福澤本家へ自分を訪ねてきたというどこかの女の気配がよぎっていったが、一年ぶりの北転船の、昨日まで誰が寝ていたか知れない寝床の臭《にお》いに邪魔をされ、何か考えようとしていたこと自体も分からなくなった。

その後彰之はようやく起きだし、計算したばかりの編み目で試し編みを始めて、二度編んではほどき、いまは編み目を少し組み換えて三度目を編みかけたところだった。かつて彰之に編み物を教えた従兄《いとこ》の福澤遙は、漁網を繕う手先の器用さを活《い》かした余興という以上に、編み込みの色彩や縄編みの造形の美しさを知っていたが、彰之にはそんな才能は備わっていなかった。彰之にとっては、無為の時間を紛らせるための手慰みはただ可能な限り複雑であればよく、一つ模様が出来てしまうと、もっと手の込んだ編み目にしなければと思うだけだった。そうして、ただの左右交差よりも滑り目の交差を加え、基本のかけ目と二目一度の透かしに裏引上げ目を組み合わせたりし、さらに中上三目一度で曲線を作ってみたらどうかと考えたりするうちにふと時計を見、もう五時間余りも潰《つぶ》したことを知った。しかし、海はまだ未明なのだ。

眼球の前で、表目、表目、表目、右上二目一度、かけ目、表目、表目、表目と編んでいく二本の棒針と何者かの手指は、小刻みに回転しながら規則正しく上下し続けるのを止めず、少しずつ自動運動になって彰之の意識を襲い、眼球の奥の暗い水路に忍び込んで来た。水路に澱《よど》んだ水を揺らせるのは、晴子の手紙の周りを巡ろうとする脳の信号が身体のどこかへ伝わり震わせる振動であり、いつの時代のどの晴子かと記憶をまさぐる思考の櫓櫂《ろかい》だった。またさらに、いまは機関の音の後方に幾重にもくぐもって響きあう流氷の轟音であり、一昨日筒木坂の砂丘で聞き入った風音であり、その中のどこということもなく墨染めの衣を翻していく雲水の歩みであり、それらの振動はまた途切れもなく表目、表目、かけ目と繰り返す運動と重なり合った。

しばらく前から、彰之は顔の右半分に当たるスタンドの電球の熱を感じ続け、ほの暗い明かりに照らされた手元の棒針と編み目に見入りながら、眼球の奥の水面を穏やかに揺らせて臓腑へ降りていく振動の塊を一つ捉えていた。それは眼球の奥で、やがてくっきりした明と暗の間に幾重ものほの暗さとほの明るさの階調のある明かりの姿になると、そこから四半世紀も前に野辺地の家で刺し子や縫い物をしていた晴子の手元の白熱球のスタンドが現れ、さらには四十年前の筒木坂の家の囲炉裏の火が現れて、彰之は折れ線の夢の運動に誘われるように水路へ降りてゆくのだ。

その水路はほの暗い火の明かりに照らされて奥へ、奥へと続いてゆき、ときおり方眼紙の編み目記号を確認する目も、目数を数える脳の一部も、動き続ける手指も、眼球の奥で振動する思考の櫓を妨げることはなかった。四十年前の晴子が、筒木坂の囲炉裏端で刺し子や縫い物をして過ごしながら、あれこれと夢想を羽ばたかせたのもこんな感じだったのだろうかと思いながら、彰之はいままた、晴子の手紙のなかでも筒木坂の生活を書き綴《つづ》ったくだりの、砂丘台地にさす微細な光のような明るさのなかへ引き寄せられてゆき、知らぬ間に瞬きをし、彼方を眺め、つい一昨日立ち寄ったばかりの土地だということも忘れて、ほんのわずか茫然とした。堆肥《たいひ》の混じった草の匂いか、あるいは小さな白い花の下に初々しい棘《とげ》をいっぱいに付けた初夏の山査子《さんざし》の匂いがした。

『今日は筒木坂のことを書かうと思ふと、何だか樂しくなつてきます。ずつとゐることはない、少し長い旅行のやうだつた筒木坂の生活は、子ども時代の最後の時間が過ぎたと云ふにはあまりにうつくしく靜かで、同時に薄暗い貧窮に滿ちてゐましたが、それがいまはかうして樂しいさんざめきに變《か》はると云ふのは自分でも合點《がてん》がいきません。しかし溢《あふ》れだして來る思ひ出は、とにかく死でさへも透明な空氣に包まれ、野邊《のべ》の送りのすぐ傍から陽氣な笑ひ聲《ごえ》が響いてくると云つたふうなのです。

昭和九年春、野口の留守居には、祖父母の芳郎とキト、長男忠夫の妻のタヱ、そして十六歳から一歳まで五人の子どもがをりました。ほかにもすでに鰺ヶ澤へ嫁いでゐた十八歳の長女と、弘前の商家へ奉公に出てゐた十五歳の次男、さらに二歳で早世したと云ふ四男を合はせると、忠夫さん夫婦には全部で八人の子どもがゐたことになります。そこに私たち康夫の子ども四人が加はり、留守居の子どもだけで九人。一歳の三女の子守に來てゐた隣家のツネちやんを入れると、なんと十人の子どもが野口の家にはゐたのでした。

否《いな》、まだ〳〵をりました。ツネちやんの家の幼い弟妹たちが三人、いつも土間の邊《あた》りで遊んでゐましたし、田打ちや田植ゑなどの野良作業の時期には、さらに手傳《てつだ》ひのオヤグマギ（親戚《しんせき》）の子どもたちが何人も加はり、蟲《むし》送りや盂蘭《うら》盆會《ぼんえ》の時期には盛んに青年團《だん》の出入りがあつて、それはもう子どもの九人や十人、すぐに珍しくなくなつてしまふ大人數でした。それはすなはち、筒木坂では野口の家は三町五反の水田と畑五反を持つ中農であり、子どもたちを學校へやり、娘を嫁がせ、村の行事や寺社への寄進を缺《か》かさず、日々の飯米に困らない程度のさゝやかな經濟力はあつたと云ふことです。しかしまた、昭和六年の凶作と八年の米價《べいか》暴落以降かなりの負債を抱へて、當主の忠夫さんが毎年鰊場《にしんば》や鮭《さけ》漁の雇ひに出て行くのですから、決して餘裕《よゆう》があつたとも云へません。

さう〳〵、三頭の馬と鷄を忘れるところでした。馬にはマツ、タケ、ウメと云ふ名前が付いてゐましたが、牡馬《おすうま》にウメは可笑《おか》しいと云ひ、美也子が「太郎」と呼ぶやうになつた一頭は、隣の車力《しゃりき》村の高山稻荷《いなり》の近くにあつた草競馬で走つたこともある年寄りのアラブ馬でした。もう貴方《あなた》は知らないでせうが、當時は高山稻荷の參道に續《つづ》く道の右側を入ると、かの車力の鳴海家が設けたと云ふ馬場が砂丘の林のなかにあつて、高山神社の祭禮《さいれい》の日には筒木坂からも大勢の人が行つてゐたのを覺《おぼ》えてゐます。野口の家は餘裕がなかつたものか、私は一度も行く機會はありませんでしたが、隣家の田村の子どもたちが云ふには露店が出て、飴を買つてもらつたとか、ご馳走を食べたとか、大いに私たちを羨ましがらせたものでした。しかしその太郎も、マツもタケも、野口の家では土間の半分を與《あた》へられてゆつたりと飼ひ葉《は》を食み、始終紛れ込んでくる鷄の一家を追ひやりもせず、とき〴〵ぢつと人間のはうを見てゐるかと思ふと齒をむいてヒン〳〵と嗤《わら》ひます。私が睨《にら》みかへすと今度はブフンと鼻を鳴らし、あなた馬でせう、何か云ひたいなら云つてみなさいよと思つてゐると、そのうちドスンと大きな糞をして應《こた》へるのですが、それもこれもまた靜まりかへつた野口の土間にあつた僅かな物音の一つでありました。

とは云へ九人も十人も子どもがゐると、朝のひとゝきはなか／＼騷がしく、寢間では誰かが泣きだし、土間ではお辨當《べんとう》の握り飯に鹽鱒《しおます》を入れてくれと云つて祖母を困らせる子もをり、兄弟喧嘩《げんか》の聲もします。また、ときに夜明け前から十六歳の長男武志さんや隣家の田村の若い衆が地引き網の手傳ひに行つて、貰つてきた雜魚《ざこ》を分け合ふ賑《にぎ》やかな聲がし、ときに藥賣《くすりう》りや木綿賣りなどの行商が上がり込んだり、ときに農事實行《じっこう》組合の寄合ひがあつたり、青年團の若者たちが一升瓶を抱へて出入りしたりする賑はひはありましたが、思ふに野口の家では、さうした喧騷のすべてが絶えず靜寂のなかに吸ひ込まれてゆくかのやうでした。話し聲も人の行き交ふ氣配も、草葺《くさぶき》の屋根と土の土間にはあまり響かず、不思議に遠い波のやうに湧き立つては速やかに退いてゆき、氣がつくともう戸外の空高くピリヽ、ピリヽ鳴く雲雀《ひばり》の聲や風音と交替してゐるのです。

早朝、祖父と武志さんとタヱさんが雪の殘る畑に出てゆき、子どもたちが學校へ行つてしまふと、家には祖母のキトと私と美也子、それから一歳の末娘と子守のツネちゃんとその弟妹たちが殘ります。腰の曲がつたキトは、目深に被つた手拭ひの下から世界を覗くやうにして前屈みの摺《す》り足で土間を行き來し、漬け物樽《だる》の大きな蓋を開けて大根を漬けたり、濱《はま》や沼で揚つた魚を鹽漬《しおづ》けにしたり、竈《かまど》に豆殼を入れて火を起こしたりと立ち働きます。三月の彼岸ごろ、その土間にはオヤグマギの女性たちが集まつて、大釜で煮た大豆を臼《うす》で挽《ひ》いて二斗樽に仕込む味噌《みそ》作りもありました。

一方、私は水汲みや厩《うまや》の掃除をします。來る日も來る日も馬たちの糞を集めて堆肥の置場に運ぶ作業はやがて、田へ撒《ま》くために荷車へ積む作業となりましたが、大きな鋤《すき》を使つてのそれは、實《じつ》のところ臭《にお》ひと重さで泣きたくなるやうなものではありました。それから晝《ひる》のご飯の支度を手傳ひますが、その間美也子は庭でひとりで遊び、その傍では赤子を背負つたツネちやんと、六歳から四歳のツネちやんの弟妹たち三人がうろ〱してゐます。ツネちやんは庭先では人に聞こえるので、泣げば山がらモッコ來るね、泣がねで寢ながや、やあいでァと、どうでもいゝ調子で子守歌を唄ひ、野道へ出ると獨《ひと》り喉を鳴らして追分を唄ひます。實を云ふとほんたうにいゝ聲で、何だらうこの子はと私は嫉妬《しっと》したくらゐ。

ツネちやんの家は、近隣の田村家から五反の田畑を借りてゐる小作農家で、六年の凶作のときに政府拂下《はらいさ》げ米の貸付で相當の借金を負ひ、翌年父親は北海道へ雇ひに出ていつたのですが、その年は鰊も樺太の鮭鱒も大不漁で旅費さへ賄へず、父親はたうとう歸《かえ》つて來なかつたさうです。誰もはつきりとは口にしませんが、去年の初めに十四歳の姉が名古屋のどこかへ女工に行つたと云ふ話は噓で、ほんたうは四百圓《えん》で酌婦に賣《う》られたのだと云ふし、さらに困窮續きの家に殘つてゐる祖母は脚氣《かっけ》だとか、母親のはうは神經衰弱だとか云はれてゐますが、どちらの姿もほとんど見かけることはありません。そして、そのほかに私の目に映るものと云へば、晝《ひる》前に郵便配達員の自轉車《じてんしゃ》が通りか丶るほかは、土間の裏手の畑に遠く馬を追ふ祖父たちの姿があるばかりなのでした。黑々と土を起こされた畑は武志さんが鍬《くわ》で畝《うね》を作り、タヱさんがそこにジャガイモを埋めていきます。その上高く、雁《がん》やコハクテウが一列になつて十三湖の方向へ飛び去つていき、私はあ丶父の云つてゐた渡りだと思ひ見送ります。しかし、空が割れるやうだと云ふ大群は、一體《いったい》どこにゐるのでせう。

　晝に祖父たちが戻つて來て、板間の圍爐裏《いろり》の周りで朝と同じカデ飯と味噌汁や漬け物のお晝を攝《と》りますが、ツネちゃんの弟妹たちも板間の上がり框《がまち》に腰かけて一緒に食べます。晝も夜も野口の家でご飯を貰ふ子どもたちは、お雛《ひな》さまのやうに行儀よく竝《なら》んで物音も立てません。肥料を買はねばとか、霜が降りさうだとか、一言ふた言口をきくのは祖父の芳郎だけで、キトもタヱさんも何も云ひません。ツネちゃんも默つてゐるし、美也子も所在ない様子で暫《しばら》くはぢつとしてゐますが、ミ丶ズがゐたとか、鷄のお父さんとお話をしたとか、ひとりで喋り、笑ひだすのも美也子です。するとさうか、さうかと孫に應へるのもやはり祖父で、ほかは聲《こえ》を立てずに小さく微笑みますが、それもすぐに絶えてゆきます。

蓋《けだ》しこれを窮屈と云ふのは間違ひで、東京を離れたいま、私はこの物云はぬ人びとと、しんとした時間の流れを少々氣に入つてをりました。何よりも、物を云はぬことで誰もが謎めいた陰翳を帯び、氣がつくと、一人ひとりの目や口許《くちもと》に浮かぶ僅かな表情に一寸《ちよつと》興味をそゝられてゐるのは、云はゞ見知らぬ風景を観《み》てゐるやうな感じだつたと云ふのが一番當《あた》つてゐるかも知れません。何しろ私は筒木坂に來たその日から、着陸する惑星を一寸間違へた宇宙船の船長であり、すぐに離れることも出來るがとりあへず當地に留まつて外界を眺めてゐるのだと夢想してをりましたから。さうして、こゝに留まつてゐるのは一つには靜けさに滿ちてゐるからだと、船長の私は自分に呟くのです。

それから祖父たちはまた畑へ出てゆき、祖母のキトは圍爐裏の端で小衣《こぎん》や筒袖《つつそで》の野良着や子どもたちの上着を縫ひます。古くなつた上着や肌着を潰《つぶ》しては、それを何枚も重ねて裏地にし、刺し子を刺し直して上着に縫ひ付けてゆくのです。家族の一人が少なくとも夏に二枚、冬に二枚の上着を持つとして全部で四十枚以上にもなりますが、家族の着るものを縫ふだけで過ぎてゆく幾千もの晝と夜は夢でなく、まさに筒木坂の生活と云ふものでありました。當時、野口の家の人びとはみな二番刺しの質素な上着を着てをり、八歳のトキさんが學校でいぢめられると云つて、夜にこつそり母親のタヱさんにだゝをこれると、祖母はそれを聞いてゐたのでせう、數日して仕立て直した上着のなかにトキさんの爲《ため》の新しい上着が忍ばせてあつたこともありました。それだけではありません、ツネちゃんとその弟妹たちの着物も出來るだけキトが用意してゐたやうで、さうでなければ虱《しらみ》コわぐんだばと祖父も見て見ぬふりでした。

そしてその祖母の端で、私も先《ま》づは必要に迫られて哲史と幸生の浴衣を仕立て直し、上がり框に腰かけてツネちゃんも默然と弟妹たちの縫ひ物をします。筒袖を縫つたことのない私が思案をしてゐると、祖母は默つて手を延ばしてきて裁ち方を直してくれます。手の空いた私は代はりに、お肩を叩きませうか、少し休みませうよ、干し餅を焼きませうよ、さう〳〵玉子が十個たまつたら玉子焼きを作つてもいゝ？　などと祖母に話しかけ、ツネちゃんがこつそり肩を搖すつて笑ひます。私はべつに玉子焼きが食べたい譯《わけ》ではなく、退屈したと云ふのでもなく、たゞ突然靜けさを破つてみたい思ひに驅られて、そんな悪戲《いたずら》をしてみるのです。

いま思ふと、私はときに宇宙船の窓から眺めてゐたはずの風景のなかにゐる自分に戸惑ひ、自分が選んだわけではない不本意の、密かな棘を身體ぢうに蓄へてゐたと云ふところでした。實際《じっさい》、十五にもなる娘が野良に出ずに家にゐたことも、野口の家が三男の子どもたちを家に置いてゐることも、村では好奇の目で見られてゐるのを私は知つてゐましたし、野口の家にとつては、ほかならぬ康夫が實家《じっか》の借入の保證人《ほしょうにん》になつてゐたり、とりあへず八百圓ほどの金を預けてゐたりしたことが大きかつたのですが、それ以上に野口の祖父母や長男夫婦がほんたうに奇特な人びとだと云ふことを知るにつけ、氣詰まりでもあつたのでせう。こゝろのなかではとても感謝してゐる一方、野良仕事など死んでも御免だと思ふし、餘所《よそ》から來た者であることの自負や不安が、分かちがたく入り交じつてゐたのだと思ひます。

そしてさう云ふとき、祖母は手拭ひの下から私を見てをり、めらしがおどげるでねと呟き、また縫ひ物の手を動かし續けます。その祖母の一瞬の表情は誰に向かふと云ふのでもなく、眼窩《がんか》の奥からは過ぎた時間と同じ數《かず》の物思ひが滲《にじ》みだして、私やツネちゃんの頭上を越えて密やかに土間を満たしてゆくかのやうでした。それは例へばこのキトが、十五年前に息子の新婦富子に會《あ》ひに上京したとき、何を考へたのかと云つた謎も誘ふのでしたが、それも祖母の中ではむしろ些細《ささい》な斷片であつたのかも知れません。おそらく預金の多寡《たか》や保證人云々もです。それよりもその少し濁りのあるゼリーのやうな、二つの優しいかたちをした眼球はいつまでも私の目に殘つて、私は何かしら當てどなく考へ續けながら、最後にはやはりこの祖母とゐる時間もまた何となく好んだのは確かでした。

そのうち祖母はやつと土間へ立つてゆき、晩のおかずにする鹽漬《しおづ》けの鮒《ふな》や鱈《たら》を樽から出すのですが、いつも必ずツネちゃんたちの分も出すのに、ツネちゃんはそのときは一寸氣まづいやうな、不安さうな素振りでうつむいてゐます。だいたい同じころ、學校に行つてゐた子どもたちが歸《かえ》つて來ると、私たちの縫ひ物は終はり、夕餉《ゆうげ》の支度が始まつて、入れ代はりに野口の子どもたちと私の弟二人は板間で勉强を始めます。早春の夕暮れは早く、石油ランプを燈《とも》すころには野良から大人が戻つて來るので、子どもたちには時間がないのです。

さうして、東京ではなかく机に向かはうとしなかつた幸生までが、野口の兄弟の手前もあるのか默つて教科書を開くやうになつたのは康夫に見せたいくらゐでしたが、一方、哲史は何も云はないものゝ一寸不滿なのは顏に書いてあり、早々に教科書を閉ぢて、東京から持つて來た文字ばかりの『南總里見八犬傳《なんそうさとみはっけんでん》』を思はせぶりに開いてゐたりでした。それをまた、十二歳になる野口の三男秀行さんが、羨ましげにそつと見てゐるかと思へば、六歳で少し言葉の遲れてゐる五男の平治さんを八歳のトキさんが叱つたりあやしたりしてをり、遊び疲れた美也子は繪本《えほん》を廣《ひろ》げ、そんな板間の樣子を土間から見てゐるツネちゃんがゐます。ツネちゃんの小さい弟妹たちは上がり框の隅にぢつと坐つてをり、私は美也子に一緒に繪本を見るやう云ふのが精一杯です。

一日畑にゐた祖父とタヱさんと長男の武志さんは、物憂げに言葉もなく手拭ひや手甲を取り、手足を洗ひます。そして祖父たちが板間に上がつて來ると濕《しめ》つた土と木綿の匂ひが漂ひ、その匂ひが待ちに待つた夕餉を告げる合圖《あいず》でした。私たち子どもはお腹が空いてをりましたから、晝《ひる》と同じく誰ひとり聲を擧げず、鹽鱈やジャガイモの煮付けや干し菜の油炒めなどを一心に食べます。祖父の芳郎は一日の終はりに初めて煙管《きせる》をふかしながら半合の酒を啜《すす》り、うつむいてひつそりと箸を運ぶ祖母は、まるで手拭ひがご飯を食べてゐるやうに見えます。また、タヱさんは圍爐裏《いろり》から一番遠い隅のはうに坐つて膝《ひざ》にのせた一歳のタマちゃんにお乳をやり、赤子が泣きだすと土間へ降りてスッと外へ出ていつてしまひます。戸板越しに泣き聲が遠ざかつてゆくのを聞きながら、タヱさんは夜道をどこまで行くのだらうと私は一寸耳をすませます。

しかし、かうして思ひ返す生活がむしろ淡々としてゐるのも、私がある程度はしたいやうにしてゐたからかも知れません。野口の家に迷惑をかけてはなりませんが、どこにゐても私は私、野口は野口だと思はなければやつてゐられなかつた面もあつたのです。筒木坂へ來てすぐ、私は哲史や幸生に夜も勉強をさせるために是非とも明かりが要ると思ひ、子どもの數が増えたのだからと理屈を云つて祖父に石油ランプを買ふ許しを貰ひました。東京から來て肥溜《こえだ》めなるものを見ると身體《からだ》がすくんでしまひ、眞つ先に木造《きづくり》の雜貨屋で消毒液やベルツ水も買ひました。ほかにも、村の湯屋に毎日は行けないため井戸で髮を洗ふほかなく、美也子と私は東京から持つて來た貴重なシャンプーを少しづつ使ひもしました。さう云ふとき、いつもツネちゃんやその弟妹たちが興味深げな顔をしてこちらを見てをり、貴女《あなた》たちも洗つてあげようと聲をかけると、恥づかしげに嗤つて消えてしまふのでした。

さて、その新しいランプを寢間に置いて、夕飯の後は暫く弟二人は勉强や讀書《どくしょ》をし、そこには野口の秀行さんとトキさんも加はりました。私のはうは、土間の板間で平治さんと美也子に『シートン動物記』を毎夜一話の半分づつ讀《よ》み聞かせるのですが、圍爐裏の端では祖母とタヱさんが縫ひ物をし、祖父はぢつと横になり、厩の馬たちは鼻息もなく頸《くび》を垂れ、土間では武志さんが鍬や鋤を研ぎながら、やはりそれを聽《き》いてゐます。

東京から持つて來た學童向けの本のなかで、全部で七册か八册あつた『シートン動物記』は一番活躍しましたが、カランポーの狼王ロボや、スプリングフィールドの狐や、灰色熊の傳記《でんき》や、勇敢だけれども悲しい話が多く、主人公が人間に追はれて最期を遂げる邊《あた》りになると、タヱさんや武志さんも手を止め、息を殺すやうにして聽き入つてをりました。武志さんはいつも寡默で、大柄な體軀《たいく》も所作も私にはもう大人の男性のやうに見えたものですが、いまになつて、歳相應《としそうおう》の向學心や好奇心で一杯だつたその眼差しを鮮明に思ひだします。かうして浮かんでくる人びとの顔がみな、初々しい熱を帯びてゐるのです。そして私は朗讀をしながら調子に乘つて聲色《こわいろ》を變《か》へたり、思はせぶりに間を置いたり、恐い場面ではわざと聲を低くしたり。やがて半分まで來たところで私は本を閉ぢ、續《つづ》きはまた明日のお樂しみと告げると、子どもたちの時間は終はるのでした。

その後、私は祖母やタヱさんの傍で晝の續きの縫ひ物をします。その夜の時間はさらに一層靜かで、私はいつも何とはない胸苦しさに襲はれました。別に何を思ふわけでもないのに空氣と云ふ空氣に濃度がついて粘り氣を帶び、鼻腔を動かすのも重く感じられて私は淺く淺く息をします。祖母は膝の上に垂れた頭を上げもせず、とき〳〵傍らの搔巻《かいまき》に寢かせた赤子が起きないかと見やるタヱさんの頭も重たげで、どちらの顏も手拭ひの下の深い翳に覆はれて、からうじて圍爐裏の明かりに照らされた口許は固く締まつたまゝです。夜ふかくものを思へば心の秀刃《ほやいば》のごとくとがり來《き》しかなと詠《よ》んだのは、誰だつたでせうか。この夜更けは姑《しゅうとめ》や嫁のこゝろをそれ〳〵どこかへ運んでいき、人知れず變貌《へんぼう》させるのだとさへ私は想像したものです。

祖父はずつと前に寢入り、祖母もやがて蒲團《ふとん》にくるまり、タヱさんと私はなほも暫く縫ひ物を續けます。一日野良に出てゐるタヱさんは、子どもたちのためにあれもこれも縫ひ物をしなければと焦《あせ》る思ひからでせう、せはしげに針を運びながら、それでもひとりでに動き續ける手とは別に、思ふことは今こゝにない何ものかへ廣《ひろ》がり、いつの間にか運針の手が止まつてゐることもありました。さうして起きてゐる私たち二人に忍び寄る闇の深さは譯《わけ》もなく私たちの心身を締めつけ、そのうち堪《たま》らないと思ふのか、タヱさんはこつそり小さい薪《まき》を爐《ろ》に足して灰を搔き混ぜ、燃え立たせると、私を見て手拭ひの下からそつと嗤《わら》ひます。一日ぢう私たちの身體《しんたい》に生えてゐた沈默の棘《とげ》は、闇の壓力《あつりょく》でしばし深く身體にもぐり込み、私もやうやく嗤ひたくなります。

東京のお子たちァ、よぐ勉强ァ出來なさるだなあ。美也子ちゃんもめごぐて行儀えゝもんでせ、そごらんぢゆのわらさどァたまげてるでねす。タヱさんは息をひそめるやうに話しかけてきますが、それは深々とした、圍爐裏の鐵瓶《てつびん》の湯氣の幕にも似たくゞもつた女の聲でした。そして私は、そんなことないわ、秀行さんもトキさんもよくお出來になるわと應《こた》へながら、あァこの人はかう云ふ聲をしてゐたのか、かう云ふ目をしてゐたのか、かう云ふ面差しだつたのかとあらためて耳や目を奪はれるのです。

晴子さんァいつも綺麗《きれい》にめがすてるだな。東京の富子さんもそんだねしたか。お母《が》さまが富子さんはたゞでねえ美しい人だと云ひしたども。こゝでは去年の盆に、大家《おおやけ》の三谷さんの次男さんが弘前から嫁御ば聯《つ》れて歸られたとき、その人が洋裝だつたねす。吾《わ》ァ畑から見ただけだども、モスリンの花模樣のスカートに、白い帽子被つて、白い靴で。

タヱさんはそんな話をし、それはきつと高畠華宵《たかばたけかしょう》の繪のやうな女性に違ひないと思ひながら私は聞き入ります。タヱさんはこの年三十六でしたが、なほも一寸晴れやかな装《よそお》ひを眺めると、理由もなく少しばかり心惹《ひ》かれると云ふふうでした。私だつていま、モスリンの花模様と聞けばそれだけでこゝろが華やぎますもの。

しかし、だからどうと云ふのではなく、タヱさんは縫ひ物の手を止めることもなく、遠慮がちに窺《うかが》ふやうに私を見、小さな含み笑ひを漏らすだけです。その大きめの二重瞼の目も小鼻も形がよく、少し赤みの差す頬は顔だち全部を若々しく見せてゐましたが、私の知らないうちに夜の魔術が働き、その頬の上でなにがしかの艶《つや》やかな精氣が弾《はじ》けるのです。それは目に見えませんが、圍爐裏の熾火《おきび》の火の粉に變はつて私のところまで屆くかのやうでした。

あれは十五の娘の目の迷ひだつたのだらうかといまも私は考へてみるのですが、富子が生きてゐたころには幼すぎて分からず、市ヶ谷の民子さんと過ごしたころにも分からなかつたそれは、確かに女と云ふ何者かの精氣でした。尤《もっと》も十五の私には、その自覺は私の身體のどこかをちくりと刺したと云ふ程度のものであつたはずですが、それにしても圍爐裏の向かうから傳《つた》はつて來たその精氣の靄は、私を戸惑はせながらも何事かの輪郭くらゐにはなつたに違ひありません。さうして私はたゞ身體のどこかが無條件に反應するのを感じ、あるだけの神經を注いでも十五では捉へかねるかたちのなさに苛立ち、何に惹かれるのか自分でもよく分からないまゝ、タヱさんの向かうの何者かを一心に眺め續けたのでした。

タヱさんはどうして忠夫さんと結婚なさつたの、戀愛《れんあい》なさつたの、忠夫さんはどんな人だつたのと私は身を乘りだして尋ね、タヱさんは、戀愛はながつたけどもと口ごもり、くす／＼笑ひました。戀愛はながつたけども、忠夫さんのことは知つてだねす。吾《わ》ァ兄《あん》チャとケヤグ（兄弟分）だつたはんで車力の牛潟《うしがた》にはよぐ來てゐで、うちのマギ（屋根裏）にわけェ者が集まつて騒いでるのさ、吾ァ十一、二のころに遠ぐから見でだの。いつだつたか、盂蘭盆會《うらぼんえ》の十五日の夜に、忠夫さんが筒木坂からわけェ者ば聯《つ》れて遊びに來だことあつて、そのときも上背が六尺からある人だはんで、すぐに分がつた。したはんで、なして忠夫さんのはうから縁談話があつたんだか吾ァ知らねェんだども、嫁見とか結納立でとがアヤ（父）が進めて、吾ァ嫁入りの日にこの家さ上がつて初めで、忠夫さんの顔をよおぐ見だやうなもんだねす。ほら、いま晴子さんが坐つてゐるそごに、吾ァ坐つてだの。で、忠夫さんがあつち側にゐたんだども、うちの人ァ固ぐなつて嫁の顔さ見られねがつたよ。

こゝで、タヱさんの聲の何とも云へない柔らかな上がり下がりを文字にするのは、私には到底無理なことです。概《おおむ》ねほんたうの話のなかに、どこがとは云へない女の嘘がほんの少し混じつてゐた、その微妙な陰翳も文字には寫《うつ》せません。

尤も、陰翳のはうはこの歳になつて初めてさうと思ひかへすのですけれども、强ひて云へば、嫁入り前にタヱさんは忠夫さんに十分「ほ」の字だつたはず。あれだけの男振りの忠夫さんには、實は筒木坂にも舘岡にも憧れてゐた娘が澤山《たくさん》をり、片や牛潟のタヱさんの實家は鳴海の大家《おおやけ》の次の次くらゐの大きな家で、格下の野口への嫁入りはたゞでは適《かな》はなかつたと後日、オヤグマギのお年寄りから聞きもしました。とすれば、かの結婚は男女が示し合はせた好き聯《づ》れであつたのですが、タヱさんの言葉に伴つてゐた陰翳は事の眞僞よりもつと微妙な、過ぎし日の戀《こい》を惜しむと云ふか嘆くと云ふか、かうして思ひだす私の心臓を、なほもかすかに甘く嚙《か》んでゆくやうな何ものかでした。

ともあれ、十五の娘にそんな打ち明け話をした後、タヱさんと云へば急に手拭ひの陰で噴きだして、したども野口の男兄弟のなかでは康夫さんが一番男前だべと囁《ささや》いてはぐらかし、さうかしらと私も噴きだすのでした。

さう云へば、その野口の兄弟のことを書いておかなければなりません。

長男忠夫さんの下の次男は昭夫さんと云ひ、十四で留萠《るもい》の網元に奉公に出て以來三十年漁師一筋に來た人で、當時すでに日魯《にちろ》のカムチャツカ漁場で四ケ統《かとう》を仕切る大船頭として腕をならし、江差の近くに一家を構へてゐました。この年野口の三兄弟は揃つて先《ま》づ初山別の厠谷《あさたに》漁場、次いでカムチャツカへ行くことになりましたが、何の經驗もない康夫が雜夫として務まつたのは、何よりも昭夫さんの目が行き屆いてゐたからでせう。

また、その昭夫さんの上に長女と次女がゐて、長女は早くに亡《な》くなつたさうですが、次女のリツと云ふ人が小樽《おたる》のはうの船問屋に嫁ぎ、タヱさんによれば經營が思はしくなく、一寸《ちょっと》苦勞をしてゐるやうだとのことでした。

二年前に戰死した四男の郁夫さんは、昭和六年暮れに第八師團《しだん》の歩兵第五聯隊《れんたい》から渡滿する直前、この野口の實家に挨拶に來られたさうで、そのときに木造《きづくり》の寫眞《しゃしん》技師が撮つたと云ふ寫眞が土間に面した小さな佛壇《ぶつだん》に飾られてをりました。寫眞のなかの壯健さうな若い軍人さんについては、康夫が出征前に弘前に訪ねていき、葬儀のために訪ねていつた人と云ふ以外に私には思ふこともないのですが、それにしても野口の四兄弟はほんたうに顏だちが似てゐるのです。郁夫さんが英靈《えいれい》になつて戻つて來られたとき、すなはち例の電報の行き違ひで康夫の歸省が間に合はなかつた日のことですが、タヱさんによれば木造驛《えき》には町長や在鄕軍人會や學校長が出迎への最敬禮《さいけいれい》になり、そこから筒木坂まで旭日旗《きょくじつき》や幟《のぼり》を立てた大層な行列になつたさうです。ところが祖母のキトはその日、家の土間に息子の遺骨を迎へて、惚《ほう》けたふりをしてかう云つたと云ひます。あれ〳〵、息子の顏がみなよく似てゐるお蔭《かげ》で誰が死んだのか忘れてしまふ、有り難いことだ、と。

かう云はれては弔問客も早々に引き揚げるしかありませんが、後に不謹愼だと云ふ聲《こえ》は一つも出なかつたさうですから、昭和七年のころはまだ、遺族や村の人が戰沒と云ふ事態の禍々《まがまが》しさと晴れやかさに、素直に引き裂かれるやうな戰争だつたのだと驚かされます。

したども、夜更けにこゝさ坐つてお母さまは泣いだつた。吾《わ》ァお腹痛めた子どもば死なせて、有り難いと云ふしかねがつたお母さまが《が》氣の毒で、吾も一人亡ぐしてるし、忠夫さんは樺太だし、お母さまとひと晩こゝに坐つてだねす。だども、吾ァまんづ何があつても有り難いとは云はね。朝晩、釋迦如來《しゃかにょらい》さまは拜むけども、亡ぐした子は諦められねもの。さうタヱさんは云ひ、育ち切れずに早世したと云ふ四男のことを思ひだすと、今度は少し虚《うつ》ろな母の顔になるのでした。その顔もまた、かうして書いてゐる私の心臓をかたちもなく小さく搖さぶつて來ます。うつむいたその横顔や、垂れた瞼の下の眼差しや、縫ひ物の針を運ぶ手指から、煙のやうに微細な母と云ふ生きものゝ振動が傳《つた》はつて來ます。おほむね溫かいのに、近づき過ぎると一寸息苦しいやうな振動。貴方《あなた》を産んでもう二十九年以上になるのに、まだいまも驚くやうな未知の何ものかである振動です。

富子はもう死んだのですが、それにしてもタヱさんの顔や肩や腕や手指の傍らに影繪《かげえ》のやうに寄り添ひ、タヱさんとは顔貌も聲も違ふのに、生きてゐたときより身近に感じられる不思議に私はおのゝきます。さうして富子はなほもどこからか自らを主張し、さらには私の知らない一人の女に生まれ變《か》はつて立ちあらはれて來たりするのですが、しかしその幻は、この四十年前の圍爐裏端のことだつたのか、あるいはいまのこの文机《ふづくえ》の時間のことなのか、何だか分からなくなつて來ました。きつと、夜の話ばかり書いたせゐでせう。次は晝《ひる》の話を書くことにしませう。

しかし夜もあと少しです。さうして一日を終へた私は、石油ランプと手鏡と本を一册持つて足音を忍ばせ梯子《はしご》を上り、しばし物置になつてゐるマギへ潛むのでした。そこで私は先づ、手鏡で自分の顏を點檢《てんけん》し、朝早く乳液をすり込んで剃刀《かみそり》で眉を整へ、薄く頬紅をはたいて口紅を引いた顏にまだ僅かに紅が殘つてゐるのを眺めます。お化粧は東京にゐたときとは少し違ふ切實《せつじつ》な情動を伴つてをり、云はゞいまこゝから自分を運び出すものだつたと云ふか、ともあれ私はたゞ獨《ひと》りになつて落ちつき、手鏡を置いてふむ！と一息つき、本を開きます。

父の行李を開けて適當に持ちだした本は、春彼岸のころには『ジャン・クリストフ』でした。私には音樂のことも、ドイツ精神やフランス精神のことも分かりませんが、小說の中で或る輕薄なパリ娘がクリストフに云ひます。いつも何かに興味を持つてゐたくてたまらない、と。大學で難しい講義を受けると自分にはほとんど理解は出來ないけれども、それでも自分自身に云ひ聞かせるのだ、自分はこのことに心ひかれてゐる、あるいは少なくとも役に立つのだ、と。このいゝ加減な娘のほんの少し眞面目な思ひは、そのまゝ十代の私の思ひです。分かることも分からないことも一字一句も飛ばさず、少しづつ頁《ページ》をめくつてゆくときの、何と明るい靄を見るやうな悦《よろこ》びであること。私の傍らではランプの燈火に吸ひ寄せられた蟲《むし》がひう〳〵飛び回りますが、そんなことも氣にならないほどその瞬間の私はしあはせです。

さて、彼岸過ぎの夜明けに私は獨り目覺め、御不淨へ行かうと裏庭へ出たときのことでした。明け切らない群青の東の空に仄明るく光る旋風の塊が猛烈な勢ひで湧き上がり、見る間に渦を巻きながら北の方角へ驅け去つていきました。それは晝間の長閑《のどか》さとは様相の違ふコハクテウの大群でしたが、私が津輕へ來て二十日足らず、歩けばほんの二十分だと云ふ田光沼《たっぴ》へ一度も行けぬ間に、彼らは私を待つことなく、何かしら激しく沸騰する生命の振動のやうに飛び立つたのです。

殘された私は急に孤獨を覺え、泣きたいやうな氣持ちになりましたが涙は出て來ません。代はりに身體《しんたい》の芯が振動し、骨を傳はる何かの聲が身體を巡り血や肉を震はせて廣《ひろ》がり、やがて突然身體ぢうから見えない氣體《きたい》になつて飛び散つていきました。

コハクテウと一緒に空が割れるやうに私の身體から噴出した何ものかのことを、どう云ひあらはせばよいか分かりませんが、その春先の夜明けに突然私の長い病氣が始まつたのは確かです。すなはち、未だ熱病には至らない、豫感《よかん》の身震ひばかりの感冒のやうに未來のことを思ふ病氣。青年クリストフの言葉を借りるならば、或る憂鬱と、或る醉ひ心地と、或る快樂的な不安に浸された病ひ。燃え立つてゐる、荒つぽい、計り知れない廣大《こうだい》な世界を突然感じる病ひ。』

6

福澤さん、起きろ！　氷片付けるど！

彰之は、仄明るい熱を帯びたうたた寝の水路で自分を呼ぶ男の声を聞き、続いてそれに何か応える自分の声を聞いた。

覚醒の水面まで昇っていく数秒の間、彰之はたったいま水路に浮かんでいた夢が気泡になって身体の周りを舞うように一緒に昇ってくるのを見下ろし、自分は筒木坂の十五歳の晴子を見ていたつもりが、実はその彼方の、何か判然としないものについて考えようとしていたのだと思った。混じり合い踊りながらやがて次々に下方へ流れ落ちていく気泡は、種々の感情なのか記憶なのか、渾然とした微かな発光体のようで一つ一つはもう見分けられなかったが、考えていたのはたぶん特定の誰というのではない女たちのこと、もしくは女のかたちをした気体のことだった。

そうして起きだしたとき、彰之は今度は覚醒したばかりの意識の端で、いったいどういうわけで女はロマン・ロランが好きなのだろうと訝った。長大な小説一つに読み耽っていた幾つもの顔をしばし呼び戻すと、まず十八年も昔の姉の美奈子がいた。それは彰之が中学へ上がったのと同時に家を離れ、近所の常光寺に預けられた年だったが、高校生の美奈子は夏休みの数日間、家に自分の部屋もあるのにわざわざ寺の本堂の縁側で『ジャン・クリストフ』にかかりっきりだった。そのころ思春期の美奈子は何かにつけて急激に秘密主義になり、十二歳の彰之は読書をする姉を遠目に眺めながら、あれはきっと恋の小説なのだと想像しては、同世代のよその少女たちと同じように姉も日に日によそよそしくおとなびて凡庸になる、と鼻白んだ。

また、彰之が東京で大学生活を始めたころ、しばらく行き来のあった従姉《いとこ》の福澤公子《きみこ》がいた。榮伯父の弟にあたる父の啓二郎が外交官だったせいで、海外生活の多いその家族は一度も野辺地へ現れたことはなく、従姉といってもまったくの初対面の公子との間柄は、最初から親族の親しみはないが他人でもない、一寸した緊張を伴ったものだった。

当時東大法学部の三年生だった公子は、上京して間もない彰之の松原のアパートを偵察をかねてしばしば訪ねてきたが、しばらくすると東京の生活で困ったことがあれば相談に乗るといった口実も薄れ、彰之は従姉の果てしない読書とその周辺を巡る迷路のような物思いのお供をつかまつるようになった。自分を歩く懐疑だとか認識論的断絶だとかいう公子は、いつも息を詰めるようにして世界というものを覗《のぞ》き込み、福澤の血である青白く秀でた額が鋭い陰鬱な印象を与える顔をして、貴方はどう思うかと尋ねてくる。しかし彰之の脳細胞は生来はるかにゆっくり動いており、たいがい慎重に判断を留保する一方で、この従姉はいつもそうしてほんとうは何に苛立っているのだろうと思った。なかでも公子が珍しく小説を読んでいると思ったら、それが『ジャン・クリストフ』だったときのことだ。

それはすでに東京オリンピックの熱も冷めた六四年の晩秋で、公子はその日も分裂したブント（共産主義者同盟）一派の集会を駒場《こまば》寮まで生真面目に覗きに行き、相変わらず活動方針の先に何もない組織の硬直に嘔吐《おうと》しそうになって帰ってきたらしい。ひどく不機嫌な顔をしていた。マルクス主義者ではない公子が、もう一般学生は誰も参加しないそんな集会へ定期的に足を運ぶのは、二十一歳の身体に沁《し》みわたった退屈に殺されないためだ。それほど公子は退屈し、二人でいる間はいつもそれが倍に増幅されて十八歳の彰之に伝染した。

　羽田闘争とか安保反対の国会デモがあった四年前、公子はまだ父親の赴任先だったパリにおり、中身の当否はともかく学生による戦後最大の左翼運動のメカニズムを観察し損ねたことで、自分には臓器が一つ欠けているような感じがすると言い続けていた。一方の彰之は、六〇年といえばまだ郷里の野辺地中学校の理科室におり、ミジンコの触角を観察していた友だちが、水爆実験でこいつが巨大化したらミジンコジラだとか言ってみんなを失笑させていた、そのとき、全国集会のために年に一回は必ず休講をつくる日教組の生物教師が、名指しでいきなり「福澤君は安保に賛成か、反対か」と言ったのだった。彰之は本家の福澤榮が自民党代議士だということであてこすられたのだと感じ、その場で突然反日共になって「ぼくはトロツキストです」といい加減な返事をすると、教師は不快そうな顔をしただけでもう何も言ってこなかった。そんなふうにして理科室の窓から沁みてくる海風の昏《くら》い匂いや、教室の真ん中で燃えていた薪ストーブや、プレパラートの上のミジンコなどと共にあった、なんとも間の抜けた安保。

　それでも、いざ若い身体が必要とあれば先輩たちのように街頭に出よう。中身は何でもいいから、世界を先導する言論や思想運動の尖兵になろうというぐらいの漠とした意気込みをもって大学へ入ったつもりが、実際には自分たち学生の存在はもはや世界から要請されることはなかった、そうと分かったとたんやって来た、学生という退屈。

しかし六四年秋、まるで土中で棲息している嫌気性《けんきせい》のバクテリアが空気について考え続けているような気分であったのは、そのころすでにソシュールやロラン・バルトを沁み込ませた学生の頭の中では、自分たちを要請するはずだった世界や歴史のありようが、言語の意味作用という一点で激震を起こしていたからだった。世界が意味を持っているのでなく、恣意的に作られた言語記号が言語を分節することによって意味が現れるのだと言いだした人間が、海の向こうにいる。あるのは言語を分節する価値や差異の体系であって、それが歴史や文化の構造だとかいう。そんなふうにしてプラトン以来の言葉と世界の関係を根こそぎにした人びとの頭脳は先《ま》ず、なんと自由であることだろうと公子は言った。しかしまた、歴史に主体などなく、世界を知る絶対知や根源的な直観もないとなれば、私たちは何をもって世界を知るのか。貴方や私がこうして言葉を一つ話すたびに生成してゆく、中心のない、乱反射のような意味や価値の拡散が世界なのかと、公子は問う。

正確には、乱反射とか拡散とかいう言葉で従姉はなおも何かを考え、言い表そうとしているということだったし、そこには越えなければならない矛盾があるのは確かだったが、それにしてもそういう従姉は、まるでいっときを惜しんで言葉をつむぎだし、世界の意味を生産し続けることによってやっと息をしているかのようなのだった。そして彰之はその傍らで、恐ろしい速さでいまのいまも分裂を繰り返しているだろう従姉の脳細胞を想像しながら、そういえば細胞においても、その分裂の仕方を規定しているのはDNAの物理的な差異に違いないといったことを思い巡らすのが精一杯だったが、そういうある日、公子はどういうわけか、突然ロマン・ロランを読んでいたのだ。

彰之がどうしていまさら『ジャン・クリストフ』なのかと問うと、公子は即座に、これを読んで涙を流した世代をどうやって越えてゆくかが私たちの当面の課題だろうからだ、と応えた。歴史に主体はあるのか否《いな》か、あるいは中間というのがあるのか、自分たちにはまだ分からないけれども、マルクスやロマン・ロランや、あるいはドストエフスキーが人間というものを考えた、あの確固とした世界や人間の情熱と確信を私たちがもはや感じられないでいることは否定出来ない。だとすれば、ここに至った道筋を突き詰めつつ、私たちはかつてあった世界や歴史をとにかく越えてゆくしかないだろう、と。公子は主人公ジャン・クリストフの、生の歓喜も意思も感情も抱き込んだ浪漫主義の身体を観察して自分との距離を確認し、さらに六〇年にあった学生運動の情念と自分との距離を確認して、戦後民主主義を裁断するつもりだった。否定がいつも反否定を呼び込むだけだったこれまでの堂々巡りから脱して、まったく別の、中心のない、乱反射しながら拡散する世界に立つまったく新しい人間を、自分たちはとにかく引き受けるしかないというのだった。

新しい人間。公子の口から放たれたそれは、まるでニーチェのいう超人のように聞こえ、その一瞬、目に見えない意思の気体が大気圏外へ向けて発射されたかのような感じを覚えながら、彰之は唐突に公子は正しいと思った。なぜなら戦後民主主義といっても、戦争の責任も結果も与《あずか》り知らない自分や公子の世代に、とにかく戦前の無力感を引きずった共産主義は共感しようもなく、もはや貧窮の実感もない東京にも、万国労働者の団結や新たな革命の呼び声が届くはずはなかったからだ。また一方、自己疎外とか実存とかいう言葉のなかに、理由もなく人間性の過剰を感じるような感性を備えた世代が現れている、それが自分たちだという漠とした認識を持ったのもそのときだった。

そうか、だから自分は四年後の六八年になって、全共闘によるバリケード封鎖を否定したのだし、そこにあったのは先ずは身体の感情だったのだろう。自分と違って行動を選んだ同郷の後輩はたぶん、新しい人間を引き受ける代わりに、堅固な世界という旧来の体系と心中する選択をしたのだろう。彰之はあらためて考え、いったいどちらが正しかったのかと自問してみたが、いまのところ答えは出ない、私たちはもう少し待とう、という遠い公子の声が返ってきただけだった。そういえば公子は六八年にはもうハーバードにいたため、またもや学生運動の一部始終を体験し損ねたのだが、何年か前によこした手紙には「六九年に一つの理念が敗退した後にやって来たはずの新しい人間は、実のところ何者なのか全然分からないままです」と書いていたのだった。しかしともかく、『ジャン・クリストフ』のうつくしい青春や人間についての確信が、そんなふうにして乗り越えるべき対象として自分や公子の世代に映ったことを、晴子は知らない。四二年生まれの姉の美奈子も、たぶん知らない。

彰之は続いてもう一人、まったく違う読み方をした女の顔と高倉絢子《あやこ》というその名前を呼び戻し、一転して今度は、臓腑に直結した退屈の感覚がこうも福澤公子と違ったかたちをしていることに驚いた。それは六六年春、小石川植物園のベンチで絢子が『ジャン・クリストフ』を読み耽り、彰之の方は池の縁で動き回るおたまじゃくしの艶《つや》やかに光る背の下の神経管や、脊椎になりゆく脊索の細胞分裂のことを考えていたときのことだ。卵細胞に胚が発生し分化してゆくすべての過程において、それこそ差異によって細胞同士があらかじめ決められた情報の伝達や受容をしていることの精緻さは、子どものころから彰之の感情を捉えて離さないものの一つだった。しかし、そんな話に音大生の絢子は興味がない。彰之もまた、シューベルトとシューマンの歌曲の違いなど何度聴かされても分からない。「何を見てるの?」と後ろから絢子は言い、彰之が「おたまじゃくし」と応えると、絢子はいつものことだと安心したか、あるいはいつものことだと諦めたか、もう何も言ってこないのだった。何を見てるの、何をしてるの、何を考えてるのと時ともなしに尋ねてくるのは、一寸男の気を引いて邪魔をする以外に自分にはすることがないという、絢子らしい卑屈であまやかな絶望もどきの表明だった。

彰之がそのとき考えていたのは、実際は数日前に理学部の水槽で孵化したスルメイカの、二本の触腕が未だ癒着しているリンコトウチオン期の稚仔《ちご》を午後から解剖することだった。専攻の発生学で与えられていた課題は、イカの受精卵の胚形成のうち、神経系を作る外胚葉の細胞群の配分の観察だったが、彰之は孵化した個体の神経系の成長にも執着があったからだ。とくに彰之が魅せられた頭足類《とうそく》の見事な脳神経節は、垂直葉や前葉などの神経索が集まって皮質部分に脳のシワを作っているし、髄質部分は長く伸びた神経繊維に満ちており、その先端が刺激を伝えあう。しかし伝達の回路があるのは分かるが、肝心の手段が分からないのは胚形成の細胞群と同じで、きっとある種のアミノ酸のやり取りだろうと言われたりしていた。そんなことを考えていた彰之の頭は、おかげでその日を含めた前後の数カ月というもの日常の退屈とは少し無縁だったが、その分絢子の退屈は深まっていたのだろうか。「ねえ、ここに貴方《あなた》のことが書いてある。アーダという女がクリストフにこう言うの。恋の最中に、貴方はひとり出てゆくことの出来る扉を一つ持っている……」たぶんそんな感じだった小説の一節を読み上げて、絢子は突然声を上げて笑いだした。

絢子とは前年、学部の友人たちと国立競技場へラグビーの早慶戦を観戦に行ったとき、たまたまスタンドで隣合わせになって知り合った。最初に月並みな自己紹介をしたとき、彰之は武蔵野《むさしの》音大の声楽科と聞いてもぴんと来ず、相手もまた頭足類など与り知らず、彰之がイカとかタコのことだと言うと、絢子は一寸困ったような顔をした後「私、水族館は好きよ」と不器用に話を合わせてきた。その一瞬の視線だったか表情だったかがあって、それから数日後に江ノ島の水族館でデートをし、しばらくして松原の自分の下宿で自然に肉体関係をもったが、絢子は彰之の手指がとてもきれいだとか、肩や膝《ひざ》などの関節や骨の硬い手触りが好きだとか言う。一方彰之は、十代の半ば過ぎに郷里で女性を知って以来覚えたいくつかのかたちや色や肌の感じと比べながら、絢子の太股《ふともも》の牛乳ゼリーのような手触りや、少女っぽい乳房のかたちが新鮮だと思ったりした。しかしそういう絢子も自分も、相手の身体の部品を一つ一つ消費するのに少しばかり時間をかける気長な周到な性向で、そんな体内時計の進み具合が合っていたという以外に、二人で何を生産したというのでもなかったのは確かだった。いや、たぶん絢子はもう少し冷静に、相手の学歴や将来性や実家の条件などを消費し、結婚したらどんな感じになるかといった想像を消費していたのかも知れない。さらに六六年春のそのころは、絢子の体内時計だけがほんの少し先へ進んで、二人でいる時間が積み重なれば二つの身体が細胞のすみずみまで響き合うような一瞬が訪れるといった夢想にも至っていたのかも知れない。そういう時期の『ジャン・クリストフ』だった。

絢子が読み上げたそのくだりで、アーダは恋人が完全に自分のものでないことを直感するやいなや悪意の本性をあらわすのだが、その心理を絢子は「分かる」とでも言いたげだった。しかし彰之はクリストフではなく、絢子もアーダではなく、初めからどちらも、恋とか憎悪とかいう、強力な集中や上昇や破壊の全身運動の実感などは持っていなかった。ある中心に向かって激しく駆け上がってゆくような意思も、その振動から振り落とされる無数の感情を一つ一つ引き受けては強靭になってゆく心身も、持ってはいなかった。絢子は「分かる」というが、自分たちは週刊誌のページを繰るようにして、いまはない時代の、いまはない恋や情念のテクストを消費しているだけなのだ。それでいったい自分たちは、そこからどんな新たな恋や憎悪を再生産するというのだろう。彰之はそんなことを思い巡らせたのだが、絢子のほうは全然違うことを考えていたに違いない。いましがた余興で笑ってみたわけでもないだろうに、春の陽気のせいだというふうなほんのりした声で「お昼、おごってくれる?」と言う。彰之は研究室に戻る予定があったのに、「うん」と返す――。

福澤さん、起ぎだがぁ！

通路の外でもう一度自分を呼ぶ声が走ってゆき、彰之は「いま行きます！」と応えた。大の男一人がやっと立つことが出来る程度の狭い居室は、数時間前より一層深く沈み込むように揺れており、通路のどこかでワイヤーのぶつかり合う音が聞こえ、船体は緩やかに軋《きし》んでいた。氷落としの作業に出るために彰之が防寒具を着込んでいる間、二段ベッドの下のカーテンが開き、顔を出した甲板長の足立はそのまま起きだすというふうでもなくのそりとベッドに坐り込んだ。「あんた、寝られだが」と足立は言い、彰之は「寝られないんですか」と尋ね返した。

足立は聞いていなかったのかそれには応えず、両の掌《て》で重たげに顔をひと拭いしてゆるゆると生欠伸《なまあくび》をした。それからふいに、「そうだ福澤さん、会社の事務所で松田幸平という男に会ったべ。あの松田のところがよ、青森の浪打の蒲鉾《かまぼこ》工場の敷地の一部を整理して、マリンセンターとやらを作る話ばあるんだども」などと話しかけてきた。

彰之は浪打の蒲鉾工場と聞いて、青森の水産関係者なら誰でも思い浮かべるだろうカネマツ水産という老舗の加工業者の名前を一つ思い浮かべたが、田辺の事務所で会った松田某がカネマツの人間なら、それは自分が福澤水産の傍系であるのと同じ範疇の話だというだけだった。しかしまた、事務所で会った男の少し執拗な目を思いだし、そうか、何らかの事情で一族の枠組から片足だけ外れたものの、もう片方の足を未だ抜けないでいる同類かと、あらためて小さな驚きにも見舞われた。

「したきゃあ、何だか観光客に鮭やイクラやホタテを売る直売所とレストランが出来るんだじ」と足立の声は続いた。「へだすけ、おめ景気よぐてええなとかからかったらば、あの松田の野郎、足立さん船降りるんなら就職の口きくべって真顔で言いやがる」

「来年の二百カイリで、足立さんも船を降りるんですか」

「まだ分がんねえけども。マリンセンターなんか、こっぱずがしね」

足立は結局何を話したかったのだろうか、物憂げに嗤《わら》い、腕時計を覗いて「まだ三時か」と独りごつとその声はもう聞こえなかった。

漁船員にはいくつかの系譜があるが、足立は戦前の野口家の男たちと同じ、零細な農家や半農半漁家から生活を支えるために海に出てきた労働力の、正統な末裔に違いなかった。彰之の実感では、外洋にいる漁船員の六割が足立であり、三割が水産高校出の確信犯、残る一割が自分や松田某を含めたその他だったが、言葉の正しい意味で漁師と言えるのは水産高校出の三割に過ぎなかった。漁師は海へ乗りだすが、残り七割の労働力は海へ運ばれる。足立や自分は、そこで土を耕すように網を曳《ひ》き、作物を刈り取るように魚を取り込み、裁割《さいかつ》し、運び、収納する。それは定められた手順の単純な反復と能率という意味で、言わば工場のラインそのものだったが、そこでは休息もまた、船底の機関や工場甲板のコンベアが動いたり止まったりするような何ものかになる。そして、機関が止まっても熱を持ち続けるように休息と労働は互いに沁み入り滲み合い、動いたり止まったりの反復になることでかろうじて区別がついている、足立も彰之もいまはその休息のなかにいるのだった。そして漁船員の誰もがそれぞれに何かを、操業のベルを、当番を、食事を、風呂を、覚醒を、あるいは熟睡を待ち続ける。

足立はいまは床のどこかに目をやっており、アンダーシャツの下でたるんだ青白い薄い皮膚と頑丈な骨だけが、わずかに覚醒しているといったふうだった。操業中の事故から数えて一週間以上もあったはずの休みは少し長過ぎたと甲板員の身体は言い、そうだなと視床下部は応答するが、はて長過ぎたからどうだというその先の指令を足立は待っている。また彰之も、久々に防寒具を着込んでいまにも作業に出ていこうとしているのに、頭の半分はなおも少し前まで考えていた女友だちの声や顔やジャン・クリストフの周辺を漂い、だからどうだというその先を自分は待っているような気がし続ける。そうして隣の居室でも、またさらにその隣でも、休息に沁み入られた居住区の暗闇のすみずみに自分たち甲板員の心身の波動が満ちわたり、それがさらに各々に何かを待ち望ませるのだ。

もっともいくらかは、この揺れ続ける船が前進も後退もない反復、もしくは宙づりの感覚を増幅させるのだろうか。またいくらかは、自分が停止していることを知らない思考が、労働と休息の反復によって錯覚を起こしているのだろうか。さらに考えるともなく考え、彰之はああこの感じを自分は昔から知っていると思い至った。あれは大学時代のある夏、福澤本家の屋代《やだい》(貸家)の一軒だった家の当主が出稼ぎ先の東京で軽いけがをし、見舞いに行くよう野辺地の母から葉書が届いて、江東区の建設会社の飯場に当人を訪ねて行ったときのことだ。――気休めばかりの簾《すだれ》を垂らした開け放しの小屋のなかは西日でうだるようで、同郷の男たち七、八人が一升瓶を畳に置き、将棋をさしている者もいたが、おおむねただ惚《ほう》けるように坐っていたり寝ていたりだった。そして彰之が野辺地から来たと告げると、男たちはオリンピック道路の建設現場で赤く焼けた顔をほころばせて、よぐ来てけだ、さあ上がってげ、一杯やってげと陽気に手招きしたのだったが、かたちばかりの雑談の間も、柔和過ぎる鈍い顔をしてじっと坐り続けていた男たちは、そうして時間が経《た》つのを待っていたか、もはや自身が時間の一部になっていたか。郷里の見舞いを喜びながら、そのこころはもはや何かを喜んでいる自分を知らないかのようだった。しかしそれは、シモーヌ・ヴェイユが肉と魂に入り込むと称した労働の不幸ではなく、ましてや資本主義が強いる機械的生産と人間性疎外の関係などでもなく、たんにイカ釣り船や漁港の擂り身《すりみ》工場に流れていたのと同じ、あの単純な時間があるというだけのことではなかったか。彰之自身が夏休みや冬休み毎《ごと》に、漁師たちや工場の女たちの傍らで十代の身体に沁み込ませた、あの幸せでも不幸せでもない平衡であり、単純過ぎて分割できない、身体の器官という器官が融け去ったかのように息をする、あの時間。

かつて福澤公子や、その読書の感化を受けた時代の自分が考えていたより、労働がもっと単純なことだったのは明らかだった。こうしていまのいま、船橋《せんきょう》では航海士が海図を眺め、漁撈長《ぎょろうちょう》は近づいてくる漁場の情報を無線で聞いており、足立や自分はまるで運休中のバスを待つようにして、何ということもなく何かを待つ。一旦操業が始まれば、足立も自分もバスを待っていたという意識もなく、速やかに決められた業務に就き、それが終わればまたバスを待つ。この身体に入り込んでいる漁撈について、言い表すことが出来るのはせいぜいそれだけだった。それにしても労働が何かそんなふうなものだと言ったら、福澤公子ならまたきっとそれを言い表す言葉を探すのだろう。彰之は知らぬ間にそうしてまた少し公子の冴《さ》えた声を待ち、その間に近くを別の船が通ってゆくのか、頭上の少し遠いところで北幸丸の鳴らす汽笛が短く二つ響きわたった。すると足立もわずかばかり放心から覚めたらしく、ふいにまたその声が後ろからやって来た。

「そういえばあの松田、あんたを昔どこかで見だような気するて言ってたども」

「私を？」

彰之は聞き返したが、足立は今度はタバコに火をつけており、のんびりと一服二服してから「毎冬、釧路ばうろうろしてたら、みんなどこかで顔ぐらい見でるだろ」と言い、嗤った。「釧路の呑み屋でさ、姐《ねえ》さんくどくときもそう言うでねえか。おい、どこかで会ったべって。それとも、若いもんはそだこど言う必要もねえか。あんた、コレは」足立はそう言っていきなり小指を立ててみせ、彰之は眠たげな男の瞼《まぶた》の間に赤く充血した潤いを見いだしながら、「はあ、まあ……」と愛想笑いを返した。

松田某が自分を見たというのなら、きっと冬の釧路のどこかで見たのだろう。銭湯。映画館。呑み屋。旅館。彰之は脳裏をかすめていった異物に少し苛立ち、初対面のはずの男の顔の代わりに釧路の呑み屋で出会った女の顔をいくつか思い浮かべてみた。稼ぎのいい北転船に乗っているとは言わず、尋ねられれば漁船関係とだけ応えて「外へ行こう」と誘い、帰りに一万円を置いてくるだけにしては、わりに一人ひとりの顔を覚えている。あんた、そういう性格でしょうと、行きずりの男に向かって言い当てたりする女に限って覚えている。しかしいまは、どれもがわずかに発熱するような声や体温や手触りの振動に留まり、それは間もなく下腹部の奥へもぐり込んで軽くかき混ぜるような柔らかで明るいアルトの声に換わり、その声で歌曲を歌う絢子の、喉《のど》から肩や胸へなだれ落ちる上気した肉の震えに換わり、さらにもっと別の、湿った重いガスのように肌にまとわりついてくるどこかの少女の、焼けたゴムのような肉の震えに換わって、シャツの下の毛穴にぐずぐずした不快な熱を籠《こ》もらせた。その数秒、彰之は「君江」とか「文子」といった新たな名前を唐突に呼び戻し、同時に野辺地へ自分を訪ねてきたという何者かのことをまた少し考えていたが、どれもはっきりしない戸惑いになって溶けだしたあとには、主《あるじ》のいない熱だけが棒立ちの身体を鈍く舐《な》め上げてきた。

そうして常夜灯の黄色い明かりの下で、最後に分厚いナイロン製の防寒着のジッパーを引き上げて居住区を出たとき、彰之は唐突に三百日前はこうではなかったのだと思った。インド洋に出て以来、晴子の手紙に戸惑い戸惑い、気がつくと自分自身の来《こ》し方を遡っては混乱するということを繰り返しているだけでなく、そこにはいまにもいびつに噴きだしそうな情動が伴っているのに、身体のほうはまるで去勢されたように死んでいる、と。

彰之は毛糸の帽子の上にさらに防寒用のゴム着のフードを被り、氷点下の外気を喉に当てないよう口をきつく結んだ。そして、氷を叩《たた》き落とすための大型の木槌を手に階段口から外へ出ると、ハロゲン灯の光の束がまず全身に降り注ぎ、続いて全天を回る風の金切り音に包み込まれた。そこは一面の氷河になった漁撈甲板で、乗船時には霧のなかだったマストというマスト、ワイヤーというワイヤー、漁網、ウィンチ、ギャロス、オッターボード（網口開口板）などのすべてがいまは氷の塊になってかたちを失っていた。それらが見る間に船体とともに大きく傾いて沈み込み、漆黒の大波を被ってかき消えるやいなや再びせり上がるようにして白銀の姿を現し、また傾いては沈んでゆく。その水煙のなかに先に来ていた当番の男たちの姿があり、命綱のロープをカラビナで固定していた一人が大声を張り上げて彰之を呼び、「今日は綱コ付けねばお陀仏《だぶつ》ど！」と笑った。その上にまた波がなだれ落ちてゆき、声は聞こえなくなる。

あれは松田某か。いや、声が違うと一寸《ちょっと》考えた間に波しぶきを浴びた彰之の防寒具はたちまち凍り、ゴム地がバリバリ音を立てた。しかし、甲板に出られるうちは時化《しけ》はまだ序の口だったし、彰之は腰に命綱を張ってすぐに作業にかかると、しばし木槌を振り下ろすことに専念した。長く北洋の海に慣れ親しんだ身体は、一年の間を空けたことも速やかに忘れ去ったのか、格別な感情を伴うわけでもなく自動的に動き、一見何ひとつ不具合も違和感もなかった。そのことがいままためまいのように時間や、場所や、生理とつながった皮膚などの感覚を不確かにしてゆくのを感じながら、彰之は真っ暗な低気圧の真下に立ち、真空に向かってトンネルを掘るように木槌を振り続けた。それは数分前まで居室のベッドでまどろんでいた続きであり、田辺の事務所に坐っていた続きであり、青森からの道中の続きであり、七里長浜の砂丘を歩いていた続きであり、何ものかを待つ心身の永久運動はなおもそうして濃縮され続けているのだった。

鋼板もワイヤーも氷を叩き落とす端から再び凍りつき、しばしば木槌が滑って鋼板を叩きつけると、その振動は空気を叩き割るように反響し骨にまで沁みた。落とした氷は積み上がる間もなく、船が傾くたびに右へ左へとなだれになって足元の甲板を流れており、足を取られないようそれらをかわしながら作業を続ける間、ときには反対側の右舷で作業をしている男がホーハイ、ホーハイ、ホーハイデァ、ホーハイデァナーと喉を鳴らして唄うのが聞こえた。出航前に簡単な自己紹介をしたとき、民謡保存会理事の名刺をくれて忘年会の余興なら任せでけろと言ったのがいた、あの男だろうかと思うともうそれは聞こえず、代わりに頭上や耳の端やあるいは彼方《かなた》でピシッ、ピシッと氷の締まる音が響き合う。しかし、真冬には騒々しくさんざめくようなその音も、四月のいまはもう鈍く重たげだった。

夜は明けかけているはずだが、目を上げると海はまだ網膜に張りつくほど暗く、闇の粒は粗く、目を下げると、氷結した船舷《せんげん》の縁や手すりや漁撈ウィンチは波を被るたびに滝のように海水を垂らして光る、その僅かな光も粗い粉のようだった。彰之はいまは勢いのついたピストンのように木槌を振り下ろしながら、また一寸『ジャン・クリストフ』のことを思う。福澤公子や高倉絢子が読んでいた手垢のついた教養の一冊などではない、大正か昭和の初めに翻訳され、当時の青年たちに瑞々《みずみず》しい理想主義を吹き込んだ『ジャン・クリストフ』。彰之にはなおもあまりに遠く思え、上下する自分の腕の向こうで交替し続ける海と氷の間ではない、防寒具の下で噴き出し始めた汗のなかでかろうじて想像出来る「或る憂鬱と、或る酔ひ心地と、或る快樂的な不安」に燃え立つ『ジャン・クリストフ』。

7

『さァ春のことを書きませう。

四月の初旬、野口の地所の端にあるコブシがつひに咲きだして地平にぼたん雪を散らしたやうになり、田打ちが始まりました。農家と云ふ農家が生き返り、生活も物音も一《いっ》變《ぺん》するこの時期、野口の家でも祖父と武志さんは新しい腰切りを、タヱさんは刺し子の小衣《こぎん》を下ろして晴れた野良に出てゆきます。男二人が曳《ひ》いていくマツ、タケ、太郎の三頭は荷車に犂具《すきぐ》を積み、このときを待ちわびてゐたやうに身體ぢうをわなゝかせ、鼻息も高く蹄《ひづめ》を響かせていきます。美也子とツネちゃんの弟妹たちはその脚元にまとはりつくやうにして畦道を飛んでゆき、その後ろを行くツネちゃんは手に藥罐《やかん》や筵《むしろ》を抱へてゐます。

この時期は、オヤグマギの人びとも順繰りに手傳《てつだ》ひにやつて來て、遠い畦に人の姿がいくつも點々《てんてん》と散らばつてをり、男性の白い鉢巻きと女性の被る手拭ひの黄色や桃色が、土の黑と淡い草の色のなかをゆつくりと動いてゐる傍を、やがて學校へ行く子どもたちの姿が通り過ぎてゆくのです。私は冬眠から覺《さ》めた灰色熊のやうに何度も何度も目を見張り、眺めます。東京で小石川の茫洋とした櫻を眺めたのとは違ふ、未だ冷たい空氣と薄い光の膜のやうな日差しと、畦や田んぼに散る手拭ひの樂しげな色の、津輕の春です。

祖母のキトと私は田んぼへ運ぶお晝《ひる》の握り飯を握り、小晝《こびる》のために蕎麥粉《そばこ》をついて砂糖味噌を入れた餅を作ります。土間いつぱいの蕎麥の匂ひは樂しく、開け放たれた土間の外でさら〳〵葉を鳴らすタモの木や、庭先を行きつ戻りつしてゐる鷄の親子の甲高い聲《こえ》さへ樂しく、二十も三十も次々に蕎麥餅を切りながら早く晝にならないかと待ちわびる私は、もうすぐ釋放《しゃくほう》されて外に出される囚人のやうです。

さうしてやつと、私たちは兩手に晝のご飯や餅の入つた風呂敷包みを抱へて田んぼへ向かふのでした。午後の時間を無駄にすることのないやう縫ひ物の包みを抱へて田んぼへ向かふのでした。私は日除《よ》けの白い帽子を被り、白いブラウスとカーディガンと、サージの格子柄のスカートで日《ひ》した。女性たちが新しい小衣を下ろすやうに、キトもいつもとは違ふ明るい海老茶色《えびちゃいろ》の手拭ひを被つてをりましたよ。雪解けとともに早めに堆肥《たいひ》を撒《ま》かれた田んぼはどこも耕起が始まつてをり、畦と云ふ畦に人が出て、犂具を付けられた馬がゆつくりと行き交ひ、歩いていくと風の具合で右から左から人の聲が響いてきます。起こされた土の中から我先にミヽズを拾ふ子どもたちの歡聲《かんせい》も聞こえます。

貴方が小學生のとき、夏休みに二度ほど聯《つ》れて行つたのだけれど、覺えてゐるかしら。普門庵《ふもんあん》の裏手から田村家の地所を廻つて下つて行つたところに野口の田んぼはありましたが、二百年前に開かれた新田の細い畦は緩やかに折れ曲がり、土が起こされた黒い田と、それを切り取る薄い草の青の畦が鋭い對比《たいひ》を描いてをりました。それがずつと續《つづ》いてゆく先の地平には霞のかゝつた黒い防風林の帶と僅かな村落の姿が横たはり、その後ろにはもう一つ低い春の雲の層があつて、さらにその背後に裾野の廣《ひろ》い、二等邊《にとうへん》三角形の薄青い雲のやうに岩木山が浮かんでゐます。頂上から谷筋に沿つて殘雪の白い筋を引いてをり、何とも云へぬ靜けさです。先を行く祖母は畦で足を止めて山に手を合はせ、私は信仰はないけれども不思議な心地に誘はれて、あゝうつくしいと思ひます。そのときもまた、あゝうつくしいと云ふ感嘆は私の身體《しんたい》から發散し、當《あ》てもなく邊《あた》りに散つてゆきます。

しかしもうすぐそこに野口の田んぼはあり、彼方の山から目を移すと、頭上高く昇つた日の下で行き來する馬たちも、それを追ふ男たちも、起こされた土を均《なら》す女たちも、用水路の水邊《みずべ》で遊ぶ子どもたちも、誰もかれもが活《い》き〳〵と動いてゐるのでした。馬を追ふ武志さんが、遠くから私たちのはうを見ます。若い身體がお晝を待ちかねたのでせうか。あるいは前の晩私が半分まで讀《よ》み進んだ『シートン動物記』の、傳書鳩《でんしょばと》の話の結末が一寸氣《き》になつたのか、それともたゞ日差しの具合で私の目にさう見えただけだつたのか。すかさず祖父の合圖《あいず》で作業は晝の休みになり、全員が畦に上がつてお晝を食べます。さう云ふとき、祖父も武志さんもタヱさんもひどく疲れ果てたうつろな顔をしてゐるのですが、本田や水苗代《みずなわしろ》をこしらへるのが大變な勞働であることを、私は未だ知ることもなく、私や美也子には外で過ごすこの時期は何日も續くピクニックでした。日々の細々した不自由や心配はかき消え、晩のおかずになるふきのたうや芹《せり》を摘むのも、堰《せき》の水で馬を洗ふのも、あるいは畦に敷いた筵の上で小晝を待ちながら縫ひ物をして過ごすのも、どれもこれも妨げるものは何もない夢想の時間になります。私は小説の續きや未だ形もない戀《こい》のことを思ひ、その間はすぐ傍らで續く勞働の風景を見てゐるやうで何も見てをらず、してみれば私はそこに確かにゐたけれどもほんたうは空氣のやうにゐただけなのでせう。田にゐる誰も私が見えず、見えたとしてもそれは私ではない影繪《かげえ》なのだ。そんな空想が透明な幕になつて私と世界を隔てゝをり、私は自由でありました。祖母と私は畦の筵に坐つて縫ひ物をし、田に差す影が少し長くなり始めたころ、またみんなで蕎麥餅の小晝を食べ、その後はまた同じ時間が流れてゆきます。少し離れた畦では赤子を背負つたツネちゃんが行つたり來たりし、ツネちゃんの弟妹たちと美也子はかたまつたり離れたりしながら、ときをり聲を上げて驅けてゆきます。私はタヱさんに教へてもらつた刺し子の練習をしてゐるのですが、織り目を拾ひ木綿絲を刺してゆく私の周りで夢想の幕は少しづつ微熱を帯び、その熱は額の奥や、手足や、背丈ばかり伸びて未だちつとも膨らまうとしない乳房の邊りに密かに集まつて、私の身體のなかで、まるで細胞と云ふ細胞が忙《せわ》しげに密談をしてはさんざめくやうな感じになります。私は暫《しばら》く息を潛めて待ちますが、しかし私にも世界にも何も起こらず、晴れた空のどこか一點でピリゝ、ピリゝと鳴き續ける雲雀《ひばり》の聲は時間が止まつたかのやうです。

私はこれから何者になり、どんな異性に巡り逢ひ、どこへ出てゆくのでせうか。大人になつた身體にはどんな感覺が備はり、世界はどんなふうに感じられるのでせうか。何も分からず何も始まらない時間の長さはじり〳〵するやうで、こんなにも穏やかに過ぎてゆく春の田んぼの眞《ま》つ只中《ただなか》で私は獨《ひと》り、一寸不機嫌なのです。しかしやがて、お兄さま、お兄さまと叫ぶ美也子の聲が聞こえて私はやつと、遠くの畦に學校から歸《かえ》つて來る子どもたちの姿を仰ぎ見ます。私の弟二人と、野口の秀行さんとトキさん、ほかに近所の子どもたちを合はせて十四、五人はゐたでせうか、そのなかから近隣の家の年長の男の子たちが何やらぢつと私のはうを見てゐます。

子どもたちだけでなく、村の人たちがそこ〳〵で私を見てゆく眼差しは、戸惑ひであれ違和感であれ私の周りを行き過ぎる風景の一つであり、私をそこから隔てる透明な幕をなほ一層强化してくれると云ふ意味では、決して惡くはありませんでした。なにしろ彼らに見えてゐる私はたゞの影であり、見てゐるのはむしろ私のはうだからです。はて、腕白どもをどうしてやりませう。私は帽子を振つて會釋《えしゃく》をしたり、石を投げるふりをして笑つたりし、彼らはばつが惡さうにぴうと驅けだしてゆきます。その畦の先の街道には、春鰊《にしんう》を賣り歩くにはか行商の荷車が見え、「ニシだあ、ニシ――！」と云ふ甲高い呼び聲が響いてきます。

ほら來た、ご馳走が來たと子どもたちを追ひ立てゝ祖母のキトは筵《むしろ》を立つていき、鰊と聞いて私も急いで後を追ひます。荷車に積まれたトロ箱一つには鱗を光らせた十尾二十尾の銀色の鹽鰊《しお》が並び、つんと鼻腔に沁みる强い潮の匂ひがしました。その匂ひの周りに、野口と同じやうに良人《おっと》や息子を雇ひに出してゐる女たちの、くゞもつた聲が立ちます。今年の海はどただ按配《あんばい》だべか、今年はどこが獲れてるんだべか、羽幌《はぼろ》のはうの話は聞いてねえか、と。鯵ヶ澤《あじさわ》の仲買ひが云ふには、今年の鰊は羽幌と初山別《しょさんべつ》に群來《くき》て、獲れ過ぎて汲《く》み船が間に合はねえくらゐださうだ、と行商人が云ひます。

一つひとつの言葉は、私がいまこんなふうではなかつたかと思ひ返すだけですが、初山別の名前を聞いて私は思はず、いまも當地《とうち》の海に出てゐるはずの父康夫のことを思はうとしてトロ箱の鹽鰊をぢつと見ました。すると青黑い鰊の目玉もまた一齊《いっせい》に空をぢつと見てをり、初めて海から揚がつて空や人間を見た驚きがいまもまだ續いてゐて、自分が死んだことも鹽を被つてゐることも氣づかないかのやうです。鰊たちの時間は止まつてをり、見てゐる私のことなど知らず、もちろん康夫のことも知らず、いまは自分たちは知らない土地の春の空に見入るために目を開いてゐるのだ、邪魔をしてくれるなと云ひたげです。私は突然、鰊は聰明で孤獨な生きものだと思ひ、何だか鰊が好きになりました。いま、筒木坂《どうきざか》の春でこゝろに殘るものを一つだけ擧《あ》げるやう云はれたら、私は鰊を選びます。

ところで六月の初め、父康夫から待望の葉書が届きました。差し出し地は函館で、野口家の次男で大船頭の昭夫さん、忠夫さん、康夫の三人は鰊漁を終へた後、直ちにカムチャツカへ向かふために初山別から函館へ行き、出航前の一日を水産會社の番屋で過ごして、父はそこで慌《あわ》たゞしく葉書一枚を書いたやうでした。

いまはもう手元にないその文面を正確に思ひだすことは出來ませんが、父は何だか躍るやうな字で「晴子さん、哲史さん、幸生さん、美也子さん、元氣にしてゐますか。野口のお祖父《じい》さま、お祖母《ばあ》さま、タヱ伯母さまに迷惑をかけないやうにしてゐますか。さて、私は初山別に來てからあまりに多くの經驗をしたのでこゝにはとても書き切れませんが、鰊漁と云ふのはほんたうに聞きしに勝る壯大なものでした！　海が盛り上がつて押し寄せる鰊の大群も、人びとの漁撈《ぎょろう》の凄《すさ》まじさも、鰊場を覆ふ熱氣も喧騒も忙しさも、過ぎてみれば夢かと思ふほどです」と書き出してをりました。

子どもたちに宛てゝ、鰊漁とはどんなものかを易しく書き綴るにも小さ過ぎる葉書には、言葉の代はりに下手な繪が一つ描いてありました。頭には鉢巻き、筒袖の短着に細い帯を締め、股《もも》引《ひ》きの下に脚絆《きゃはん》と足袋と草鞋《わらじ》と云ふ姿をした康夫の自畫像《じがぞう》です。いたづらでせうか、顎には點々《てんてん》と髭も描いてあり、美也子は「これは誰？」と何度も尋ねたものです。お父さまだと云ひ聞かせる私自身、何ひとつ實物《じつぶつ》を思ひ浮かべることも出來ない康夫の姿でしたが、ほかにも私はなぜ葉書なのだらうと考へたものでした。いま思ふと、康夫は手紙をしたゝめる時間がなかつたと云ふより、結局は何を書けばよいのか自分でも整理がつかないほど戸惑つてゐたのでせう。加へて、慣れない力仕事を三月《みつき》も續けた後では手が震へて、萬年筆も持ちづらかつたのでせう。

さて、五月末から六月には田植ゑがありました。どの家も小豆飯を炊き、黒砂糖や砂糖味噌を入れた小晝の蕎麥餅を惜しげもなく作つて祝ふのは樂しいことでしたが、夜明け前から野口の一家もオヤグマギの人びとも總出《そうで》で田んぼに入り、男たちは苗取り、女《おな》子《ご》どもは田植ゑと日暮れ過ぎまで續く勞働の日々は、私にはまた少し筒木坂の生活を塗り替へる經驗となりました。田植ゑの間、一歳の赤子は祖母が背負ひ、ツネちやんもまた當り前のやうに田に入るのです。代はりに畦に筵や藥罐や小晝を運ぶのは、その小さい弟妹たちです。臨月の女性も、赤子を背負つた女性も、學校を休んだ子どももたちもみな泥に足を埋め、男たちが一握りづつ置いてゆく苗を手に腰を屈《かが》め、這《は》ふやうにゆつくりと田を行き來する光景はどこか壯絶なものです。

私は私で、厩《うまや》の掃除や洗濯や賄《まかな》ひの仕事はありましたが、こんなに大きな身體がありながら田に入らないと云ふのは、この時期さすがに自分でも奇異なことに思へ、手傳《てつだ》はなくてもいゝのかと祖母に尋ねましたら、祖母は、晴子は農家には向がね、康夫も漁師には向がね、無理するこだあねと云つたものです。手拭ひの下のゼリーのやうな祖母の目は何でもお見通しであり、息子の康夫や孫の私たちが野口の家に根づかないものと豫《あらかじ》め見定めてゐたと云ふことかも知れません。康夫にその氣があれば近隣に農地を買ふことも出來たわけですから、祖母が向かないと云つたのは、いまさら三男に分ける土地もないと云ふ諦《あきら》めではありません。後にタヱさんから聞いたところでは、康夫に勉學を許し、東京で所帯を持つことを許したのは、實は祖母のはうであつたと云ふことですから、してみれば慶應二年にこの筒木坂に生まれたキトは、土地に根を下ろして動くこと能《あた》はぬ一本の木が、自らの種の一つや二つくらゐは遠くへ散つていくのもよしと思ふ、云はゞ空々寂々の人生觀を深く懷《いだ》いてゐた人であつたのかも知れません。

そのやうな次第で私は結局田に入ることはなく、ほゞ二十日と云ふもの、入梅の曇り空や雨を眺めて田植ゑの終はるのをたゞ待つことになつたのでした。しかし、獨《ひと》りで板間に坐り縫ひ物をしてゐた時間にも夢想は絶えるどころか少しづつ樣相を變《か》へてゆき、私は陰鬱と云ふ新たな慰みの味を覺えました。憂《うれ》ひは自分の生來の寛容のなさや怒りつぽさを和らげると云つたのは若いジャン・クリストフでしたが、十五の娘が發見した憂ひは、なほも晴れる日を夢見ることゝほとんど變はらない精神の動き、希望に向かふ新たな道筋の一本と云つたところでした。私は未だ姿をあらはさない希望から數歩退き、いますぐにでも溢れだす力を内に溜めながら、ぢつと耳をすませ目を見開きます。かつてさうして坐る私の前には、よく磨かれた縁側の床と、引き戸の薄く光る硝子《ガラス》と、深々とした綠雨に沈む本郷の庭がありましたが、いまあるのは、暗過ぎて奥行きさへ分からない荒れた板間と漆黒の土間と、そこにくつきりと切り取られた入口と、その向かうでやはり奥行きを失つた土地の灰綠色の濃淡です。雨は草葺《くさぶき》の屋根に吸ひ込まれて響かず、代はりに軒から垂れて土を叩《たた》く雨音がくゞもつた忍び足のやうに聞こえ續けます。

しかし、陰鬱と云ふやつはどこからか見えない魔力の觸手《しょくしゅ》を繰りだして、土間の外に垂れる雨音の一つ一つを次第に何か深遠なものに響かせます。私はいまもとき〴〵かうして雨の音を聽《き》き、ずつと後に讀んだヘッセの、あの不可思議な『ガラス玉演戯《えんぎ》』の祕儀の深遠とはこのやうな感じだらうかと獨り想像したりもするのですが、内界と外界の間の一點で釣り合ふ世界の、震へるやうな均衡と云ふか、緊張と云ふか。一分間も息を止め續けた果てに、窒息する寸前の私の前にあらはれる世界の、一瞬の屹立《きつりつ》と云ふか。雨の音はさうして私の身體を刻み、沁み入つて、どう云ふわけかうつくしいのです。ほとんど暗黑と云へるほどの板間の暗がりから眺める雨の、微光を孕《はら》んだ色合ひもまた、何色だとは云へない、色と云ふ色が水滴の一點に集まつて拮抗《きっこう》してゐるやうなうつくしさです。

私の陰鬱は、かやうに妄想と紙一重のものではありましたが、うつくしさの傍らには一筋の冷氣が、情感の傍らには覺醒が寄り添つてをり、私はこの梅雨の間に一氣におとなびたのかも知れません。とは云へ十五歳の陰鬱など晴れてみれば噓のやうでもあり、村ぢうの田植ゑが終はつた後の蟲《むし》送りの、タン〳〵、ドコドン、タン〳〵、ドコドンとねり歩くさなぶり太鼓が響き始めると、しばし私の物思ひもお休みになりました。

早朝から鉢巻き姿の青年團《だん》の男たちが荷車で各戸を回つて、藁人形を作るための藁を集めていき、家では糯米《もちごめ》の粉でしとぎ餅を作ります。晝前にはオボスナ様（村社）のはうから境内で打ち鳴らされる太鼓の音が聞こえてきて、私たちは庭先に出て祖父はお酒を啜《すす》り、女子どもは餅を食べながら、田に暑氣を呼ぶと云ふ蟲送りの行列をいまか〳〵と待ちます。

太鼓の音は遠ざかつたり近づいたりして村ぢうを動いてゆくのですが、姿が見えないその音はまるで大地がドコドン、ドコドン彈んでゐるやうで、その大地とつながつた私の足から直に傳はつて來るのは、何とも云へない悅《よろこ》びです。これを生きてゐることの歡《かん》喜《き》と云ふのなら反論はしません。やがて野口の地所に通じる道の遠くにあらはれ、近づいてくる蟲送りの行列は、先頭に太刀《たち》振りや荒馬を眞似《まね》て跳びはねる若者たちがをり、逞《たくま》しい腕をしならせて太鼓を打ち鳴らす若者たちがをり、さらに龍の冠《かぶ》りものを付けた十尺もある藁の大蛇や藁人形を擔《かつ》いで氣勢をあげる若者たちが續きます。彼らのひと跳ね、腕のひと振り、高らかなひと聲《こえ》は艶やかな精氣を邊《あた》りの野や田畑に撒き散らしていき、空氣までが眩しいやうに感じられたことです。まだ若い野口の武志さんは荒馬の役でしたが、可笑《おか》しいくらゐのぎこちない眞顏で踊る武志さんの、若々しい腕や脚はあんなに綺麗《きれい》だつたかしらと見とれて、私は獨りほんの少し胸を痛くしてをりましたよ。

いまも昔も、藁の大蛇は村の外れの百萬遍《ひゃくまんべん》の石積みのそばの銀杏《いちょう》の枝に掛けられて蟲送りは終はりますが、それからも數日の間はドコドン、ドコドンと云ふ太鼓の音が私の耳の奥に殘つてゐたものです。さう云へば、その蟲送りの翌日のことでしたが、田村のお嫁さんが男手を貸してくれと驅け込んできて、武志さんが出かけていくと、田村の地所の疎水《そすい》のなかにツネちやんの母親が立つてをり、曰《いわ》く大師様が憑いて、お前が水行をしたら、雇ひに出たまゝ行方知れずの夫が歸つて來ると、御告げがあつたと云ふのださうでした。雨續きで水かさの增した疎水は危險なため、田村の家人と武志さんが荒繩を使つて、何とか母親を引きずり上げたさうです。後日ツネちやんは、いくら大師様が憑いても氣病みではゴミソ(巫者《ふしゃ》)にもなれねと、無表情に云つてをりました。

そんなさなぶりの休みが過ぎると、筒木坂の人びとは再び野良仕事に戻り、春に植ゑたジャガイモや蕎麥は白い花が咲き、南瓜《かぼちゃ》や胡瓜《きゅうり》は濃い綠の葉が繁つて、土間の戸口から見える畑の風景は梅雨の雨の下でさへ見違へるやうに鮮やかになりました。私の生活もまた元に戻り、祖母やツネちゃんとともに爐端《ろばた》で縫ひ物を續けるのですが、その手元に差す空氣までが仄《ほの》かな綠色に色づいて見えたほか、私は少しばかり刺し子が面白くなつて、春先よりは落ちついた心地で過ごすやうにもなりました。當時の農家では、一枚物が刺せなければ嫁にも行けないと云はれて女子はみな刺し子を眞劍に習ひましたけれども、農家に嫁ぐことはないだらう私はたゞ、刺し子の描くひたすら單純な幾何學模様が氣に入つてゐたと云ふだけのことではなかつたかと思ひます。

私はいま、貴方が小學校の圖工《ずこう》の時間に描いた繪のことを思ひだして、獨《ひと》りで笑ひだしました。そこにはたゞの正六角形ばかり山ほど描いてあつて、貴方は嬉しげな顏をして私に云ふのです。正六角形は、幾つ竝《なら》べても元の正六角形より大きい正六角形は出來ないことが分かつた、と。野口の圍爐裏端《いろりばた》で龜甲《きっこう》模様を刺しながら、十五歳の少女も確か同じ命題を考へてゐたことを、私はいまごろやうやく思ひだしてをります。思へばそのころ、雨の日が續いたせゐか、土遊びも少し飽《あ》きたのか、小さい美也子も私の傍らに坐ることが多くなり、端切れを與《あた》へてやると針仕事の眞似事をして、おとなしく遊んでをりました。とは云へ、靜かだつたのは祖母がゐるときだけのこと。

月に一度、大家《おおやけ》の三谷の家でお婆さまたちの地藏講があり、晝前《ひるまえ》から祖母が手辨當《てべんとう》を携へて出かけてしまふ日には、私は行李に隱してあるドロップや關東豆を持ちだして、子どもたちだけで大いに油を賣《う》りました。さァお祖母さまが歸つて來るまでは何をしてもいゝのよと云つて、私は美也子とツネちやんの弟妹たちをそゝのかし、ひと握りのドロップを渡して遊ばせます。ツネちやんはいつも乘り氣でないのですが、私は貴女は何が好きなの、どんなことに興味があるの、赤ん坊は私が見てゝあげるからと急き立《せ》てゝ無理に本を選ばせると、ツネちやんはほんたうは好きでもなかつたのだらう本を適當に手に取り、默つて讀《よ》むふりをするのでした。

あるとき、私はツネちやんにお化粧をしてあげると云ひ、爐端に坐らせて手鏡を持たせたことがありました。もうずいぶん前のこと、ツネちやんがほんたうは十二歳だと知つたときから、幼い顔だちと云ふわけでもないのに十歳くらゐにしか見えないことが常々氣になつて、私はどうしても一度觸《さわ》りたくて仕方がなかつたのです。かう云ふとき少女と云ふのは殘酷で、相手がおとなしいのをいゝことに好きなやうに自分の欲望を滿たさうとし、相手の心持ちなどすつかり忘れてをります。しかし幼い女の子の張りのある頬の心地よさは何とも云へず優しく、私はツネちやんの顔に觸《ふ》れながら、一寸《ちょっと》お母さんになつたやうな氣分でもあつたのでせう。さうして丹念に水白粉《みずおしろい》を塗り、紅をはたいて仕上げた女の子の顔ひとつをあらためて眺めてみると、急に何だかこれはツネちやんの本來の顔ではない、借りものゝ異樣な艶やかさだと感じられて、今度は私のはうが戸惑ふ番でした。ツネちゃんは居心地が悪さうに手鏡を見てをり、私は不安になつて「どう？」と尋ねますが、ツネちゃんは「うつくしい」と一言呟《つぶや》き、申し譯《わけ》程度の笑みを見せただけでした。

私はため息をついて所在をなくし、ツネちゃんと竝《なら》んで坐り、それ〴〵別のことを考へながら默つて土間の外の緣を眺めました。ツネちゃんは少しも素直でないのですが、嘘つきでも意地惡でもないし、むしろほんたうは聰明《そうめい》に違ひない。いまはたゞ家の困窮のことで頭が一杯なのだと私は考へてみます。しかしさうだとしても、こんなにも何も云はず、牛馬よりまだ從順で忍耐强いと云ふのは一體《いったい》、本人の意思なのか性格なのか。あるいは爾臣民《なんじ》父母ニ孝ニと云ふのは一體、かう云ふことを云ふのだらうかとさらに考へるにつけ、私はどうしても分からなくなるのでした。ツネちゃんの家の困窮については、私はほんの上邊《うわべ》のことしか知りませんでしたから、どこまでもあいまいな懷疑に留まるほかありませんでしたが、豐かに生ひ茂る畑や田の上には見えない陰鬱が避けがたく降りていき、私はふと、父康夫が故鄕について語つたとき、悅びと云ふ言葉と一緒に怒りと云ふ言葉を使つたことを思ひだしたりしました。

それで私は、どう云ふ氣持ちだつたのか何かの歌を唄ひ、何を唄つたのかもう思ひださないのですが、ツネちゃんがいきなりウフ、と笑ひだしたのでした。きつとまた、私は音痴だつたに違ひありません。かうして覚えてゐるのは、ツネちやんが好きで好きでたまらなかつたやうな思ひと、目の前が翳るやうな悲しさの渾然一體ですが、どちらもいまはもう微風のやうです。

さて、私の刺し子は續《つづ》き、六月末の地藏尊祭には藍木綿に白の龜甲模様を刺した地藏様のお衣装を作りました。普門庵の石段脇の地藏堂には當時《とうじ》野口の家の地藏様が三體あつて、貴方も知つての通りどれも身の丈一尺ほどの小さいものですが、野口の祖母もタヱさんもそれは大事にしてゐたのです。昭和九年の地藏尊祭のとき、祖母は四十年前に亡《な》くしたと云ふ長女のための桃色の着物、タヱさんは四男のための紺絣《こんがすり》の着物を縫ひ、私は代々の身替はり地藏様の着物を縫はせてもらつて、三體とも、帯は祖母が嫁入りのときに誂《あつら》へたと云ふ西陣の帯をつぶして作つた緋色でした。

宵宮《よいみや》の日は、日暮れから祖母とタヱさんに子どもたちも聯《つ》れていかれて地藏堂にお參りするのですが、お堂一杯に竝《なら》んだ數十もの地藏様はみな新しい色鮮やかなお衣装を競ひ合ひ、燈明の下で嬉しげにさんざめいてゐるやうに見えました。しかししばらく見てをりますと、地藏様の幾つも幾つものお顔はやがて笑ひながら啜《すす》り泣きだすかのやうで、樂しいと云ふよりは聲にならない聲がお堂にこもつて、少し哀しげな風景にもなるのです。その前で、五體を低く屈めて手を合はせる祖母やタヱさんも、來る人來る人みな燈明に照らされて憑かれたやうな眼差しをしてをり、私は何だか怖くさへなりました。しかし翌日は打つて變はつて賑やかです。朝からお參りの人びとが續き、みな普門庵で諷《ふう》誦文《じゅもん》を買ひお經を上げてもらふので、開け放たれた小さな本堂から漏れる讀經《どきょう》と回向《えこう》の聲は止《や》むことがありません。地藏堂は供へられた餅や干菓子で埋まり、色とり〲の風車や切り紙の花が立てられて、子どもの地藏様たちはまたにこにこ笑ひ合ふのです。

地藏尊祭が終はつて梅雨が明けると、かまど分けで獨立した田村の次男さんの家では嫁入りがありました。田村の五男さんと武志さんがケヤグだつた關係で、木造《きづくり》の菰槌《こもつち》から嫁御が來ると云ふ話は前から聞いてをり、よその家の祝ひ事ではありましたが、一體どんな花嫁御寮《ごりょう》だらうと私はその日が待ち遠しかつたものです。ある日の夕方、祖母がもう來るころだはんでと云ひ、私は美也子を聯れてツネちやんと一緒に飛んでゆきましたら、日が落ちる前の眞つ赤な田の畦《あぜ》を、花嫁行列が通つてゆくのでした。邊《あた》りには、二升樽《だる》を擔《かつ》いだ樽背負ひの「嫁來たじゃア――嫁來たじゃア――」と云ふゆつたりした口上の聲が響き、仲人《なこうど》夫婦にはさまれて、薄い色の着物姿の小柄な花嫁がうつむき、草履の足元を小さく歩ませてゆきます。十五の私よりずつと小さい人。一體幾つでお嫁に行くのでせう。その後ろには風呂敷き包みを背負つた男が一人、嫁迎への紋付き袴《はかま》の男が一人、年配の女が一人續き、蛙が喧《やかま》しく鳴き立てるなか、全部で七人の行列が赤い田に長い〱影を曳《ひ》いてをりました。

それは私が筒木坂にゐた間に見た唯一の嫁入りでしたが、私は行列を見送りながら、タヱさんも昔かうして嫁いで來たのだらうかと思つたり、去年の盆にモスリンの洋裝で白い靴を履いて歸省《きせい》したと云ふ大家《おおやけ》の嫁御さんのことを思ひ浮かべたりして、最後に唐突な思ひを一つ固めてをりました。すなはち美也子を東京へ歸《かえ》さう、冬に父が戻つたらさう話さうと決めたのですが、それは目《ま》の當《あた》りにした嫁入りが、幾分か定められた運命を前に頭を垂れる牛馬の行列に見えたと云ふ以外に、私自身にも確かな理由は分からなかつた結論でした。と云ふのも、かうして思ひだすあの夕燒けの花嫁行列は、いまはまた私の目のなかで燃えだすやうにうつくしいからです。

ともあれ、美也子を東京へ歸さうと云ふ思ひを一つ定めたことで、私のなかでは日々の生活も風景もまた少し樣相を變《か》へ、土間の外の綠も、黑々と實《み》をつけ始めた畑の蕎麥も、田の青も一層鮮やかなものとなりました。七月の半ばごろだつたか、祖父の芳郎が腰痛でしばらく動けなくなり、草取りのためについにこの私が田に入るやうになつたことも、いくらかは心身のありやうに變化《へんか》をもたらしたのかも知れません。初めのうちは、水に浸かつた足の周りで動き回る田龜《たがめ》や蛙が氣持ち惡くて仕方がなく、手や足がふやけるのも氣持ち惡く、屈《かが》めた腰がどうにも我慢出來ないほど痛むのでしたが、田の中に獨《ひと》り居るときの靜けさと自由の感覺だけは實《じつ》に素晴らしいものでした。なぜと云つて、よく繁つた綠の稻の茂みに低く身體を屈めるとそこは密林のやうで、水面に躍る光の中に拔いたばかりの草の葉を一枚浮かべてやると、それは密林を縫つて進む探檢家の舟になるのです。私は陽射しから隱れて綠穗の深い茂みに潛み、ゆつくりと水路に分け入りながら、ジイドの『コンゴ紀行』を思ひ浮かべます。

いまはもう正確な文章は思ひだせませんが、コンゴ河を獨木舟《まるきぶね》で遡つてゆくあのうつくしい紀行文によると、水路は黑檀《こくたん》の板のやうに凪《な》ぎ、その上に熱帶林の巨大な樹や河岸の葦が影を横たはらせ、簇葉《むらは》の間から光線が洩れてくると云つた感じだつたでせうか。時折り色鮮やかな蝶があらはれたり、綠の蛇が枝を這つてゐたり、木々の下に隱れた細い入江の先には魅惑的な暗黑が潛んでゐると云ふ、アフリカの綠の川を私もまた草の舟で遡り續けて、稻の葉の一本一本、光線や蟲《むし》の一つ一つを目に燒きつけてゆくのです。しかしそんな具合でしたから、普通なら女手で一日五畝《せ》は草取りをしなければならないところ、私はやつと二畝か三畝くらゐだつたかしら。

そのころ私の心身は概《おおむ》ね、思考が停止したやうに穩やかなものでした。哲史がます〳〵反抗的な態度を取るやうになつたことや、幸生が學校で始終けんかをしてゐるらしいことや、康夫から音信のないことや、氣になることは多くあつたのですが、それでも自分でも信じられないほどの優しい氣持ちや誠意が湧いて、哲史には野口の子どもたちには内緒で康夫の本を與《あた》へてやつたり、幸生には蒲團《ふとん》のなかでキャラメルをやつたりでした。尤《もつと》も、美也子についての懸案も弟たちのことも、いま振りかへると、ほんたうは何ひとつ定まらない私自身の心身の穴埋めであつたのかも知れませんけれども。

さうして私の暦が過ぎてゆく一方、七月も末になつて氣がつくと、爐《ろ》に火を絶やせないほど寒い日が續いてをりました。田の水は冷たく、陽射しも一向に強くならず、青立ちの稲の茂みから顔を上げると、コンゴの夢想とは似ても似つかぬ涼しげに澄んだ空があるばかりです。後に云ふ昭和九年の大凶作は、八月初めの出穗のころにはもう、不安や豫感《よかん》と云ふかたちで木造新田一帶に垂れ込めてゐたと記憶してをります。當時の私には事の深刻さは何も分かりませんでしたが、平生はほんたうに物云はぬ祖父の芳郎や武志さんの顔つきが日に〳〵變はつていき、しば〳〵農事實行組合の寄合ひがあつて、腰の悪い祖父の代はりに武志さんは険しい顔で出かけていき、同じ顔で戻つて來るのでした。

さうして野口の板間はなほ一層靜まりかへり、夏休みの子どもたちは物音も立てず、私もまたさらに覺醒して美也子だけでも東京へ歸《かえ》さうと心を固めながら、一方でどこからか反抗心が湧いてきて、夜に子どもたちに讀み聞かせるのにわざと場違ひな『寶島《たからじま》』を選んだりしました。それで、やい、こら、野郎どもと海賊の荒つぽい言葉遣ひを大きな聲《こえ》で眞似《まね》て、平治さんや美也子を笑はせるのです。

三日間ほど少し強い雨が降り續いたとき、平年より數日遲れてやつと穗の出た稻が水を被《かぶ》るかも知れないと云つて、深夜武志さんとタヱさんが田へ飛びだして行きました。そのとき土間の扉が立てた割れるやうな音と、殘された赤子が泣きだした聲はいまも私の耳に殘つてゐます。雨は夜明けまで降り續き、明け方今度はその土間の扉が音もなく開いて二人が戻つて來たときには、どちらも濡れそぼつた幽靈のやうでした。結局、幸ひなことに冠水した野口の田は僅かで濟《す》み、お盆のころには何とか七割がた穗に實が入つて少しづつ新田の稻穗は頭を垂れていきましたが、田によつては雨續きで病氣が廣《ひろ》がつたり、晩成種は穗が出ずに青立ちのまゝであつたりと、幼いころに大宮で見た盛夏の田とはずいぶん違ふ風景が廣がつてをりました。直立した稻と云ふのは、野草と云ふには整ひ過ぎた姿をしてゐて、子どもの目にも異樣なものです。それを眺めながら、私は早晩來るだらう重苦しい季節をぼんやりとながら豫感《よかん》し、誰にも止めることの出來ない運命を肅々《しゅくしゅく》と待つだけの農民の無常について、あるいはそこに居候してゐる自分について、それなりに懸命に考へようとしたものでした。すなはち一つは、かう云ふ忍從は私にはやはり我慢ならないと云ふこと。また一つは、しかしこれはほんたうに避け得ぬ運命なのかと云ふことです。

なぜなら、車力《しゃりき》のはうでは冷害に強いリンゴが豊作で、リンゴ園を買ひ取つた公務員や會社勤めの人がずいぶん儲けてゐると云ふ話があつたり、凶作のたびに農地を手放す農家があるかと思へば、逆に農地を買ひ取つて大きくなつてゆく農家があつたりで、運命は決して一つではないやうに見えたからです。大地に生きるとは、父康夫が云ふやうな素朴な敍情に満ちた天與《てんよ》の營みであるよりも、もつと積極的な才覺と果敢な欲望の話ではないのか。才覺や欲望を持たずぢつと耐へるだけの善良な人びとは、こゝではほとんど牛馬のやうに生きるしかないのではないか。そんなことを思ひました。そして、もしもさうであるなら、そんな才覺にあまり興味を持てない私はやはり農家には向いてゐないのだ、康夫も向いてゐないのだ、と。尤も、では何に向いてゐるのかと問はれると、それも分かりません。

でも、少なくとも康夫はきつと小説を書くはうがいゝ。戰争を前にしてジャン・クリストフは行動することを選び、親友オリヴィエ・ジャンノンはどこまでも精神の明澄《めいちょう》を求めて行動を否定しますが、康夫は間違ひなく後者のはうなのです。四人の子どもを養ふために漁に出るなんて何と云ふことだらうと、あらためて考へ始めると私は苦しくなつて、いまこゝにゐない父に急に會《あ》ひたくなつたり、父子五人で新しい土地へ出て行きたくなつたりでした。もしもさうなつたら、そのときは私もどこかの書肆《しょし》の賣り子にでもなつて働くでせうに。そんな想像をして、私はたぶん自分自身の不安定な氣分のなかに逃げたのだらうといまは思ひますけれども、それにしても夏から秋にかけての筒木坂の空氣は、假《かり》に宇宙船のなかから眺めてゐたにしても、陰鬱でなかつたと云へば嘘になります。

舊曆《きゅうれき》七月の盂蘭盆會《うらぼんえ》に墓所の入口で焚き續けられた迎へ火や、地藏堂や佛壇《ぶつだん》の燈明に照らされた空氣や物音のさんざめきが、なほ一層艶やかさを増して見えたのもきつと陰鬱のせゐでせう。逆緣の子どもの地藏樣たちの、紅を施された口許の何と赤々してゐたこと。普門庵近くの空き地で踊りあかす人びとの揃ひの白手拭ひが二重の輪になつて、縮んだり廣がつたりしながらぐる〳〵回り續ける七拍子も、稻の穗ェアー、ホーハイ、ホーハイデァと唄ふ音頭取りの聲も、太鼓の囃子《はやし》の音も、もはや樂しげと云ふより狂ほしいものに感じられ、離れたところから見てゐると、こゝぞとばかりに精力を使ひ果たすまで燈明の周りを飛びかふ夏の蟲《むし》のやうでした。その中には、紺絣の浴衣姿のタヱさんもをり、憑かれたやうにいつまでも踊りをやめないので、私やツネちやんが赤子に乳をやつてくれと度々呼びに行つたほどです。あの夜、普段とは違ふ汗や白粉の匂ひを發し、目を虚《うつ》ろにうるませてゐたタヱさんもほかの女たちも、一齊《いっせい》に狂ひだした狸だつたのでせうか。私は弟妹たちを寢かさなければならないので早くに引き揚げましたが、床に就いた後も風に乘つて屆いてくる囃子の音は未明まで止《や》まず、私もまた目を開けたまゝ、夜が明けたらみんな死んでゐるのではないか、あるいはこれは長い夢で、目が覺《さ》めたら誰もゐない荒野が殘つてゐるのではないかと云つた夢想をしたのでした。

狂ほしいと云へば、秋九月の二十三夜様の下弦の月がありました。その夜は隣家の田村の家で三夜講があり、祖母は出かけてをりましたが、眞夜中に私がご不浄へ行つたときのこと、赤子を背負つたタヱさんが庭先の石に獨《ひと》り腰かけて、ぢつと東の空の月を見てゐるのです。どうなさつたのと聲をかけますと、タヱさんは子どものころに生家の祖母に聯《つ》れられて行つた二十三夜様を思ひだしてゐたと云ひます。いまごろ、講中の婆《ばあ》さまたちはあの月を仰いで念佛や眞言を唱へてゐるのだけれども、祖母の膝《ひざ》に抱かれて念佛を聞いた昔が懷《なつ》かしくなつて眠れないのだ、と。それで、腹が減つてゐたと云ふわけでもないのに何か食ひたくなつてごそ〳〵してゐたら、祖父を起こしてしまひ、ゐたゝまれず外に出ると何だか泣けてきたと云ふタヱさんは、手のなかで荒繩一本をきり〳〵捩《ね》ぢり續けてゐるのでした。その上に薄雲のかゝる細い光線のやうな月が降り續け、勢《せい》至《し》菩《ぼ》薩《さつ》のご來光だと云ふのに少しも優しくはない、しんと冷えた青白い冷氣が、霜のやうに漆黒の野に降りてゆきます。そして、その月夜が明けると次は稲刈り。

その秋、一面の穂波の風景には一點《てん》の赤い色が染み込んでをりました。木造新田の作柄は平年の三割減と云ふ嚴しいものでしたが、それでも三戸《さんのへ》郡や東郡に比べればまだ恵まれてゐたさうで、稲刈りが始まると早朝から田と云ふ田に人が出て、あちらこちらに黄金色《こがねいろ》の稲穂の山が築かれていきました。さうして刈り取られてゆく稲穂は空一杯にきら〳〵する埃を撒き散らし、その下を行き來して私たち子どもは稲穂を束ね、田に立てられたニホに積んでゆくのでしたが、少し耳をそばだてると、そこゝに誰かれとなく囁《ささや》きあふ隱微な聲や含み嗤《わら》ひがひそんでゐて、それらがさゞ波のやうに田に滿ちてゆくのです。若い貴方《あなた》にこの空氣が分かるかどうか。善意も惡意も、好奇心も無關心も、鬱屈した皮膚の下に押し込められて絶えずふつ〳〵としてをり、あいまいな目配せや含み嗤ひと云ふかたちでやつと表にあらはれる、あのくゞもつた熾火《おきび》のやうな息づかひが分かるかどうか。

そのとき稲刈りに沸き立つ秋晴れの田に傳《つた》はつて來た囁きは、海へ出たら怖いぞ、氣のふれた若い女が海邊《うみべ》を歩いてゐるぞと云ふものでした。村の誰かが海草を拾ひに濱《はま》に出たところ、赤い襦袢一枚に裸足《はだし》と云ふ姿の女が濱を歩いてをり、見ると口が耳まで裂けてゐたとか、ひう〳〵細い聲を上げて泣いてゐたとか。夜、その話をタヱさんにすると、タヱさん曰《いわ》く、若い女と云ふのは名古屋の花街に賣られたツネちゃんの姉さんで、鰺ヶ澤から七里長濱を歩いて逃げ歸つて來る途中、出來島《できしま》の漁師が見つけて保護したのだけれども、結局は警察の計らひで弘前の腦病院に聯れて行かれたやうだと云ふことでした。

とは云へ、それもどこまで確かな話だつたことか。肝心のツネちゃんは一言も云はず、私もまた尋ねないやうにしましたが、しかし一度聞いてしまふと暫《しばら》くは忘れられず、穂波の眩しい金色の中に襦袢の赤い色が染みついて消えないのでした。しかし、ときをり手を止めてその赤を見つめながら私がとらはれたのは、身近で起こつた悲惨についての想像ではなく、譯《わけ》もなく皮膚の奥が熱をもつやうな、一寸《ちょっと》破壞的な刹那の感覺だつたと云ひませうか。とき〴〵思ふに、いつとも知れずかたちもない何かをぢつと待ち受ける少女の腦味噌は、受精する前の中空の卵子の溟《くら》さそのものです。私は網膜に張りついた一點のその赤に魅入られ、三月に一度行つただけの七里長濱の、砂丘の聯《つら》なりや水煙の轟く濱にその赤を置いてみたりしながら、その端からまた嵐が丘をさまよふ亡靈たちの、かたちもない狂ほしさのことを考へてをりました。

それから何日くらゐ經《た》つたのでせう。暫くの間そこここの田や庭先でニホの稻を運ぶ人びとが行き交ひ、脱穀機のガラ〳〵、ギイ〳〵鳴る足踏みの音が響き續《つづ》けてをりましたが、その間にも急に季節は進んで空も野も翳《かげ》り、秋の出稼ぎに行く男たちが一人また一人街道を行く姿があつて、筒木坂は靜まりかへつてゆきました。さうした晩秋の日に、一歳のタマちやんは死にました。

晝《ひる》過ぎ、作業場の稻こきは續いてをり、私と祖母は爐端《ろばた》で縫ひ物をし、美也子とツネちやんの弟妹は土間で遊び、戸口の外の庭先を赤子を背負つたツネちやんがゆつくり行き來してをりましたが、何時ごろだつたか雨が降りだして、土間の引き戸を閉めようとしたときには、ツネちやんの姿は見えなくなつてゐたのです。それから私たちは何時間も探し回り、もう日が落ちようと云ふころになつて當のツネちやんは野道を歸《かえ》つて來たのですが、曰く、歩いてゐるうちに村外れの百萬遍《ひゃくまんべん》塔まで來てをり、近くの銀杏《いちょう》の下で雨宿りをしてゐる間にタマちやんが泣かなくなつた、それで急いで戻つて來た、と云ふのでした。後日、雨のなかをツネちやんが濱のはうへ歩いてゆくのを見たとか、勘助沼の近くにゐたらしいとか、あれは母親似の性惡だとか、近隣ではいろ〳〵呪《のろ》はしげに云はれましたが、私が知つてゐるのは赤子が雨に濡れたと云ふことだけです。

タマちやんはすぐに爐端に寢かされ、土間のすみではツネちやんが濡れそぼつたまゝ身を縮めてうつむき、傍らの幼い弟妹三人も地藏樣のやうにぢつとしてをりました。それから、舘岡から呼ばれた醫者《いしゃ》が間もなく無表情な顏をして歸つて行つた後、タヱさんが轉《ころ》がり落ちるやうに土間に降りて來たかと思ふと、おめァタマを殺す氣かと叫び、箒《ほうき》の柄でツネちゃんに毆りかゝつていきました。私はそのとき竈《かまど》のそばにをりましたが、咄嗟《とっさ》のことで、どんな思ひで見てゐたのかはよく思ひだせません。死ね、死ねと叫びながらタヱさんがツネちゃんと弟妹たちを叩きだす間、板間の野口の人びとも誰も動かず、遠い繪《え》でもあるかのやうにそれをぼんやりと眺めてをりました。

それからタヱさんは何とも云へぬ聲を發して土間に坐り込むと、そこで長い時間獨《ひと》り號泣《ごうきゅう》しましたが、死にかけてゐる子どもの當《とう》の母親なのに、まるで家の全部から孤立して獨り打ち捨てられてゐるかのやうでもありました。そのとき野口の家の深く黒々とした奥行きには、子を亡くさうとしてゐる母親の絶望と、その嫁への家人の絶望と、死者を出す家族の絶望の三つの絶望が充滿して、いまにも咆哮をあげさうな隱微さでしたが、當時の家と云ふものには、一番悲しいはずの女性を勞《いたわ》る如何なる仕組みもなかつたのは確かです。しかしまた、さうして土間に屈み込んで聲をあげるタヱさんの背や腰は豐かにうねるやうに震へてをり、時ならぬ感慨ながら何と生々しい感じがしたことでせう。

かうして思ひだしながら自分でも不思議な心地にとらはれますが、しかし、筒木坂の秋口の雨や鬱々と閉ぢられた土間の空氣には確かに、同じ性として何事か思はないではゐられないやうな暗喩の力が満ちてをりました。私はタヱさんを眺めながら、毎度恐ろしい苦勞をして子を產み、その子を失つてはまた懲りずに孕《はら》み續ける女たちの欲望や、暗がりで女たちを孕ませる男たちの後ろめたさの息遣ひを密かに嗅ぎ、ときに牛馬と變はらぬほど剝《む》きだしであつたり、ときに奥深かつたりするそれらの情念が、こゝでは一つ一つの死さへ呑み込んでいくのだと思つたものです。いま思ひ返しても、さうして一人ひとりの繰りだす生命の振動や、土間や、夜などの溟《くら》さに押し包まれた死一つが、逆に透明なほど具體的《ぐたいてき》で即物的で平明なものに感じられたのは不思議なことです。

タマちやんは夜半に息を引き取り、舘岡の醫者が再び呼ばれる間に、私はやつと板間の蒲團《ふとん》のなかの小さい青瓜《あおうり》のやうに蒼《あお》ざめた赤子の顏を見ました。死因は冷えたせゐだと云ふことでしたが、急死だつたせゐか、半日前まで動いてゐた生きものが一つ動かなくなつたと云ふ以外に壞れたものは何もない、もう增えも減りもしない靜寂そのものゝ塊に見えました。野口では亡くなつた逆緣の赤子にはあまり丁重な葬式を出さないしきたりに從つて、お寺さまの讀經供養《どきょうくよう》もなく、近隣の年寄りたちが送り念佛を唱へるなか、未明に武志さんが作り上げた小さな箱に亡骸《なきがら》を納めて晒《さらし》の紐を結はへての出棺も野邊の送りも、簡素きはまりないものでありました。南無《なむ》十三佛の南無阿彌陀《あみだ》、導きたまひやあの世の淨土へうけたまひ、と云ふ念佛を貴方は聞いたことがあるでせうか。

行列の先頭にはオヤグマギの人びとが立ち、續く私たち野口の女は裸足に藁草履《わら》を履いて白木綿をすつぽり被り、後ろに近隣の女性たちが續いて鉦《かね》を鳴らしながら、南無三世諸佛を唱へてのろ〳〵と墓所へ進んで行きました。墓所まで二つ三つしかない曲がり角には、いまのものと變《か》はらない切り紙細工の角櫻《かどざくら》が立てられてゐたのを覺えてをりますが、いまほど派手に銅鑼《どら》が叩き鳴らされたり、角櫻の紙吹雪が散らされたと云ふ記憶はありません。そして普門庵の裏手の墓所の端のはうに穴を掘つて棺を埋めた後は、供《く》物《もつ》の代はりに小石を積み、タヱさんが未明に爐端で自分で作つてゐた赤い風車を一つ立ててました。それは風の強い日で、祖母のヰトがなほも獨《ひと》り、南無三世諸佛を唱へ續ける間、その小さな風車がちぎれ飛びさうな勢ひで回つてゐた姿は、いまも鮮明に覺えてゐます。

ところで、あの日の夕刻以來ツネちやんたちの姿は消え、三度の食事の支度のとき茶碗の數を數《かぞ》へるたびに、私はそのことを考へました。この間まで一緒にゐた年下の少女のしたことについての、言葉にならない畏れや嫉妬や共感などが渾然とした、なんとも不可思議な心地だつたと云ひませうか。すぐにツネちやんの家を訪ねたいと思ひましたが、野口の家人や近隣の目があつて云ひだせず、結局初七日が明けてから夜明け前に獨《ひと》りで野口の家を抜けだして、半里くらゐ離れてゐると云ふその家を探しに行つたものでした。野口の大根畑を越え、田村の畑を越えて濱《はま》の方角へ緩やかな上り下りの野を辿つてゆくと、濃い群青の空の下に大きく傾いた草葺の屋根が見え、近づいてみると入口の掛け筵《むしろ》が風に搖れてをりました。中は粗い葦壁《あしかべ》の隙間から明けていく空の薄い光が漏れてゐて、土間のすみに置き去られた鐵鍋《てつなべ》一つと茶碗を照らしてゐるだけの廢屋《はいおく》でした。私はそのとき無意識に茶碗の數を數へましたが、行方知れずの父親を除いてもツネちやんの家族は全部で七人ゐたはずなのに五客しか見當らなかつたので、そこが確かにツネちやんの家だつたかどうかは、いまも分かりません。

私は板間の上がり框《がまち》に腰を下ろし、暫《しばら》くぢつとしてをりました。そこが誰の住まひだつたにしろ、ツネちやんや弟妹たちの暮らしもおほむねこんなふうだつたはずだと思ふと、それ以上訪ね回る必要も感じませんでした。野口の家人のそぶりから、葬儀の前にツネちやん一家が村を出ていつたとは聞いてゐたからです。私はたゞ、野口の家の軒先からくすねてきた干し餅の善意がほんたうに無駄になつたことに獨りでおろ〳〵し、あるいはまた自分は一體《いつたい》ツネちやんを好きだつたのだらうか、嫌いだつたのだらうかと自問したりして先づは事の核心を迂回《うかい》しようとし、それでも私の氣分は避けがたく迂回《まわ》したもの〻周りを巡らうとしてをりました。さうして考へたのは、夜逃げをしたツネちやん一家がいまのいま襲はれてゐるだらう飢ゑと困窮のことや、ツネちやんは一體赤子を殺さうとしたのか否かと云つたことです。

實際に雨中の外出が數時間の長さに及び、さらに赤子が結果において冷えきつてゐたことを顧みると、あの日のツネちやんに、赤子を雨に濡らしても構はないとする尋常でない思ひがあつたことを疑ふ餘地《よち》はありませんでした。ならば、彼女は云はゞ未然の人殺しであつたのでせうか。しかし、小さな命一つを支配下に置いた十二の少女の殺意は、假《かり》にそんなものがあつたとしても、結局のところ赤子を屆けに歸《かえ》つたことで十分なかたちになり損ね、さらには私たちの誰にも眞の衝撃を傳《つた》へることなく、速やかにどこかへ押しやられていまはもうかたちもないのです。現に村の暮らしは何も變はらず、さうして赤子を殺さうとした少女の一つの意志さへ、もはやこの村のどこにもなかつたかのやうです。まるで、最後にジャン・クリストフを拒絶してひつそりと離れていつた、あの醜い小さなローザのやうです。この土地では、死も不在も、まるで風の一部であるかのやうにすう〳〵してゐると思ひながら、私は坐り續けてをりました。

しかし、これはかのクリストフが考へたやうに、結局生命力の問題であつたのでせう。ツネちやんにもその家族にもきつと、この世界に搖るぎなく存在するだけの生命力が備はつてゐなかつたのです。さう考へることにしたら、私のなかのツネちやんは人殺しでも狂人でもない、物憂げで聰明さうな眼差しをした小さな少女の姿のまゝ、やうやく幾らか穏やかに寂しげに遠ざかつていつたものでした。しかしいま、かうして四十年も前の一人の少女の心身のありやうや、一つの死の周りに漂つてゐた空氣について考へてみますと、やはり幾らかの狂ほしさがあつたことは否定出來ません。大地に染《し》みついた因習や風土と生命の濃密さの狂氣とでも云ふべきものを感じます。ところでそんなツネちやんに比べたら、私は悲哀や無力感さへ養分にして根を延ばし幹を太らせてゐる若い過剩な生命でしたが、しかし、實《じつ》のところツネちやんと私の間に一體どれほどの差異があつたと云へませう。あつたのはたゞ僅《わず》かばかりのお金の差だけではなかつたのか。この土地で詩人になり、思想家になりするやうな能力を持たない私たちにとつて、生命力とは、たゞ毎日ご飯が食べられると云ふことに過ぎないのではないか。そんなふうに考へ始めると、私はあらためてこの半年の間に恐ろしく遠いところへ來たのだと云ふ氣がし、どうしてよいか分からない心もとなさに陥りました。父の話を聞きたい。もういゝ加減顏を忘れさうな父に早く歸つて來てほしい。私には農家は向いてゐない。弟妹たちにも向いてゐない。こゝを出て行きたいといつになく強く切望したのも、あの廢屋に坐つてゐたときでした。尤《もつと》も、いざ父に再會すると何も言葉にならなかつたのですけれど。

十二月初め、函館から電報が來てその翌日の午後、父康夫と長兄の忠夫さんは歸つて來ました。カムチャツカから歸つた後、なほも土場《どんば》の昭夫伯父の家で鰯《いわし》漁を五十日ほど手傳つた末の、やつとの歸還でした。その日は前日に降つた雪が街道と野の境目を失はせてをり、父たちを乘せた馬橇《ばそり》は雪原の眞つ只中からあらはれたやうに見えて、三月に出ていつたときと同じ康夫の青いサージのマフラーがその上でひら〳〵してをりました。そのコートやマフラーが、カムチャツカにゐた間函館の質屋で眠つてゐたのだとは、未だつゆも知りません。私も弟妹たちも夏の葉書の自畫像《じがぞう》ですつかり混亂《こんらん》してをりましたから、それでもあれは確かに父かしら、髭が生えてゐるのかしらと恐々目を見開き、近づいてくる橇を見つめたものです。

そのとき雪の大地は混じるものもなく白く、私の眼球は凜と冴えて、馬具の鈴一つ、吐く息の一つまでがくつきりとしてをりました。それは父康夫でした。髭はなく、赤々と日燒けして少しばかり痩せた懷《なつ》かしい顔に、柔和そのものゝ笑みをたゝえて康夫も私たちを見てをり、傍らで忠夫さんの犬の毛皮の帽子が緩やかに上下に搖れてゐました。タマちゃんの急逝がありましたから、私たちも野口の子どもたちも精一杯肅《しゅくしゅく》々として《》ゐましたし、忠夫さんも康夫も手一つ振るでなく、馬橇の鈴の音ばかりが晴れやかに甲高い、それは靜かな歸還でした。

それでも、父たちが橇に積んできたおみやげの行李をみんなで家に運び、土間で開けたときの久々の歡聲《かんせい》と云つたら。中からあらはれたのは丸々した鹽鮭《しおざけ》が二尾、白桃と蜜柑《みかん》の罐詰《かんづめ》、葉煙草《はたばこ》、浴用石鹼、野球のグラブが二つ、羅紗張りの大きな手鞠《てまり》、水彩繪の具、それに眞新しい『少年倶樂部《クラブ》』と『少女畫報《がほう》』。それとは別に父の雜嚢《ざつのう》には私たちへの小さな贈り物が入つてゐて、それらは後で密かに渡されました。哲史にはドイツ製の精巧なコンパス、幸生にはルーペ、美也子には赤い手袋。私には、いまも文机の引出しに入つてゐるオルゴール。父に貰つたときは華やかな青のビロード張りで、この青はトルコ青と云ふのだと父は云ひました。トルコ青とはまた、何とエキゾチックな語感。貴方が小さいとき、おもちやにして壞してしまひましたから音はもう出ませんが、音樂はトロイメライだつたことを貴方は覺《おぼ》えてゐますか？

さうして野口の圍爐裏端《いろりばた》はしばし賑やかになりましたが、それは當主の忠夫さんがよこざに坐り、三男の康夫が坐り、父親や男兄弟が揃ふことで滿たされた家族全員のこゝろの豊かさと云ふべきもので、物理的な賑やかさとは別物でありました。元からあつた靜けさにもう一つ平安が沁《し》み込んで熱を發《はっ》してゐたと云ふか、忠夫さんはおとなしい平治さんを膝《ひざ》に載せ、康夫は少しもぢつとしてゐない陽氣な美也子を膝に載せて、同じ顔をした兄弟が一言ふた言やり取りをしては默り込み、子どもの相手をしてはまた思ひだしたやうに何か言葉が漏れる、と云つた具合です。そして私は、縫ひ物をしながら全身を耳にして、父と忠夫さんの少ない言葉を聞くのですが、ほんたうは初山別の鰊《にしん》漁やカムチャツカの海の話をどれほど聞きたかつたことか。半年の間に北海道や外地で康夫は何を考へたのか、もう小説は書かないのか、私たちはこれからどうするのか、こゝが本郷の家であつたなら矢繼ぎ早に尋ねてゐたでせうが、私たちは子どもなりに康夫の口の重さを敏感に感じ取り、少しは状況も分かつてをりましたから、爐端から聞こえてくる話だけで我慢しようとしたのでした。

實際、野口の家にはタマちゃんの死や、當年の減收《げんしゅう》で負債の返濟《へんさい》がまた重くなることや、三男の家族を居候させるには家そのものが手狹過ぎることなどの事情があり、康夫には何よりも生活の問題がありました。昭和九年當時、平雇ひの雜夫の一仕納《しのう》（漁期）の賃金は鰊漁でおよそ六、七十圓《えん》。樺太やカムチャツカの鮭漁で百圓未滿。豐漁であればこれに歩合の報奬金が付きますが、それにしても二つの漁場へ出た最初の年に康夫が得たのは二百數十圓であり、これに土場での鰯漁の手間賃を僅かばかり足しても、五人の家族を養ふには到底足りません。そこで爐端から聞こえてきたのは、近隣の田村の土地を借りて米を作るか、弘前か青森で教師の職を探すか、北海道の昭夫さんの元で通年漁に出るかと諄々《じゅんじゅん》と迫る忠夫さんの聲《こえ》であり、そのつどもう少し考へさせてくれと應《こた》へる康夫の聲でした。忠夫さんの口ぶりは、東京で官立學校の教授を勤めた弟の頭の中身はきつと大したものなのだらうと一目置いてゐるふしがあり、何を考へてゐるのだか自分には思ひ至らないけれども、先づは生活の目處《めど》を立てずばなるまい、と云ふ愼重な物云ひでした。加へて、どうも康夫はあまり漁夫には向いてゐさうになく、體力だけが頼りの平雇ひには歳を取り過ぎてゐると思ふ、とも忠夫さんは云ひました。

そんなふうに野口の家人が優しくあればあるほど、康夫の優柔不斷が際立つのでしたが、康夫はしかし、東京にゐたときとは少し違ふ沈着な目をしてをり、私はかう思ふやうにしました。半年海にゐたからと云つて頭の中身が減つたはずはないし、康夫は今は新しい生き方の入口にゐて、なほ少し愼重に考へを深めてゐるのだ、と。貯金もあるのだから一年か二年は心配は要らないのだ、と。そのやうな次第で康夫が冬の筒木坂で何をしたかと云ふと、午前中は片道一時間をかけて木造へ新聞を買ひにいき、午後はそれを讀み、夜は小學校にあつた農業補習學校（この年はまださう呼ばれてゐたと思ひます）で本科の二、三十名の生徒に英語を教へることでした。おほかた大家《おおやけ》の三谷さんか普門庵の口利きだつたと思ひますが、俸給を得てゐたのかどうかは分かりません。

朝食の後、忠夫さんや武志さんは雪の日には藁仕事、晴れると畑の風圍《かぜがこ》ひの修理や海草拾ひや、沼の引き網に出てゆきますが、康夫は獨り、木造まで三里の道のりを馬橇《ばそり》を駆《か》つて新聞を買ひにゆくのでした。新聞なら三谷家か小學校へ讀《よ》ませてもらひに行けばいゝ、それが憚《はばか》られるのなら隣村の車力の北澤さんの販賣所へ行くはうが近いと忠夫さんは云つてをりましたが、康夫には家にゐてもすることがなかつたことを思へば、時間は問題ではなかつたのでせう。尤も、自轉車《じてんしゃ》にも乘れない康夫に馬の手綱を操れたはずはなく、よく仕込まれた馬の太郎が父を木造へ運び、また無事に聯《つ》れ歸つたと云ふのが眞相です。さうして康夫は毎朝出かけていき、ときには野口の買物を引き受けて口實《こうじつ》としながら、東奥《とうおう》日報を手に晝《ひる》には歸つて來るのでしたが、日曜日には私と哲史たちもついてゆくことがありました。美也子には少し長過ぎる道のりでしたが、父と一緒に往復する道々が私たちにとつて樂しくなかつたはずはありません。

例へば哲史や幸生が學校の話をするのも、さう云ふときです。哲史は哲史らしい遠回しな云ひ方で進學の不安を訴へ、幸生は生意氣な連中がゐるんだ、絶對《ぜったい》やつつけてやるんだと息巻き、美也子はいつでも歌を唄《うた》ひださんばかりに嬉《うれ》しげに跳ね回り、康夫は一つ一つに愼重に應へながら笑みを絶やさないのですが、東京にゐたころと比べれば口數はさらに少なかつたかも知れません。それで木造では、驛の近くの販賣所で東奥日報を買ひ、雜貨店で野口の子どもたちの分も飴《あめ》や學用品を買ひ、また元の道を太郎に引かれて歸るのです。

さう云へば、漁の話は幸生が聞きたがり、どんな海なのか、どうやって魚を獲《と》るのかと幸生が尋ねると、康夫はときには橇を止めて降りた道端の雪に海岸線や番屋や船や網の繪を描いて、こんなふうにするのだと易しく話してくれました。それを私も一心に聞くのですが、例へばこんなふうです。先づ初山別には、村内の七里餘《あま》りの海岸線の一角に豐岬と云ふ濱《はま》があつて、その樣子は七里長濱を小ぢんまりとしたやうな感じだ。濱の長さは一里弱で、幅は二十間ほどあり、なだらかな低い崖の上に細々と草が生えるやうに集落がある。三月末に最初に着いたとき、ぼくたち雇ひの衆は先づ雪に埋もれた石積みの棧橋を掘りだすのだが、邊《あた》りは一面の重く曇つた空と雪の海岸線と風があるばかりで、こんなところでほんたうに漁をするのだらうかと思つたものだ。そこに建網《たてあみ》二ケ統のほか刺し網の保津《ほっつ》船が四、五十も集まり、三月には雪の白しかなかつた濱が漁期となると突然、數百もの人と數千石の鰊で埋まつて、濱の砂が見えなくなつてしまふ。まるで濱に銀色の鱗《うろこ》の砂糖を撒いて、それに蟻の大群がたかつて動き回つてゐるやうだ、その蟻が口々に大聲を上げて叫んだり唄つたり笑つたりなのだ、と。

濱はそんな具合だと云ふのに、それでも次から次へと押し寄せて來る鰊は、濱の騒ぎが聞こえないに違ひない。たとへ聞こえても、産卵の本能のはうが強くて危險を一瞬忘れさせるのかも知れぬ。ある日風が止《や》んで鈍い曇り空が來ると、沖合ひで待ちかまへてゐた鰊たちが一齊《いっせい》に濱を目指すのは海藻に卵を産み落とすためだと云ふが、海が白子の色に染まるほど我先に産卵を急ぐのが生命の闘ひなら、この闘ひはほとんど狂亂《きょうらん》に近い。なぜと云つて、彼らは生まれてこのかた長く激しい生存競争を勝ち抜いてきた強靭《きょうじん》な勇者だらうからだ。今日まで、生命の正しい聲に從つて産卵に一番適した海邊《うみべ》の場所や、雪解け水が海に流れ込む時期と水溫をそのつど寸分の狂ひもなく選んで回歸して來たと云ふのに、最後の最後になつて我を忘れるのも彼らの生命の聲だとしたら、ぼくたち人間はそれを何と呼べばいゝのだらう。

否、自然の營みはどんなこともみな、不確定な偶然から確定的なものが生まれるのだから、この産卵の闘ひも人間の理解を越えた鰊の生命の内なる秩序と考へるべきかも知れぬ。鰊と云ふ魚は、一定の水溫の海流に乘つて北半球の海を回遊してゐることは分かつてゐるが、冬や夏をどこの海で過ごすのか、誰も知らないと云ふ。春に一齊に北海道沿岸に押し寄せて來て産卵した後、運良く網にかゝらず逃げおほせて生まれた稚魚が、その後どこへ向かひ、どんなふうに廣大《こうだい》な海をぐる〳〵回りながら成長してゆくのかも分からぬ。一說には、オホーツク海を越えて太平洋に入つた一部の鰊は、水溫のせゐでうまく育たぬと云ふから、何百萬年《まんねん》も受け繼がれてきた内なる生命の聲に從つて泳いでゆくと云つても、一部は知らぬ間に成育には嚴しい海へ辿り着いてしまふわけだ。しかし、うまく最適の海へ泳ぎ着いたものだけが繁殖に成功するにしては、彼らは一體この地球にどれほどの數がゐて、一體どれほど長く生きて來たことだらうか。魚類だから、人類よりずつと長く生きて來たはずだが、同じ海に鰊と人間がゐあはせてみると、ぼくには人間こそ未だ自らの行き先を知らない新參の迷子に思はれた――。

康夫は道々さうして鰊について語つたのですが、そんな物思ひに耽つてゐてよくまァ海に落ちなかつたことです。鰊場で過ごした二ケ月と云ふもの、康夫は濱を這《は》ふ働き蟻のもう一人の康夫を眺め、自分は海を眺めては物思ひを巡らせてゐたのでせうか。大勢の漁夫のなかの康夫の姿は孤獨そのものですが、自分でさうと氣づいてゐない可笑《おか》しみもありました。嚴しさで知られる鰊場の勞働も、夢想家の前では顏色を失つたと云ふことかも知れません。

一方、幼い美也子は欠伸《あくび》をするし、哲史は聞いてゐる振りをしてゐるだけだし、しびれを切らせた幸生は「それで鰊はどうして獲るの?」と急《せ》かします。すると康夫は、今度は雪原に先づ船の繪《え》を二つ描いて、保津船は長さが四十八尺、磯《いそ》船は二十一尺、と說明を始めるのです。さらに角網の繪を描き、網の仕組みとか、枠網への鰊の群れの追ひ込み方とか、網の起こし方を說き明かしてゆくのもまた、いかにも康夫らしい教科書のやうな口調ではありました。それで幸生がさらに「お父さまはどの船に乘つたの?」と尋ねると、ぼくは新米だから、濱《はま》に揚がつた鰊を加工場へ移したり、濱で鰊を炊《た》いて粕《かす》を作つたりする役目だつたと康夫は云つたものです。

そこで、弟二人はなあんだと云ふ顔をし、興味を失つたやうでしたが、私自身は呆《あき》れてしまふ一方でなほ、産卵のために濱へ押し寄せると云ふ鰊の狂亂にも、濱で鰊を炊いたといふ話一つにもこゝろが搖さぶられ、初山別の海邊で雇ひの人びとと鰊の大群が混じり合ふ光景が、ほんたうはどんなものなのか、是非ともこの目で見たいと云ふ思ひに驅られました。おほかた春鰊の目玉がなほ利いてゐたのです。一方、カムチャツカの鮭漁については康夫はあへて語らず、あるいは語れず、昭和九年のその當時ツンドラの海岸での漁撈《ぎょろう》や、鮭の內臓を抜いて處理《しょり》する陸《おか》仕事がどれほど激しく苛酷なものであつたかを私が知つたのは、ずつと後のことでした。カムチャツカの話はまた折りをみて書きませう。

ところで、さうして父と過ごした野道の時間は、私にとつて父と話をする唯一の時間であつたのに、實際には私からはほとんど話しかけることはありませんでした。自分が何を話したいのか、何を知りたいのか分からないでゐたせゐかも知れないし、あるいは夏に生まれた不機嫌がなほも續いてゐたのかも知れません。父と馬橇で通つた道すがら、私は自分の心持ちさへかうだと捉へられずに苛立つ一方で、あへて捉へたくもないと思ひ、はたまた父と共有するものはごく少ないと思ふ一方で、少しは關心を引いてみたい氣もする、おほむねそんな氣分だつたと云ひませうか。

私は、上北《かみきた》や三戸《さんのへ》の米が壞滅に近かつたことも、飯米も盡《つ》きた人びとが草木の根を食べて飢ゑをしのいでゐることも、父が買ふ新聞で知りました。ほかにも、秋に大阪で三千人も亡《な》くなる風水害があつたことや、つい先日日本にベーブ・ルースが來て野球の試合があつたこと、春に庭球の佐藤次郎が死んだこと、また內閣が變はつて今度の首班岡田啓介も海軍大將らしいこと、滿洲國に皇帝が即位したことなども知りました。なかでも康夫に云はせれば、大事なニュースは、元は文官の管轄《かんかつ》だつたはずの滿洲行政機關が關東軍司令部に一元化されたことゝ、政府がつひにワシントン海軍軍縮條約破棄を通告したことの二つでした。しかしすぐ近くの飢饉《ききん》も、滿洲も、遠い日米野球の賑々しさも私には實感がなく、そのことが不思議でもあり、世界が幾らか白々しくもあり、私の存在一つの無爲が少しばかりつまらなくもあつただけのことでした。なぜと云つて、いまかうして生きてゐる私にとつて、あるいは康夫にとつて、草の根で露命をつないでゐる人びとや、滿洲國の皇帝や、日米親善野球について知ることにどう云ふ意味があつたと云ふのでせう。しかし康夫は云ふのです。飢ゑてゐない人間に飢饉と云ふものゝ全容は理解しようがないけれども、飢饉があることを知るのは大切だ。知ることによつて、稲の品種改良や郷藏《ごうぐら》の整備が進むからだ。戰爭があることを知るのも大切だ。內地にゐる人間は、兵隊さんの代はりに戰爭を終結させる道を考へる務めがあるからだ、と。それで自分たちに何が出來ると云ふわけでなくとも、漁師や農夫こそ新聞を讀んで自分たちの目とこゝろで世界を思ふことが必要なのだ、と。康夫はどこまでもかう云ふ理性の人でしたが、思へばこれこそ、かつて大杉榮が主張した勞働者の自主と云ふ精神のことであつたかも知れません。

さう云へば、ある日忠夫さんが鰺ヶ澤へ鱈《たら》の買ひ出しに行くついでに新聞は買つて來てやるよと弟に云ひ、夜明け前に出かけて行つたときのことです。日本海で揚がり始めた冬の鱈の買ひ出しは、春からずつと辛抱を續けて來た當地の大きな樂しみの一日です。そして日も傾きかけたころ、忠夫さんは鱈を詰め込んだひと抱へもある藁の叺《かます》を二つ、太郎の鞍《くら》の兩側にくゝりつけて歸つて來ましたが、野口の家人も私たち子どもも、冬場のご馳走の到着に大騷ぎで、誰も新聞のことなど思ひだしもしません。結局、忠夫さんは新聞を買ふのを忘れたのですが、康夫は兄を責めるわけにもいかず、鱈をさばくのに忙しい土間からは離れた板間で、何だか所在なげにしてゐたものでした。鱈よりも世界が大事だつたと云ふより、足元の生活の息吹が康夫の身體にはほんたうには屆かないのだと云ふことを、そのときふと考へたのを覺えてゐます。理屈拔きに身體が反應《はんのう》するはずの生家の暮らしを、さう云へば父はほとんど持たずに育つた人なのだ、と。

でもこゝは、康夫のためにもう一寸《ちょっと》言葉を足しておきませう。今朝新聞を讀んでゐたとき、私はふと、この歳になつた自分がかうして毎日新聞を讀むのは何の爲か、やはり應《こた》へられないことに氣づきました。貴方が遠洋へ出てゐるのでインドやアラビヤ半島の記事を探したり、水産關聯《かんれん》の記事は熱心に讀むけれど、だからと云つてそれでこの私は何をしようと云ふのでもありません。强ひて云へば、私たち凡人は生きてゐる意味を自分ひとりで見いだすのは難しく、世界と少しでも繋《つな》がつてをれば物を考へたりもする。さうして幾らかは生きてゐる意味の代用にしてゐると云ふことでせう。康夫が云つたのも幾分かはさう云ふ意味だつたのだといまは思ひますが、十五歳の私が康夫の前ではことさら現實主義者になつたのは、無意識にしろ家族の將來への不安に深く浸されてゐたと云ふことかも知れません。

さてしかし、そんなふうにして康夫と私たち子どもも野口の人びとも、地吹雪に閉ざされてゆく村でしばし穩やかに單調な生活を送りました。私も弟妹たちもすつかり背丈が伸び、哲史と幸生は去年のオーバーが着られなくなつて、野口の子どもたちと同じやうに綿入れの上着を着て學校へ行つてをりましたが、後ろ姿だけではもうどこの子か見分けがつかない逞しさでした。握り飯と澤庵《たくあん》のお辨當《べんとう》にもう文句も云ひません。一方、遊び相手がゐなくなつた美也子は幼児歸りをして晝間は父のそばを離れず、私は祖母とともに戸板を閉め切つた爐端《ろばた》で縫ひ物を續《つゞ》けます。忠夫さんとタヱさんと武志さんは、僅かな現金を稼ぐために土間で藁を打ち續けます。そして、外のご不浄へ行くときに見る眞つ白な空と大地の、何と云ふ靜けさ！

　吹雪はときに目も開けてゐられないほど激しく、轟音をあげて地表を流れ續けるのですが、天地に滿ちるその音はまさに耳に聞こえる靜けさと云ふものでした。かやうに風雪の轟音は高ければ高いほど靜けさが深まり行き、未だ逗留したまゝの私の宇宙船を包み込んで、この野の彼方の見知らぬ土地を暗默のうちに私に約束してくれるかのやうでしたが、一方、そこにはこの世と淨土をつなぐ靈の通り道があつて、あるいは土地の人にだけ聞こえる死靈の聲が盛んに響き合つてゐたのかも知れません。

　師走も半ばのある日、深紫色の搔巻《かいまき》に雪を載せながら、その雪と一つになるやうにして白い野道を走り去つて行つたタヱさんの姿を、何と云ひ表しませうか。當時、舊暦《きゅうれき》三月と十月のおしら様の講中には高山稲荷《いなり》の神習教の免狀を持つゴミソも參加するとかで、祖母のキト曰《いわ》く、家人には內緒だけれども、その人はおしら様や神明様や赤倉の山神様を呼び下ろすときの祭文の聲《こえ》が何とも力強くて靈驗《れいげん》あらたかな上に、占ひもよく當るし、鍼灸の腕もなか／＼なのだと云ふことでしたが、タヱさんがその朝、夫の忠夫さんにこつそり幾らかの小遣ひをもらひ出かけて行つたのは、いま思ふと、當時車力の牛潟にゐたと云ふ隻眼《せきがん》のイタコのはうであつたのかも知れません。野口の家では代々、曹洞宗普門庵《そうとうしゅうふもんあん》の檀家であつた家訓で神がかりなものは概《おお》ね遠ざけられてをりましたが、だからと云つて科學的であつたと云ふのでもなく、おしら様や三夜様と同じやうに、その日もおほかた目をつむつての默認であつたものと思はれます。

さうしてタヱさんは朝ご飯も食べず、タマの聲がする、タマが乳ば欲しがつてると云ひ殘し雪の野へ飛び出して行つたのでしたが、その血相と云ひ勢ひと云ひ、物の怪《け》の氣《き》魄《はく》が乘り移つたと云ふほかないものでありました。そして、野口の家の人びとはたゞぢつと默してそれを見送り、私はと云へば、薄暗い燈明の傍らで唱へられるに違ひない佛《ほとけ》下《お》ろしの祭文や御告げの禍々《まがまが》しさを想像しては、この地吹雪の野がたしかに死者の棲む靈界とつながつてゐるやうな心地に襲はれたのです。

夜、私はその話を康夫にします。康夫は默つて聞いてゐます。そのときの私の話は要約すれば、こゝでは人びとの一つ一つの營みが濃厚過ぎ、私には息苦しいと云ふ訴へでした。こゝの生活がいやだと云ふことではないのよ、厩《うまや》の掃除にも肥出しにももう十分慣れたし、誰が惡いと云ふ話ではないのよと念を押した上で、たゞこゝで暮らすのはしんどいと訴へたに違ひありません。とは云へ、息苦しさが筒木坂の生活や土地の風景から來てゐると云ふ根據はどこにもなく、おほかたは私自身の不安定な心情が云はせたことでしたが、それくらゐは康夫も見抜いてゐたことでせう。

康夫は、私の拙い繰り言を聞きながらぢつと私を眺めてをりました。さうして聴《き》き役になつて子どもを前にするとき、康夫の顔はいつも、ふと父親である自分に驚いてゐると云ふか、自分が何者であるのか心底よく分からないでゐるふうでありましたが、康夫にとつて私たち子どもはもしかしたら永遠に、出會《であ》つて間もない不思議な他者であり續《つづ》けたのではないだらうか。うまく傳《つた》へられませんが、もしも私が目の前でぽんと手を叩いたら、ハッと我に返るだらうやうな顔をして、康夫はそのときもおほかた娘の顔を鏡代はりに、父親であることの自明性について考へてゐたのです。

そして今度は私が、そんな康夫の顔を眺めます。取り替へることが出來ないと云ふ意味で父である一人の男の顔は、娘にとつても不思議そのものです。その目鼻だちは世界で一番見慣れてゐると云ふだけであり、父だと云つても正確には他者であり、誠意に満ちているとは云へその頭の中で起こつてゐることの多くは謎であり、養ひ養はれる關係を除いたなら、あとに殘る親しみや懷《なつ》かしさや尊敬などの思ひはあくまで相對的《そうたいてき》なものであるやうに思はれる、そんな顔です。母の富子がいまなほ、まさに富子以外ではあり得ないなにがしかの氣配となつて、たとへばタヱさんの身の周りに張りついてゐたりするのに比べて、父の康夫はかうして傍にゐても、身體の小さな感觸《かんしょく》にもならない。不満でも不足でもないけれども言葉でしかかたちにならない、皮膚の上にはない、私の外側にある何者かだとしか云へない、そんな顔です。

私と康夫は、板壁の外で鳴り續ける風雪に耳をすませます。私たち家族はマギを寢間にしてをり、私と康夫の間では美也子が、康夫の背中側では弟二人がもう寢息を立てゝをります。冬の間、野口の家のマギは馬たちの飼ひ葉の山で一杯になるため、五人が寢るには手狭でしたが、傍らの枯れ草は土の匂ひがし、目を閉ぢるとこゝだけはまだ夏の野が續いてゐるやうでもあります。また寢床の下の床板には隙間があつて、下の土間と厩で頭を垂れる太郎の栗毛《くりげ》の首が見えます。そこは爐端の熾火《おきび》にかすかに照らされてをり、板間で眠り込んでゐる祖父母と忠夫さん夫婦の姿はその闇の奥です。

少し前から、私たちの枕許《まくらもと》には下の爐端の、或る仄かな物音が聞こえてをり、私も康夫も耳に忍び込んでくるそれに幾らか氣を削がれ、氣まづいやうな心地でそは〳〵します。目を虚空にやり、蒲團《ふとん》にやり、互ひに相手のはうを窺つては、さて何を云つたものかと。でも私は、忠夫さんが歸つて來てから數回あつたことなのでいまはもう何となく輪郭くらゐは分かつてゐたとは云へ、所詮十五の歳ではそれ以上の關心もなく、そんなことよりもいまはもつと話をしませう、ねえ話をしませうとなほも康夫の顔を眺めるのです。すると何を考へ込んでゐるのかと思つたら、康夫はしばらくして、義姉《ねえ》さんはカミサマに子作りに勵《はげ》めと云はれたんだな、などと云ふものだから、私は噴きだしてしまひます。

そのときの康夫の、なんと眞面目くさつた顏。記憶のなかの色白い額や頬がいまは猿のお尻のやうに赤々と日焼けして、それだけでも可笑《おか》しいのに。腕の惡い木造の床屋のせゐで短く刈りすぎた頭は、よく見ると土筆《つくし》のやうだし、いかにも文士ふうの優美な手指にまめが出來てゐるのは痛々しさが半分、可笑しみが半分で、私は何がなんだか笑ひが止まらなくなります。晴子は雲雀《ひばり》のやうに笑ふなァ、いつまでもさうあつてほしいなァと感心したやうに云ふ、康夫の人ごとのやうな口ぶりもいかにも呑氣《のんき》で可笑しい。かと思へば突然、生を信じない人間に來世は要らないが、片や生きる營みに忠實《ちゅうじつ》な魂は苦しみにも忠實であるから、さういふ魂は或る限界まで來ると、あたかも危機に瀕した神經が自らを守るために失神するやうにして來世を思ふのだらう、父母も兄夫婦もみなさうして生きてきたのだらう、などと云ひだすのも譯《わけ》もなく可笑しい。

それにしても康夫は一體《いったい》、生を信じてゐなかつたと云ふことかしら。私にはもう分からないのですが、生命は虛無ではなく虛無をかき集める力であり、虛無をかき集めて形作られたものは虛無ではないと三木清は云ひました。もしもさうであるなら、康夫は自分がかき集めた虚無の出來映えを一度ゆつくり眺め渡してみるゆとりもなく、足早にどこかへ向かはうとしてゐたのかも知れません。しかしともかく、私があんまり笑ふものだから、康夫もつひに笑ひだし、その聲《こえ》が今度は下の板間に漏れたのでせう、氣がつくと忠夫さんの咳拂《せきばら》ひが聞こえて、私たちはまた聲を殺して噴きだすのです。

私はしかし笑ひながらも、美也子の向かう側で片肘《かたひじ》をついて横たはつてゐる父の、駱《らく》駝《だ》のシャツの下の溫かさを思つてゐたり、突然自分が富子になつてその懷《ふところ》に寄り添ふやうな心地に襲はれると、康夫が一人の知らない男性であるやうな氣もしたりで、康夫が考へてゐたよりはもう少し複雜であいまいな生命の振動を感じてゐたのでした。そして、かうして私のはうはどん〳〵大人になつてゆくのに、父はいつまでも父に留まるほかなく、父と私を隔てる距離はこれからもつと開いてゆくのだらう、ふとそんな思ひを巡らせたのも、その夜の枕許でありました。

さて、筒木坂の生活も終はらうとしてゐます。

昭和一〇年が明けて間もなく、康夫がつひに北海道へ移住する腹を固めたのは、これからの生計と哲史や幸生の進學のことを考へ、土着と云ふものを捨てることの出來る新天地での出直しを賭けた決斷でした。祖母だけは、康夫は漁師には向かないと最後まで反對《はんたい》してをりましたが、土場村の次兄昭夫さんからは『いつでも來い。何も心配は要らぬ』と懇《ねんご》ろな電報も届き、私たちは粛々《しゅくしゅく》と引つ越しの準備を調へて、二月半ばの出發《しゅっぱつ》の日を迎へたのでした。

その日、私たちは吹雪の合間を見計らひ、太郎の曳く馬橇《ばそり》で野口の家を後にしました。私は名殘惜しさも仄かなら、新しい土地へ行く期待も仄かであり、何だか一つの夢を通り過ぎて、また別の夢の中へ入つてゆくやうなぼんやりした心地でした。祖父母は何を思ふのか默りこくつて庭先に立ち、武志さんや弟妹たちは昨日まで當地《とうち》にゐたサーカスが天幕を疊《たた》んで去つて行くのを見送るやうな顏をしてをり、そのずつと後ろのはうに、私たちの馬橇をぢつと見てゐるタヱさんの姿がありました。また、道に面した二本のタモの木は、去年この地に着いた日とまつたく同じ姿でたゞ黑々と聳《そび》え立つてをり、風にびう／＼鳴りわたる枝の音だけが、暫《しば》く私たちの後を追つて來たものでした。

私たちの馬橇は墓所に立ち寄つてから、雪に霞《かす》んでもうかたちもない村落を通り過ぎてゆきました。私はもう宇宙船の船長でなく、宇宙船に攫《さら》はれてゆくたゞの少女であり、とりあへず青函聯絡船《せいかんれんらくせん》に乗ること、小説の續きを讀《よ》むことだけを待ち望んでをりました。私の水色のコートの懷にはいまは讀み始めたばかりの『アンナ・カレーニナ』が入つてをり、前の晩に讀んだのは、モスクワの停車場でカレーニナが自分を追つて來た青年ウロンスキイに會ふところ迄《まで》です。いまにも發車間際の汽車に乗らうとしながら、未來の豫感《よかん》に驚き、一瞬の悅びにとらはれ、理性と戰ふ女主人公を包んでゐたロシヤの雪は、さうだ、丁度こんなふうに吹きつけてゐたに違ひないと思ふと一寸こゝろ浮き立つやうで、私は絶えまなく變はる眼前の灰白色の濃淡に目を凝らし續けます。

さう云へば、あれは村外れの百萬遍の近くまで來たときだつたでせうか。流れ續ける雪の野に、ふいに網代笠《あじろがさ》らしき灰色の影が三つ四つ滲みだしたかと思ふと、轟音の合間から澄んだ持鈴《じれい》の音が微かに響いてきて、私たち四人の子どもは思はず顔を見合はせてをりました。そして父が「どうしたのだ？」と聲《こえ》をあげたときには、一瞬のうちに雪は再び厚さを増して雲水たちの姿はもう見えず、私たちは「内緒」と應《こた》へてクス／＼笑ひました。するとその聲で、今度は馬の手綱を執る忠夫さんまで振り向き「どうしたのだ？」と云ひます。

私たち子どもだけで去年の春一番に七里《しちり》長濱《ながはま》に探検に出かけたことを、父康夫も忠夫さんも知らなかつたのです。

淳三が呼んでゐます。

先ほど御用聞きが來たのに私が居留守を使ひ、これを書いてゐたからでせう。病人は勘が鋭くて閉口します。最近、私が貴方に頻々と手紙を書いてゐることも察してゐるやうですが、かうしてもう長らく、父である自負も捨てゝ貴方を憎惡したり嫉妬したりしてきた淳三は、ほんたうはあまりに人間的なだけだと云つたら、貴方は怒るでせうか。

追伸。昨日、東京の哲史から電話があり、國立がんセンターの外科部長に異動になつたと知らせてきました。それはお目出度うと云ひましたら、本人曰《いわ》く雜用や會議が増えるだけだとか、後輩の指導に手を取られて研究の時間が減るだけだとか、わざと韜晦《とうかい》を氣取る照れ屋は相變《あいか》はらずです。彰之君はまだ魚釣りを止《や》めないのかと云ふので、今年はインド洋まで貴方が料亭で食べるマグロを獲《と》りに行つてゐると應へておきました。氣が向いたら、寄港地から熱帶の海の繪葉書でも、哲史に出してやつて下さい。』

第二章　土《ど》　場《ば》

I

スルメイカは、その頭蓋の中に軟骨に包まれた一対の鋭敏な平衡感覚器を持ち、そこで方向や加速度や重力の作用を知る。内リンパ液に満たされたその極小の海は真っ暗で、あるのは一定の内圧と重力に従ってめまぐるしく変化する流体の運動だけだが、イカにとって、自分を押し包む海のある圧力や光線に満ちた広がりも、種族の記憶も、時間も、何億年もの間、その平衡胞《へいこうほう》の暗黒から脳に伝わる波動そのもの、何かしら全方向に揺れ動き続けるもの、自分を逆らわせ泳がせるものと一つであったはずだ。

しかしまた、その波動が神経のすみずみを鈍く覚醒させながら運んでいくのは、何かしら渾然とした自分自身の運動の感覚であったり、そこから解き放たれた記憶の断片であったりし、その間にも新たな刺激を受容すると、反応した器官はそれぞれ信号を伝え合って、イカは一瞬のうちに全身の筋肉繊維をたぎらせる。色素胞を激しく開閉させ、外套腔《がいとうこう》の海水を噴射させて浮上し、あるいは降下する――。

何度目かのうたた寝から覚める前、彰之はそうしてしばし一匹のスルメイカになり、自分の内耳で揺らぎ続ける暗黒に深く沈んでいたのだったが、慣れ親しんだそこは止めどない記憶の圧力に満ち、あまり安らいだという感じはなかった。それから、海面近くまで浮上して何か眼球を刺すような昏《くら》い微光を感じ取り、薄い砂のような光線とも波動ともつかない覚醒のなかで、やっと一つ午前六時を告げる短波放送の時報を聞き、漁場が間近いはずの海はもう明けているのかと思った。しばらく前から機関の回転数は少しずつ下がり続けており、それまでの大きくうねる振動に代わってドドン、ドドンと低くわななくような横揺れがやって来るのは、船がようやく千島列島の低気圧帯を抜けたということだった。北幸丸は順調に西カムチャツカ沖に近づいており、スケトウの魚群はもうすぐそこだった。

居室では小一時間前、飯茶碗《めしぢゃわん》を手にふいと現れた松田幸平が不眠症の足立を相手にチンチロリンを始め、二段ベッドの下ではなおも、ときどき思いだしたように呟くでも笑うでもない小声が挙がり続けていた。また、茶碗に投げられるサイコロのチリリ、チリリ鳴る音の方はもうほとんど鼓膜の辺りに棲《す》みついて泡立つかのようで、彰之は六角花文の模様が一列編み上がろうとしている手元の編み目を数え直しながら、それに聞き入るともなく聞き入り、いまはまたふと煮え立っているのは音のほうか、自分の耳のほうかと自問した。

そうして耳管とつながった額の奥の水路に響き、何かのさざ波を立ててわずかに不穏な波紋を広げてゆくのは、ほかには隣室の咳払《せきばら》い一つ、ラジオ日本の嗄れた声一つ、通路を行く短い靴音などであり、さらにいまはそこに「海行かば」だろう、少し音程の狂った足立の鼻唄《はなうた》が混じっていた。鼻唄はその少し前は「ここはお国を何百里」、その前は「勝ってくるぞと勇ましく」だったが、足立はどうやら不眠症が高じると軍歌が止まらなくなるらしかった。実際、漁船の揺れはしばしば年配の漁船員たちの戦争の記憶をゆるやかに噴きださせるのか、その肉に沁《し》み込んだ残虐や恐怖のおぼろな振動が、船倉や工場甲板の暗がりに満ちわたるときがある。それらの大半はかたちもなく、わずかに浮かんでくる言葉と言葉の間の長い沈黙のなかに閉じ込められているか、足立のように軍歌の呪文になるかだったが、そういうとき彰之はいつも息を呑むようにして耳をすませ、気がつくと一人の兵隊の不可侵の経験の周辺をそっと徘徊しているのだった。

枕の下からは、やがて「今日は重症のよだ」と呟いて嗤《わら》う松田の声がしたが足立の返事はなく、チリリ、チリリと茶碗の鳴る音だけがしばらく続いた。それから松田はもう一度「したって、あんた寝てねべ」と少し癇《かん》に障《さわ》った声をあげ、やっとそれに応える足立の声が返ってきた。「なぁんもだ。吾《わ》ァど兵隊に行った者ァよ、まなこ開げて寝でるこだあるのさ。塹壕《ざんごう》掘りながら寝で、食い物の夢コ見で。山ァ敗走しながら寝で、かがァの夢コ見で」

「戦争の話ァええでば」

松田は気乗りしないといったふうに言ったが、それも聞こえなかったのか、今度は足立の方がまるで鼻唄の続きのようにゆるゆると喋《しゃべ》り続けた。「へだば、いまも夢コ見でだよだった。艦砲射撃で山ァ揺れでてさ、隣の分隊長に揺れでますなあて言っただば、そいつがなんも揺れでねて言うんだ。だども揺れでますて吾ァ言う。分隊長はまた揺れでねて言う。この馬鹿《ばか》ったぐれが偉そうに。ここで揺れでねえがら斬《き》り込みするて言いだしたら、おめ一人で行げ。そう思って身ば固ぐしたきゃあ、分隊長の曹長が言うのさ。もしも揺れでだら上から熟れた柿《かき》ごろごろ降ってくるよ、腹いっぱい食ってるよ。んでせ、あァこの野郎も人の子だと思って空コ見だら、柿の赤でいっぱいだ……」

「柿コ見えだか」

「見えだとも。二戸《にのへ》の裏山にあった柿の大木じゃ。アレ、いつの間に吾ァ家コ帰ったべかと思って見だども、柿も山もやっぱり揺れでるのさ。夢コ見ででも揺れでるじゃ……。

したすけ、揺れでますて吾ァ言う。分隊長は『そうか』と言う。一つふうと息して、うれしそうな顔して、したら柿コ食えるなて言って泣ぐのさ。吾ァ、はい食えますて言う。おめ、分がるが。敵兵の一人もやっつけねえで柿の話コして、血の涙ァ垂らして死ぬんだ」

二戸の出身なら所属は第八師団の郷土部隊であり、艦砲射撃を受けたのが山だったというならフィリピン諸島のどこかの話だろう。彰之は揺れている、揺れていないという足立の言葉を耳管の奥深くで聞きながら、船酔いを誘うリンパ液の振動がまた少し思考の水路を泡立たせるのを見つめ、いつの間にか、その水路の先の溟《くら》い海を輸送船で南洋へ運ばれてゆく兵隊のおぼろな姿に見入っていたりしたが、唐突にやって来たその兵隊は足立だったのか、ついこの間まで乗っていたマグロ船の男たちだったのか。彰之は自分の枕の下で、いまは密林を千々《ちぢ》に敗走する兵士の語気がひそやかに強まるのを聞き取り、血走らせた男の目や、そこに閉じ込められた怒気や痛恨の赤黒い熱を想像した。そうしてこれまで幾度となく見てきたある種の神経の煮詰まり、沸点に近づいてゆく感情の噴出を予感し、身体のどこということもなく硬直させながら、その数秒の間、呼び戻していたのは幼いころ郷里で見た復員兵の姿だった。

復員兵の一部は、戦闘帽やゲートルなどの恰好《かっこう》でなく、目でそうと分かった。最初の記憶は福澤本家の醬油蔵《しょうゆぐら》で、家人に近づいてはならないと言われていたその前を通ると、冬場の仕込み期ではない夏か秋の無人の蔵のなかからカン、カンという固い響きの謎の音が聞こえるのだった。その音に引かれて閂《かんぬき》の下の扉のすき間から目を凝らすと、それは醸成樽《だる》の黒い影が立ち並んだ奥深い暗がりに響いており、杖をついた痩身の男が一人、樽の間をそうろうと行き来しながら木刀で樽を一つ一つ叩きつけているのが見えた。天窓から射《さ》す薄明かりの下をそうして通り過ぎていく男は、福澤のカネキュウの屋号を染め抜いた藍染《あいぞめ》の法被《はっぴ》を着込んでおり、股引《ももひ》きの片足がなかった。片手の木刀を振り上げるたびにその身体が奇妙に傾き、次の樽へ歩を進めるときもひょこり、ひょこり傾くのが足をもいだカマキリのようで、四歳の彰之は見開いた目が乾き、喉が干上がってゆくのを感じた。

そして、やがて扉の外の子どもを見つけた男が振り向き、二間ほどの距離から表情のないビー玉のような眼球をこちらに据えたときだ。そこにあったのは、湿った木と黴《かび》の匂《にお》いを立ててしんと冷え込んだ空気を呼吸する器官であり、いましがた何かの光か臭気に反応した器官であり、重力を知覚している骨や関節の器官だった。凶暴とか温和といった動物の性質を付与できない器官だけの生命。そう全身で直観し、とっさに物言わぬカマキリやバッタの姿を思い浮かべながら、彰之は本能的な恐怖にとらわれて泣き叫んだ。それから飛んできた女中に激しく手をつかまれて蔵から引き離されたとき、女中は息を弾ませ声を殺して、あれはお国のために戦った兵隊さんじゃ、近づいたらばち当たるじゃ、などと囁《ささや》いたのだったが、子ども心に自分が見てはいけないものを見たことや、誰も口にしない何かが中庭一つ隔てた蔵に隠されているのを感じ取るには十分だった。

また小学校に上がって間もないころ、漁港を見下ろす米内沢《よないさわ》の高台の家から寺ノ沢の小学校までは、子どもの足ではけっこうな道のりがあったが、国道をずっと下ってゆき、福澤本家の地所の手前で左へ折れ、町役場の前を通りすぎてもうすぐそこに学校があるという辺りの道端に、ある日一人の男が立っていたことがあった。朝の登校時に見たその男は、昼下がりの下校時にもいて、その前を通りかかった姉の美奈子と彰之に向かって、怪しげな物売りのように手招きをし、路地で子ども二人を見下ろした。男は昆虫ではない、何かの感情をあらわにして大きく歪んでいる動物の眼光をひそませながら、自分はどこの某《なにがし》だと名乗り、子ども二人に自分を知ってるかと聞き、知らないと応えると、俺はコトリだ、コトリだ、コトリって知ってるかと繰り返しながらその眼球をさらに気味悪く歪ませた。彰之はそのとき、自分たちに向けられている威嚇を感じ取る一方、そこに名状し難い敵意や憎悪といった神経の暴力的な震えを見、以前醤油蔵にいた男とひそかにつながっている隠微の形を見て取った。そして、意味不明のコトリという言葉とともに、自分の目や耳や皮膚にそれらを沁み込ませながら、ああ自分はこれを知っているると思ったのだ。家や学校や路傍の沈黙のすみずみに満ちているもの。昼となく夜となくどこからか噴きだしては、半透明の膜のように充満してゆくもの。誰もが息をひそめて物陰から覗《のぞ》き見ているようなそれには、戦争という名前がついていた。

そのとき、彰之は四つ上の姉にとっさに手を引かれるままに本家に駆け込んだだけだったが、姉は誰かに男の話をしたものらしく、すぐに警官や父母や当の男の女房などが駆けつけてくる騒ぎになって、後日その男は警察に連れていかれたと聞いた。男は終戦まで福澤の小作農だった家の当主で、南方から復員してきたら人が変わったように凶暴な言動を繰り返し、たびたび問題を起こしていたことなども徐々に知った。しかし、そのことを語る福澤の人びとの口調こそ、凶暴だという男以上に凶々しく、大げさに訴えるほどの痛みでもないが不快さは耐えがたいといったふうだったのであり、そこに何か正当でない憤懣や恐怖や苛立ちが含まれているのを聞き取りながら、六歳の彰之はしばしば路地で「俺はコトリだ」と囁いた男の息苦しい夢を見た。夢のなかでは、男は本家の裏の常光寺の襖絵か何かで見た餓鬼のような赤い口をしており、さらに耳に残った大人たちの話の断片のせいか、自分は裸の子どもになって銃剣で追いかけられるのだった。そして恐ろしさに目が覚めると、のしかかる闇は図鑑で見た熱帯の密林の湿った臭いや獣の咆哮に満ち、彰之はその下の布団の中で息を殺しながら、そうだ、「コトリ」はたぶん子どもをさらうという意味だと一心に考えたのだ。

しかし、もともとよりさびれて久しい郷里の家々や路傍で息をひそめていたのは、行き場を失った敗戦の失意や、取り残された復員兵たちの息遣い以上の、土地そのものに染みついた隠微というものだった。醬油蔵にいた男は一年ほどして首を吊ったが、その後も季節の行事のたびに手拭いを深く被って本家の手伝いに出入りしていた後家の女は、何がそんなに可笑《おか》しいのか、よく台所の土間の暗がりで糸の切れた凧のように笑っていた。

またある日、彰之が学校から帰ると、高台の実家の庭先にあの「コトリ」の女房が立っており、粗末なモンペの腰を折るようにして屈《かが》めている先には、縁側からそれを見下ろしている父淳三の姿があった。女は亭主を逮捕されて困窮していたらしく、下を向いたその頑迷な横顔には、僅《わず》かばかりの農地を払い下げられても自作農とは名ばかりで、当地では建設会社や水産会社や醸造業を手広く営む福澤一族に背を向けては生きてゆけない憎悪や困惑が、いっぱいに噴きだしていた。一方、縁側の父は激しく顔を歪ませ、両手の拳を固く握って大きく肩を震わせながら女の顔の向こうの虚空を覗き込んでおり、父は何をしているのだろうと思ったら、女がまず小さく叫び声をあげて逃げだしてゆき、続いて前栽《せんざい》の先の畑から飛んできた母は、あら大変だと、少しも大変そうでない様子で息子に向かって悠長に笑ってみせた。心配しなくていいのよ。お父さまは気分をお悪くされただけだから。よそには内緒よ。普段と変わらぬ調子で母はそう言ったが、父が何らかの神経の病気であることを、逃げ帰った女が声をひそめて近所に言いふらすのも間違いなく、実際、後日その通りになったのだった。

彰之は棒針の手を止め、そうだ、先日野辺地のその家で淳三の霊前に線香をあげたとき、仏間の縁側に射す早春の日差しに一瞬目がくらむようにして呼び戻していたのは、何かそのような記憶の塊だったのだろうと思った。そのとき晴子は三十年ぶりに長持ちから取りだしたのだと言って、淳三が西部ニューギニアの戦地から持ちかえったという葉書大のスケッチブックを仏間の縁側で開き、あまり気が進まなかったものの彰之もそれを覗いた。その最初の見開きには、内地を出航する前に誰かが撮ったらしい輸送船の写真が一枚貼《は》ってあり、淳三の字で『S17・11・6／神戸』と記してあった。しかし続くページにはもう船も兵隊の姿もなく、淳三は一枚一枚に木炭で南方の風物を描いた上に、まるで静謐《せいひつ》な旅行者ででもあるかのようにときどきの雑感を書き添えており、それはどれも本人のもともとの画風ですらない、風雅と言っていいうつくしさだった。そしてそれを手に、晴子は色がついていたらよかったのにと一言いい、円満にはほど遠い夫婦生活だったにしろ、いくらかは長年の伴侶を亡くした後の懐かしさがあるというふうな薄ぼんやりした表情をしたのだ。

一方、彰之は一寸冷やかな思いを巡らせたものだった。赤紙一枚で戦地へ送り出された東京美術学校出の洋画家は、国の家族のためにといった意志はおろか、生きて帰ろうという意志も不確かなまま、塹壕のなかで、密林のなかで、己の一身を持て余してはなにがしかの想念に逃避し、当てどなく木炭を走らせただけだろう、と。その同じ手で現地の村々を略奪し、住民を殺し、あるときは砲火の下で狂乱し、あるときは飢え、それが過ぎればまたスケッチブックを取り出して『晴子は元氣だらうか』『晴子さん、これが本物の椰子《やし》の實《み》です』などと書き記してみただけのことだろう、と。そして、それがいつか自分の遺品になるという思いが淳三にあったかどうかは別にして、結局生き延びて復員したとき、そのスケッチブック一冊はうつくしい思い出になり損ねたばかりか、伴侶の晴子を呪縛する何ものかになって今日まで長持ちに収まってきたのだ、と。しかしそうは言っても、三十年遅れで今度こそたしかに淳三の遺品となったいま、小さな点描のどれもが白々と明るく、いろいろあったらしいその人生の顚末《てんまつ》ももはや与《あずか》り知らぬというふうだった。

そう言えば、ちょうどそのとき縁側の外の前栽やその向こうの海を見ていたせいだろう、生きて帰ることによって三十年もの沈黙と、腫《は》れ物に触るような神経の波紋を残しただけだった生前の淳三や、その伴侶に連れ添っていたころの母の気配がまだその辺にひそんでいるように感じられると、彰之はまた少し昔の光景を呼び戻していたものだった。たとえば、学校から帰ったときにまず見るのは、裏庭の菜園にゴム長を履いて立つ母の姿であり、そこから少し目を動かすと、来る日も来る日も縁側や前栽にイーゼルを立てて絵を描いている淳三の姿がある。淳三は復員後しばらく中学校の代用教員の職に就いたものの、身体を壊してからは分家として受け継いだ土地の地代や貸家の家賃で一家を養っており、彰之は外で働く父というのをほとんど見たことがなかったのだった。また、あれはいつのことだったか、菜園の垣根を出て漁港へ下ってゆく坂道を白いワンピースに日傘をさして歩いてゆく母がおり、海風や日差しにはためく薄い布地が晴れやかに踊っているのを、縁側からじっと監視している淳三の目があり、家々の物陰にもいくつもの目があった。そこに満ちていたのは、淳三さんのところのハルさんはパンパンみたいだという、憎悪と羨望と欲望の囁きだ――。しかしそういえば、その白い木綿のワンピースを着て坂道を下っていった母の隣には幼い息子もいて、母子はその坂道の下の漁港から屋代《やだい》の漁家の出した船でイカ釣りをさせてもらったのだった。ほんの一キロほど沖に出たそこは夏のヤマセのわずかな晴れ間の海で、薄灰色の光線に覆われた海面は溟《くら》い眩しさがあり、新型の手動イカ釣り機から繰りだされる擬餌《ぎじ》針《ばり》の青や緑や桃色が、野辺地祭りの山車《だし》から垂れた飾りのように隠微に光っていた。そのとき、六歳の彰之はそのイカ釣り機の捲《ま》き揚げリールの木製把手《とって》を飽きずに回し続け、ぐるぐる、ぶるぶる躍りながら揚がってくる擬餌針の手応えに魅入られては、百メートルの海中を泳ぐイカが感じているだろう水圧や波動のことを想像し、自分がイカになったような興奮を覚えたのだったが、いますぐにも母にそれを伝えたいと思い、振り向くと、母の顔は日傘の向こうにあり、その先には海から跳ね上がって光る透明な夏イカと、くすんだ薄い光線の海があった。半時間ほど前、うたた寝から覚める直前に見た砂のような昏《くら》い微光はそうか、あの海だ――。

彰之は、そうしてしばし父母や郷里の風景や復員兵などの記憶を呼び戻して悄然となり、あとには家に残してきた母の手で書かれた手紙のなかへまたふと引き戻されていたような心地が残ったが、足立の記憶のほうもいまはすでに迷子になり、南方の戦場はいつの間にか裏山にあるらしい本物の柿の話に変わっていた。最近の若ェ者ァよ、柿コ食わねぐなったすけ、カラスが食ってらよ。ばちが当たるすけ、カガァに干し柿にしろて言っだら、ママさんコーラスで忙しいがら、干し柿食いたければ、おめが作れって。何がコーラスだ、蛙潰《かえるつぶ》したみた声コして。

男二人の投げるサイコロはなおもチリリ、チリリ震えるように鳴り、そのつど短い嗤《わら》い声かため息が湧くのも、いまは耳管の奥の水路の際に寄せては返していく波かブーメランのようだった。新たに少し上下の揺れが加わり始めた船は、操業開始を待つ居住区のすみずみを宙づりにして低く軋《きし》み続け、それは再び足立の三半規管を惑わせたのだろう、彰之の枕の下はまたしばしゆらゆらとした「海行かば」になる。小学校の音楽室で、ある日中年の女教師が黙ってオルガンを弾いた後、陰気な目でぐるりと生徒を見渡し、皆さんこれは天皇のために死のうという戦争中の唄です、と強張《こわば》った声を張り上げた「海行かば」。

「おめ、分がるが。初めに頭に虫コ入って、ぶんぶん飛んでるんだども、そのうち頭の芯《しん》がどどもなく揺れだすんだじゃ」

「船だきゃあ揺れで当たりめえだば」

「したって今日の虫コ元気だば。ぶんぶん飛んで、よォぐ揺れでるんだじゃ」

虫が飛んでいるというのは、あるいは晩年メニエール病を患っていた淳三と同じ、耳鳴りを伴った末梢性のめまいの話だったのだろうか。彰之は一寸《ちょっと》聞き耳を立てたが、当の足立はもう、何かの声が湧いてくる端から崩れだすようにウハハと笑いだしており、心なしか聞く者の耳をざわめかせるような、ある種の鈍い雑音をかすかに聞き取れたのみだった。しかもそれは、家族のほかには誰も近づけなかったほどの激しい昂《たかぶ》りや緊張を噴き出させては自分の体調を事細かに晴子に聞いてもらうのを日課にしていた淳三の雑音でなく、むしろ、あの醬油蔵にいた復員兵のそれに近い、とも感じた。

そして、足立の話は案の定またいつの間にかどこかへ飛んでおり、「おめ、今回はけっぱってとけァさねば（頑張って取り返さなければ）給料出ねごった」などという一言に落ち着いたときだった。少し離れた厨房のほうで、飯の支度が出来たことを知らせるベルが鳴りだし、居住区は起きだす者たちの気配でそぞろざわめき立った。ベッドの下の男二人も、あまり快適でもなかったまどろみから覚まされたような顔をして茶碗を伏せ、煙草に火をつけた。一つ伸びをした足立は、カーテンを開けたままだった彰之と目が遇《あ》うと、照れるように「おめ、起ぎでだのか。せわしねがったが」と言った。彰之は「なんも」と返事をした。

「すまねえごった。俺ァ足元ぐらぐらするこだあると落ち着がねのさ。建設現場の足場ァだめで出稼ぎも行ぎそびれだし、船も小さいとゆるぐねし」

足立の声は、いまはもう何時間か前に戻って骨のなかから鈍く響いてきたが、その眼球の二つの黒い穴はまだ深いめまいの底にあったのかも知れない。その声も眼差しもすぐに逸《そ》れていき、そうか、二百カイリで三五〇トンの北転船《ほくてんせん》を降りても小型船での沿岸漁業には移りづらいという意味かと彰之が考えたときには、足立は「小便」と言って腰を上げ、出ていってしまった。

続いて松田も腰を上げ、半分ほどになった吸いかけの煙草を手に、初めて彰之のほうへ一寸その顔を振り向けた。とくに何か意図したわけでもなさそうな空白の表情で、最初に目についたのが彰之の手元だったのか「すごいな」と一言いった。

「子どものころ、漁船員だった従兄《いとこ》に習いました。従兄は手先が器用で」

「へえ」

松田は、編み物も編み物をする男も自分の想像の範疇外だというふうに短く嗤った。それから何を思ったか、「俺が炭鉱さいだとき、側頭骨骨折とかいうのをやって、めまいが止まらなくなった奴がいた。んだば足立の親爺には、おめ病院で診でもらえて言うんだども、なァんもだて言って聞かね。頭はもともと悪いんだじゃて言って」などと言った。「歩兵三十一連隊の生き残りの意地があるんだじゃ、そうそう人の言う通りにはならんてよ」

「甲板長の不眠症はよくあるんですか」

「この半年くらいだども、どうってこだね。漁撈長《ぎょろうちょう》の西谷には言うな。うるせえから」

出航前に田辺の事務所で会った漁撈長の男は、端正に整理された頭の持ち主という印象の好人物に見えたが、あるいは松田や足立は反りが合わないのか、この船も人間関係はいろいろあるのだろうというところだった。

一メートルの距離にある松田の面立ちは、薄暗い常夜灯の下では、なかなか底堅そうな精悍《せいかん》な彫りをしているという以外にはなおも定かでなかった。その顔は、足立甲板長とは世代も居場所もまったく違う、自分と同じ第三の人種の臭いがし、さらに一回りは歳《とし》が離れているはずの自分とも違う何かの臭気が含まれているのを感じながら、彰之は「炭鉱におられたんですか」と尋ねてみた。福澤に自分という異端がいるように、カネマツ水産に元坑夫がいたこと自体は問題ではなかったが、珍しいことに一人の男の立てている臭気に引き寄せられたのかも知れなかった。

「三井三池。遠縁が大牟田《おおむた》にいたから行った」松田の返事は、顔と同じく無表情だった。

「出来高払いの使い捨てでいいと腹さえ括《くく》ったら、身体一つで黙って働けた時代だ。三池は筑豊《ちくほう》と違って、どこも機械化が進んで採炭の規模はでかかったけどな」

「三池闘争のときもおられたんですか」

「闘争は六〇年の七月に、無期限ストの途中で抜けた。俺は何となく三井さ入って、みんな入るもんだって言われて労組も入ったけども、会社寄りの第二組合が出来て、やくざが出てきて、結局訳が分からねがった。資本家はたしかに横暴だったかも知らんが、戦後しばらく東京で愚連隊やってた男に、社会主義だのオルグだのと言われてもな」

愚連隊という一言に彰之が戸惑っていると、松田はさらに「十三で終戦迎えた軍国少年に、ほかに何が出来る」と言い、「俺の顔に何かついてるか」と嗤った。

「いいえ。すみません、考え事をしてたので」

自分と違う異臭は、十代で終戦を迎えた魂のものだろうか。あるいは六〇年代半ば、周囲に満ちていた政治の高揚のすべてを冷やかにやり過ごすことの出来た学生の自分と違い、労働の汗と一緒にそのシュプレヒコールを聞いた魂だろうか。彰之は自称軍国少年の一筋縄ではいかない不透明な自嘲に見入り、その傍らではまた少し、そういえば戦後生まれの自分より一回り上の松田の世代は、いったいどういう精神の転回を経て五〇年代の労働運動や学生自治の先鋒に立つことが出来たのか、と考えたりしていた。それについては、あの福澤公子とも話したことはなかったのだ、と。

「そういえば闘争のときは全学連も来てたな。あんた、学生運動は」

「六四年入学の端境期《はざかいき》だったので、機会がないままでした」

松田は端境期の痩せたスケトウでも想像したか、あるいは福澤の一党がブントでもあるまいと思ったか、軽く肩を揺すった。その顔には確かにただの無名の坑夫をやっていたのでもないだろう眼光が見え隠れするような気もしたが、すぐにそれも分からなくなり、代わりに松田は何かに気を取られているような空白の表情をして、逆に彰之の顔に見入ってきたかと思うと、突然「田辺の事務所で見たときに思ったんだども」と言いだした。

「福澤さん、どこかで会ったこだねえか」

「釧路でしょうか」

「釧路でなくて、青森だと思う」

「連絡船はいつも乗ってますが」

「連絡船か、青森駅か……」

そう呟いた松田の眼窩《がんか》の奥で空白がしばし広がっていく間、彰之のほうもなにがしかの違和感にとらわれながら、相手の顔を見た。どこかで見かけたのかも知れないが、それにしても松田の目の表情も口ぶりも少しばかり執拗に感じられ、そのことにまず生理が不快を訴えたのは確かだった。しかしまた、その不快はかすかに何かの磁気を帯びて彰之の体液に広がり、一瞬あるはずのない記憶か感情の電流が生じたような気がしたのだったが、瞬きの一つか二つでそれももう分からなかった。

そして松田のほうは、やがて片手に残っていた煙草が燃え尽きたと同時に、「たぶん気のせいだな、会ってるわげねべ」と独りごちて吸殻を捨て、入ってきたときと同じようにぶらりと消えてしまった。先ほど小便に出ていった足立も、ついでに食堂へ行ったのか戻っては来ず、操業開始前の腹ごしらえをする者が三々五々行き交っていた通路も半時間ほどで再び静まると、船倉の居住区はまたしばし、深い酩酊《めいてい》を誘うような振動を残すばかりになった。

連絡船か、青森駅か――?

彰之は八十時間ほど前、その青森駅のホームから跨線橋《こせんきょう》を渡って青函連絡船に乗ったばかりだった。一年ぶりだったその長い跨線橋の通路は、午前零時半の便に乗ろうと先を急ぐ人々の足音がドドン、ドドンと波打つように伝わってゆき、春先に何の商いか荷物の山を背負った行商の老婆《ろうば》たちがおり、鞄《かばん》を膨らませたセールスマンがおり、建設労働者の黙然とした一団がおり、その先ではムード音楽を流す桟橋のスピーカーがひび割れた音を立てていた。彰之はそのとき、そういえばここを通るたびに身体のどこかから目覚める感覚があるのだと思い、数分足を止めたのだったが、その間にも土産のスルメの匂いをさせて子連れの男女が足早に追い越してゆき、今度は「市場の匂いだ」と思いながら、通路のガラス窓越しに桟橋のほうを仰ぎ見た。

外は、跨線橋の下から続く貨車の引込み線が連絡船の明かりを受けて鈍く光っており、線路脇を歩いてくる二人の保線夫が眼下を通り過ぎていくその先は、駅前に黒々と折り重なる店舗の屋根とわずかなネオンだった。子どものころ、その辺りには露地の市場があり、店々の賑やかな幟《のぼり》や看板のすぐ後ろに張りつくようにして巨大な連絡船が停泊しているのを母の晴子と一緒に眺めた。思いだしたのはその風景だったのか、その時代の生活だったのか。一瞬、彰之は埃っぽい眩しい日差しを受けて船を見上げていた自分の眼球や、学生服のズボンの下の少し頼りなげな少年の脚の感覚のなかにいて、ああ目覚めてくるのはこれかと思った。毛穴が一斉に微光を発して爆《は》ぜているような高揚と、透過不能の鈍い膜になって皮膚に張りついてくるある肉感と、少しも一定しない微細で物《もの》憂《う》げな振動に満ちた、ある身体の感覚。

それは一九五八年春、彰之が中学に進学すると同時に生家を出て常光寺の小僧になった時代のことだ。常光寺は代々、地続きも同然の福澤の本家分家とは懇意以上の仲で、年回供養や三仏忌の法要のたびに親しく出入りする際、跡継ぎの男児のいない住職はしばしば幼い彰之に「おい、うちの子になるか」と声をかけてきた。学校へ上がると、彰之は「アイスクリームを食べてもいいんなら」とか「船に乗ってもいいんなら」とか応えるようになり、淳三のほんとうの子ではないという噂のある男児の行く末を、住職夫婦がそれなりに慮《おもんぱか》っていたのだとはつゆ知らないまま、ある種の頑なな気分で家を出たいという思いを固め、小学校を卒業する前には父母にそう告げていた。そのとき晴子は、いくらかは息子の心根の屈折を感じ取っていたに違いないが、ほんとうにお坊さまになりたいのかどうかよく考えるようにという以上のことは言わず、またそのころ少し体調が回復していた淳三に至っては、「坊主《ぼうず》は食いっぱぐれがない」という品のない一言を吐いただけだった。

そうして彰之が学用品と着替えの入った行李一つを持参して米内沢の家を出た後、晴子もまた、あるいは腹積もりしていたのか、青森市の東奥女子校に通っていた美奈子を連れて家を出、同市内の浪打のカソリック教会の近くに借家を借りたのだが、彰之にしてみれば、すでに家を出た自分にはもうあまり関係のない話だった。本心では父母の別居は喜ばしかった一方、そんな思いを巡らせる自分自身も煩《わずら》わしく、むしろ距離を置くいい機会だと考えてほとんど関心を持たなかった。実際、淳三と晴子は何か決定的な諍《いさか》いを起こしたような形跡はなく、おおかた淳三のほうに一時的にしろ何らかの気分の変化があり、かごから出ることを許された晴子はそれではとばかりに生活を変えてみたといったふうで、父母ともにいたって平静なのが、子どもの目には逆に後ろ暗く感じられたせいもあったのだろう。

当時、彰之が月に数回母と姉に会うのはいつも青森駅で、駅舎を出ると、桟橋へ続く駅前市場の露地に所狭しとせり出した店々の軒越しに、青函連絡船の船腹が壁のようにそそり立っていた。そこを歩いていくと、忙《せわ》しげに泥をはね上げて行き交う荷車や買いだしの人びとの喧騒に、休みなく出船入り船を告げる銅鑼《どら》や汽笛が混じり合い、漁港にはない、猥雑な人間の臭気のようなものが押し寄せてきて、彰之は突然自分がひとり昆虫になったような、説明出来ない心地に襲われることがあった。一方、母の晴子は連絡船の騒音や雑踏の空気が心底気に入っている様子で、いったい何があるというのか一寸楽しげな表情をしており、彰之はいつも自分の気持ちを伝え損ねながら、母のなかには自分の知らない人格がいくつも潜んでいるのだという思いを刻々と強くした。

そうしてしばらく市場を歩いた後、母子は露地にトタン屋根を張りだした簡易食堂で粛々と蕎麦やうどんを食い、彰之は大して面白くもない学校の様子や寺での暮らし向きを母と姉に報告するのだった。そのころの姉は、養母をしばし独占している優越感を弟に見せつけたり、その養母に甘えきれないらしい複雑な感情を覗かせたりで、寺に入ってからの弟は妙によい子ぶっているとか、般若心経《はんにゃしんぎょう》で過ごす青春はさぞうるわしいだろうとか厭味を言って嗤《わら》い、テーブルの下でこっそり弟の膝をついて見せびらかすのが三島由紀夫の『美徳のよろめき』だったりした。一方彰之は、もともとは母のものだったに違いない小説のページを仕方なく繰るふりをし、優雅な上流夫人らしい女主人公の何だかぬるぬるして取り留めない独白や、月経が真紅の喪だとかいう、凝った卑猥な言葉を目に留めては、これを母が読むのだという困惑にとらわれた。そして、また少し自分は独りだという気分に襲われながらうんざりする思いで本を突き返すと、姉は弟が顔を赤らめたと言って突然また弾けるように嗤いだし、彰之のほうは、姉というのはこうも退屈なものかと思うのだ。

もっとも、そうした退屈も無為も、その食堂のテーブルでは物珍しい行商人や旅人の出入りに呑み込まれて速やかに変身し、あとに残るのはただざわめくような何かの心地だった。母は子ども同士のやり取りをよそに、独り浮き立つような表情をして露地の往来を眺めており、彰之はよく、自分の肌に張りついている一寸した不機嫌や嫌悪や困惑などの振動と共振が起こっているような錯覚にとらわれながら、母は何かを待っているのだと想像した。それは野辺地の家の奥深い座敷に坐っていた母とは別人であり、母のかたちをした透過不能の壁であり、あるいはいまにも連絡船に乗り込もうとして時間の経つのを待っている見知らぬ女性だった。その何者かはまた、誰も目に入らない様子で何かの物思いに耽《ふけ》っていたり、差し込む日差しに我に返ったというふうに目を細めたかと思うといつの間にかまた放心の表情になったりし、いつでも出奔出来る場所にいながら動かない確信犯のじれったさを楽しんでいるか、あるいは苛立っているかだった。さらにはまた、そうして刻一刻表情を変えながら、あるときふと子どもにもそうと分かる艶《つや》やかな視線を物憂げな瞼《まぶた》の下から漏れださせていることがあって、そのつど彰之は心臓を軽くひと突きされながら、母はたったいま誰かのことを考えていたのだといった直感に襲われた。

いつだったか、そういう最中に姉の美奈子は、少女時代の母が初めて渡道したときに乗った連絡船は松前丸で、その年の晩秋に青森に戻ってきたときも同じ船だったという話をしたのだった。「でもその船は、お母さまを乗せた半年後には衝突で沈んだのだそうよ。すごい運命でしょう」姉は言い、さらに母にとって連絡船は青春の思い出なのだと勝手な解釈をしてみせた後、続いて「ねえ、知ってる？　お母さまには好きな人がいるのよ」とくすくす笑いながら囁《ささや》いた。「え、誰？」彰之は思わず聞き返したが、姉は「知らないわ。勘だもの」と世間話のついでだったような返事をし、彰之が「よくそんなことを平気で言えるな」と言い返したときにはもう、憧れのカルティエ・ブレッソンだかユージン・スミスだかの報道写真集を開いていた。そして、そういう姉は白いブラウスの下でそれと分かるほどに盛り上がっている自分の胸が下着の線を透けさせていることに気づいておらず、その隣の母は母で、淡い柿色のマニキュアで飾った自分の指の爪や、青い縞模様の新しいワンピースに息子が気づいていることを知らなかったのは確かだった。そのときあった食堂や、市場の雑踏や、連絡船などの空気全部の微光と昏《くら》さ。

家を出て以来一層不確かなまま置かれた母と自分の間の距離が、また微かな振動を起こし始める一方、恋とか情事とかいうひと塊の熱や、相手の男は誰かという詮索は少しばかり皮膚を焼くようだった、あの空気全部の歪《ひず》んだ光線。

しかしまた、彰之も美奈子もほんとうは少なくとも一つは男の名前を思い浮かべることが出来たのであり、そのころ「ほら、あの人」「ああ、あれか」と囁きあったのは、ときどき釧路や八戸の消印で晴子宛てに届く絵葉書の主だった。谷川某なるその差出人は、かの三島の女主人公がどこかの避暑地で出会った若い愛人とはまるで波長が違う、時節の挨拶に毛の生えた程度の無骨な手書きの文面から察するに、どこかの水産会社の漁船員らしかったが、晴子は「これは二十年前の初恋の人」「北海道に住んでいたとき近所にいた人」とさらさら笑うのに、ありふれた葉書からはいつも幾ばくかの情愛が感じられた。もっとも、そうして葉書をよこすのは一面それだけの関係だということでもあり、実際、サケ・マス漁やサンマ漁で通年海に出ているらしい男には陸をうろうろしている時間はなく、また釧路には家族もいるらしいのだった。してみれば母はただ昔の思い出を楽しんでいただけか、あるいは思いを馳《は》せていたのは別人であったかで、彰之は何か判然としないまま白々した興奮や失望の間をひとり行き来した後、最後はいつも、母の遠さを思った。

インド洋で一年も読み続けた晴子の手紙には、書かれていないことも多くあり、駅前市場で母子が過ごした時間を含め、ほぼ三年間の別居時代の話はその一つだったが、彰之はいまはふと数カ月前には気づかなかった新たな疑念にとらわれると、あの市場の食堂で母が想《おも》っていたのは誰だったのかと久々に考えていた。今日すでに晴子の生涯の思い出となった人物だということが分かっているあの谷川巖《いわお》だったのか、それとも別の男性だったのか、と。しかしそんなふうに思いだしてみる母はその実、十八年前にいた当人というよりは、いまや手紙のなかに棲《す》み、息子の行くところ行くところ、なにがしかの波動を漂わせてついてくる影のようでもあって、彰之はまたもや何ひとつ明らかに出来ないまま、わずかに胸を衝《つ》かれるような或《あ》る痛みの感覚を呼び覚ますに終わった。そうして、もうどこかへ遠のいた駅前市場や桟橋のざわめきの代わりに、いまは四十一年前のその同じ場所にいて、これから北海道へ渡ってゆこうとしていた十六歳の晴子の全身の、底昏い歓喜の微光を呼び戻しては、息を殺すようにして、また少し内耳の奥で激しく揺らぐ真っ暗な海の波動を聴く――。

『貴方《あなた》はもう何年も通つて來たから知つてゐるでせう。青森驛《えき》のプラットホームに吐きだされ、いまから夜八時出航の聯絡《れんらく》船へ乘らうといふ群衆の行列は、何とも云へず獨特《どくとく》です。人間と一緒に、荷物が歩いてゐるのかと見紛《みまが》ふやうな大きな風呂敷包みや、子どもが入つてしまひさうなトランクや、いまにも破れさうに膨らんだ信玄袋や背中に荒縄でくゝりつけたりんご箱などがゴトン〳〵ぶつかり合ひながら、芋を轉《ころ》がすやうな勢ひで棧橋のはうへ一齊《いっせい》に進んでゆくのです。加へて、もうすぐだからと子どもに云ひ聞かせる女の聲《こえ》、急がなければ坐るところがなくなると怒鳴る男の聲、忙しく商賣の話をする聲、笑ふ聲、叫ぶ聲。人間はかうもいちどきに騷音を發するものかと思ふほどです。迷子になつたら大變《たいへん》と云ふ一心で、私は末の美也子の手を引き、父や弟たちの後を追ひます。先を行く長身の父の頭一つは、こんなところで未《いま》だ何を考へ込んでゐるのか、ずつと下を向いたまゝです。しかし、もうすぐそこから響いてくる船の蒸氣の音も、先を急いで聯《つら》なり重なりあふ靴音も、私の神經を半分は覺醒《かくせい》させ半分は痲痺《まひ》させてゐたのであり、私もまた父と同じやうに後日ほとんど何も思ひだせなかつたほどぼんやりしてゐたのは確かでした。さうして驛舎を出るとすぐ、踏み荒らされた雪のぬかるみで新しい短靴が濡れそぼつてしまひ、その冷たい爪先からやうやく僅かに息を吹きかへした私は、初めて來た港の風景を少しでも見ておかねばと思ひ、目を凝らして一つ深呼吸をしたものです。

すると、見えたのは棧橋にそゝり立つ眞つ黑な船腹とその上で瞬く船室の明かりばかりでしたが、どこからともなく漂つてくる重油や鐵《てつ》の臭氣も懐かしく、乗客のそゞろ話す言葉もみな、ふつ〳〵として耳新しいのでした。とくに理由もなく、それが一寸《ちょっと》安らかな氣持ちに變《か》はつて私の胸に沁みてきて、さう云へば、私はどんなときも新しい土地や空氣を樂しんでゐたではないか、と思ひだしました。

それから、私たちは押し流されるやうにしてぐら〳〵搖れる舷梯《げんてい》を上がり、今度は我先に甲板を走る人びとに混じつてやつと辿り着いた三等船室では、それまでぼんやりしてゐた康夫が一寸背を屈《かが》めて「すみません、小さい子どもがゐますんで」と云ひつゝ弟妹たちを兩腕で押しやつて、何とか蠶棚《かいこだな》の一段目に疊《たたみ》一枚ほどの場所を確保したものでした。その康夫は別に偉かつたと云ふほどでなく、むしろほんの少し哀れでもあつたのでしたが、それもまた何か私の身體《しんたい》を和らげたのでせう。私たちは筒木坂《どうきざか》から持參した握り飯の固くなつた殘りを食べた後、哲史と幸生は何事もないのだと云ふふうに文庫本を讀《よ》み耽り、美也子は父の膝で寢入つてしまひ、私はしばらく四方八方を飽きずに眺め、耳をそばだて續けます。煙草や干物や樟腦《しょうのう》や油の臭《にお》ひも、耳の周りにある、人いきれと話し聲ともつかない空氣の壓力《あつりょく》も、そこにあつた蠶棚の混雜の全部が新天地の匂ひです。

船は機關の逞《たくま》しい唸りを上げて海峽へ乗りだしてゆき、私の額の奥には一點《いってん》の光もない未知の海が廣《ひろ》がります。いまの問題は唯一、この身體や感情の全部が自分の行き先を知らないと云ふことだけでした。しかし、自分の胸にいまは何が詰まつてゐるのかと自問するのは、それがとりあへず明日から生きてゆくための急務だからに過ぎず、私にとつて自分の氣分のありやうなどもう些細《ささい》なことでありました。いつたい新しい土地へ行くと云つても、一年前も同じ經驗をしたのだから今さら何ほどのこともなく、もしも今回は様子が違ふと云ふのなら、それはたゞこの私の心身が變化《へんか》しただけのことだからです。

それに、そも〳〵自分についてそんなに明晰《めいせき》に分析できる人間がゐるでせうか。人が何かをするときに必ずしも自分の意思を正確に知つてゐるわけでもないのは、カレーニナがよい例です。彼女が吹雪の停車場で運命の人と出會《であ》つた後、どのやうな思考を經て情事への一歩を踏みだしたかをトルストイが書いてゐないのは、きつと書きやうがないものだつたからです。しかしまた、カレーニナは見知らぬ力に動かされていく自分に怯《おび》えもしましたが、同時に歡喜もしたのであり、だとすれば先を見通すことの出來ない世界の何に戸惑ふことがあるでせう。もちろん、この私の人生にそんな運命的な力がやつて來るかどうかは誰も知らないことでしたが、そのときの私は確かに幸福でも不幸でもなく、少しばかりの氣負ひとともに、丁度清涼と暗黒の境目くらゐのところにゐたと云つておきませうか。私の身體全部が何かしら過剰な力に滿ち、いまにも放電しさうなほど一杯に帶電してゐるのに、額の奥に廣がつていく眞つ暗な海はしんと鎭《しず》まつてをり、その暗さが針になつて誘ふ痲痺《まひ》は何だか質量も重力もない透明さなのです。』

2

一九三五年二月に晴子の一家が筒木坂から越していったとき、当時は檜山《ひやま》郡泊《とまり》村字《あざ》土場《どんば》という名で呼ばれていたその村は、松前半島の付け根辺りを流れる厚沢部《あっさぶ》川が日本海に注ぐ河口の、際《きわ》の際に張りついた八十戸足らずの集落だった。毎春雪解け水で氾濫《はんらん》するその河口は茫々とだだっ広く、周辺は細々と蒼い草が生えるばかりの黒い砂地の原野で、集落と言えば、一本の街道の両側に立ち並ぶ冬囲いのための不揃いな丸木の支柱の列と、その下に這うように並ぶ草葺《くさぶき》の家屋の屋根でかろうじてそれと分かる侘しさだった。しかし、晴れた日も曇天の日も空気は奇妙に突き抜けるように澄み、ここには澱《よど》みというものがない、と晴子は書いていた。

また、晴子が当時は東京の多摩川より大きいと感じた厚沢部川は、上流に遡るにつれて緩やかな段丘を作り、ところどころに小さな集落と畑があり、その先は一転して濃い灰緑色が連なる檜山の山塊になる。春先にはそこで伐《き》りだされた原木が来る日も来る日も川を埋めて、河口の土場の辺りまで轟々と雪崩《なだ》れ下ってくるのだが、原木の筏《いかだ》を操る杣夫《そまふ》の若衆たちの掛け声がほーれ、ほーれと響いてくると、大人も子どもも何か臓腑が浮き立つような、気もそぞろの艶やかな顔をして一斉に川の方を仰ぎ見るのだった。もっとも、その季節が来るまでの最初の半月、晴子が土場の野口の家で聴き続けたのは、筒木坂のそれよりもっと高く鋭い地吹雪の唸りと、冬囲いの葦《あし》を鳴らしてすり抜ける海風の音と、目の前の日本海と川の両方から伝わってくる地響きばかりだったが、それでもやはり陰鬱とは無縁の清冽《せいれつ》さを、晴子はそこで感じたということだ。

こゝに満ちてゐるのはまさに、和人が到來してたか〴〵三百年ほどの土地の持つ空氣、地につながれるものを持たない新天地の空氣、生きるのも死ぬるのも勝手と云ふ無邊《むへん》の自由の空氣です。——晴子の手紙は、土場についてそんなふうな土地だと書き始められているが、当の集落は七〇年一月の河口の大氾濫で荒れ果て、それから六年の今年じゅうには少し北に上がった高台の馬窪野《まくぼの》に、残っている家々も移転するはずだと聞いていた。

彰之は長年、折りにふれて母の口から土場の名前を聞き、土石流があった年のこともそれとなく記憶していたが、実際に自分の足をその土地へ運んだのはほんの一年前のことだった。それまで毎冬渡道しながら一度も足を向けなかったのは、江差方面は函館からの列車の乗り継ぎの便が悪い上に、土場は江差からさらに少しバスで行かなければならず、丸一日潰して往復するには、知った人が誰もいない野口の家はことさら遠く感じられたためだろう。ちょうど一年前の四月末、マグロ船に移ることが決まって、釧路で福澤の北転船を下船したその足で一旦《いったん》帰郷する途中、彰之はもうしばらく北海道に来ることはないかも知れないと思い立つと、函館から野辺地の母に電話をし、いまから土場へ行くと伝えた。すると母は電話の向こうで「あら、そう」と弾んだ声を挙げ、従兄《いとこ》にすぐに知らせるわ、誠太郎さんというのよ。江差町役場の助役さん。年明けに馬窪野に家を新築したと聞いたから、ちょうどよかったわ。野口の家と言えばすぐに分かるから、お供えを忘れないでね、などと言った。そんなふうにして、彰之は土場を訪ねていったのだった。

江差のほうはもう桜が咲きだしているかも知れないと母は電話で言ったが、海岸沿いの国道を行くバスの車窓の外は、まだ蒼さもない冬枯れのままの草と海風があるばかりだった。彰之のほかには乗客もいないバスは断崖の上の国道をゆらゆら下っていき、間もなく行く手に厚沢部川の河口が見えてきたときは、その辺りの河岸の色の黒々としているのにまず目を奪われた。草木の一本もない、真っ黒な砂の地肌を剝きだしにしたその河川敷はまるで大地が大きく口を開けたように見え、蛇行しながら境目もなく黒い原野と防風林に続き、浜の砂丘と海に続いているのだったが、川筋のうねりはちょうど卵細胞の一部が内側にのめり込んで原口《げんこう》を作る光景を思わせたものだ。彰之はまた、河口の堤防の際の南岸に家屋らしき黒い塊が数十も張りついているのを見たが、そのときはただ、話に聞いて想像していたよりもずっと川岸に近いのに驚いたり、十六歳になったばかりの晴子が四十年前に立った土地の縹渺《ひょうびょう》としていることに、あらためて月並みな感慨を持ったりしたのみだった。

野道の端の柳崎というバス停から、草地に残った旧道の跡を辿って海のほうへ歩いてゆくと、やがてことりとも音のしない集落に出た。バス道からは地に張りついているように見えた家屋の草葺やトタンの屋根はどれも小さく、どれも海風と砂に晒《さら》されて錆《さび》の赤さえない鈍色《にびいろ》だった。それが朽ちた板壁に支えられて傾いたり半分崩れたりしながら、なおもこぢんまりと荒れた土塊《どかい》の上に建って、冬囲いの支柱とともにじっと海を仰いでいるのが、何か風と競うようにあっけらかんとして清々しい感じさえした。彰之は海辺にあるという墓所を探して、集落をただ一本貫いている道路に沿ってしばらく歩いていった。戦前はしばしば三味線や太鼓を鳴らして瞽女《ごぜ》やホイド（物乞《ものご》い）がその道をやって来ると、真っ先に門付《かどづ》けに立ち寄ったという大船頭の野口の家は、集落の中でも一、二の大きな構えだったと母から聞いていたが、玄関の引き戸の脇に残された青い牛乳箱にわずかに消え残っていた「野口」の名で、ああここかと思ったのは、草葺屋根の軒が彰之の頭に届きそうなほど重く垂れかかってきて、いまにも崩れ落ちるかと思う古家だった。年明けまで野口の人びとが住んでいたというが、見るからに傾いている玄関の引き戸も、すぐ隣のひび割れた窓枠も、代々偉丈夫だったという野口の男たちにはさぞ窮屈だっただろう小ささで、まるで風雪に苛《さいな》まれて縮んでしまったかのようでもあった。

そのとき彰之は、その窓枠に残されたガラス越しになかを覗《のぞ》いてみたが、砂埃の汚れが層をなしたガラスは、かろうじて台所の流し台らしいものと何もない土間、さらに囲炉裏が切られた六畳ほどの板間の暗がりを浮かび上がらせて、一瞬、母から聞いていたそこでの生活の気配が未だどこかにこもっているような幻にも誘われたものだった。その後、もう一度振り向いてただ真っ直ぐに伸びるばかりの道路に相変わらず人影もないのを眺めたときだ。数軒先の似たような草屋の屋根の煙突から薄い煙が上がっており、引き寄せられるようにそこまで足を運んでゆくと、引き戸の上の木の表札に「谷川」とあった。この正月にも野辺地の母宛《あ》てに釧路の消印のある年賀状をよこしたらしい、あの谷川某の実家だろうか。そう思い至るやいなや、彰之はあまり考えることもなく引き戸を叩いていて、返事がないので「こんにちは！」と一つ声を張り上げた。

やがて微かに味噌か何かの匂いが漏れてくるその引き戸が三〇センチばかり開いて、八十にもなろうかという老女が顔を覗かせ、重たげな瞼《まぶた》を上げて「へえ」と言った。彰之は野口の遠縁だと告げ、巖さんの家はここですかと尋ねた。すると相手は「巖は釧路だども、鮭《さけ》の解禁が近いだば函館かもしれね」と言う。別に用があるわけでもなかった彰之はそれ以上の言葉が見つからず、代わりに墓所の場所を教えてもらった。ここを真っ直ぐ行って、すぐ左。そう言って道の先を指した老女の小さな肩越しには、土間の奥の黒光りする板間と、囲炉裏の立派な鉄瓶や、鉄金具付きの船簞笥《ふなだんす》などが見えて、ああ母の初恋の相手とやらは野口と同じくらいの暮らしぶりの家の息子だったのかとぼんやり考えたりした。しかし一年前はそれ以上さして思いめぐらすこともなく、そのときまた少し荒れた家々や冬囲いを眺めてみたが、若い晴子や巖の姿はついに鮮やかにはならずじまいだった。

その後立ち寄った墓所は堤防へ続く土手の下にあり、どの墓石もそこそこ手入れされて、風のなかに黒々と立っていた。野口の墓には墓標によると、五六年に六十七歳で亡《な》くなった大伯父の昭夫、六二年に七十八で亡くなった妻八重のほか、終戦の前の年に二十七歳で戦没した長男卓郎の三柱が入っており、春彼岸に供えられたらしい板塔婆《いたとうば》三本のほか、日本酒の五合瓶と餅《もち》が風で飛ばされないよう石で押さえられてそのまま残っていた。彰之はその傍らに江差の駅前で買い求めた矢車菊の花を供え、線香を上げて見知らぬ親族のために二千字余りの観音経を唱えた。しかしその妙法蓮華経の一言一句も、観世音の唱名も発する端から風音に呑《の》み込まれていき、久々に腹に力を入れて声を透らせなければならなかった。またそんなことをしたせいだろう、一方では、今年もまた上《じょう》山《ざん》を延期して今度はインド洋まで出てゆこうとしている自分自身への懐疑もいつの間にか引き寄せていたらしく、最後は観音力《りき》を念じるどころか、現世の煩悶《はんもん》のかたちすらはっきりしない漠々とした心身に立ち戻ってしまったものだった。

その後、彰之はバス道に戻り、そこから新たに十分ほど歩いて馬窪野に新築したという野口の家を訪ねていった。厚沢部川は河口を離れると少しずつ護岸に草木を生やし、ざわざわという水音も高く淡い緑に染まった畑の間を縫ってゆくのだったが、見るからに真新しいその家は、突然出現した新興住宅地のような風情で高台から春の川を見下ろしていた。玄関先に軽自動車が止めてあり、もしやと思うと案の定、役場をわざわざ抜けてきたという当主が、玄関から手を振った。

「彰之さんですか？　晴子さんから電話もらって、これは大変だと思って待ってましたよ。まあよく来なさったことだ。土場を見ましたか？　何もないところでびっくりなさったでしょう」当主の野口誠太郎その人は役所の事務服のまま、柔和そのものの顔をして笑い、手招きをした。見たところ母方の血を継いだのか、野口の系統の豪放な大柄ではない、いかにも公務員が似合いそうな五十路《いそじ》の人だった。その後ろの玄関からは、これも都会風のセーター姿の奥さんが顔を覗かせ、「どうぞ、どうぞ」と朗らかに笑いかけてきた。

彰之は、前々から母に一度お墓参りに行くよう言われていたといった挨拶をし、中に上げてもらうと最初に仏壇に線香を上げ、菓子折りを供えた。そこには菩提寺の三尊仏の掛け軸のほかに、先代の昭夫が折々に買い求めたらしい豊川稲荷《いなり》や八幡宮などの護符が半ば忘れられたかのように置かれていて、一寸《ちょっと》賑やかなような、寂しいような感じの仏壇だった。片や新しい家の室内は、土場で見た草屋の佇《たたず》まいとはほど遠いモダンな明るさで、元の家では客間の鴨居の上に並んでいたはずの先祖代々の写真の代わりに、額入りの風景画が飾られており、そういえば美奈子の青森の嫁ぎ先がこんなふうだと思いだしながら、彰之はここへ自分が何をしに来たのか、よく分からなくなってもいた。

若い人はお茶よりこちらがいいでしょうと言って、奥さんはインスタントコーヒーに砂糖とクリームを入れ、頂き物だというロールケーキを添えた。「家内が陶芸をたしなみますもんで、この茶碗も皿も手作りでして」「あらまあ、ほんの手慰みですよ。子どもが独立したら、何かしていないと生活が単調になりますでしょう」夫婦はやはり都会的な感じのする長閑《のどか》な笑い声をつくる。最初に見たときどこか変な感じだと思ったコーヒー茶碗を手に彰之はろくな言葉も返せず、その間にも夫婦はさらに「こういう時代こそ土場の草屋のような古いものは貴重だし、出来れば大切に保存したかったんですが、自然の力には勝てません」「元あった自然に返してやるのも選択の一つだと主人は言いましてね。でも、お互い納得するのにはずいぶん時間がかかったんですよ」などと続けた。先代の昭夫は、生涯潮にまみれて働き続けて四人の子ども全員に高等教育を受けさせ、結局息子三人のうちの誰も漁師を継がなかったと聞いていたが、この誠太郎という人も東京の大学を出て、いまや風土そのままではない、一旦種々の教養のふるいで漉《こ》した風土の話をしているのは確かだった。彰之には、自分もまたその類かも知れないという自覚はあったが、幸か不幸か漁船に乗って一年の大半を海で過ごしている限り、ふるいで漉すような風土そのものが初めからない。古き良き時代とか、年月を経た味わいといった感傷を知るひまを持たない自分を、そのときは逆に少し清涼に感じたりもしたものだった。

それから、外出の予定があって奥さんが席を外した後、誠太郎は初対面の遠い親族の顔に何か思うところがあるというふうに「それにしても晴子さんによく似てなさる。どこから見ても晴子さんの息子さんだ」と言った。

「晴子さんとは、五六年の親父の葬儀のときに二十年ぶりに会いましてね。わざわざ野辺地から来てくれたんですが、喪服の晴子さんがあの土場の家の前に立っていたのを見たときは、一瞬時間が止まったかと思ったものです。黒いコートと帽子がよく似合って、こう何というか背がすっと高くて……。あれはそうですね、昭和一〇年の春に晴子さんの家族が初めてうちの家に着いたときと同じ感じだったと言うか、もう昔の話ですが、いまでも目に浮かびます。その日の朝、ぼくは江差の中学へ通っていましたから、もう家を出る時間だったんですが、東京の康夫さんの家族がもうすぐ着くのを見たくて。そりゃあそうでしょう。こんな村に東京の子どもたちが来るんだから、好奇心というか、興味というか。それでぐずぐずしていたら、冬囲いと雪で真っ白の、あの村の真ん中の通りを馬橇《ばそり》がやって来ました。ぼくら家族は家の前に立って、こう伸び上がって眺めたものです。そのときの晴子さんは水色のコートを着ていて、背が高くて、何か少し考え込んでいるような大人びた顔で……。弟の清司が、わいはァめんこい人ァ来たべァと言ってぼくをつつくんですが、ぼくは何か声が出なかった。ほんとうは生意気な連中だったらいじめてやろうというくらいの気持ちでいたのに、何だかいっぺんに先手を取られたような。……そうでした、そうでした、葬式のときに二十年ぶりに会った晴子さんに、あのときのままだとぼくが言ったら、もう三十七になったと言うんだけれども、ぼくにはいつまでも十六歳の晴子さんなんだなあ……」

そう言ってゆったり目を細めた誠太郎の表情だろうか。声だろうか。口調だろうか。彰之は自分の内耳の奥で一瞬記憶の水路が揺らめくような、どこかで見たか感じたかした、ある肌触りにとらわれながら、「母は今年五十五になります」と応《こた》えていた。すると誠太郎は、ひと塊の記憶をひと撫《な》でするようにして「そうですか……」と一つ息をつき、だからどうだということも言わず、またしばらくガラスの外の日差しに目を細めた。

「それで、晴子さんはお元気ですか」

「お陰《かげ》さまで。父が寝たり起きたりなのであまり家を出られませんが、菜園を作ったり、本を読んだり、ラジオのクイズ番組に投書したり。いつも官製葉書を文机《ふづくえ》に置いてます」

「葉書といえば何年か前、晴子さんから頂いた葉書にいきなり、息子が漁船員になりました、と書いてある。おやおやと思って読んだんですが、一人息子が大学を出てすぐ漁船に乗ると言いだしたというのに、あの人は少しも狼狽《ろうばい》していないんだなあ。息子が小さいときによく近くの海でイカ釣りをさせたからだろう。そんなことがさらりと書いてあって、ああ晴子さんらしいと思いました。彰之さんはご両親に相談しないで決めたんですか」

「はあ、まあ……。昔からいつも自分のことは自分で決めてきたものですから」

「それはしかし晴子さんの血だ」そう速やかに断定して、誠太郎はひとしきり嗤《わら》った。

「彰之さんも、鰊場《にしんば》の話は聞いておられるでしょう。晴子さんは、うちに着いたその日にお父さんと一緒に初山別《しょさんべつ》へ行きたいと言いだしたのですが、中学生のぼくにはまるで理解出来なくて、それが何だか悔しいような、気になって仕方がないようなでした。親父も珍しく深刻な顔をしてお父さんの康夫さんに、お前はどんなに学問が出来るのか知らんが、自分の娘ひとり安心して暮らさせてやることも出来ないのかと怒鳴りだすし……。しかしぼくはそれを寝間から覗いていて、こういうふうに思いました。晴子さんは、自分も働いて家計を助けなければというような小さな悲壮感とは無縁だ。ぼくには理由は分からないけれども、この人はとにかく鰊に会いに行きたいんだ、とね。ぼくなどは、漁師の家に生まれたのにほんとうはあんまり鰊も鮭も鰯《いわし》も興味がなかったものですから、東京生まれの女性がなして鰊だべかと思うと胸を衝《つ》かれるような気がして、それでたぶん余計に興味を引かれたんでしょう。しかし、それにしてもあの晴子さんが鰊場へ行って、ぼくは一度も行っていないなんて。戦時中は勤労動員で、いまは函館にいるぼくの弟の清司などは昭和一八年だったか一九年だったかに、中学校から初山別へ行っているんです。いまでもときどき話しますよ。腹いっぱいご飯が食えると思って喜んで行ったけれども、顔まで鱗《うろこ》まみれになって死ぬ思いをしたそうで。そういえば、晴子さんが行った年も、弟が行った年も初山別は豊漁だったはずです。ぼくは稚内《わっかない》に役場の関係で出張したとき、汽車で通りすぎたことがあるだけですが、留萌《るもい》から北はもう、浜と言っても波と原野しかない……」

誠太郎の声は、一言毎に記憶の襞《ひだ》をたぐってはそれを拳のなかで握りしめるような感じだった。その襞が折り畳み包み込んでいるものは未《いま》だ定かでなかったが、そこから伝わってくるある肌触りは最初に感じ取ったものと同じであり、彰之はあらためて誠太郎その人の顔を眺めながら、男性にしては少々繊細すぎるその記憶が巡っているのは、鰊でも初山別でもない、たしかに晴子の周りなのだと考えていたものだった。

「それにしても、晴子さんはどうしてあんなに鰊が好きだったのだろう」

「母は昔、よく空を見る鰊の話をしていました。春鰊の目玉を見て、この目は空を見ているんだとか言うんで、私は小さいとき、ずっとそう信じてました」

「ああ、その話なら聞いたことがある！　そうでした、トロ箱のなかに整列してじっと空を見上げている鰊の話でしょう？　ああ思いだしました、そう言って晴子さんはもう何も眼中にないような顔をしたんだった……」

『私はいま、この春に土場を訪ねてくれた貴方《あなた》が何だか考へ込んでゐる様子だつたことを思ひだしてをりました。インド洋へ發《た》つ前の夜だと云ふのに、いつになく昔の土場の暮らしぶりを子細に聞きたがるかと思へば、どこまで聞き入つてゐるのか分からないぼんやりとした顔もしてゐた貴方は、あの夜何を考へてゐたのだらうか。私はいまもふと勝手に思ひを巡らせながらこれを書いてゐます。さう云へば、貴方は誠太郎さんのことを尋ねたのだったかしら？　さう云ふ私の記憶も一寸あやふやです。

さて、昭和一〇年の話を續《つづ》けますと、斯《か》くのごとくそのころの私は、朝目覺《めざ》めるたびに昨日とは違ふ支柱に新しい蔓《つる》を巻きつけてゐる豌豆《えんどう》のやうで、どこまで伸びてゆかうと云ふのか、貪欲な力に滿ちた自分を恐れつゝ、しかしまた自分には止めることの出來ないその力の爆發を、密かに待ちわびてゐると云つたふうでありました。さうして考へることが多過ぎたために私はもうあまり笑ふひまがなく、小さい美也子には自分で自分のことをするやう叱り、弟二人には勉强に勤《いそ》しむやう云ひつける一方、自分はどうしても鰊場へ行くと云ひ張つて周圍《しゅうい》を困らせてゐたのですが、しかし、それがどうしたと云ふのでせう。

ある夜、私は妻のカレーニナから不倫を告白された良人《おっと》が對處《たいしょ》の仕方を周到に思ひ巡らせるくだりを讀《よ》み、そのあまりの姑息さに噴き出したのでしたが、何が自分にとつて現實的《げんじつてき》であるかを一つ一つ檢證《けんしよう》するやり口には、妙に感ずるところもありました。また次の日には、今度はカレーニナから妊娠したと告げられた愛人ウロンスキイが自分の置かれてゐる現況を省みるくだりを讀み、これもいきなり懷《ふところ》具合の計算から始まるのには笑ひこけました。しかし翻つて考へてみるならば、鰊場へ行きたいと思ふ私もまた、たま〳〵娘として何も考へずに默つて見てゐることが出來ない野口康夫と云ふ父がをり、學業を續けさせてやらなければならない弟妹がゐたと云ふ現實があつて、必要と思はれる計算をしただけなのです。これを自分では我《わ》が儘《まま》だとも思ひませんでしたが、ともかく康夫がほんたうに新しい土地に定着して漁師になれるのか否《いな》かを先づはこの目《ま》で見、確信しなければ、私たち子どもの身の振り方も決められないと云ふものではありませんか。

三月初め、初山別の建網《たてあみ》親方から土場の昭夫伯父宛てに、番屋の賄ひに一人餘分《よぶん》に女子をよこしてもいゝと電報が來て、つひに私の行く先は決まりました。そのとき電報を開いた昭夫さんも、内容を傳《つた》へられた康夫ももう何も云はず、私はほんたうは清々した氣持ちだつたのですが、やはり何も云ひませんでした。その同じ朝、爐端《ろばた》に坐り込んでゐた私たちをよそに、家の外では八重伯母が「來た、來た、みんなおいで！」と大聲《おおごえ》で子どもたちを呼んでゐました。半月ほど前から檜山に入つてゐた杣夫《そまふ》たちが、伐採した原木で筏《いかだ》を組みもうすぐ川を流れ下つてくる、もうそこまで來てゐる、と云ふのです。露地からも來た、來たと叫ぶ聲がいくつも聽《き》こえます。

土場に着いたその日から、私は八重さんがこの日のことを樂しげに話すのを何度も聞かされてゐました。昔は江差の花街一の藝妓《げいこ》だつたと云ふ八重さんはいかにも明朗な艶《つや》つぽい人で、筒木坂の田舍から來た私たちは戸惑ふこともありましたが、曰《いわ》く、春一番の杣夫の聲を聞いたら、この邊《あた》りの娘はそれはもう、みんなもう戰爭やよつて。子ども四人產んだ私まで幾つになつても、なんや落ちつかなうなるんよ。若衆の威勢のえゝこと云ふたら、男は漁師よりも杣夫がほんまはええさかい、と出身地の丹後のはうの言葉で小娘のやうに笑ふその口ぶりは、昭夫さんが惚《ほ》れぬいたと云ふ通り、何だかはんなりして素敵だつたものです。やがて八重さんは土間の外から私の名前も呼んで、「はよ來やはらんと」と急《せ》かすものだから、私も丁度よい口實が出來て伯父たちを置いて外に出たわけでした。

しかし私は、川の近くまでは行つたものゝ、結局木場へは降りてゆきませんでした。岸近くに立つと、厚澤部川の雪解け水は眞つ黑な河岸から今にも溢れだしさうで、轟々と云ふ水の音だけでもう、一度に味はふには多過ぎる光景のやうに思へましたし、待ちわびた電報が届いたことで、私の頭はすでに滿杯になつてゐたのかも知れません。それでも、上流のはうから筏の姿が見えてきたときの壮観は、こゝにとても書き盡《つく》せないほどです。原木同士がぶつかり合ふ音は、腹に低く響く澄んだ音です。それが河岸まで響いてくるなか、大きく浮き沈みしながら流れ下る筏の上を、黒い前垂れに地下足袋姿の杣夫たちが長い竿《さお》をさしながら、ひらり〳〵と自在に飛び移つてみせるのです。木場に近い岸では、八重さんや子どもたちが飛び跳ねるやうに足踏みしながら、杣夫たちに手を振つてゐます。しかし目を少し遠くへやると、その若衆たちが小さく見えるほど黒い川も河川敷も渺々《びょうびょう》として、私はまた少し初山別のことを思ひながら身震ひするやうな心地でありました。すでに眼前の風景とは隔絶されてゐるやうな孤立感と云ふか、自分で決めたこととは云へ未知の世界へ旅立つ心もとなさと云ふか。あるいはまた、時化《しけ》た海《うみ》邊《べ》で波にさらはれて自分は死ぬのかも知れないと云つた、根も葉もない感傷も少しはあつたと云ふか。そして、それらのすべての感傷を凌駕する歡喜が隱微な觸角《しょっかく》を一杯に伸ばしてゐたと云ふか。

それから間もなくのこと、筒木坂から到着した忠夫さんを加へて、私たちは三月半ばに土場を發ちました。私たちは麻谷漁場の被雇契約書をもつてをり、一仕納《しのう》に雑夫の康夫が受け取る給與《きゅうよ》は七十圓《えん》、炊事婦の私が三十五圓で、前渡し金が三分の二あり、ほかに旅費が支給されてをりました。出發のときの私の出《い》で立ちをこゝに書きますと、八重さんが支度してくれた二番刺しの厚い木綿の着物と綿入れの半纏《はんてん》にゴム長、そして赤いウールのマフラーです。着替へを包んだ風呂敷に忍ばせたのは、化粧品少々と石鹼とノート一冊と、『アンナ・カレーニナ』。一方、忠夫さんと昭夫さんの出で立ちは犬の毛皮の外套とコサック帽。父の康夫は去年と同じ羅紗《らしゃ》のオーバーコートと青いマフラーでした。私たちは馬橇《ばそり》二臺《だい》に蒲團袋《ふとんぶくろ》四つを積み、江差からはそれをチッキにして人間は汽車を乘り繼《つ》いでゆきました。昭和一〇年には留萠から先はまだ羽幌《はぼろ》止まりでしたが、どの車輛も初山別近邊の鰊場へ向かふ雇ひの人びとで滿員なのです。さう〳〵、この汽車の話を先づ致しませうか。

青森を出て以來、聯絡船《れんらくせん》のなかでも函館驛《えき》でも、私がいつも驚かされたのは世の中は實《じつ》にいろんな人がゐると云ふことです。留萠から北へ向かふ列車もさうで、乘つてゐるのは皆それ〳〵鰊場に關はる人びとなのですが、それからして雇ひの衆のほかに種々の商人がをり、行商人がをり、一見して金貸しと分かる人がをり、人出を當《あ》てにした藝人がをり酌婦がをり、若衆がをり年寄りがをり、きつと詐欺師や博徒の類《たぐい》もゐたに違ひありません。ぎう〳〵詰めの車輛は、誰かが聲高に話すと云ふわけでもないのに幾つもの話し聲が共鳴し重なり合つて、何だか東京の地下鐵《ちかてつ》のやうにさんざめき、人いきれにも幾つもの匂ひが混じつてゐて、私はその一つ一つの聲や匂ひを發してゐる客のはうを眺めるのです。とてもこゝには書き切れませんが、日焼けした頑強な顔つきの男たちのなかでも、泰然として腕組みをしてゐたり眠つてゐたりする組と、きつい眼差しをして神經を尖《とが》らせてゐる組があります。前者はきつと昭夫さんのやうに腕を買はれた船頭たちで、後者は何度も漁場には出てゐるもの丶未だ勞働力の一端でしかない漁師たちであつたことでせう。また他方には平雇ひの雜役の男たちがをり、それは何ともさま〴〵な出で立ちで、康夫のやうにオーバーコートを着た勤め人風情の者がゐるかと思へば、昨日まで深い杣山にゐたやうな山立《やまだち》風情の者がをり、かと思へば、もう何回刺し直したか知れない古ぼけた木綿のどんざ（漁師の仕事着）を纏《まと》つた物乞《ものご》ひ風情の者がゐると云つた具合です。そして各々何かに憑《つ》かれたやうな顔をしてゐたり、虚《うつ》ろな顔をしてゐたり。

それから、一寸《ちょっと》小ぎれいな風體《ふうてい》をして周りの有象無象の混雜を氣にしつゝ何喰はぬ顔をしてゐる商人や金貸したちは新聞や帳面に讀み耽《ふけ》り、また別の片隅にはぢつとうつむいて動かない瞽女《ごぜ》がをり、丸髷《まるまげ》の女子どもを含む大人數の一團《いちだん》は旅役者の一座かと思はれます。さうした誰もが樂しげではないが悲しげでもない肅々《しゆくしゆく》としたこの雜然を一口に云へば、生活と云ふことになりませうが、そこにあつたのは、小金のある者も一見して貧農の雇ひと分かる者も、それ〴〵の欲望に淡々と從ふだけであつて一時の窮屈など何ものでもない、さう云ふ生活です。年端《としは》の行かない子どもでさへ、この先自分を待つてゐるのがお金とご飯であることを知つてゐる大人びた顔をして、何やら胸算用に忙しいと云つたふうであり、生きることがひどく單純で直截《ちょくせつ》な姿をしてゐる、さう云ふ生活です。そしてその一方で、斯く云ふ私や、あるいは荷物と人いきれに押し潰されさうな顔をして獨《ひと》り福士幸次郎の『地方主義篇』に讀み耽る康夫は、そのときどんな欲望を知つてゐたことでせうか。

さう云へばあの『地方主義篇』も、關東大震災で罹災《りさい》した福士が、家族を聯《つ》れて二十年ぶりに郷里へ歸《かえ》つて來るときの汽車の風景から始まります。弘前驛で乘り繼ぎの汽車を待つ間、福士は混雜した待合室の群衆を眺めてはその風采の雜然に異様を覺《おぼ》え、割れるやうな喧騒を作つてゐる土地の言葉を、まるで大地から湧いて躍りでたやうだと感じながら、かつて自分のなかにあつたはずの郷土の血を思ふのです。その歸郷は、文人であることを辭《や》めて戻つて來た康夫のそれとは大きく違ひますが、康夫は風土への回歸を決意する福士の散文を讀みながら、自分が選んだ勞働と文學がいづれ幸福な融合を遂げる日のことを、なほも薄ぼんやりと考へてゐたのでせうか。あるいは娘を鰊場へ伴ふ父をどうしても演じることが出來ずに頭を垂れてゐただけか、どちらであつたとも私には云へません。康夫から文學への執着を除いたら何も殘らないとは云へ、一人の見知らぬ乘客のやうに康夫を眺めたなら、獨り本の上に頭を垂れた長身痩軀《そうく》の男は地方の學校へ赴任してゆく獨身教師か、素性を隱してどこかへ逃れてゆく共産黨員《とういん》か、夢破れて故鄕へ歸る萬年《まんねん》書生のいづれかで、そこでは一番奇妙な乘客の一人であつたのは間違ひありません。もちろん、その隣で興味津々《しんしん》の顏をしてはしたなくキョロ〳〵してゐた年頃の娘も。

ありていに云へば、私も康夫も明日のご飯と云ふ現實がなほも自分のことでないやうな心地がし續けるまゝに、どこかへ運ばれていく自分を居心地惡く眺めてゐる何者かでありました。あるいはまた、私たちは行く先を間違へてゐるか、間違ひではないまでも、そこへ向かふにはまだ準備が出來てゐない心もとない旅行者がせい〴〵でありました。私たちに缺《か》けてゐたのは結局のところ、生命を驅り立てる眞摯《しんし》な欲望の力であり、そのためのあと少しの不幸や空腹の實感《じっかん》であつたのは確かです。もちろん當時はさうとも思ひ至らず、私はたゞ無名の違和感に圍《かこ》まれながら神經を尖らせ、一方では年頃の娘らしい自意識を繰りだして、たとへば自分を見てゐる男性の視線一つ一つに目敏《めざと》く反應してたは、自分のなかにある反撥《はんぱつ》や嫌惡《けんお》がどこか危ふいものであることを考へてゐたりしただけでした。あるいはまた、着物の襟元に柄物の赤い半衿《はんえり》を覗かせてゐる若い女の、拔け目なささうな、それでゐて何だか世界の全部に苛立《いらだ》つたやうな挑戰的な顏つきに譯《わけ》もなく見入つては突然、昔讀んだ『淺草紅團《くれないだん》』を思ひだしたり、さらにはそれを讀んだ本郷の家の縁側や、そこで聞こえてきた大人たちの聲《こえ》を思ひ返したり。それで、こゝにゐる誰もがかつて本郷の家の襖越《ふすまご》しに聞いた「大衆」や「勞働者」ではなく、新天地での未來を目指すと云ふのとも違ふ、今日明日の侏儒《しゅじゅ》の欲望に滿ちた現金な生活者の群れだと考へてみたり。社會も人間も、かつて父たちが聲高《こわだか》に團結や救濟を論じてゐたよりはるかに單純か、もしくは手强《てごわ》いかだと思ひながら私は白々とした氣分であり、確かに樂しくもないけれど悲しくもなかつたやうに思ひます。そして私は最後には退屈してしまひ、車窓の硝子《ガラス》の蒸氣を手で拭つてみると、その外は日本海の波しぶきがいまにも降りかゝるやうで、どこまでも厚い灰白色が重なり合ふ單調でありました。その壓倒《あっとう》的な沈默の、何と云ふ救ひであつたことでせう。

さて羽幌に着きますと、これから向かふ初山別麻谷漁業部がよこした貨物自動車が私たちを待ち受けてをり、急ぐやう云はれて乘り込んだ荷臺《にだい》もまたぎう〳〵詰めでした。と云つてもその日の便に乘り合はせたのは十五名くらゐでしたが、慌たゞしく出發する自動車の幌《ほろ》の隙間からは、鐵路《てつろ》と雪のほかは何もない海岸の高臺《たかだい》が自動車と馬橇と荷物と人間でごつた返してゐるのが見えました。同じ車輛だつた旅役者の一座や、行商人や、どんざ（古綿入れ）を纏つた男たちがをり、なかには各々の網元の船が濱《はま》まで迎へに來てゐる人もをれば、歩いて初山別へ向かふ人もゐたとのことですが、その時期さうして汽車が着くたびに同じ光景が延々繰り返されたはずです。さう云へば、私たちの自動車がいまにも走りださうとしてゐたとき、あの赤い半衿の女性が風呂敷包み一つを抱へ、周りの男たちを蹴散らす勢ひでずん〳〵歩きだすのが見え、私は急に筒木坂のツネちゃんのことを思ひだしながらそれを見つめてをりました。知らない人なのに目を引いたのは半衿の赤い色のせゐか、どうやらこの海岸を歩いて獨りどこかへ向かふつもりらしいと察したせゐか、實《じつ》は後日また偶然出會《であ》ふことになつた女性なのですが、そのときはそんなことも知るはずがありません。それで、あれはきつとどこかの女給か酌婦で、行方知れずの愛人を探しに意を決してやつて來たのだと想像したりしたの。貧しくとも果敢な心持ちだけは、まるで北海道のアンナ・カレーニナ。同じくらゐ愚かで無意識でありながら、たぶん自分の愚劣さをよりよく知つてゐるに違ひない、生々しい力に滿ちた無名のカレーニナ。しかしその姿を見たのもほんの數秒のことで、私たちの自動車はさうして、トランクや信玄袋や風呂敷包み持參で我先に歩きだす人びとをたちまち追ひ越していつたのでした。

自動車は海岸に寄り添ふ雪の丘をひた走り、あの邊《あた》りが初山別だと康夫が指さした先もたゞなだらかな白い起伏の續きでしかありませんでした。しかし一面の白色に見えたのは雪ではなく、よく見ると、幅三十間ほどの遠浅《とおあさ》の濱を覆《おお》ひ盡《つく》すほどの高波が白煙になつて邊《あた》りを覆つてゐるのです。そして、やがてその白一色の中から濱に細々と建てられた矢來《やらい》が現れ、さらに番屋や船倉らしき建物の屋根が雲のやうに現れて、私たちはつひに麻谷漁場に着きました。自動車が止まつたのは濱を見下ろす丘の上でしたが、番屋の屋根の向かうの海は濱との境目も定かでない灰白色で、矢來のかすかな墨色でさうと分かるだけです。その矢來の近くで動いてゐた雪切りの人影も、手橇を引く人影もみな灰色です。また丘の背後には雪まみれの漁家の塊が僅《わず》かばかり、晝間《ひるま》だと云ふのに薄明かりを燈《とも》して點々《てんてん》と聯《つら》なつてをり、それも雪の野に呑み込まれて靜まつてゐるのでした。しかしこの時代、鰊漁は先づはさうして雇ひの衆が何もない風雪の底に立ち、全部を自分たちの手で切り開くことから始まつたのであり、そのとき私の見た薄暗い雪景色は、彼らの目には各々待ちわびてゐた約束の風景であつたに違ひありません。實際、そこで思はずぼんやりしてゐたのは私と康夫だけで、眞つ先に自動車を降りた昭夫さんが「さァ行くぞ」と威勢よく號令《ごうれい》を發しますと、ほかの衆も一齊《いっせい》に目が覺《さ》めたやうにざわめき立ち笑ひ聲さへあげて次々に濱へ降りて行きました。どの後ろ姿にもいよ〳〵始まつたと云ふ氣負ひが感じられ、私もまた吹雪も忘れて目を一杯に見開き、見るものすべてが珍しい濱の風景を目に焼きつけたものです。

先づは番屋。當時、初山別には角網《かくあみ》を建てる建網漁家が十三軒、着業數は全部で十七ケ統《かとう》あり、うち二ケ統を麻谷が持つてゐて、當地では明治の半ばに鳥取縣《けん》から移住して砂金と漁業で身代を起こした大家《おおやけ》の一つでした。麻谷は鰊漁だけでなく鯖《さば》や鮪《まぐろ》の漁もしてをり、番屋には通年加賀出身の雇ひの漁師が二十人ばかり住み込んで漁に從事してゐたのですが、鰊の漁期には二ケ統分の雇ひがさらに四十人加はつて總勢《そうぜい》六十名にもなります。それだけの大人數が寢起きする番屋は、ほとんど小學校かと思ふ大きさがあって、山から伐《き》りだしたトヾマツの壁板も梁も柱も不揃ひな、手造りの、荒々しく誇らしげな建物でした。麻谷漁業部の表札が揭げられた玄關を入ると、三間幅の廣《ひろ》い土間が眞つ直ぐ延びてをり、奧に大きな竈《かまど》があります。そこには雇ひの六十人が食事をするための細長い木の飯臺《はんだい》と腰掛けが竝《なら》んでゐます。その土間の左側は雇ひの人びとが寢起きする場で、半間幅の板敷きの寢臺《しんだい》が二段の蠶棚《かいこだな》のやうに聯《つら》なつてゐます。一方、右側は三十疊ほどの廣々《ひろびろ》した板間で、大きな圍爐裏《いろり》が切つてあり、神棚や賄ひ用の石の流し臺が備はつてゐますが、麻谷のそこは豪勢とは無緣の、木肌そのまゝの板間も梁も柱も石も、當地に漁場を開いた人びとの汗が直に沁《し》みてゐるやうな素朴さでありました。またその板間の奧は襖や障子で仕切られた疊敷きの部屋になつてゐて、そこを使ふのは親方や船頭たち役付きの人びとと來客です。さうした番屋にはふつう親方の家族も住み込むものだと云ひますが、函館の商家から嫁いだと云ふ麻谷の御寮さんは生來虛弱なために漁場に姿を見せることはなく、息子たちも東京や札幌で官吏になつたり學業に就いてゐたりで、漁期にはいつも親方だけが番屋に泊り込んでゐました。私たちがそこに着いたとき、建網二ケ統の大親方にしては少々うらぶれた綿入れのチャンチャン（筒袖《つつそで》の仕事着）姿の麻谷利一郎が、一人で板間にヒョコ〳〵迎へに出て來たのは、さう云ふ事情であつたらうと思はれます。

當年六十五歳だつた麻谷漁業部二代目利一郎は、赤銅色のつや〳〵した肌と短く刈り込んだ白髪がどこにゐてもすぐに見分けられる小柄な人物で、長年櫓櫂《ろかい》を握り、網を引いてきた手だけは野球のグラブのやうに大きく節くれだつてゐるのでした。眼光は鋭く、笑顔はおほらかで、よく透る聲を持ち、そのときは片手に鐵瓶《てつびん》、片手に湯呑み茶碗と云ふ恰好で、「やァ、皆よく來てくれた、よく來てくれた」と大聲をあげた後、「おう野口君！」と早速私の伯父の野口昭夫を呼び、親しげに手招きをしました。野口昭夫は親方がリュウマチを患つた後の昭和五年、三十九歳で麻谷の二ケ統の建網を預かる大船頭になり、以來毎年と云ふものどこよりも多い漁獲高をあげて、親方の絶大な信頼を得てゐたのです。

麻谷には加賀衆の船頭もゐましたが、漁家の浮沈がかゝつた毎年の鰊漁を昭夫が取り仕切つてゐた理由は、實績《じつせき》を措いて他にはありません。後に聞いたところでは、麻谷から請《こ》はれて初山別に入つた昭和五年、昭夫は二ヶ統で二千石の水揚げをあげ、前年の凶漁で負債が嵩《かさ》んでゐた麻谷の經營を建て直したさうです。翌六年には、凶漁と來遊の不安定に苦しむ道内の建網漁家の半數が拓銀の低利融資を目當てに合同漁業株式會社を設立し、初山別にも合同の傘下《さんか》に下つた漁業部があつたなか、まさに麻谷の面目躍如と云ふところでした。初山別の鰊漁は、積丹《しゃこたん》や古平《ふるびら》、濱益《はまます》、増毛《ましけ》などの先進地に比べれば歴史も淺く、漁場の設備も乏しく、個人での經營規模の擴大《かくだい》は採算面では自轉車《じてんしゃ》操業に近いものがあつたやうですが、來年の心配をしても始まらないのが鰊漁と云ふものです。鰊が來れば財を成し、來なければ無一文で夜逃げするだけの、一か八かの創業期の豪膽《ごうたん》さがこの時代の麻谷漁場にはありました。大船頭の昭夫は文字通り、その命運を背負つて今年もまた漁場に入つたわけです。

昭夫伯父と親方は板間の圍爐裏を圍《かこ》んで坐り、ほかの雇ひ十五人ほどは各々空いた寢臺で旅裝を解き、早速身支度を始めました。私たちがたつぷり雪を踏んできたので土間は濡れてしまひ、それがすぐに冷えてきて身震ひが出ました。さうして私は先《ま》づ番屋の嚴しい上下關係を身體に沁み込ませたのですが、長男の忠夫さんも康夫ももう慣れたのか何も感じない樣子で、見ると、兄弟で上下の寢臺《しんだい》を分け合ひ、ほかの人と同じやうに默々と身支度に勤《いそ》しんでをりました。そして私はと云へば、竈のそばにゐた女性が聲をかけてきて「おめは向かうの部屋」と板間の奥を指差します。當時もいまも、私は歳のわりに氣が利かないと云はれても仕方ないところがあつて、板間へ上がつて親方に挨拶をしたものゝ、ぎこちないことこの上なしでした。それでもこのとき親方は、私が大船頭の姪だからかずいぶん優しげであつたのは確かです。

ところで、竈のそばから私に聲をかけた炊事婦の女性は名をマツと云ひ、歳のころは三十過ぎくらゐだつたでせうか。最初に會つたとき、頭を被ふ防寒用の風呂敷の若草色が派手な感じで、その下の頬も、綿入れの襟元の首筋も、腕抜きの下の肉付きのよい腕も赤々として陽氣な風情でした。その一方で、なか〳〵陰影のある目をしてゐて、私は苦手と云ふほどでもなかつたけれども、ほんの少し用心をしたものです。私が炊事婦にあてがはれた四疊半《よじょうはん》の部屋に荷物を置いてすぐに土間へ降りたとき、マツさんは土間の奥の井戸端でひと抱へもある大釜を洗つてをり、私に束子《たわし》を渡して代はるやう云ふと、自分は戸棚の物陰に腰を下ろし、綿入れの合はせから取りだした刻み煙草をキセルに詰めてふうと美味さうに吸ふのです。それから私のゴム長を眺め、赤いマフラーを眺め、顔を眺めて「おめ、あの英語の先生の娘だつて?」と云ひます。さうだと答へると、「父娘《おやこ》揃つて、何があつたか知らねェども」と云ふ一言を返したマツさんは、ほんたうはさほど興味もないのだと云ふふうに天井を仰いで、暫《しばら》く何も云ひません。

それで私が「何も特別なことはないわ」と云ひ返すと、「鼻つ柱強いをなごだ」と云つて嗤《わら》ふマツさんの顔は一寸愛嬌があつて、まァ悪い人でもないのだらうと思ひ直した私も少し嗤ひ返しました。濡れる端から凍りつくやうな土間に立つてゐるうちに、私も急に話し相手が欲しいと云ふ氣分にとらはれてゐたに違ひありません。貴女《あなた》はこゝにどのくらゐ居らつしやるの？　お生まれはどこ？　結婚してゐらつしやるの？　と立て續けに尋ね、マツさんは今度は「おめ、お喋りだな」とまた嗤ひます。

この程度でお喋りだと云はれてはたまらないと思ひましたけれど、ともかくさうして私たちは何とか打ち解けたのでした。追々にマツさんが言葉少なに語つたところでは、彼女は留萠の小さな漁家の生まれで、二十歳《はたち》で地元の郵便局の職員と戀愛《れんあい》結婚したが、すぐに死に別れて地元に居場所がなくなり、なるべく遠くへ雇ひに出たいと思つてゐたところを厩谷の親方に拾はれ、もう十年になると云ふやうなことでした。ところでマツさんは、板間の親方に隠れてまるで人生に疲れた男のやうな手つきでキセルをふかしながら、私に「あのね」と耳打ちしたものです。ほんたうは羽幌からこゝへ毎年來てゐたタマヱと云ふ女がゐたのだが、その女がこの漁業部の某と云ふ帳場係の若衆を誑《たぶら》かすものだから、自分が親方に進言して馘《くび》にしてやつたのだ、と。だからおめも色氣だすんぢやあないよ、と。まァ何と云ふことを云ふ人だらうと呆氣《あっけ》に取られましたが、さう云ふ本人の目にはまた例の隠微な影が降りてをり、私は同性の勘と云ふやつで、これはいろ〳〵ありさうだと思つたのでした。と云ふのも、丁度そのときマツさんの目が玄關のはうへスッと動き、その目を追ふと玄關の脇《わき》にある帳場の部屋に入つてゆく若い男の姿が見えたからです。一見して勤め人ふうの調髮で背廣《せびろ》を着込み、革の鞄《かばん》を提げたそれは實《じつ》はタマヱ云々の相手だつたと云ふ當《とう》の帳場係その人だつたのですが、この話はまた後で。

ともかく、私がさうしてゐる間にも、身支度を整へた雇ひたちはもう濱ごしらひの作業に出て行かうとしてをりました。「ほら、おめのお父《ど》さまだ」とマツさんに云はれて振り向いたとき、私はどれが父の後ろ姿か見分けられず、咄嗟《とっさ》に一番背の高い男を目で探してをりました。父康夫は、長兄の忠夫さんよりもさらに少し上背がありましたから。そのとき見た康夫は、ほかの男たちと同じ白いネルの布で頭を被ひ、昭夫伯父のお下がりの筒袖のチャンチャンと木綿の股《もも》引《ひ》きと云ふ出で立ちで、足元はたしか脚絆《きゃはん》にツマゴであつたと思ひます。姿だけはもうどこから見ても鰊場の雇ひの衆で、私は思はず去年の初夏に筒木坂へ届いた父の葉書の自畫像《じがぞう》を思ひ浮かべてをりました。さうして父たちはお茶の一杯も呑まず、私のはうを一度も見ることもなく玄關から眞つ白に凍つた濱へ出て行つたのですが、そのとき私が洗つてゐた二尺釜は晝のご飯を炊いた後の釜でしたから、私たちは結局その日はお晝を食べ損ねたと云ふことでした。土間に立つた足元や井戸水の冷たさが急にまた骨に響くやうに感じられたのは、そのせゐだつたかも知れません。

今年の正月に、いまは初山別漁協にゐる麻谷の末裔の人から頂戴した年賀狀に一筆添へられてゐた話を、貴方にしたかしら？　それによれば、明治以來の麻谷漁場の濱は今日、浸蝕が進んで當時のほゞ半分ほどの幅しかなく、かつて番屋などの建物や廣大な干し場が竝《なら》んでゐた邊《あた》りはイタドリの群落に被はれ、一面の原野に歸《かえ》つて久しいとのことでした。しかしさうだとしたら、私の見た昭和一〇年春の濱は何と云ふ別世界だつたことでせう。

夜明け前、マツさんと私は三つの竈《かま》で一人當《あた》り二合四勺見當《けんとう》、計十五升のご飯を炊き上げ、風呂桶ほどもある八斗炊きの鍋で味噌汁を作り、澤庵《たくあん》を切ります。番屋の暗さのせゐでせうか、沁みついた魚臭のせゐでせうか、白米の眞つ白なご飯のうつくしさは殘酷なほどで、炊きあがつた釜に杓文字《しゃもじ》を入れる仕合はせ、茶碗に山盛りよそふ仕合はせ、パッと鹽《しお》を振つて大人の拳よりも大きな握り飯を握る仕合はせは一寸《ちょっと》言葉になりません。マツさんがカン〳〵と音高く拍子木を叩くと、それを合圖《あいず》に雇ひの衆は土間の飯臺にひしめき合ひ、先を争つてその眞つ白なご飯を食ひ、十分も經《た》たないうちに腹ごしらへを終へて肅々《しゆくしゆく》と作業へ出ていきます。

漁場の濱ごしらひは二十日ほども續きますが、その最初の作業は雪切りです。一日中、濱に厚く積もつた雪を鋸《のこぎり》で切りだし、藁で編んだ畚《もつこ》に積んで運び、海へ捨てる繰り返しです。私はときどき濱へ目を凝らし父の姿を探したものですが、初めの二日ほどは誰が雪まみれの灰色でとても見分けられず、雪に吸ひ込まれて聲《こえ》も足音もない、無聲映畫《むせいえいが》のやうな光景でした。さうして除雪が進むにつれて、最初に姿を現すのは船を着けるための棧橋です。セイロと呼ばれてゐたと思ふのですが、雪が拂《はら》はれて現れたそれは、遠淺の濱に打ち込まれた杭に板を打ちつけて作つた枠に玉石を詰めただけの簡素なもので、幅は三間ほど、長さは十間近くもあり、そこに板を敷けばもう棧橋が完成してゐました。棧橋の先端には、沖揚げのときに滑車を付けて簡單なウィンチになる天秤《てんびん》のやうな間伐材の丸木が立つてゐましたが、それが設けられたのは昭夫伯父が來た年だつたさうです。なほ昭和一二年にはかうした設備も一新され、棧橋には大規模なクレーンやトロッコ用のレールが設置されたと聞いてゐます。

そして、次に現れるのが船揚場《ふなあげば》となる濱と船倉。筋木を竝べコロを渡したレールが何本も敷かれ、四棟の船倉からは大小の保津《ほつ》船が十艘《そう》、一齊に引きだされて濱に竝びます。

一番大きい枠船で幅十尺、長さが四十八尺あります。話に聞く漁の激しさに比して簡素すぎる船體《せんたい》に見えましたが、その代はりに舳先のはうに彫り込まれた牡丹と唐草の模様が、目にも鮮やかな赤や黄色をして漁師の勇氣を奮ひ立たせてゐたのかも知れません。さうして麻谷の船大工が二人、早速捩《ねじ》り鉢巻に地下足袋姿で濱に道具を揃へ、船板の修理を始めると、その槌音が番屋の臺所《だいどころ》まで聞こえてきて一氣に賑やかになります。また、網倉から出された角網の一枚一枚や、マニラ絲《いと》で編み上げられた、觸《さわ》るのが恐いやうな粗い手觸《てざわ》りの網類もまた濱に山と積まれ廣げられると壯觀で、網修理が始まるころには、あらかた雪の消えた濱を行き來して指圖《さしず》をする昭夫さんの聲がそこゝで飛んでゐます。また濱の後方では、山から伐りだされた原木を手橇《てそり》で運び下ろす人びとが行き交ひ、掛け聲や怒號《どごう》に混じつて薪割《まきわ》りの音も聞こえてきます。

晝には、臺所の私たちはまた十五升のご飯を炊き、味噌汁を作り、舌が痺《しび》れるほど鹽辛い澤庵を切ります。雪と濱砂にまみれた男たちが土間にひしめき、またすぐに姿を消した後に、私たちは茶碗を洗ひ、また次のご飯を炊きます。夕食用には味噌汁のほかにヌタや煮物を一品作ります。土間の裏手にある風呂も沸かします。晝の間は、近所に家族を住まはせてゐる雇ひの加賀衆の子どもたちが、その土間を走り回つて遊んでゐます。女たちは雪が消えるまでは家で藁仕事があるさうで、美也子くらゐの歳の女の子も赤ん坊を背負つてまゝごとをするのです。私は少し手が空くと、米藏に米の俵を取りに行つたり、味噌や漬物を取りに行つたりし、そのたびに濱に父の姿を探しましたが、雪切り作業の次に康夫がしてゐたのは薪割りでした。鰊場では搾《し》め粕《かす》を炊くのに大量の薪を使ふため、數人がかりで來る日も來る日も薪を割り續《つづ》けても追ひつかないほどなのです。同じころ、長兄の忠夫さんは角網を建てるときの型を固定する土俵作りをしてゐましたが、それもまた二ケ統分で百俵ほども作らねばならず、何日も俵に石を詰める作業が續いてをりました。

日が暮れると、一日外で冷えきつた男たちが全身から冷氣と潮香を立ちのぼらせて番屋に歸《かえ》つて來ます。私のはうは給仕に追はれて、父や忠夫さんの雪焼けで赤々した顔を目で探すのが精一杯です。親方や昭夫伯父をはじめ加賀衆の船頭たちや船大工や帳場係は、板間の圍爐裏端《いろりばた》にお膳を運んでの食事になります。夕食の後《ころ》は、煙草を吸つたり雜誌を開いたりする者も僅かで、ほとんどがそのまゝ寢臺に轉がつて寢てしまひます。父や忠夫さんが雪まみれの股引《ももひ》きを脱ぎもせずに寢てしまふのを見て、洗濯をしてやらなければと思つたのですが、最初の二日は私も疲れ過ぎてゐて手が回らず、毎日つけようと決めてゐた日記もつけず、翌朝マツさんに男みたいに大の字になつて寢てゐたと嗤はれました。

ところで、私たちより三日遅れで最後に番屋に入つた雇ひ五人の中に、土場から來た谷川と云ふ名の杣夫《そまふ》の父子がをりました。父親の谷川平次郎は野口昭夫と函館の水産補習學校で一緒だつた人で、麻谷には昭夫より古い昭和元年から來てゐた古参でしたが、山持ちのため、年明けから檜山《ひやま》に入つて原木の伐りだしや枝打ちの作業を續け、一仕事終へてから息子を伴つて急いでやつて來たのでした。さう云ふ理由で土場では一度も顔を合はせる機會がなかつた谷川の父子は最初、五十がらみの溫厚さうな男とそれを「おど」と呼ぶ若者の二人組と云ふことで私の目を引いたのでしたが、數分も經たないうちに私はもう、その若者のはうに目を奪はれてゐたのかも知れません。聯絡船《れんらくせん》や汽車にも若者は澤山《たくさん》ゐたし、谷川の息子のどこがどうと云ふのでもなかつたけれども、引き締まつた若々しい首筋がすつきりと伸びてゐて、雪焼けした頰が燃えるやうに赤々し、齒並《はなら》びが何とも云へずきれいで、切れ長の目元が涼しいの。昔からずつと野邊地《のへじ》の私のところに葉書をくれてゐた谷川巖の名前を、あるいは貴方も覺えてゐるかも知れませんが、そのときさうして番屋の土間に立つてゐたのは、十七歳のその谷川巖です。

それにしても、かうして書きながら、私はいまも四十年前のそのときの心地に立ち戻つてしまひ、十六歳の何とも云へぬぼんやりした歡喜《かんき》のなかにゐるのですが、一つ一つ思ひださうとするとほとんど何もないやうな氣もします。もしもこれが戀《こい》だつたのなら想像してゐたものとずいぶん違ふし、それは輪郭もないのに或る塊を成し、うつくしくも醜くもない、或る空氣の膜のやうに私の鼻腔に滿ちてきた何ものかだと云ふほかありません。さうして私は、小説の女主人公たちのやうには出來てゐない自分を發見した小さな驚きのなかで、一寸立ちすくみ、目を見張つてゐたのです。尤《もつと》も、實際にはたゞ遠目に姿を見たと云ふだけで、谷川父子は着いて早々身支度もそこ〳〵に、濱の作業に出ていつてしまつたのでした。十三のときから父と一緒に鰊場へ來てゐたと云ふ嚴青年は手先が器用で、もう熟練者に混じつて網の繕ひが出來る腕前だつた上、性格がよいと云ふことで昭夫伯父にもとくに目をかけられてゐたやうです。

さて、そんなふうに六十名が揃ひ、いよ〳〵建網の型入れ時期も近づいてくると、濱ごしらひは一層忙しさを増し、番屋の臺所は加賀衆の内儀《おかみ》さんが一人助太刀に入つてもなほ混雜をきはめました。時雨も減つて少し風が溫《ぬる》み始めた濱では、各々の作業の段取りに合はせて濱で食事を取るやうになつたためで、私は握り飯を詰めた角お鉢と云ふ木《き》函《ばこ》を背負ひ、手に味噌や澤庵を入れたかごを提げてあつちへ行き、こつちへ行きです。小石と砂の濱は近所の刺し網漁家の保津船も加はり、網と網と山のやうな道具類で足の踏み場もない混雜ですし、高木架《たかなや》の組み立てが始まつた干し場は小學校の運動場ほどの廣さだし、康夫のゐる粕炊き場は平屋の屋根より高く積み上げられた薪の山の向かうです。山と云へば、生賣《なまう》りの粒鰊《つぶにしん》を詰める木函も毎日毎日その山が高くなつていきます。康夫たち新米は相變はらず薪割りでしたが、その傍らでは竈《かまど》の準備や粕を搾る大きな角胴の運び出しも忙しく、危ないので父の姿をゆつくり見てゐるひまはありません。さうして飯を運ぶ私を濱のあちこちから呼び、手際よく指圖《さしず》するのは陸廻《おかまわ》りで、もう名前は忘れましたが當時こつそり「小使ひ」さんと云ふあだ名を付けた人でした。二十年も鰊漁の一線にゐて濱風で干し上げられたやうな皺と骨だけの風體《ふうてい》でしたが、數年前に引退しても身體が動くうちはと云ふのか、濱ごしらひの段取りや雑用に默々と小まめに動き回る姿は、どう見ても小學校の「小使ひ」さん。しかし、知らない間に私に「ハルちやん」と云ふ呼び名をつけて何かと氣遣つて教へてくれた一方、「ハルちやん、ハルちやん」の遠慮がちな細い聲がいつも少しむず痒《がゆ》かつたのは、私が年頃だつたせゐでせう。背が伸び胸も膨らみ始めてゐた自分の身體に違和感を感じてゐたところへ、いかにも子どもつぽい呼び名は腹立たしかつたほど。それで私は「小使ひ」さんにはあまり愛想よくしなかつたのですが、そのことを思ひだすと一寸《ちょっと》胸が痛くもなります。

ところで雇ひの衆六十名の中には、名前を覺《おぼ》えた人も初めから知らなかつた人もをりますが、いまとなつては個々の名前は一つも思ひだせないのに、多くの人の姿や聲《こえ》はなほも鮮明で、當時私が付けたあだ名と一緒にふつ〳〵と浮かんできます。私の目には、雇ひの衆はだいたい四種類に分かれてゐましたが、一つは船頭などの役びとたちです。彼らは平雇ひとは寢食すべての待遇が違つてゐた分、何かと衆目を集めやすく、眞つ先に標的にされる宿命にありました。たとへば加賀衆の船頭に「閻魔《えんま》」さんと云ふ人がゐて、いつも懷に手帳を入れてをり、親方や大船頭の指示をいち〳〵これ見よがしに手帳に書きつけるので、何につけ威勢のよさを好む漁師たちには細か過ぎると感じられたか、上におもねつてゐると勘繰られたか、あいつは膽《きも》が小さいとずいぶん馬鹿にされてゐたものでした。また、雇ひの下船頭《したせんどう》の「鳶《とび》」さんと云ふ人は、正反對《せいはんたい》に聲が大きく、いかにも景氣のよい豪放なことを云ふのに、親方や昭夫伯父の前ではしごく肅々としてをり、それこそ鳶のやうに平雇ひの土間と役びとたちの板間を行き來して、雙方《そうほう》のご機嫌取りをするのです。さう〳〵、もつと上を行くのは二人ゐた帳場係の年長のはうの「勘定」さん。經理一筋の小役人そのもので、普段帳場の窓口で雇ひ相手に前借りの相談に乘るときは算盤を彈いてねち〳〵云ひ、親方の姿が見えると一錢の狂ひもない帳簿を褒めてほしい一心でそは〳〵し始めるのが、見てゐて可笑《おか》しいのでした。一方、若いはうの背廣の帳場係にはあだ名をつけ忘れたのですが、どうやら近在の大家《おおやけ》を出されて麻谷に來てゐた人らしく、營養の行き屆いた艶やかな顏と、憤懣をためた書生のやうな目が何とも場違ひな、二十年早い太陽族のやうな感じの青年でした。だつて、ワイシャツの袖を捲《ま》くり、人指し指一本で肩に上着を引つかけてその邊《へん》を歩き回つたりするのですよ。初めて會つたときから、どうもタマヱ云々《うんぬん》の口ぶりとは裏腹にマツさんの視線が向かひがちなのは確かだつた、例の相手です。

さてしかし、役びとよりも私の記憶に殘つてゐるのはそのほかの集團《しゅうだん》でした。先《ま》づ、誰からともなく「あの連中」と呼ばれてゐた十人ばかりの男たちがゐます。彼らは各々事情があつて郷里を失つた無宿の徒が多く、目つきも鋭く、御法度のはずの刺青があつたりもしましたが、雇ひにならうと云ふからにはそれなりに一線を守つてゐたので、とくに問題があつたわけではありません。それでもときには函館の某と云ふ女に手を出しただの、花札の借金を返せ返さないだの、一寸した諍《いさか》ひがあつたり、脅し合ひがあつたり。しかしほかの集團とあまり交はることもなく、硬い孤獨《こどく》な目で周圍に睨みをきかせながら、番屋ではいつも寢臺《しんだい》の一角をひつそりと占めてをりました。その彼らのなかにも序列があつて、牢名主《ろうなぬし》の寢臺にはさゝやかな煙草盆《たばこぼん》があつたりするのもいぢらしく、下のはうの若衆はとき〴〵所在なげな顔をしてほかの集團を見回したりし、誰かと目が合ふと急にきつい顔を取り戻してふいと目を逸らせます。中でも額に三寸ほどの傷痕があつた「三日月」さんは、薪割りや粕炊きでとき〴〵康夫と組んでゐたこともある青年でしたが、大變な力持ちで、いつも助けてもらふお禮《れい》にと萬年筆をあげようとしたら、自分は字が書けないのだと怒りだして困つた、代はりに新しいハンカチをあげたら小さい手拭ひだと云はれた、などと康夫は呑氣《のんき》に笑ふのでした。

また一方には、康夫や忠夫さんを含めた善良としか形容しやうのない出稼ぎ者の集團があり、多數を占めてゐたのは彼らです。しかし各々に生活の事情が見え隱れし、たとへば胃腸病を押して働きに來てゐた「水筒」さんと云ふ人は、いつもすまなさうな氣弱な笑みを浮かべて臺所の裏口からこつそり水筒に白湯《さゆ》をもらひに來るのですが、その水筒が煎じ薬臭い上に茶澁《ちゃしぶ》で眞つ黑なのでした。また、「三杯」さんと云ふ人もをりました。飯臺《はんだい》でいつもわき目もふらずに三杯飯を食ひ、最後にほつと安らいだ何とも云へない柔らかな目をするのが印象的で、この人が山へ伐《き》りだしに行くときには、私は握り飯を三つ包むやうにしたものです。ほかには「銀鱗《ぎんりん》」さん。私物を包んできた風呂敷をそのまゝ防寒用の頬かむりに使ひ、着替へも持つてゐないので、漁が始まると四六時中、全身が鱗《うろこ》だらけで光つてゐた人です。マツさんが云ふには、親方が見かねて古着を渡しても大事に持ち歸つてしまひ、翌年はまた着の身着のまゝやつて來るのださうでした。またほかには、私のために赤い布を織り込んで草鞋《わらじ》を編んでくれながら、諏訪《すわ》の工場にゐる娘の話をした人。本職は床屋で、自分の寢臺の柱に「調髪します」と云ふ手書きの札を貼《は》つてゐた人。しかし彼らの寢臺にも、ときをり函館の特飲店のちらしや質券が落ちてゐたりします。

そして最後に、未來の船頭を夢見る若い漁師たちの集團がゐます。多くは下衆《しもしゅう》と呼ばれる道南の出身で、谷川巖もその一人だつたわけですが、昭和の初め、船一艘と自分の腕一本で誰に憚《はばか》ることもなく生きてゆける人生を身體で知つてゐたと云ふだけでも、まさに解放されてゐた人びとだつたと云へるかも知れません。當面《とうめん》の困難はあつても、そこ〳〵食べてゆける限り、自分の生きる道に迷ひのない人生と云ふのがかくも穩やかで明朗なものかと、私はいつも目を見張るやうな心地でした。歡喜にも失望にも疲勞にも意氣込みにもはつきりした輪郭があり、それらを區切るのは健康な眠りで、朝はつねに新しい。單純な生き方ほど生命にとつて望ましく、精神にとつて健やかなのだと強く感じた私は、自分も出來ればそんなふうに生きたいと思ひ、日記にさう云ふ意味のことを書いたのを覺えてゐます。『アンナ・カレーニナ』の登場人物、大地主のレーギンが自分の農場で勞働の喜びを發見したのが、農民への理解と云ふ善意と一つであつたのとは違ふ、理解でも善意でもない生きることそのものゝ單純さを、私は欲しい、と。思へば、七年前に貴方が漁船員になると云ひだしたとき、あまり動搖することもなくこれでいゝのだと自分に云ひ聞かせ、且《か》つ貴方の倖《しあわ》せを願ひもしたのは、元をたゞせば麻谷の若い漁師たちの思ひ出から來てゐたのかも知れません。しかし同時に、番屋の六十人の集團がもつてゐた深い陰影も思ひだし、同じことはかつて淳三の出征を見送つたときも考へたのですが、神經の鋭い貴方のことだから、あるいは單純さよりも、生活や生死をともにする集團が孕む或る隱微さのはうに壓力《あつりょく》を感じるのではないかと、一寸した不安もあつたのでした。尤も、貴方は淳三が繪描《えか》きの目で物のかたちを觀《み》るのと違ひ、觀察した後に自分の手で觸《ふ》れることを厭はない感性の持ち主だと思ふから、母の取り越し苦勞なら、この段はどうか笑ひ飛ばして下さい。夜はどうも物思ひが過ぎていけません。

昨日こゝまで書いて、今朝の朝刊を開きますと、八戸は久々に近海マグロが大漁だつたとのこと。福澤の船と、水揚げされた本マグロを圍《かこ》む社員の滿面の笑顏の寫眞《しゃしん》が地方欄を飾つてゐて、それを眺めるうちに、貴方だつてもう一人前の漁船員、きつといまごろはインド洋でこんな顏をしてゐるはずだと考へ直しました。多喜二の描いた昔の蟹工《かにこう》船《せん》ではあるまいし、私がなほもかうして思ひ巡らす鰊場の集團の陰影など、もう何ほどの意味も持たないくらゐ現代の漁撈の環境は能率的な分業になつてゐるはず。さうと分かつてゐて、私のなかではとき〴〵全部の時代の記憶が混亂《こんらん》します。

さて四月初め、麻谷漁場ではいよ〳〵型入れがありました。角網を固定する側綱《がわづな》の四角い枠や垣網《かきあみ》用の伸し網を海の上に張り渡すのは、定置網の側張りと一緒です。貴方は中學時代、從兄《いとこ》の遙さんと一緒に福澤の船で鮭の定置網漁に出てゐたし、網のことは私よりずつと詳しいけれども、昭和の初めの側綱を貴方が見たらその素朴さに驚くことでせう。マニラ絲で紡がれた綱は運動會の綱引きの綱のやうでしたし、數百もの浮きは辨《べん》當箱《とうばこ》ほどの大きさの木の塊で、浮標《ブイ》も木。根綱は藁で編まれてゐました。當時の型は濱から五百間くらゐの沖合に入れてゐたと思ひますが、なにしろこの型の位置に大漁か否《いな》かがかゝつてゐたため、それを決める大船頭の本領發揮のときでした。後年昭夫本人から聞いた話では毎年、型入れのときだけは、漁家の浮沈が自分の見立て一つで決まってしまふ重壓《じゅうあつ》で前の日は眠れなかつたさうです。尤も當時の私はさうとも知らず、早朝、側綱や錨《いかり》や土俵を山と積んだ保津船が一齊《いっせい》に濱を出てゆくとき、先頭を行く船の舳先《へさき》に立つ昭夫さんの後ろ姿を何とも力強くうつくしく見てをりました。あれでは江差一の藝《げい》妓《こ》だつたと云ふ八重さんも惚れて當《あた》り前。また、そのとき海に出ていつた男たちのなかには谷川の息子もをり、若々しい眞つ白な向う鉢巻きでした。實《じつ》は各々の船に私が握り飯を詰めた角お鉢を運んだとき、それを受け取つたのが巖青年で、初めてほんの一秒か二秒目が合ふと、すぐそこにパッと朱が散つたやうな上氣した赤い頬があつた、あのときの胸苦しさと云つたら！

そして型入れが終はれば、次は網入れと網下ろしの宴。三日くらゐ後だつたと記憶してをりますが、近在の建網親方衆が稲荷《いなり》神社で卜《ぼく》を受けて決まつたと云ふ吉日のこと、いつものやうに午前四時過ぎに私とマツさんが起きだしたとき、麻谷の親方をはじめ昭夫さんたち役びとはもう爐端《ろばた》を圍《かこ》んでゐて、何やらたゞならぬそは〳〵した晴れがましさが感じられます。慌《あわ》たゞしく臺所に立つたマツさんも「今日は飯食ふひまねえど」と云ひながら勇ましいたすき掛けです。その朝、番屋の玄關には日章旗と屋號《やごう》入りの大漁旗が立てられ、早めに起き出した若衆たちが胴網や垣網の山を保津船に積み込むかけ聲や笑ひ聲で、濱は見違へるばかりでした。麻谷漁場の濱は干し場を含めて二百間《けん》ほどの長さがありましたが、空いてゐるところには近隣の刺し網漁家の保津船がそれ〴〵ひしめき、同じやうに刺し網を建てる準備に追はれるその向かうには、また別の漁場が一齊に震へるやうにざわめき立つてゐるのです。海は幾重もの重い雲の層がゆる〳〵と明けていく凪《なぎ》で、鰊曇りと云はれる春の海はもうすぐそこまで來てゐました。

午前七時前、炊きたてのご飯を腹一杯詰め込んだ麻谷の衆は先を争ふやうにして濱に集まり、設營した型に網を建てにゆくべく一齊に沖へ漕《こ》ぎだしてゆきました。一方、番屋では加賀衆の内儀さんたちも加はつて二斗の糯米《もちごめ》を蒸し、餡《あん》にする小豆を炊いて祝ひの餅作りです。さらに、夜の網下ろしの宴會に備へて鰈《かれい》や鱈《たら》やソイやカスベを煮炊きしたり、私は專《もっぱ》ら竈《かまど》の番でしたけれど、マツさんを筆頭に手慣れた女たちが忙しく動き回る姿も姦《かしま》しい笑ひ聲も、たしかに盆と正月が十年分もいちどきに來たかのやうな騒ぎでありました。久々に番屋へ集まつた女たちには、これも半分は娯樂であつたに違ひなく、冬の間蒲團《ふとん》のなかでいやと云ふほど夫と過ごしたのでもう飽きたとばかりにおほらかな猥談を繰りだしては、若い娘御には聞かせられねと私のはうを見て笑ひます。なに、漁期が終はるころにはおめもどこかの男と夫婦《めおと》ばやつてゐるよ、どこの漁場でも男と女は鰈の目玉だば、女はいつでも身體《からだ》コ洗つで、唇には紅の一つもさして待つてるの、と云つたりする女たちの輕口《かるくち》の、一つ一つが私の耳にはちく〳〵し、少し不快な熱の粒になつて肌を轉《ころ》がり落ちてゆきます。

この日は實にいろ〳〵なことがあつたのですが、さう云へば晝前《ひるまえ》、その臺所が突然靜まつたかと思ふと、玄關に西陣の着物姿の女性が赤い袱紗《ふくさ》をかけたお重を携へて靜々と立つてゐたのでした。女性は私たちのはうへ「よろしくお願ひ申します」と頭を下げてまたすぐに姿を消してしまひましたが、いかにも都會育ちらしい垢拔けたその人こそ後で聞けば麻谷親方の御寮さんだつたとのことです。そのときのマツさんたちの空氣から察するに、いくら函館の良家から嫁いできたからと云つて、所詮遠方の漁家に嫁ぐやうでは實家も大したことはなからうと云ふのか、番屋の祭事を手傳《てつだ》ひもしない御寮さんをあまりよくは思つてゐないふうでありましたけれど、さう云ふとき女たちを仕切るのはやはりマツさん。いかにも冷たい横目をくれてゐたのに、いざとなると御寮さんが近所に配るための祝ひの餅を自ら手際よく家紋入りのお重に詰め、そゝくさと本宅へ届けに行くのでした。たしかにかう云ふところで點數《てんすう》をかせぐのが上手くなければ、何事も大雑把で手抜きもするマツさんが長年番屋を仕切つてこられたわけもありません。一方、殘りの餅はと云へば雇ひ一人當り五個、計三百個。それらが各々懷紙に包まれて土間の飯臺の端に積み上げられ、晴れがましく配られるときを待つのでしたが、臺所の私たち女はマツさんが出かけてゐる間に出來立ての餅をつまみ食ひし、その間も女たちの猥雑なお喋《しやべ》りは止《と》まるところを知りません。

ところで、網入れを終へた船が次々に戻つてきた晝下がりから、濱は再び靜まつていき、氣がつくとそこはもう大漁旗や吹き流しがはためいてゐるばかりで、康夫たち粕炊《かすた》き場の薪割りの音も止《や》んでゐたのでした。一方、番屋の土間や板間は網おろしの宴を待つ雇ひの衆の笑ひ聲であふれ、餡入りの餅を目當ての子どもたちも涎を垂らさんばかりの顔をしてうろ〳〵してゐます。その端を私は休む間もなく行き來しながら、自分でも知らない間に玄關の硝子戸《ガラスど》の向かうを見たり、竈の端の裏口から外を見たりして、谷川巖の姿を目で探します。この日、私は朝から何と云ふか心も身體《しんたい》も不安定な感じがしてをり、そこへ内儀さんたちの猥談を聞きすぎたせゐか、逃げだしたいやうな氣分が加はつてゐたのかも知れません。土間の石の濕氣《しつけ》から、潮臭い煮炊きの匂ひから、雇ひたちの身體の匂ひから、番屋を押し包む薄闇の全部から、何か寂寥とした見えない波動が滲《し》みだしてきて、これと云つた理由もなく私を不安にし、苛立たせるのです。そんなふうでしたから、頻《しき》りに外へ目を走らせたのも、ほんたうはたゞどこかへ驅けだしたいやうな衝動と一つだつたに違ひありません。夕暮れ前、裏口の硝子戸越しに外の井戸端で洗濯をする巖青年を見たとき、私は數日前の型入れの日に目が合つた、あの感覺を全身に蘇らせようとしながら、膝が震へるやうな思ひで目を凝らしました。巖青年はほかの漁師たちとあんなに笑ひ合つて、何を話してゐるのでせう。一點の曇りもないその清涼な姿を眺めるうちに、私は今度は少し失望も味はひます。彼のはうは私の姿を探すやうな素振りも見せず、この間目が合つたのはたゞの偶然だつたのかと思ふと、邊《あた》りを包む空氣がまたずんと重く感じられて、ゐても立つてもゐられない不快さなのでした。

そして、巖青年は私が見てゐることも知らずに洗ひ物を干してどこかへ行つてしまひ、しばらく後、番屋のその裏手の斜面に立つてゐたのは、なんと羽幌で見かけたあの赤い半衿のアンナ・カレーニナで、私は一體どこからあらはれたのかと思はず目を見張りました。その人は以前とは違ふ着物でしたが、ひと目見てさうと分かる凜とした風情で人けのない殘雪の上に立ち、保津船が竝《なら》ぶ濱をゆつくりと見渡してゐたのです。そして私が裏口の硝子戸から見てゐますと偶然にも目が合つてしまひ、女性はこちらへ向かつて歩きだしてきました。彼女は戸口の外から私に出て來いと手招きをし、私はどこかへ驅けだしたいやうな氣分のせゐもあつて、招かれるまゝに外へ出ました。あんた、こゝの人？　話があるの。女性は訛《なま》りのない都會《とかい》ふうの言葉を話し、さらに聲《こえ》を殺すやうにして忙《せわ》しげに云つたものでした。カズフサさんは歸《かえ》つてる？　と。

それは素性も知らぬ女性の口から放たれた何者かの名前でしたが、そこは十六歳の娘でも、彼女のひとかたならぬ思ひの相手だと云ふことくらゐ見當《けんとう》はつきます。ほんたうは興味津々《しんしん》だつたけれどそんな顏をするわけにもいかず、返事をためらつてをりましたら、彼女は可愛い癇癪を起こして「麻谷一總よ、親方の四男さんよ、あんた知つてるでしョ」と嚙みついてきました。それから一つ溜め息をついて氣を鎭《しず》めると、私の顏をしげ〳〵と眺めた後、あんたどこのお孃さん？　さうか、こんなところにゐるんならお孃さんのわけはないか、アハヽヽ、と嗤《わら》ひだすのでした。その笑顏が何だかさば〳〵してゐて、私も思はずつられて嗤つてしまひ、私は晴子よ、貴女《あなた》お名前は何と云ふのと尋ねてをりました。すると、彼女はお孃さん學校ぢやあるまいしとまたケラ〳〵嗤ひます。

彼女の名前は千代子と云ひ、歲の頃は見たところ十七か八がせい〴〵でした。赤い半衿の襟足を小粋《こいき》に抜いて、胸元からお香や白粉《おしろい》の匂ひをさせてゐるのに、羽幌から歩いて來たと云ふ足元の脚絆も草鞋《わらじ》も砂だらけで、こんな恰好で歸れやしないと唇を尖らせると一寸少女の顔になります。あと少しで熟れて崩れようとしてゐるなかに、筒木坂のツネちやんに似た一途《いちず》な芯が殘つてゐる目です。さうして足元に目を落とし、彼女は「本宅へ行つたら御寮さんに毛蟲《けむし》みたいに云はれてさ、追ひ返されちやつたのよ。でも一總さん歸つてるんでしョ？　番屋にゐる？」とさらに尋ねてきました。しかし私は麻谷の本宅のことは知りませんし、あの品の良ささうな御寮さんがそんなに邪険《じやけん》なことをするかしらとも思ひましたが、ともかく一總と云ふ人を私は見たことがないし、番屋にはゐないと應《こた》へます。すると、そんなはずないわと千代子はまた小さな癇癪を起こし、爪先立ちで首を延ばしては裏口のはうをうかゞふのでした。

私たち、滿洲へ行くのよ。大陸では生きるも死ぬも腕一本だなんて、せい〳〵する話ぢやない！　眉間に細い皺を寄せてさう話した千代子は、札幌かどこかで知り合つた麻谷の息子と驅け落ちの約束が出來てゐるのだと云つたふうでしたが、かうして女のはうが男の生家まで訪ねてくるからには、男が逃げてしまつたのでせうか。しかしまた、千代子は息せき切つて、滿洲の街がどんなにうつくしいかと云ふ話もしました。ハルビンや新京には石や煉瓦造りの建物が建ち竝《なら》んでゐて、大きな劇場や教會やホテルや百貨店が聯《つら》なつてゐるのは、まるでパリのやうだつて。夜はネオンの海よ。貴女、分かる？

　さう云はれても、私に分かるわけがありません。しかし、からうじてジャン・クリストフの過ごしたパリだと思はず想像しながら、私はそのとき何となく千代子のはうの味方になつてゐたのは確かでした。いゝえ正確には、自分とはたぶん重なることがないだらう或る白々しさを感じながら、あるいはまた、つい一年前にはこの私も東京の本郷の家で満洲へ渡ることをぼんやり想像してゐたのにいまは一體何を待ち望んでゐると云ふのだらうと思ひながら、一總と云ふ人の姿が見えたら帳場の電話を借りて知らせてあげるわと云ひ、千代子は羽幌の宿屋だと云ふちらしを私に渡して「親方に見つからないでね、頼むわよ」と念を押すと、裾をひるがへして殘雪の斜面を勢ひよく驅け去つてゆきました。私とあまり違はない年恰好なのに、その後ろ姿がまた何と狂ほしく活《い》き〳〵してゐたことか。羽幌まで五里もあるのに、歩けば四時間はかゝる海岸の道を彼女は草鞋を砂だらけにして戻つてゆくのです。

　さうして何とも云へぬ心地でそれを見送つた後、マツさんの怒鳴り聲で番屋に呼び戻されると、そこではすでに神棚に御神酒《おみき》が捧げられ、親方が柏手《かしわで》を打つての大漁祈願の祝詞《のりと》があがつてをりました。續《つゞ》いて、大船頭の昭夫伯父が板間の奥の鴨居の上に二ケ統六十名各々の職名と氏名の書かれた板を貼りだしますと、今度はどうと歡聲《かんせい》があがります。その板には初めに大きく「定」とあり、續いて最初に親方の名前や帳場の「勘定」さんたちの名前があり、次に大船頭の昭夫伯父を筆頭に、下《した》船頭、起船々頭《おこしぶねせんどう》、枠乘《わくのり》、磯船乘、表係（上《うえ》船頭）、大工の各々の役びとの職名と名前があり、その下には平雇ひの名前が聯なつてゐて、最後に炊事婦のマツさんと私の名前。私の父の康夫は平雇ひの最後から二番目。忠夫伯父の名前は眞ん中くらゐにあつたと思ひます。マツさんが「へえ、東京の娘ば名前に子がつくんだば、華族みでだな」と云ひ、竈のそばで酒の匂ひをぷん〳〵させながら聲をころして嗤ひこけます。晝間から煮炊きに使ふ清酒を少しづつ盗み呑んで、すでにすつかり出來上がつてゐたマツさんの正體《しょうたい》は笑ひ上戸《じょうご》でした。

尤《もっと》も、私のはうはそんな輕口《かるくち》にこゝろが動くでなく、父の姿さへろくに見てをらず、とき〴〵谷川巖の姿を目にしては、焦燥とも悲哀とも違ふあいまいな物思ひのなかを行き來します。巖青年は十七歳にしては漁師の世界が長いせゐか、飯臺《はんだい》の一角で父親の平次郎さんとともに同郷の下衆《しもしゅう》たちと笑ひ合ふ姿も板についてゐるのでしたが、なにがしかの理性を動員してもなほ、若々しい肌や白い齒竝びに思ひがけずハッとしたり、何と云ふこともなくこゝろがざわめき立つのはなぜでせう。また、それが燃え立つやうに嬉しいと云ふのでもないのはなぜでせう。十六歳の晴子にもしもさう尋ねられたら、私はいまうまく應《こた》へることが出來ません。一方、そんなふうな心地でしたので、いつの間にか小柄な麻谷の親方がチャンチャン姿で板間に立ち、よく透る聲で朗々と節をつけて決まり事を申し渡したときもあまり注意を拂《はら》つてをらず、いまもからうじて思ひだせるのは「喧嘩《けんか》口論賭博《とばく》ヲ嚴禁」「役人《びと》ノ命令ヲ遵守《じゅんしゅ》」「一家親睦《しんぼく》和合協力シテ能率增進」「火ノ用心」と云つた決まり文句くらゐです。

その後、網下ろしは清酒の四斗樽《しとだる》が開けられての酒宴になつて、私たち女は給仕に走り回り、德利や料理を運ぶのに追はれてしばし物を思ふひまもなくなりました。網下ろしの宴は無禮講《ぶれいこう》が決まりでしたが、土間と板間を行き交ふ人の素行や醉ひ方はいつもの地そのまゝです。あつちへ行き、こつちへ行きと身の輕い船頭の「鳶《とび》」さんや、陸廻《おかまわ》りの「小使ひ」さん。板間の端で拔目ない目を光らせ、相變《あいか》はらず親方や大船頭へ酒を注ぐ機會をうかゞひながらそは〳〵してゐる帳場の「勘定」さん。一方、給仕に行き來する加賀衆の內儀さんたちは、いつの間にか紅を差してゐたりで、ご亭主の目も憚《はばか》らない嬌聲《きょうせい》をあげての注ぎつ注がれつは目のやり場に困るくらゐでしたし、マツさんはマツさんで若いはうの帳場係と目を合はさうとしないのがいかにも怪しい。さうしていつの間にかのど自慢が始まつたかと思ふと、普段は疎《うと》んじられてゐる船頭の「閻魔《えんま》」さんが驚くほどの美聲《びせい》で追分《おいわけ》を唄ひ、やんやの喝采になります。そこで今度は土場の谷川平次郎さんがこゝぞとばかりに前唄《まえうた》を唄ひ、息子の巖が初々しい青年の聲でソイ掛けをすればそれに昭夫伯父が本唄で應じます。さらに内儀さんの一人が三味線を持ち出すともう、座布團《ざぶとん》が舞ふ騒ぎ。片や土間の飯臺では、「三杯」さんや「銀鱗《ぎんりん》」さんが片手に飯茶碗《めしぢゃわん》、片手に湯呑み茶碗で何だかほろ酔ひの顔をしてゐるかと思へば、今日ばかりはと胃腸の悪い「水筒」さんまでが四方に酒を注いで回り、「三日月」さんたちの强面《こわもて》の集團もまた人の子らしい華やいだ顔色で追分に調子を合はせては、かもめのー鳴く音にーふと目をー覺《さ》まし、あれがー蝦夷地《えぞち》のー山かいなーと喉を鳴らすのです。それにしても、もう四十年も聴《き》いてきた追分なのに、音痴の私はいまもこの「かもめのー」の出だしの節がどうしても唄へません。

さうして網下ろしの宴は、番屋の誰もかれもが浴びるやうに呑んではそれ〴〵に低く艶やかな喉を延々と披露し、隣同士肩を組んで右へ左へと一齊《いっせい》に波うつのでしたが、そこにあつたのは一家親睦と云ふよりは、漁期が終はれば赤の他人の、生まれも心根も違ふ六十人の雇ひがたゞ酒と唄と手拍子でつながり酩酊する、何とも云へぬ獨特《どくとく》な高揚であつたかも知れません。四年前、滿洲へ出征する母の従兄の孝雄さんを送つたときの宴席もどこかこんなふうだつたと思ひだして、そのときの私はこゝろがあまり彈まなかつたのですが、あるいは私たちの暮らしは何百年もかうして折々に呑めや唄へで洗ひ流して、やつと續《つゞ》いてきたのかとも思ふと、いまとなつてみればたゞ哀しいばかりに懐《なつ》かしいざわめきです。それもこの野邊地の暮らしが、あまりに靜かすぎるせゐでせうか。

ところで番屋の宴とは別に、女性にとつて人生最初の大きな出來事がその同じ夜にやつて來たこともこゝに書いておかなければなりません。臺所を行き來しながら夜も更けてきたころのこと、私は蟲《むし》の知らせと云ふやつでご不淨に行き、初潮が來たことを知りました。學校で早熟な友だちから聞いてゐたことではありましたが、たくし上げた着物の下をひとりで覗き込んだときの氣持ちと云つたら、なか〳〵凄まじいものでした。男の貴方に詳細は書きませんが、痛みもなく記憶もない流血は自分の身體で起きてゐる出來事だと云ふ感じでなく、私はそのとき、腹のなかに胎兒のかたちをした吸血鬼が棲《す》んでゐるか、突然自分が産卵する魚になつたやうな奇怪な心地に誘はれるまゝに、あァ大《たい》變《へん》だ、世界との折り合ひをどうつけようかと眞劍に策を巡らせたものでした。孵《ふ》化《か》した幼蟲《ようちゅう》が世界を初めて見るのと違ひ、初潮を迎へた少女は自らの突然變異を見届けるやう運命づけられた祕密の生きものです。

その後、人に知られないやう始末をし、外の井戸へ汚した下着を洗ひに出ましたが、そのころにはまた違ふ心持ちに襲はれてゐました。痛みのない流血が運んでくるのは、子宮が突然重力をもつたやうな感覺とある特別な匂ひです。とき〴〵土間の內儀さんたちから漂つてくる匂ひ。昔、弟妹たちが生まれて間もないころ、母富子の膝に乘ると乳臭さのなかに微かに混じつてゐた匂ひ。少し饐《す》えたその甘い肉の匂ひが、懐かしさや可笑《お》しさや淋しさなどを含んでいまは自分自身から滲みだしてくるのを感じてゐると、奇妙にもこゝろが鎮まつてくるのでしたが、それは强ひて云へば、棘々《とげとげ》しく鮮やかな原石が、一夜にして鈍く重い石臼に變はつて大地に坐つたやうな感覚でした。あるいは綠色のさなぎが羽化《うか》して、茫洋とした大きな茶色の蛾《が》になつたやうな。それがまた、とくに仕合はせでも不仕合はせでもない、不思議に漠とした心地なのでした。

さう云へば、その夜の康夫の様子もついでに書いておきませう。康夫は私が外へ出てしまつたのに氣づき、具合が悪いのかと様子を見にきたのですが、びつくりしたのは私のはうです。下着を手のなかに隠して「放つておいて」と追ひ拂《はら》ふと、康夫は風邪を引かないやうにしなさいと云ひ殘し、自分は片手にハリケーンランプ、片手に新聞を持参して濱へひとり歩きだしてゆきました。そのとき私は、麻谷に來ても康夫がやはりどこからか新聞を手に入れてゐたのに呆れた一方、薪割りをしてゐる晝間《ひるま》の背中とは違ふ、何やら物を思ふ懐かしい背中を感じ取つたからでせう、しばらく話をしてゐなかつたことを思ひ、父に聲をかけてあとを追ひました。振り返つた父は、父と云ふよりは教師のやうに「たまには君も新聞を讀《よ》むか」と應へ、船小屋の脇にランプを置いて坐り込みます。

私の思ひを知るや知らずや、父曰《いわ》く、新聞は實《じつ》は羽幌の販賣所《はんばいじょ》から番屋へ届くものを先《ま》づ親方が讀み、昭夫伯父たちが讀み、帳場が讀んだ後に本宅の竈の焚きつけに回されるのを、谷川巖が一日か二日遅らせるやう工夫してくれるのだと云ふことでした。私はあらさうとだけ應へ、それからもうい〻加減破れさうな新聞を分け合ひ、父と私はそれ〴〵しばらく讀み耽りました。いまもよく覺えてゐますが、一面に載つてゐたのは滿洲國の皇帝溥儀《ふぎ》が天皇陛下と一緒に馬車に乘り、代々木練兵場での觀兵式に向かふ寫眞《しゃしん》。傀儡《かいらい》でも皇帝と云ふからにはどんな偉丈夫だらうと思ひ目を凝らしてみましたが、いまと違ふ當時の粗惡な寫眞ではあまり大きな體格の人でないことがからうじて分かつたくらゐで、私はすぐに目を移します。滿洲進出の正當性については以前から康夫が疑義を唱へてゐましたし、それでも十六の娘には依然、何とはない夢をかき立てられる外地であつたことに變はりはなかつたのですが、當面行く當《あ》てもないとなればもう振り拂ふだけです。

續いて、内務省が美濃部達吉の『憲法撮要』と云ふ著書の出版頒布を禁止する處分《しょぶん》を決定したとの記事。美濃部の名前と「天皇機關說」云々の憲法學說についてはさう云へば何年か前、ロンドン海軍軍縮會議の批准を巡つて政友會の犬養《いぬかい》や鳩山《はとやま》が統帥權《とうすいけん》干犯を云ひだしたときに、これは明治憲法で定められた條文を蔑《ないがし》ろにするものだと康夫が私たちに云ひ聞かせたときに聞いたのだと思ひだしながら、それでも長らく新聞から遠ざかつてゐた私としては、これもたぶん二年前の京都の瀧川事件のやうな赤化教授の問題だらうかと思ふのが當時はせい〴〵でありました。かうしてそんな著書の名前をいまも思ひだすことが出來るのもたぶん、一つにはその後野邊地の福澤本家の淳三の書棚で美濃部の當の著書を發見したことゝ、もう一つは貴方が大學を卒業する前に送り返してきた本の中にあつた一册を、何となくめくつてみたりしたからに過ぎません。貴方の本は朝日ジャーナルの聯載《れんさい》をまとめた昭和史でしたが、それにしても貴方はこの時代の話をどんなふうに讀んだのかと、ふといまも考へてをりました。なぜなら、私のやうな市井の生活者には無縁と云へば無縁の書物ですが、當時、帝大へ進學するやうな學生たちには『憲法撮要』は普通の教科書だつたからです。さうして誰もが長らく親しんできた議會政治の理念の常識が、時代の力で非常識に變はつた瞬間の記事を讀むと云ふのは、當の康夫たちにとつて返す〴〵どんな心地がしたことか。

尤も、その夜の私の心地はしごくあいまいな違和感の域を出ることはなく、父が教職を辭《じ》したのはやはりかう云ふ社會の空氣を拒否したと云ふことだつたのだらうと考へるに留まりました。またそれに先立つて、あの物云はぬ父が母富子の生きてゐた最後の時期、突然滿洲情勢について反對《はんたい》の聲を擧《あ》げたのも、時代の向かはうとする方向へ無意識のうちに「否」の聲が噴きだしたと云ふことだつたのだらう、と。後年、若い淳三を眺めてゐたときにも考へたことでしたけれど、政治家でも勞働運動家でもない康夫や淳三のやうな人間は、社會を動かす力も抵抗する力も持つてはゐない代はりに、政治や言論の只《ただ》なかにゐる人たちには聞こえない、未來の不幸の足音がぼんやりと聞こえたのです。關東軍と云ふ不幸、滿洲と云ふ不幸、國體明徴《こくたいめいちょう》運動と云ふ不幸、少國民と云ふ不幸がまつたく逆の歡喜だつた同時代に、いまや平雇ひとなつた康夫は初山別の濱でひとり荒れた手に新聞を握りしめて、その足音を聞いてゐたのだらう。いまはたしかにさう思はれてなりません。

何年か前、弟の哲史が學會で弘前に來たときに久しぶりに會ひましたら、哲史が云ふには、この昭和一〇年春に康夫は初山別から自分と幸生宛《あ》てに長い手紙を書き送つてゐたさうです。そんな話を私は初めて聞いたのでしたが、曰く、親父は先づ昭和五年のロンドン海軍軍縮會議の際に噴きだした統帥權干犯の問題から說き起こし、政黨《せいとう》が自ら立憲君主制を葬《ほうむ》つた若槻《わかつき》・齋藤内閣以降の政治の姿について述べ、天皇機關說排擊について、これはまさに行政權に屬《ぞく》するべき軍隊の編制權を統帥權に組み入れることによつて、憲法に定められた天皇大權の解釋《かいしゃく》そのものが覆されたことを意味する云々と書いてゐたさうです。さらに、天皇を敬愛することゝ大權を奉じることは別であるとか、少なくとも現状においては五族協和の美名の正體は中國人民の主權の否定と搾取であるとか、教師の云ふことは耳半分で聞いて自問自答を繰り返せとか書いてくるものだから、ぼくは驚いて手紙を隱してしまひ、幸生には見せなかつたのだと哲史は云つてをりました。康夫の手紙にはまた、これから君たちが讀まねばならぬ書物と稱《しょう》して二十も三十も書名が聯《つ》らねてあつたさうですが、そこに中江兆民《ちょうみん》や西田幾多郎のほか、東洋經濟新報（これはきつと主幹だつた石橋湛山《たんざん》の時評のことであつたと思ひます）の名があつたのも、またさう云ふかたちでしか二人の息子に對して自分の聞いてゐた不幸の足音を傳《つた》へられなかつたのも、いかにも康夫らしい話です。さう云へば、昭和八年の國際聯盟《こくさいれんめい》脱退の通告が、つひに撤回《てっかい》されることなく效力が發生したと云ふ新聞記事を讀んだのも、この數日後でした。康夫に倣《なら》つたのでせう、日本はいよ〳〵世界で獨《ひと》りぼつちだと思つたのを覺《おぼ》えてゐます。

その夜、父と私はしかしそんな話は一つもしなかつたのであり、潮騒《しおさい》しかない闇に靜かに包まれながら、康夫はしばらくマメだらけの自分の手を眺めてゐたかと思ふと、昔は農夫や車夫の手を見てさぞ痛からうと思つたのだが、ほんたうに痛むのは手ではなく心のはうなのだと云ひました。しかしこの痛みは實に活《い》き〳〵してゐて、これまで知らなかつた感情やものゝ感じ方の鮮やかさにぼくは始終驚いてゐるのだ、と。さうして康夫が正確に何を云はうとしたのか、その夜の私には殘念ながら十分に聞き取れなかつたのですが、丁度そのときのこと、砂を踏む足音がして暗闇に目を凝らしますと、番屋の裏口のはうから人影が二つ前後して濱へ走りだしていくのが見え、しばらくして康夫が聲《こえ》をころして笑ひだします。二つの人影は私の見たところ、確かにマツさんと若いはうの帳場係の男でしたが、宴の最中に逢引きに拔けだすなんてと呆れる私をよそに、康夫はさもをかしさうに笑ひ續け、「あの二人、去年はどちらも別の相手だつたのに」と云ひます。しかしこれは節操云々の話ではないのだよ。ぼくは去年あることを發見して、こんな假説《かせつ》を立てゝみた。人は妙な虚榮《きょえい》や能書きさへ捨てれば、それ〴〵或る種の昆《こん》蟲《ちゅう》や動物のやうに固有の匂ひを發してゐて、その匂ひ同士にまたそれ〴〵凹凸があつて最適な組み合はせと云ふものが初めから決まつてゐるに違ひない。小説家があれこれ尤もらしく理由をつけたり裝飾しようとしてきた一目惚れの正體は、實は本人たちも知らない生物學的な反應《はんのう》かも知れない。かうして番屋の男女を見てゐると、とかく人が理屈つぽく戀《こい》に惱むのは、自分が自然界の生物の一つであることを忘れてゐるからではないかとぼくには思へてきたのだ。人は自然に生きるのがいゝ。痛いものは痛く、汚いものは汚く、狂ふときは狂ふのがいゝ。その意味では、あのマツさんはなか〳〵自然で愛らしいとぼくは思ふ。

片方で土場の息子たちに自由主義を學べと手紙を書きながら、片方で發情した男女を眺めながらばか〳〵しいことを思ひ巡らせて無頓着に清々と笑ふ康夫は、きつと頭の回路が變はつてしまつたのです。それとも康夫は娘の私がいつも谷川巖を見てゐるのに氣づいてゐて、慰めるつもりでそんなことを云つたのか。あるいは富子との十三年の月日をぼんやり振り返つてゐたのか。またあるいは、こゝへ來てやうやく自然な自分と云ふものを發見しようとしてゐたのか、いまとなつてはいづれとも分かりませんが、あれはたしかに血の滲むマメの痛みが呼び覺《さ》ました人間野口康夫の、生まれいづる顏であつたのかも知れません。そして、その一方では潮風にさらされ脂が拔けて赤茶けた髪はもう粉をまぶした絲屑《いとくず》のやうで、うつくしかつた顏も手も、垢と砂で日に〳〵薄汚れ黑ずんでゆくのです。

しかし一體、かうして英語教師の野口康夫は死に、一人の漁夫が生まれたのでせうか。私はそのとき何の返事も返せず、昏《くら》い海を見續けるばかりでしたが、思ふに、さうして康夫が何を發見しようと、漁夫や農夫たちの單純で强靭な生はたぶん、私や康夫の手中にはない何ものかであるのでした。折々に別の生のありやうを幾分か感じ取ることは出來ても、人にはそれ〳〵自分と重ね合はすことは出來ない斷層《だんそう》が豫《あらかじ》め備はつてゐるに違ひないのです。この數日前、私は生きることの單純さを欲しいと日記に書きましたが、足を砂だらけにして濱を驅けていく男女を愛らしいと思ふこゝろは、さう云ふ人生が手中にない者に與《あた》へられてゐるに違ひないのです。結局、昭夫伯父が大船頭として一漁夫の康夫をどう判斷するにせよ、私たち四人の子どもの父として少なくとも賴ることの出來ない人なのは確かであり、さりとて學問の自由もまた終はりを告げたのは確かだつたその日、私は父を責めることも出來ず、もはや壯健な桃太郎ですらない老いかけた汚い漁夫に、ほんたうには親しみを感じることも出來ぬまゝ、ひどく靜かに淋しい心地でありました。

そこへまた、いましがた濱へ驅け去つていつたマツさんたちの足音が何かたまらなく淫靡《いんび》な氣配になつたり、夕刻に出會つた千代子の强い色香が勝ち誇つたやうに甦つてきたり、いまも番屋で赤々とした頰をしておほらかに喉を鳴らしてゐるのだらう巖靑年の、何と云ふのでせう、若い身體の發する波動のやうなものが私の出血する子宮に響いてくるやうな氣がしたりで、濱の闇の全部が何かふつ〳〵と沸いてをりました。番屋のはうからはいつの間にか雄大なソーラン節と木やり音頭が聞こえてきて、隣の康夫も低く小さな聲でそれに調子を合はせ、肩を搖らせてソーラン、ソーランです。ハァーヨイサ、サイノヨイサ、ハァーヨイサ、エーエョォヤサァ。こんな感じだつたかしら? 康夫にソーラン節。あれは夢ではなかつたかといまも思ひだすくらゐですが、ソーラン、ソーランとかうして呟いてみますと、何だかあれもこれもと少しくゞもつた萬華鏡《まんげきょう》のやうになります。

この二日後、麻谷の濱にはつひに鰊がやつて來たのでしたが、今日はこゝで筆を置きます。つい先ほど福澤の徳三さんから電話があつて、昨日揚がつたマグロば分げてるところだば、早ぐ來ねえと食つてしまふどと云ふことでしたから、もう午後三時ですけれど急いで八戸へ行つて來ます。淳三が、近海のマグロなら食べると云ひますし。』

3

「ところで、先ほど土場で谷川さんのお宅へ寄らせていただきました」

彰之が言うと、野口誠太郎はまた少し含みのある眼差しになり、「そうですか。谷川の婆《ばあ》さまに会いましたか」と応えて遠縁の顔を見つめてきた。

「しかしあの家も今年限りで取壊しでしょう。釧路の水産会社にいる息子が今年の正月にうちにも挨拶に来まして、婆さまを引き取りたいんだが、本人がうんと言わないんで困っているということでした。しかしそうは言うが、当の息子がろくに陸《おか》にいないような生活をしていたら、引き取る意味がない。まずあんたが船を降りるのが先だとぼくは言ったんですが、二百カイリになったら考えるというんだから話にならない」

「巖さんとはお親しいんですか」

「彰之さん、巖をご存じなんですか」

「昔から年に何度か母宛てに葉書をくれる人なので、名前だけは。昔、初山別で出会った人だと聞いています」

「そうですか……」

誠太郎はそのままガラス戸の外の日差しを見やり、数秒して再び居間に目を戻すと今度は、目尻に刻まれた初老の皺に微細な笑みを滲みださせ、ついには軽く肩を揺すって笑いだした。一方彰之は、当初から感じていたある違和感の正体は晴子の周辺を巡るこの人物の、なにがしかの個人的な感情なのだと察しながら、知りたくもない気持ちと聞き捨てならない思いの間をひそかに行き来した。

「巖は十七だったですかね……。それで晴子さんの方が十六となれば、初山別のようなところで出会ってお互い気にならないほうがおかしいといまは思うけれども、あのころのぼくや兄貴にしてみれば、やはり巖には負けたくなかった。晴子さんは従妹《いとこ》だから、ぼく自身それ以上のことはないと分かっていても、そこは男同士、因縁もありましたよ。

巌は小さい時分から土場の子どもたちの大将で、親孝行だし働き者だし、家が山持ちで杣夫《そまふ》もやれば海にも出るとなれば、それはもう女の子にもてた、もてた……。昔は春先にそこの川で流送というのがあったんですが、この辺りでは伐採した原木に乗って川を下ってくる連中は憧れの的でしてね、江差《えさし》から女学生や芸妓が見物にきたぐらいだった。うちの親父も、漁場でずっと巌の面倒を見てきて、あれは間違いなく将来は大船頭になる男だといつも言っていましたし、巌も子どものころから自分はいつか日魯《にちろ》の青い制服を着るんだと言っていた。実際、二十歳のころにはもう、親父がカムチャツカで預かっていた四カ統のうち一カ統を仕切るようになっていたと思いますが、毎年秋の終わりに土場に帰ってくるときには、ぼくの妹も含めてもう村じゅうが大騒ぎだった。熊の毛皮のコサック帽を被って、革の編み上げ靴を履いて、外套の裾をひるがえして、うちの親父と並んであの土場の街道を颯爽と歩いてくるんです、谷川巌が……」

かつて独航船を連ねて北洋から帰還してきた福澤の男たちも、子どもの目にはいつも胸がすくほど威勢がよかったことを思い出しながら、彰之は「粋《いき》ですね」と相槌を返し、誠太郎は大きくうなずく。

「ええ、それはもう。当時樺太《からふと》やカムチャツカで腕のいい船頭になれば、帰ってくるときの土産は内地では見たことのない舶来品だし、自然にロシア語も覚えるしで。親父などは昭和の初めにライカのカメラを持って、スコッチセーターを着てましたよ。うつくしい編み込み模様を自分で編むんで、編物はお袋のほうが親父に習っていました。まあ、そんなふうでしたから巌も縁談が山ほどあったようだし、早々に結婚するんだろうと誰もが思っていたんですが、気がついてみると一向にその気配がない。いま思うと、根は自由人だったんでしょうかね。……それから、出征したのがうちの兄貴と同じ昭和一七年の秋で、兄貴はもう道庁に勤めて結婚もしていましたが、巌のほうは独身でしたから、親父さんの平次郎さんが急いで江差のどこかの女性と縁談をまとめて、息子の帰りを待っていたんだそうです。そのときも漁期の途中だったもので、カムチャツカの漁場から巌は急いで帰ってきたんですが、事前に函館から縁談お断りされたしの電報を打ったらしい。平時ならともかく、入営前の身ということで周りも大目に見たんだろうと思いますが。……そうそう、そのとき親父がうちの分と谷川の分の大きな紅鮭を二尾、巌にこっそり持たせましてね。長男の出征を見送れなかった親父の精一杯の気持ちだったと思います。当時はソヴィエトの監視が厳しくなって、漁業区の漁師でも一尾たりとも勝手に持ちだせなくなっていましたから。それで、紅鮭の丸一尾というと魚体が大きすぎて背嚢《はいのう》に隠せないものだから、仕方なく半分に切って詰めてきたんだそうでした。彰之さんは、紅鮭は？」

「いいえ、鮭は郷里の定置網しか知りません」

カムチャツカの紅鮭の話は、彰之も昔年配の漁師たちから子守歌のように聞かされたものだった。定置網を起こしていると雪を被った三千メートルもある山がいつも雲のように前方に浮かんでおり、それを眺めては、この紅鮭たちは一体あの山のどこへ遡上するんだろうと漁夫たちが話し合ったという戦前戦後、彼らは日露戦争の時代から代々自分たちの獲り続けてきた鮭の帰る場所を知らなかった。日ソ漁業条約の締結で日本側が初めて資源調査に入ったのは、彰之が中学に進学した年のことで、いつだったか従兄の遙が学校をさぼって常光寺へ遊びにくると、普段は勉強など無縁の遙が興奮したように、お前知ってるか、紅鮭の遡上する川はオゼルナヤで、産卵場はクリル湖だそうだ、おい世界地図貸せ、見てみよう、と言ったのだ。まるでオホーツクの漁夫の子孫は、その血のなかに雄大な紅鮭の記憶がひそんでいるとでもいうふうだった。

しかし当時、彰之や従兄がかつて三万人も働いていたというカムチャツカ漁場の話をさらに聞こうとすると、漁師たちはきまって「なに、昔の話だべァ」と嗤《わら》い、多くを語らなかった。野口昭夫もまた息子たちに漁場の話はしなかったのだろう、誠太郎が若いころに見たというカムチャツカ帰りの凱旋《がいせん》や豪華な紅鮭の話にはさして心が動かないま、彰之は自分の知らない時代の母の周りを巡る話になおも違和感を覚え続けたが、片や誠太郎の方はまるで彰之の後ろにもう一人聞き手がいるかのようで、いつの間にか身を乗り出してさえいたものだった。

「……それで、そのころぼくは早稲田にいて、兄貴が出征するというんで帰省しましたら、ちょうど巖がカムチャツカから戻ったその日だった。巖はもう国民服を着ていて、まさにたったいま船を降りてきたといった赤々した頰をして、玄関先でぼくに手招きをした。一つしか歳《とし》が違わないのに学生のぼくは、何だかのっけから気圧《けお》されたような気分でした。それで何の用かと思ったら、巖はぼくに東京へ帰る途中野辺地へ寄ってくれないかと言うんです。ぼくは内心、ああと思いましたよ……。晴子さんとは昭和一〇年以来会っていなかったし、ときどき葉書をやり取りするくらいで何という間柄でもなかったですが、そうして巖と相対したとたん、何というか、もう前後もなくこの野郎という気持ちになった。たぶん巖に対する嫉妬だったんでしょうが、とにかくそのときぼくは巖に、晴子さんのことなら自分で行くべきだし、そのほうが相手も喜ぶだろう、時間がないのなら手紙を書けばいいと生意気なことを言ってしまった……。しかしその夜、ぼくはずっと巖のことを考えていて、冷静になってみれば巖の気持ちが分かる。自分も出征するときには、意中の女性に会うのはやはりためらわれるだろう。最後の別れだからといって、相手を救いがたい気持ちにさせて何になる、などと自分に言い聞かせてみたりもしました。しかし巖が他人に言伝てを頼むというのは、あるいは自分で会いに行くほどの仲ではない片思いなのかも知れない。……いやはや、そんなことも詮索したぼくは、よし野辺地へ寄ってやろうと決めてもう一度巖の家へ行ったら、平次郎さんが出てきて、なんと巖は夕方急いで青森へ出かけたと言うではありませんか。入営に間に合うよう必ず帰ってくると言って、飛び出していったんだ、と」

晴子の従弟として、斯《か》く斯くしかじかで自分はかつての晴子と谷川巖の経緯を知るに至った一人だと言いたかったのなら、それもよし。あるいは、自分にもなにがしかの思いがあったことを言いたかったのならそれもよしだったが、なにがしかの心情はそうして語られる端から、世間で腐るほど耳にする男たちの述懐の一つに堕していくように感じられ、彰之は白々としながら、いまさらそんな話を聞かされても詮ないと思った。しかしその一方では、ひそかに耳をざわつかせている自分がおり、この手の隠微な息づかいが自分には長年ひどく身近だったことを彰之は考えてみたのだったが、その隠微を滲みださせているのはたとえば淳三であり、晴子の周りを巡る福澤のほかの男たちであり、葉書のなかの谷川某だった。あるいはまた、こうして母のゆかりの土地へ、とくに用事もないのに時間を潰《つぶ》して足を運んでみたりする三十前の息子も、そこに連なっている一人だと言われたらそうかも知れなかった。

それにしても誠太郎の少し粘りつくような眼差しは、他人に向かって縷々《るる》語られる個人の心情の話が、こんなふうにして聞く者のなかでわずかにざわめき、色あせ、葬《ほうむ》り去られていくのを執拗に見届けているようでもあり、かと思えばそれでも構わぬというふうでもあって、受け手としてはなおもあいまいな心地に据え置かれ、彰之は再々自分はここで何をしているのかと自問させられるばかりだった。

「巖はあのとき晴子さんに会えたのかどうか。生きて帰ってきた男だからいいようなものの、いまもときどき思いだしては気になります。三十年以上経つのに、未《いま》だにどちらにも尋ねてみる勇気がない。貴方《あなた》、晴子さんからお聞きになったことはありませんか」

誠太郎は言い、彰之は昔の恋人の話を息子にする母親がどこにいると思いながら首を横に振った。しかし誠太郎は、初めから返事など期待していなかったに違いない、「こんな話を家内にするわけにはいきません」と言うと自分からまた軽く笑いだし、日差しに目を移してため息をついて、ところで自分はいま誰に何を話していたのだろうというふうな表情になった。しかし彰之もまた同じような心地で、そろそろ辞去しようと考えたとき、誠太郎は「そうそう」と言いだして、また急に腰をあげていたのだった。

「彰之さんは、鯨の群来《くき》をご覧になったことないでしょう？　写真をお見せしますよ。昭和三〇年に役所の仕事で増毛《ましけ》に行ったときに、地元の漁協がそろそろ来そうだというんで、岸に三脚を立てて一晩待っていたら夜明けに来たんです、鰊が！　結局、それが増毛での最後の群来になりましたが、そのときの写真を入院していた親父に見せましたら、急にカッと目を見開いて、おう来たか、網ば起こさねばならねと言いだした。きっと昔の初山別の夢を見てたんでしょう……」

『ずいぶん昔の話になりますが、貴方と一緒に圖書館《としょかん》で漁業の本を讀《よ》んでゐたときのこと、私が角網の建て方の圖解《ずかい》を分からないと云ふと、小學生の貴方は先《ま》づ最初に建て元の側から垣網《かきあみ》を伸ばして、次に浮子《あば》棚を垣網に結つてと、まるで幾何の問題を解くやうに樂しげに私に説明するのです。實《じつ》は同じやうにして、昭和一〇年の初山別の濱《はま》で私は谷川巖から網の仕組みや漁の手順を丁寧に話してもらつたのでしたが、ろくに頭に入らなかつたのは、そのときの私がたゞ巖青年の聲《こえ》や息づかひのはうに聞き惚《ほ》れてゐたせゐかもしれません。また野邊地の圖書館で、小さい貴方が呑《の》み込みの惡い母に一網拾枚以上にもなる軀網《くあみ》の構成を説明しては、こちらが「尻スド」、こちらが「上スド」、そして魚の入口はこゝだ、などと教えてくれたときも、私は一體《いったい》どこからこんなに勘のよい子が生まれてきたのだらうと感心したり、ヒョットしたらこの子もどこかに漁師の血が流れてゐるのかしらと考へたりで、貴方はこれで母さんも分かるでせうと云つたのだけれど、ほんたうはやはりよく分からなかつたのでした。

こんな母ですから、いざ漁のことを書かうと思ふと心もとないのですが、それでもこの目で見た鰊《にしん》漁の光景だけは、ぜひとも書いておきたいと云ふ思ひに驅られます。それはもう、何も知らない十六の娘にとつても實に心奪はれる經驗《けいけん》でありましたから。

さて、網下ろしの翌日には、昭夫伯父は早々に二艘《そう》の枠船《わくぶね》を出して海上での待機となりました。私にはそれがどう云ふことなのかよく分からなかつたものゝ、陸に殘つた親方も若衆たちも何となくそは〳〵して沖を眺め、空を仰ぎ、風や潮の具合を睨みながらの腕組みでした。見れば、刺し網の漁家の人びとも、その向かうの別の建網《たてあみ》漁家も同じやうにして朝も晝《ひる》も夜中も何かを待ち續《つづ》けてゐます。また翌日には、厖谷の濱からは一艘十名の巖たち若衆を乘せた起こし船が二艘、待ちかねたやうに沖へ出てゆきましたが、保津船の上に二列に竝《なら》んで櫓《ろ》を漕《こ》ぐ漁夫たちがドースコイ、ドースコイと云ふ掛け聲とともに櫓を漕ぐとき、一齊《いっせい》に百三十度、百四十度の角度で反りかへり、そのとき櫓を握る彼らの勇壯な兩腕はまさに高く天を仰ぐのです。ドースコイ、ドースコイ。心躍るのは、まるで東京にゐたころに一度だけ見た、あの春の隅田川の早慶レガッタのやう！

一方私やマツさんは、沖に出ていつた彼らのための握り飯を次々に握り、磯船がそれを届けるために沖と濱を行き來する間、沖風は私にもさうと感じられるほど重くひたく／＼として、臺所《だいどころ》を行き來するマツさんは「もうすぐ來るよ、海の小判がザック／＼」と浮き／＼した顔でほくそ笑むのでした。マツさんがもうすぐ來ると云ふのは、もちろん鰊模様です。沖で待つ枠船も起こし船も、濱へ押し寄せて來る鰊の一瞬の氣配を待つてをり、夜には五百間沖の枠船と、網の尻スド側で待つ起こし船のカーバイトランプの火が、はやる心臓のやうに闇一杯に茫々と照り輝いてをりました。番屋の寢臺《しんだい》はもう寢靜まつてゐましたが、濱の見張りと爐端《ろばた》の麻谷親方は起きてをり、私は四疊半の寢間の窓から夜通しその明かりを眺め續けながら、近隣の漁家も遠くの別の番屋も、いまか／＼と鰊が來るその一瞬を待つてゐるに違ひない、何とも云へぬ空氣が傳《つた》はつてくるのに聽《き》き入ります。いまかうして思ひだしても肌がざわ／＼するやうな、あれはほんたうに特別の氣配です。

また、そのころ枠船の上で觸《さわ》り絲《いと》を手にした昭夫伯父は、いよ／＼網起こしのときを測るべく全神經を研ぎすませてゐたのでせう。角網の側網《がわづな》の下、ほゞ十間の深さの海底と枠船をつなぐ一本の細い綿絲《めんし》の周りを、廣大《こうだい》な網に入つた鰊たちが躍り狂ひつゝゆき交ふ手觸りと云ふと、一體どんな感じなのでせうか。後年昭夫伯父から聞いたところでは、かすかにピリ、ピリと絲《いと》の張るやうな當《あた》りが三つ四つ續《つゞ》いて來れば、それが網を起こすときだと云ふふうなことでしたが、人指し指と中指の第一關節の邊《あた》りに引つかけた絲一本の張りで未だ目には見えない鰊の數《かず》を計る瞬間、海と鰊の波動の全部が自分の指先に乘つてゐるやうな氣がしたと云ひます。そして午前三時ごろ、私たちは見張りの大聲を聞いて飛び起き、濱へ出てみると、沖の聯絡燈《れんらくとう》の赤い火がちら〳〵點滅《てんめつ》して、たつたいま網に鰊が乘つたことを知らせてをりました。つひに網起こしが始まつたのです。陸でこのときを待つてゐた雇ひの衆は、驅けださんばかりに汲《く》み船や二番枠のための枠船を海へ押しだし飛び乘つて、たちまち濱の船揚げ場は空になり、一方親方や陸廻《おかまわ》りは陸揚げに備へて棧橋のウィンチに滑車をかけたり、歩み板を運んだり。帳場では電話がぢり〳〵鳴りだし、「勘定」さんが濱を走ります。このとき沖には早くも粒買《つぶが》ひの商船が何隻か來てゐて、沖揚げされる鰊の買ひ附けを待つてゐたのださうです。初山別では、それを粒かけ船と呼んでをりました。豊漁の後に必ずやつて來ると云はれる時化《しけ》の具合や相場の變動《へんどう》を讀みながら、數時間後に迫つた第一回目の漁獲をその場で粒かけにするか、濱での加工に回すかを決めるのも親方や大船頭の機敏な判斷一つでしたから、親方もあれこれと頭を一杯にして濱へ電話へと走り回るのです。

さう云ふ右へ左への喧騷《けんそう》のなか、マツさんが私の手を引いて「ほら來い、群來《くき》ば見えるど」と云ひ、マツさんに聯《つ》れられて番屋の裏の斜面を上つて濱を見下ろす高臺《たかだい》に立つたときでした。境目もない海と空の闇は墨を流したやうな分厚さでしたが、カーバイトランプの燈火でさうと分かる建網の近く、一面の漆黒の中に茫々と青白い光の輪があり、それは海のなかから湧《わ》きだしてくるのでした。あちらに一つ、こちらに一つと固まり廣《ひろ》がつて輝いてゐるかと思へば、雲のやうに溶けだして闇に歸《かえ》り、また別の闇のなかから音もなくぼうと新たな光が湧きだしてきます。地球のどこからか、四年ほどかけて回遊してきた數十萬《まん》、數百萬の鰊が、故郷の眞つ暗な藻の海に光り輝く精を噴きだし、魚卵を吐きだして走り狂ふ。この群來と云ふものはまさに、どんな人間のこゝろにも届く自然の壯大な呼び聲でありました。私はそのとき、康夫が今年もまた懲《こ》りずにこの地へ來たのは、これはもう鰊の聲に呼ばれたのだと思ひ、私もさうだわ、來年もきつと來るのだわと思はず自分に呟《つぶや》いてゐたものです。もちろん、土場へ歸つて弟妹たちに眞つ先に話して聞かせるだらう土産話も、この群來の光景です。

ところで、巖や昭夫伯父から聞いた漁の話のなかでも、一番胸が躍るやうであつたのはやはり網起こし。一ケ月近くも腹一杯白米を食べてきた若衆たちがまさにその全體《たい》力《りょく》を奮ひ起こし、鰊で滿杯の軀網《くあみ》を尻スド側から枠網へ手繰り揚げてゆくのです。一回に起こすのは約四十石で、その重さはほゞ八百貫（三トン）。網の中に車が一、二臺《だい》入つてゐるやうな重さとなれば、腹に力を入れ息を合はせて、ドーコイ、ドッコイセノ！と、木やり聲を絞りださなければ網はびくともしないと云ふのもうなづけます。さうして一時間近くもかけてやつと一杯分を枠網に追ひ込んだ後、また新たに起こし始めること五、六回。満杯になつた枠網を放して代はりの船がすぐさま二番枠を取り付け、片や最初の船が枠網を曳《ひ》いて戻り、濱の目と鼻の先で勇壮な沖揚げが始まつたのは、夜も明けた午前七時ごろのことでした。一ケ統分の枠は沖で粒かけに回すことになつたのでせう、濱で待つ私たちの前に姿を現したのは一艘でしたが、そのころにはもう陸揚《おかあ》げを待つ近在の女と云ふ女が畚《もっこ》を背に濱に出てをり、桟橋には滑車の綱を手にいまか、いまかと待つ男たちがをり、子どもたちは背伸びして鰊が汲み船に積み替へられる作業を見物してゐました。

遠浅の濱から百間《けん》ほどの沖で、枠船に汲み船が漕ぎ寄せてゆき、少し間を置いて二艘が竝《なら》ぶといよ〳〵沖揚げが始まる光景は、濱の私たちにもぼんやりとながら見えました。汲み船のはうから、背丈よりも長い大タモを枠網のなかに差し入れ、ソレ、天を仰げとばかりに満身の力をこめて網の底を持ち上げ、すくひ上げ、そのつど筵敷《むしろじ》きの汲み船一杯に鰊の雨がぎら〳〵降り注ぐのが。その上で、ウミネコの大群が鰊だ、鰊だとギャー〳〵叫び合ふのが。さう云ふとき、船の若衆たちは腹と喉をふり絞り聲を限りにソーラン、ソーランと唄ひ競つてゐるのださうだけれど、その聲まではこちらには届きません。枠網一つ二百石以上もの鰊は汲んでも汲んでも追ひつかず、汲み船一艘當り十石、二百貫ほどでたちまち溢れてしまふと次の汲み船と交替して、満杯になつた船のはうは桟橋を目指して一目散に寄つてきます。それがいよ〳〵桟橋に艫付《ろづ》けするのですが、漕ぎ手の若衆二人は膝まで鰊に埋まり、手拭ひの頭から腕や腹まで鱗《うろこ》の銀色を被つて、可笑《おか》しいと云ふか、異様と云ふか。船の縁から溢れんばかりの鰊は、腹一杯の子を抱へて重い魚體をよぢり跳ね上がり、ぶつかり合ひながらびた〳〵音を立てゝゐます。初めて見る生きた鰊！　目に痛いほどの青の鋭さは磨いた金屬か鏡のやうで、何か怖いほどの生氣の電流を放つてをり、かうなるともう食べ物だと云ふ感じもありません。

さて陸揚げは、艫付けした汲み船から滑車で鰊の詰まつた敷畚《しきもっこ》を釣り上げ、櫓の下で待つてゐる荷車にあけるほか、十貫目ほど入る畚を背に女たちが歩み板を踏んで延々と運び續ける作業でした。最初の陸揚げはまだ人手にも餘裕《よゆう》がありますから、漁獲はみな十貫詰めの木函《きばこ》に詰めての粒賣《つぶう》りです。「廊下」と呼ばれる集荷場前に空の木函をずらりと竝べて、そこに荷車から畚から鰊が次々にぶちまけるやうに無造作に放り込まれていき、一杯になつた木函には粗く藁繩《わらなわ》をかけ、その場で貨物自動車や荷馬車に積み込まれます。粕炊《かすだ》きや鰊潰《つぶ》しの作業は二、三日後になるため、康夫たち平雇ひもひたすら鰊を運び、木函を運び、後から後から押し寄せてくる汲み船と、畚と、木函と、人と車と馬車追ひで邊《あた》りはもう野戰場のやうな混亂《こんらん》です。粒買ひの仲買人は殺氣立ち、帳簿と算盤を手にした「勘定」さんがこゝぞとばかりに眼鏡を光らせて走り回り、視察の役場の職員や、どう云ふわけか村議會議員や、新聞記者まであらはれます。近年どこも漁獲が不安定なときに、ひとたび大漁となれば、道內だけでなく東北各地や東京まで届く大ニュースだつたのです。

一方、飯炊きのはうも竈《かまど》があくことがないほどで、炊きあがるやいなや、冷ますひまもなく握り飯にして濱へ運び、磯船へ運びでした。一日で掌が眞つ赤に腫れ上がります。しかし、重い畚を背負ひ蟻のやうに行き來する女たちのなかには私よりずつと小さな娘の姿もあり、前掛けも被りものも袖も裾も鱗で光らせ、誰もが歩きながら鱗だらけの片手に握り飯、片手に澤庵《たくあん》なのです。背中の畚からは大ぶりの鰊がこぼれ落ち、ウミネコや子どもたちが飛んできてはそれを拾ひ合ふのにも、女たちは見向きもしません。それはもう歩く機械のやうでしたが、この女たちの日當《にっとう》は畚二杯分の鰊だつたとか。貰つた鰊は家へ持ちかへつて、賣るのださうです。

かうしてあつと云ふ間に日が暮れてゆきましたが、沖へ出たまゝの枠船や起こし船はなほも操業中です。鰊が押し寄せてゐるときは、海が凪《な》いでゐる限り、洋上で假眠《かみん》を取りながら二番枠、三番枠と交替して休みなく漁は續くのです。もちろん同時に沖揚げも陸揚げも續き、かゞり火の焚《た》かれた濱を畚背負ひの女たちは歩き續け、康夫たちは粒賣りの木函を運び續け、貨物自動車の發動機は煙を上げんばかりに唸り、先を急ぐ馬車追ひは怒號《どごう》をあげてゐます。朝から一日荷車を引いて羽幌と初山別を往復し續けてゐるあの馬たちは、一體いつ飼ひ葉を貰つてゐるのでせう。さうして夜半には、千個もあつたはずの木函が底をついて、鰊は今度は屋根付きのプールのやうな「廊下」に放りこまれていき、それもまた見る間に山になつていくのでしたが、そのころには疲れ果てた男や女があちらに一人、こちらに一人坐り込んでゐたり、歩きながら寝てゐたりと、動いてゐる者も休んでゐる者もどちらも幽靈のやうで、私も氣がつくと竈のそばでうと〳〵寝込んでゐるのです。私のお尻を叩いて「尻が燃えてるど」と笑つたマツさんも、暫《しばら》くすると釜を洗ひながら大きな背中を丸めて舟を漕いでゐます。

今日《こんにち》振りかへりますと、鰊漁がいかに邊境《へんきょう》の暮らしに幸をもたらすものであつたにしろ、そこにはやはり初めに有志の果敢な漁家がをり、資金を貸し付ける資本家がをり、飢ゑや貧窮から脱出せんとする人びとの欲望をかき立て、使ひ盡《つく》す形でのみ成り立つてゐた、收奪と幻想の漁場であつたのだらうと思ふのですが、だからと云つて當時の私たち雇ひが奴隷であつたわけではありません。女も子どもも自然の惠みに胸躍らせて我先に濱に出、腹を滿たしたい一心であれ些細な贅澤《ぜいたく》の欲望であれ、それらは自らの身體の限界まで働くことゝ一つになつて、疲勞困憊《こんぱい》も苦痛も神經の痲痺もみな、或る獨特《どくとく》の穏やかな姿をしてゐたのは確かでした。尤《もつと》も、鰊が獲《と》れさへすれば誰もが應分《おうぶん》に潤ふ仕組みが目の前にあつたと云ふ意味で、誰一人不幸な者のゐない鰊場の漁撈《ぎよろう》はどこか麻薬のやうなところもあつたのかも。かうして書きながら、私は何度も思ひ返してみるのですが、ほんたうにうつくしかつたのは、暗夜に茫々と輝く群來《くき》の海と、若い漁師たちの笑顔だけだつたやうな氣もし、はたと筆を止めて考へ込みます。

かうして初回の漁は丸二日間續き、三日目の夜明けには波が船揚場を洗ふほど高くなつて、沖に出てゐた船は波に流されぬやう、型から外した網を積んで次々に引き揚げて來ました。海にはなほも山ほど鰊がゐるのですが、數百貫もの重量の枠網を時化《しけ》のなかで曳くには、保津船はいかにも小さすぎます。丁度その朝も、別の漁場の枠船がつひに途中で網口を開けて鰊を捨てたと云ふ知らせがあり、暫くすると麻谷の濱から五百間ほど離れた濱いつぱいに二百石もの鰊が打ち寄せられて、大騒ぎの拾ひ合ひとなつたさうでした。一方、無事に歸還《きかん》した麻谷の船には昭夫伯父や谷川父子や加賀衆たちの赤々した顔があり、どの顔も身體も鱗が層をなしてこびりついてゐて、まるで人間鰊。番屋に入つて來た彼らの姿に私は噴きだしてしまひ、さうしたら谷川巖がこちらを見てニッと笑ふのです。大漁だつたらほかにはもう何も要らないのだと云ひたげな、實《じつ》に嬉しさうな顔は、歯ばかりがたゞ眞っ白い。それこそ漁師の顔と云ふものでありました。そのとき後ろでマツさんが意地悪な笑ひ聲《ごえ》さへ上げなければ、私はもっと見とれてゐられたのに。しかし、目に焼きつかせた巖の笑み一つだけでも胸が熱くなるやうに感じましたから、當分はこれで燃料の補給が出來たと云ふもので、私はもう十分に仕合はせな氣分でした。それにしても、こんなふうに自在に輕やかに自分のこゝろを滿たしてしまへるのは少女の特技と云ふものです。あるいは、後年淳三におまへは水彩の顔をした油彩のやうだと云はれた通り、種々ものを思ふわりには私の心身の感度は生來さほどでもないと云ふことだったのか。

さて、海から歸った漁師たちは風呂につかり、酒を呑み、ひとゝきの休息となりましたが、片や陸では、鰊の加工の作業が本格的に始まるときを迎へてをりました。初回の陸揚げが一段落した濱では、「廊下」の一角の枠板が外されます。そこから二階屋の屋根ほどの高さの鰊の山がどうと崩れて流れだしたその先には、未明まで畚を背負ってゐたのとはまた別の出面《でめん》(日雇ひ)の女たちが一列に坐り込み、腰まで鰊に埋まって始まる作業は先づ、鰊潰しです。日を置いて崩れ始めた鰊の腹を指で裂き、數《かず》の子《こ》や白子を取りだしては各々「テッコ」と呼ばれる木函にえり分ける女たちの手つきの妙も、嗤《わら》ったり罵ったりの賑やかさも一寸《ちょっと》した見物です。一方、身のはうは康夫たち平雇ひが二十尾くらゐづつ、鰓《えら》に藁を通して結束し、さらにぶら〳〵頭を繋《つな》がれたその一束を十か二十ほども聯《つら》ねると、鉤《かぎ》のついた天秤棒で擔《かつ》いで木架《なや》へ運びます。上下二段に組まれた木架は、ほとんど廣大な物干し場のジャングルジムと云つた感でしたから、そこに吊るされる鰊たちはさしづめ春風を浴びる洗濯物。尤も慣れない康夫には、數百尾もぶら下がつた天秤は相當重かつたらしく、長身をくの字に屈《かが》めて干し場へ向かふ姿は彌次郎兵衛《やじろべえ》のやうにふら〳〵と頼りなげであつたものです。

また、鰊を繋いでは干し場へ運ぶ傍ら、男たちは取り分けられた數の子を鹽水《しおみず》で血抜きしては簾《すだれ》に干し、肥料用の白子を干す作業もするのでしたが、その間にも鰊を潰す女たちや木架の周りでは、邊《あた》りに捨てられ山を成していく臓物や血が少しづつ穏やかに腐り始め、乾いた鱗は次第に乳白色の瘡蓋《かさぶた》のやうになつて、人と云はず砂と云はず層《そう》をなして張りつき、臓物の腐臭とともに潮風に吹かれて飛び散ります。私が握り飯を近くまで運ぶとき、つい踏みつけてしまひさうになつた鰊たちももう、あの生きた鰊ではありません。青々としてゐた目は濁りがかゝり、なほもぢつと天を仰ぎながら、そろ〳〵空を見るのにも飽きてしまつたと云ふふうに不敵な形相をして、のたりと平たく横たはつてゐると、そのうち懐《なつ》かしい隣人のやうにも見えてきて、私は何か話しかけたいやうな思ひでとき〴〵彼らを見つめます。彼らのすぐ後ろでは、故郷に辿《たど》り着いた深夜の靜けさとは打つて變《か》はつた高波が、桟橋も押し流すほどの勢ひで濱を洗ひ、「廊下」の屋根に竝んだウミネコたちだけが時折何ごとか激しく鳴き叫んでゐます。

しかしまた、そんな時化も二日ほどで鎭《しず》まるやいなや昭夫伯父を先頭に船と云ふ船は再び沖へ出ていき、間もなく初回と同じ沖揚げや陸揚げの賑《にぎ》はひとなる一方、陸では最初に干した半生の鰊を木架から下ろして、一尾づつ身缺《みが》き用に解體する作業も始まりました。かうなると私はもう「ハルちやん、ハルちやん」と云ふ陸廻《おかまわ》りの「小使ひ」さんの優しげな呼び聲なくしては、握り飯を詰めた角お鉢を手に迷子になるほかはありません。忠夫さんや康夫はなほも天秤棒を擔いで一日ぢう行つたり來たりし、高木架に吊されていく身缺きの簾はあまりの數《かず》で、その下は日も差さないほどです。濱では畚背負ひの女たちが蟻の行列をつくり、ウィンチの滑車がぎり〳〵鳴りわたり、沖からは再び集まつてきた粒買ひの發動機船の汽笛が響いてきます。五月に入り、日に日に晴れやかになつていく空の下、漁場も濱も終夜操業の工場と化し、誰にも構はれない子どもたちは初めの元氣も失つて、赤ん坊はもう泣き聲もあげません。雇ひたちはいつどこで假眠《かみん》するのか、番屋の寢臺に戻る者も少なく、あの「水筒」さんが裏口に白湯《さゆ》を貰ひに來るほかは、がらんとした帳場の奧では數千圓《えん》もあるのだらう見たこともない現金の束を机に積み上げて、算盤を彈《はじ》く音だけが響き續《つづ》けます。臺所のはうは鰊裂きなどの出面の數が増えた分、炊けるだけの米を炊き續けるだけのことでしたが、役びとの目が届かないと思ふのか、マツさんはとき〴〵姿を消してしまひ、さう云ふときは大抵若いはうの帳場係も行方不明です。

かうして繁忙はふと、時間が止まつてゐるやうな痲痺の感覺ももたらすのでしたが、さう云へばそこに突然異物があらはれて、一寸目を覺《さ》まさせられることもありました。ある日の午後、畚背負ひの行き交ふ濱にあの千代子が立つてゐるのが目に飛び込んできたときのことです。番屋の土間で竈の番をしてゐた私やマツさんは先づ、玄關の硝子戸の向かうにその姿を見たのでしたが、千代子は戀人《こいびと》の姿を求めて邊りを見回すと云ふよりは、雑踏から獨《ひと》り抜きんでて、まるで濱ぢうの人びとに私を見ろと云はんばかりの挑戰的な風情でありました。簪《かんざし》で飾つた丸髷《まるまげ》や、からげた着物の裾から覗く眞紅の襦袢《じゅばん》だけでも目を引くのに、手にはどこかで手折《たお》つてきた櫻《さくら》が一枝。そんな恰好で魚臭を浴びに來るとはどう云ふつもりなのか、さすがに濱の雇ひたちの誰もが度膽《どぎも》を抜かれて、一《いっ》齊《せい》に彼女を見てゐます。

私はなぜか自分のことのやうに戸惑ひ、不安にもなつたのでしたが、臺所の加賀衆の内儀《おかみ》さんたちは、どうせ羽幌であぶれたをなごだば、ろぐなもんでねと嗤ひ合ひ、マツさんは何を思つたか、「去年羽幌で親方の四男と一緒だつたをなごだ」と云ひだします。

すると、さう云へば今年は四男の姿を見ないと内儀さんたちは云ひ、マツさんは「そりャア親方だつて考へただらうさ」と思はせぶりに唇を舐《な》めて嗤ふのです。それで私は、なるほど、マツさんが親方に密告して一總《かずふさ》さんとやらを實家に戻さないやう計つたのだと察したわけでしたが、女と見ると追ひはらはずにゐられないらしいマツさんも、赤い襦袢を見せびらかしてあらはれる千代子も、鰊場ではもはや抑へるものも失ふものも何もないと云ふかのやうで、だからいけないと云ふ氣も起こらない、何か不思議に重苦しい心地でした。それから千代子は、今度はもう以前のやうに番屋のはうへ足を向けることはなく、櫻の枝をぶら〳〵させながらふいと踵を返して立ち去つてしまつたのですが、羽幌からの道中のどこかでいつの間にか櫻が咲いてゐるのだと云ふ思ひや、以前交はした約束もあるのに千代子が私を探さうともしなかつたことなどが後に殘ると、少し淋しくもなつたことでした。

さて五月も十日過ぎ、魚體が小さくなつてきたと云ふことで、濱ではつひに粕炊きも始まりました。土竈に四尺六寸の鑄物《いもの》の鰊釜が四枚。粕を搾る角胴《かくどう》四つと人の背丈ほどもある梃子《てこ》の仕掛けが四器。粕炊き當番は釜二枚を二人で預かりますが、このとき康夫と組んでゐたのが若い「三日月」さん。去年、康夫では角胴を持ち上げるのも危ないと見た昭夫伯父が、とくに力持ちの若衆を相方にしたのださうです。釜場では、當番の男たちは先づ濱を往復して天秤で海水を運び、釜で沸かします。濱ごしらひの日から割り續けてきた薪の山の出番です。さらに「廊下」から一釜六百貫の鰊を運び、一時間ほど煮るのですが、そのころには釜場は蒸氣と竈の黒煙に覆はれて、粕炊きの男たちの姿も霞んでしまひ、代はりに猛烈な魚臭が濱ぢうに廣《ひろ》がつていきます。以前は、野邊地の濱でもドラム罐《かん》で鰯《いわし》を炊いてゐたのを貴方も覺《おぼ》えてゐるでせう、あの臭氣と色です。釜の中は初めは灰色で、次第に黄土色に變《か》はつていき、浮いてくる油は日差しの加減では臓物の色を映した濃い綠色にも青にも見え、マツさんはあんなに汚いものはないと云ふのに、岸田劉生《りゅうせい》の油彩畫《が》にも似た昏《くら》い色合ひが不氣味にうつくしく感じられたのは、私のこの目がもう幾らか正氣を失ひかけてゐたと云ふことかしら。

その釜場では、康夫たちが晝《ひる》も夜も蒸氣を目に沁《し》ませ、魚臭を沁ませての作業が漁の一番最後まで續くことになりました。海水を運び、鰊を運び、正確に時間を測つて煮上げると、熱い煮汁や油を浴びながら煮上がつた鰊をタモですくひ、角胴に移して梃子で締め上げます。壓搾《あっさく》するときに流れ出る煮汁と油は樋《とい》から垂れ落ち、油八合（油槽）で魚油が分離されますが、數日もすると釜場の地面はこぼれた油ですつかり黄土色のぬかるみです。續いて角胴を二人がかりで持ち上げひつくり返しますと、灰色の四角い粕玉がどすんと轉《ころ》がりでて、今度はそれを干し場へ運ぶのですが、天秤棒を擔《かつ》ぐ男たちはみな煤と油で黒くした顔をうつむけ、一秒でも早く荷を下ろすことだけを考へ續けてゐるやうに見えました。さうして彼らは一日に何玉くらゐ炊いてゐたのでせうか、漁の合間には巖たち若い衆が手傳《てつだ》ひに來て、さうなると釜場の空氣も一變《いっぺん》しエイホ、エイホと威勢が良くなるのでした。重勞働も若さ一つで笑ひ聲さへ上がるのを見ると、片やますます汚れた影のやうになつてゆく康夫の姿が際立つて一寸胸が詰まるのですが、それでも壯健な巖の姿を眺めたい一心で私はよく釜場の近くまで行つたものです。なるべく康夫が干し場へ出はらつたときを見計らつたりして。

さうして釜場の煙が上がり續けてゐた五月の末、約五十日續いた漁は終はりを迎へ、沖揚げや陸揚げの聲が絶えた濱には船が引き揚げられ、氣がつくと日溜まりに干された網が靜かに光つてゐるばかりの風景に變はつてゐたのでした。しかしまた、陸のはうでは身缺きや胴鰊や數の子の出荷が最盛期を迎へ、「廊下」にはなほも鰊の山があり、康夫たちは未《ま》だ粕を炊く釜場で煮汁と油にまみれてをりました。干し場の粕玉は、大鋸《おが》のやうな刃物で切り分け碎《くだ》かれて筵《むしろ》の上に廣げられ、數日醗酵させるのですが、漁を終へて手の空いた雇ひたちが番屋の玄關先まで敷きつめられた筵の上の粕を、さらさらとこまざらへで均《なら》す姿はいよいよ鰊場の切上げが近づいたことを示す風景でした。そのころ、昭夫伯父は雇ひたちの勤務評定のために廣大《こうだい》な作業場を一人でゆつくり行き來してゐたものでマツさんが急にせか〳〵と動きだすものだから私はさうと知つたのですけれども、昭夫さんは釜場にも何度か足を運び、少し離れたところから何も云はずにぢつと弟の姿を眺めてゐたのをいまもよく覺《おぼ》えてゐます。そのとき伯父がこゝろのなかで何を考へたのか、本人の口からつひに聞くことはありませんでしたが、先に書いておきますと、切上げのときに大船頭が發表する各々の働きぶりの四段階評價《ひょうか》は、康夫も長兄の忠夫さんも下から二番目、私はなぜか上から二番目でした。ちなみにマツさんは下から二番目。若い帳場係は一番下。谷川巖は一番上。この格付けは、最後に雇ひ全員に配られる「九《く》一《いち》」と云ふ奬勵金《しょうれいきん》の配分率を決める大事な基準です。かうした結果については、いまとなれば昭夫伯父の公正な目にはそれなりに苦澁《くじゅう》がひそんでゐたのだらうと思ふのですけれど、當時《とうじ》はあんなに働いてゐる康夫がなぜ下から二番目なのかと心外しごくで、その奥深い心中も知らぬまゝ私は伯父への信頼を幾らか失ふことになりました。

ところで、昭夫を筆頭に道南の漁師たちにはカムチャツカの鮭漁が控へてをり、毎年鰊場の店じまひを見屆けることはないのがふつうであつたやうです。六月の初め、足の踏み場もなく所狹しと廣げられた筵の粕がまだ次の俵詰めの作業を待つてゐたころ、番屋では早々に酒が出て、雇ひ六十名各々に四段階評價に應じた「九一」の發表があり、細かな率は覺えてをりませんが最終的に私は四十圓くらゐ頂いたはずです。大漁だつたおかげで、誰もが契約した給與《きゅうよ》より多い額の賞與を懷にしたその日、早くも次のオホーツクの漁場へ向かふ漁師たち數人が麻谷を去り、幾日も經《た》たないうちに番屋もすか〳〵して、臺所《だいどころ》は樂になつてゆきました。

さうして「廊下」の鰊もやつと片づかうとしてゐた或る日の朝のことです。私がひとり釜を洗つてをりますと、あの巖青年が突然後ろに立つて「晴子さん」と私の名前を呼ぶのです。一間《いっけん》ほど離れたところにぼそりと突つ立つて、笑顏のずつと手前の初々しくこはゞつた顏をして眞つ直ぐ私を見てゐるのは、ほんたうに巖でせうか！　おそろしく眞面目な表情で次に巖が云つたのはかうでした。いまから羽幌へ遊びに行かうと思ふんだども、一緒に行かねえか――。かう云ふことが人生にはほんたうに起こるものだから、私はこの歳になつてもアンナ・カレーニナが驛《えき》で運命の人と出逢ふ場面が好きなのに違ひない。男女の間に起こることは後から考へるといつも唐突で、ぶつゝけ本番で、可笑しいくらゐの押し流されやうで、何度思ひ返しても慣れてしまふと云ふことがありません。實際《じっさい》、そのときの私の心臓はどき〳〵することさへ忘れてゐて、少しも回らない頭で言葉を探し、晝《ひる》の賄《まかな》ひがあるから行けないと云ふ返事をやつと絞り出しました。すると巖はなほも眞顏を崩しもせず、俺がマツさんに云ふ、マツさんはいつもさぼつてるはんで半日くらゐ交替してくれと頼む、と云ひます。さうして私をその場で待たせてマツさんを探しに出ていつたのですが、片や私のはうは棒立ちのまゝ突然自分の身に起こつたことの整理がつかないでをりました。遠くから眺めてゐるだけのときは身體のなかに自分ひとりで自由に飼つてゐたものが、突然聲も匂ひも質量もある男性と云ふかたちになつて出現してみると、私と相手の間に立ち現れたこの時空の全部が、實《じつ》はまつたく未經驗のことだつたのだと氣づかされます。ついこの間まで筒木坂で近所の男の子たちの視線を樂しんでゐた少女は、實は夢想しか知らない幼稚な王女で、いまの私は裸に剝《む》かれた平民の娘だとでも云ふか。歡喜も、どこからやつて來るのか分からない失望も、少しづつ恥づかしげにさゝやかで、自分の身體一つが心もとない鈍いゴムになつたやうだつたと云ふか。

私はおもむろに自分を見下ろし、着物の前を合はせ直したり、坐り皺を手で引つ張つてみましたが、二ケ月着てゐた木綿の裾も袖口もすり切れてゐて、足袋はしみだらけ。頭の手拭ひを外してみたら、裏の硝子戸に映つた髮はメチャクチャだし、朝差したばかりの口紅だけがからうじて赤いのでした。それで、私は洗ひかけの釜を放りだして寢間へ走り、洗つた足袋に履き替へて髮を結ひ直してみたりするうちに、やつと巖と二人きりになる實感が僅《わず》かにやつて來たやうな氣もしましたが、それもいまとなればよくは分かりません。しかしさうは云つても、初山別へ來て初めての外出であれば、小遣ひも少しは要ると云ふもの。次に帳場へ走り、預けてある給與から一圓だけ引きだしましたら、小窓の奥で聞き耳を立てゝゐたに違ひない「勘定」さんがにや〳〵嗤ひました。羽幌へ行つて來るわ、と私はすまして應《こた》へました。そこへ巖が走り戻つてきて、マツさんにうんと云はせた、私の父の許しも貰つてきたと息を切らせて云ひ、初めて齒を覗かせて子どものやうに得意氣に笑ふ。あァやつぱり私はこの人が好きです。

こんな汚い着物でもいゝ？　私がほんたうに心配でさう云ふと、巖は自分が何を尋ねられたのか理解する時間も惜しんで、早く行かうと急《せ》かします。私たちはそんなふうにして番屋を飛びだし、羽幌へ向かふ貨物自動車にたゞ乗りしたのでした。荷臺《にだい》は身缺《みが》きの山で、縁に腰を載せて足を下に垂らすと、そこからはこの二ケ月眺めて來た麻谷の濱が一度に見渡せ、番屋も、粕を廣《ひろ》げた筵《むしろ》の聯《つら》なりも、釜場の煙も、出荷が進んでだいぶん涼しくなつたその向かうの木架《なや》も、空になつた「廊下」を洗ふ人影も、ごと〳〵揺れながら飛び跳ねる日差しと一緒になつて、樂しげな箱庭のやうでした。通り過ぎてゆく出面《でめん》の人びとが荷臺の上の私たちを驚いて見上げてゆき、手を振るわけにもいかないけれど、私は下を向いて溢れだしさうになる歡聲をかみ殺します。隣の巖を盗み見ると、同じやうにうつむき加減でしたが、いまにも若さの精氣の粒が彈けだしさうな上氣した皮膚がうつくしく光つてゐます。さうしてたちまち麻谷の漁場は遠ざかり、荷臺に後ろ向きに坐つてゐる私たちの視界は黄色い土埃を舞ひ上げる街道と草と斷崖《だんがい》の下の海だけになつて、その彼方は一面の空。羽幌で何をしよう。やつと巖が云ひ、私はさァ何と應へたのだつたかしら。

ところで私たちが二ヶ月前に汽車で着いた羽幌の停車場は、六月のそのころも貨物の集荷や積み替へでたゞたゞ騷然としてをり、自動車や荷馬車の悲鳴のやうな物音と人の流れに追はれていくと、幟《のぼり》や提燈《ちょうちん》も色鮮やかな俄《にわか》作りの目抜き通りが現れて、旅館や商店や芝居小屋がけだるいざわめきを立てゝをりました。鰊漁期だけの賑はひだつたのは確かですが、しばらくご無沙汰だつた砂糖菓子の匂ひ一つ、仲買人の背廣《せびろ》姿やカンカン帽一つでもう身體ぢうが浮き立つやうでした。尤《もっと》も、私たちはそこで何をしたと云ふのでもなく、晝《ひる》に茶店で餅入りの汁粉を食べたほかは芝居一つ見たわけではありません。少し歩いたら「鼻くそ丸めた黑仁丹」の藥賣《う》りがをり、金魚賣りがをり、また少し歩いて道端に廣げられた怪しげな雜貨を覗いてゐたら、どこからか門付けの藝人《げいにん》の三味線が聞こえてくると云つたふうで、それ〴〵少しづつ足を止めてゐたら知らぬ間に時間が過ぎてゐたと云ふところでした。巖はもうずつと大人のやうに働いてきたとは云へ、生來好奇心が強く、金魚でも藥でも知らないものを覗き込んでゐる間は私のことを一寸《ちょっと》忘れてしまふらしいのが、私には好ましくも感じられ、さうだわ、口數《くちかず》の少ないのがいゝのだわと勝手に思つたりするの。それから私は父に軟膏と石鹸を買ひ、巖は私を待たせて少しの間姿を消したかと思ふと、先ほど路傍で見たばかりのビロードのリボンを買ひ求めて來て、それを私にくれました。私がひそかにすてきだと思つて手に取つてみた深緑色のやつで、その後失はなかつたのも奇跡ですが、それはいまも私の長持ちのどこかに入つてゐます。美奈子が幼稚園に上がるとき、あれこれ新しい洋服や靴をそろへたのにリボンを買ひ忘れてしまひ、入園式の朝に昔の私のリボンを大急ぎで取りだしてみたら、何だか子どもには地味過ぎて結局使はず、そのまゝです。

さう云へば、もう一つ。さうして歩いてゐるときに、私はカン〳〵帽の青年と聯《つ》れ立つた千代子を見かけてハッとしたのでしたが、巖に尋ねてみると男は麻谷の息子ではありませんでした。しかし千代子は涼しげな小袖姿で風呂敷包みを抱へてをりましたから、また別の男と羽幌を發《た》つてゆくところだつたのかも知れません。彼女はあれからどこへ行き、いまはどこで暮らしてゐるのかとときどき思ひだします。

さて歸《かえ》りはうまく貨物自動車も荷馬車もつかまへられず、私たちは五里の道を歩いて歸りました。巖はあまり話をするのが得意でなく、私もなぜかあまり喋りたくはなく、それでも巖は何か話したいと思ふのか、角網の仕組みや起こし船で軀網《くあみ》を起こしていくときの話をしてみては、こんな話は面白くなかつたかと氣遣ふのがいかにも不器用なのでした。私がカムチャツカはどんなところかと尋ねたときも、巖の答へはツンドラに黒ユリが咲いてゐるとか、草原には熊がゐるとか、白鯨が好きだとか、何とも要領を得ないこと。私たちはどちらも時を忘れて何事か語り合ふやうな言葉を持たず、それでも少しも不足でなく、かと云つて一緒にゐるだけでいゝと云ふほど敍情《じよじやう》的でもないこれは戀《こい》なのだらうかと、私のこゝろはなほもあいまいです。しかし、とき〴〵巖の聲《こえ》や匂ひにふいと針が振れるやうにして身體のはうが僅かに熱を持つてくる、その感じは自分がたしかに以前とは違ふ生き物になつたこと〻相等しく思はれ、さう云へば私はもう子どもを產めるのだと云ふ思ひと一つになつて、あるいは少女の夢想ではない、まさに康夫の云つた生物學的な反應《はんのう》である戀に踏みださうとしてゐたのかも知れない。尤も、巖のはうは思ひどほりに行かず內心きつと苛立つてゐたか、當惑《とうわく》してゐたか。それなら一言好きだと云つてくれたらよいのに、それも云はないのが巖らしく、ならば私も默つてゐるわと思ひしばらくすると、今度は私のはうが何か可笑しくなつて噴きだしてしまひます。すると巖も笑ひ聲をかみころさうとして失敗するのでしたが、夕暮れの下でもその齒は銳いばかりに白い。あゝ私はやつぱりこの人が好きです。

翌日、カムチャツカへ向かふ野口の三兄弟と谷川巖は一足先に厤谷を發つてゆきました。函館では日魯《にちろ》の貨物船がすでに出航を待つてゐたのです。それは前の日まで粕《かす》を炊いてゐた康夫には慌たゞしい出發となり、私は羽幌で買つた軟膏と石鹼を渡すのがせいぐで、汚れた衣類を洗ふことも出來なかつたのが心殘りになりました。朝、番屋の飯臺《はんだい》で最後の朝食を取つてゐたとき、康夫は便箋に何かをしたゝめてゐたのですが、荷物を減らしたいと云つて私に預けていつた福士の詩集と長塚節《たかし》の短編集の間に、それははさまれてをりました。曰《いわ》く、『谷川巖君は實直《じっちょく》にして感性豊かな青年なれば、今後よく互ひを尊敬し理解し合ふやう努める限りに於《お》いて、父は君の意思を尊重したいと思ふ』『軟膏と石鹼有り難う』の三行でした。康夫は前の日、他所《よそ》の青年と遊びにいつてしまつた娘に少なからず戸惑ひ、あれこれ考へ續《つづ》けてやつとその三行を書き殘していつたのは確かです。そのときどこからかやつて來た私の直感は、父の目や耳やこゝろがもうひどく遠くにあるやうな、ある漠とした寂寥のやうなものを訴へたのですが、豫感《よかん》などと云ふと大雜把すぎるこの感じだけは、いまも適切な言葉が見つかりません。さう云へば、その日番屋の前から貨物自動車に乘つたときの康夫の顔や姿が、今日までどうしても思ひだせないことも。

その後、私はなほも七日餘《あま》り麻谷に留まりましたが、加賀衆の漁師たちは何日もしないうちに鰯《いわし》や鯖《さば》の引網《ひきあみ》に出ていき、雇ひも二十名ほど殘つてはゐたのですが番屋も臺所も日に日に閑散としてゆきました。濱に敷きつめられた筵では、ふつ〳〵と醗酵して褐色になつた粕の俵詰めが忙しく、雇ひや出面《でめん》の男たちが競ひ合つて二十四貫詰めの俵を擔《かつ》ぎ上げ、ときにワアと歡聲《かんせい》が上がつて、見ると力自慢の「三日月」さんが兩肩に二つも擔いでゐたりします。その向かうでは、もうすつかり空になつた高木架の解體が進んでをり、ほんの十日前まで身欠きの簾《すだれ》で見渡せなかつた彼方の濱は、近在の漁家の小さな川崎船がところ〴〵に引き揚げられ、日差しの下で光つてゐます。片や粕俵を運ぶ貨物自動車と荷馬車の列はなほも續いてをりましたが、大漁で「九一」もたつぷり出た後の濱の作業は、どこも何となく長閑《のどか》で明るく感じられました。

さう〳〵、さうしてあと一日で粕俵の出荷や片付けが終はると云ふ日のこと、あのマツさんと若い帳場係が姿を消してしまひ、大した騷ぎになつたのでした。私が早朝起きたときにはマツさんの姿はもう見えず、しばらくして帳場の「勘定」さんが現金がなくなつたと騷ぎだし、結局消えたのはマツさんと帳場係の元々の預かり金百八十圓餘《えんあま》りだつたさうですが、帳場係は實家のはうの金を持ちだしたと云ふ話も聞きました。私はいまは、あのマツさんこそ滿洲へ渡つたのではないかと想像します。十年も番屋の臺所の暗がりから鰊《にしん》と男たちの狂奔を眺めてきたら、たぶんそんな氣分にもなつたのだらう。それこそ何かの生物學的自然に驅られるまゝに大陸にでも行つてやれと云ふ氣になつたのだらう、と。四十年も經つたいま、あのマツさんと云ふ人が存外になほも憎たらしく、活《い》き〳〵と思ひだされるのが不思議です。

それから、マツさんたちがゐなくなつたその日の午後、麻谷親方の御寮さんが突然番屋の玄關にあらはれて私を呼び、眞新しい反物の包み一つを手渡して、前々から親方に貴女《あなた》が歸りに着てゆく着物を渡すやうに云はれてゐたのだけれども、貴女の上背では私の着物は裄丈が合はないだらうから反物で許して頂戴《ちょうだい》ねと仰《おっしゃ》つて、ひどく急いだ様子でまたすぐに立ち去つてしまはれたのでした。なんと云ふことだらう。私はたゞ戸惑ふばかりで親方の姿を探しましたが、朝方ゐたはずの親方もいつの間にか見當《みあた》らず、外へ出て「小使ひ」さんに何かあつたのだらうかと尋ねますと、四男さんの海軍入隊だと云ひます。この春、麻谷一總は十九歳で函館の水產學校を卒業した後、思ふところあつたか海兵團《だん》に志願したもので、その日親方夫婦は横須賀《よこすか》へ行く息子を函館に見送りに行き、私は結局お別れの挨拶の機會を失ふことになりました。御寮さんに頂いた江戸小紋の反物は、私には立派すぎたため、八重さんへのお土產にさせて頂きました。

かうして私は、父と私の分を合はせた二百圓のお金を懷に、一人で麻谷を發つたのでしたが、その日荷馬車の上から眺めた早朝の濱は薄明るく白々として、崖の草の上を風がひう〳〵渡つてをりました。そのとき耳にはドースコイ、ドースコイの聲や陸揚げの怒號《どごう》がなほも殘つてをり、目が覺めたら私はまたそのなかに立つてゐるに違ひないと云ふ氣がし續けたのですが、一方ではこの自分がもう一度群來《くき》の海を見に來ると云ふ豫感はすでに急速に遠のき、これからどうすると云ふ確たる思ひもないまゝ、くりかへし巖の姿を思ひ浮かべてゐたのは確かです。』

4

『土場《どんば》の短い夏は大變《たいへん》うつくしいものです。ほとんどの家長が北方の海や山仕事に出てゐるため、晝《ひる》も夜も女子どもしかゐない村にあるのはひそやかな生活の物音と子どもの聲だけで、それもすぐに散つてゆくと殘るのは清涼な原野と大氣ばかりとなります。戸板を閉めた草屋の寢間で寢てゐると、早朝耳元で草のさは〳〵鳴る音が聞こえます。その音の後ろには低音の川の流れがあり、さらにその後ろには土場の濱の少し高い風砂の音があつて、まだ昏《くら》い意識のなかでそれらを順にゆつくりと聞き分けながら私は目覺《めざ》めます。さうして起きだして戸板を開け放つとき、草の音は一層くつきりとして私の耳に滑り込み、取りとめない寢起きの身體《しんたい》を大氣のなかへ誘ひだしてゆくのですが、それはこのころ一日のうちで一番好きだつた私の獨《ひと》りの時間でした。

尤《もっと》も、私はほんたうは夏の土場はそんな早朝と夜しか知らず、晝のうつくしい風景のあれこれは、弟二人が學校で書いてくる作文や美也子の拙い話から思ひ浮かべ、思ひ浮かべてつくり上げたものに過ぎません。と云ひますのも初山別から戻つてすぐ、私は八重さんの知り合ひの紹介で江差の海産物商の家へ毎日子守に通ふやうになり、朝の六時には野口の家を出、二時間海沿ひの街道を歩いて中歌町《なかうたちょう》と云ふ中心街にあつたその商家へ行き、夕刻五時にそこを出て七時に歸宅《きたく》する生活であつたからです。こんなふうに書くと何だか苦勞話のやうですが、子守と云つても先方に急な都合があつて臨時に雇はれただけの私は、三歳と四歳の姉妹を晝まで近くの姥神《うばがみ》神宮の境内で遊ばせたり、すぐ裏手の警察署の坂をゆつくり上つて海の見えるハイカラな街道を散歩させたりし、午後は晝寢《ひるね》をさせ、夕方風呂に入れてやるだけでしたから、これは奉公とも云へません。それに野口の家は昭夫伯父の稼ぎで十分ゆとりはあつたのですし、私が子守に出て一日七十錢ばかり頂いても弟二人の學用品や一寸《ちょっと》した身の周りの雑貨に充《あ》てる程度のことでしたが、見えない手が背中を押して私を驅り立て、何かぢつとしてゐられない氣分が續いてゐたのかも知れません。哲史も幸生も幸ひ大して問題もなく學校に通ひ、七歳になつた美也子は八重さんになついて機嫌よく過ごしてゐたなか、云ふなれば私自身の問題だけが殘つてゐたと云ふところです。

朝、野口の家を出るときに見渡していく厚澤部川《あっさぶ》は、春先に比べ水量が減つて穏やかに青く廣々《ひろびろ》と横たはつてゐます。私が初山別にゐた間、弟妹たちはそこで近所の子どもたちと毎日春の川蟹を獲つて遊んださうで、幸生は古い竹笊《たけざる》で手製の蟹かごを作り、蟹の好む腐りかけた雑魚を濱で拾つてはかごに仕掛けて、何匹獲つたかを競つたと作文に書いてゐました。筒木坂で、せい〴〵引きちぎつた蛙の身を餌にして疎水のドゼウかザリガニを獲つたことしかなかつた十歳にしては、大した進歩。野口の家には仙臺二高で學ぶ長男卓郎さんを除いて、江差中學に通ふ次男の誠太郎さん、幸生と同い歳の三男清司さん、美也子より二つ年長の一人娘幸代さんの三人の子どもがゐましたが、中でも清司さんと云ふのが幸生に負けず劣らずの腕白盛りで、幸生の手ごはい競争相手になつたやうです。子どもでも獲れる川蟹は毎日土場の家々で茹でられ、晩のおかずになつたりおやつになつたりしたと云ふことですが、殘念、私が初山別から歸つた六月にはもう蟹の季節は過ぎてをりました。

厚澤部川には當時《とうじ》大きな木橋が架かつてをり、幸生たちが蟹かごを仕掛けたのもその袂《たもと》の近くでしたが、邊《あた》りの草の岸には美也子や幸代さんのやうな女の子でも入れる淺瀬があつたさうで、ある夜、寢る前に普段はほんたうに何も云はない美也子が私の腕を摑み、一生のお願ひがある、浮輪がほしいと斷固《だんこ》とした顔で云ふのでした。聞けば、自分だけ泳げないのがどうしても悔しいのだと云ふことで、おとなしいと思つてゐた美也子もまた三ヶ月見ないうちに活發に成長してゐたのです。もちろん次の日すぐに黒い大きな浮輪を買ひました。木橋と云へば哲史が夏休みに描いた寫生畫《しゃせいが》があります。子どもらが日がな一日その橋の上から飛び込んだり木桁《きげた》をよぢ登つて遊んでゐる間、金槌の哲史は離れたところで繪《え》でも描いてゐるしかなかつたものと思はれますが、その繪では、草の土手の上に高く架かつた木橋は夏空の廊下のやうに堂々として、黄色や青や緑を丹念に塗り重ねた光の點《てん》が日差しになつて、その上にこれでもかと降り注いでゐるのでした。しかしそこは哲史のこと。ふだん白けてはゐても、夏の木橋の風景だけは何かしらこゝろを引かれたのだらうと感心したのも束の間、本人に聞くと、川は寄生蟲《きせいちゅう》が氣持ち惡いといやらしいことを云ひます。

子どもたちは川遊びに飽きると、清司さんを隊長に土手の近くの畑に攻め入り、キウリや瓜をくすねて一目散です。どこの畑でもそんなふうで、夕方私が海岸の道を歸つてくるとき、草の崖の上からキウリのヘタが飛んできたりし、聞き覺《おぼ》えのある笑ひ聲《ごえ》だけが重なり合つて逃げてゆきます。この春貴方が土場を訪ねてくれたときにバスで通つたと思ふ、あの道です。夏の朝と夕、濱《はま》から這ひ上がるやうに草の斜面に廣がるハマナスの赤紫だけは地面の月經のやうで好きでなかつたけれども、坂道の上から見下ろす土場の砂丘はいつも燃えださんばかりの光の穴になつて、私の目を吸ひ込みました。潮騒ははるか下方にあつて聞こえず、夏の風は唸るほどでなく、聞こえるのは砂利道を踏む私の下駄の音とハマナスやイタドリの葉音だけです。この往復の間だけ、私はさうして筒木坂で知つた土地の靜けさと云ふものを再び見いだしてをりましたが、それを聞く私の心身は一年前とはもう同じでなく、幾つもあつたはずの夢想はかたちもなく、しかし代はりに何かまとまつたことを考へるでなく、何と云ふこともなくムッツリしてゐるのでした。もちろん、さう云ふ間にもときに谷川巖の顔が思ひ浮かび、それもまたすぐに色褪せた髪に砂埃をまぶした父康夫のひどくぼんやりした姿に變《か》はつて、やがてそれも下駄や草の音に混じり合つてしまひます。

さうして江差の町へ入ると、そこはもう土場、田澤、泊《とまり》、大澗《おおま》の海邊《うみべ》の集落とは一轉《いってん》した瀟洒《しょうしゃ》な市街地で、なかでも松前藩の時代から北前船の交易と鰊《にしん》で榮へた豪商の末裔たちがなほも大きな屋敷や商家を聯《つら》ねる、海沿いの通りを中歌町と云ひました。私が子守をしてゐた海產物店も竝《なら》びの商家もみな、船から直《じか》に荷揚げの出來るハネダシと云ふ倉庫を持ち、玄關の土間に立つと通路の奥に自前の棧橋と濱があつて、それはもう豪勢な構へでした。中歌町の先には姥神神宮があり、店の御寮さんには娘たちを神社で遊ばせるやう云はれてゐたのですが、三歳や四歳の幼女に石段を登らせるのは氣をつかふと言ひ譯《わけ》をして、私は幼い姉妹を町のはうへ聯《つ》れだします。海産物店の斜め向かひには町役場と旅館があり、裏手が警察署で、坂を上つて柏木小學校の前を通り過ぎてゆくと上ノ町の商店街があります。とき〴〵子守の歸りにぶら〳〵したそこには書店、菓子舗、薬局、靴店、化粧品店、呉服店、雑貨店、果物店と何でも揃つてをり、目を奪はれながら思はずずん〳〵歩いていくと、續《つゞ》いて新地の露地に現れる色鮮やかな看板にはカフェー・ボンボンとかカフェー・ダイヤとかサンバ某とか。しかし幼女を聯れてゐてはそれ以上花街に足を踏み入れることも出來ず、上ノ町に戻つて區裁判所のはうへ行つてみたり、檜山支廳《ひやましちょう》や公會堂《こうかいどう》のはうへ行つてみたり。街には明治のころに建てられた立派な洋館が多く、坂道の上から海を見下ろすと小さな横濱《よこはま》のやうでもありましたが、死んでゐたのは私のこゝろのはうだつたのでせう、夏の日差しの下では來る日も來る日もどこも眠つてゐるのかと思ふけだるい靜けさでした。さうして時間も忘れて歩いてゐるうちに、私は手を引いてゐる姉妹のことも忘れて何事か考へ込んでをり、やがて幼い彼女たちの侘《わび》しげな泣き聲を聞いてハッと我に返ります。それにしてもあの幼い姉妹の名前はアヤコとアサコだつたか、かうして書いてゐるいまもどうしても思ひだせません。

夏の夜、土場の家には筒木坂とはまた違ふ穩やかな時間がありましたが、それは質素ながら十分に滿たされた生活の持つある種の退屈でもあつて、とき〴〵八重さんが縫ひ物の手をとめて長閑《のどか》にもらす欠伸《あくび》一つにも、私はふと理由もなく苛立つのでした。美也子や幸代さんに本を讀《よ》んでやりながら、頭はやはり何かほかのことを考へてゐます。哲史や幸生の學校のことも、少し考へてみる端から流れ去つてしまひ、結局そんなふうにして私が忘れてしまつた靴下や足袋の繕ひは八重さんが代はりにしてくれてゐたのですが、それもあとでさうと氣づいてお禮《れい》を云ふ機會を逸してしまふことが何度あつたことか。それでも八重さんはいつも優しげに笑つてゐるばかりで、あゝこれが幸福な家庭と云ふものかと思ひ知らされながら、私はさらに密かに打ちのめされるのです。あるとき、哲史さんのことやねんけどと八重さんが云ひだしたのもそんな夜のことでしたが、八重さんが云ふには三男の清司さんの擔任《たんにん》の先生からの又聞きで、哲史は成績優秀だから來年は飛び級で中學を受驗するやう校長から勸められたところ、どう云ふわけか斷つたのださうです。それで八重さんは心配してくれてゐたのですが、さうと聞けば、私としては姉に何も云はない哲史が可哀相やら憎たらしいやら。八重さんには父が歸つたら相談してみますとよそ〳〵しい返事をし、片や哲史本人にも眞意をたしかめることはせず、私はたゞ一層自分で自分を不機嫌にしただけでした。

しかし夏の夜には樂しいこともあり、その一つは野口が懇意にしてゐた谷川の家に遊びに行くことでした。長男の巖をカムチャツカに遣《や》つてゐる谷川の家には、父親の平次郎さん夫婦と巖の弟妹四人が殘つてをり、平次郎さんは山仕事でほとんど家にゐませんが、とき〳〵兩家では子どもたちが花火をしに集まり、大人たちも何をすると云ふのでもなく惣菜《そうざい》や茶菓子の一品でも持ち寄つて、長々と世間話をして過ごすのです。そんな夜に少し酒の入つた平次郎さんは圍爐裏端《いろりばた》に子どもたちを集め、カムチャツカの動物たちの話をします。トヾや鯨の話、熊の話、貂《てん》や狐の話、獰猛《どうもう》なカムチャツカ鷗《かもめ》の話。それは一寸シートン動物記のやうで、美也子や幸生はもちろん、哲史さへもぢつと聞き入つてゐたものです。

一方私は、かの地でいまも鮭《さけ》漁をしてゐる父たちの話が聞きたくてたまらず、いつも息をころしてそのときをぢつと待つてゐたのですが、その思ひが平次郎さんに届いたのか、あるいは初山別の鰊場でともに過ごした聯帶感《れんたいかん》であつたのか、ある夜子どもたちが花火をしてゐる間に、僅《わず》かばかり語つてくれたことがあります。

なしてそただこど知りたいが。おめは變《か》はつた娘ごだなと優しげに笑ひながら、平次郎さんは私の耳に顏を近づけ、八重さんたちに聞こえないやう聲を低くして云ひました。面白いこどなど何もね、と。さてどこから話すべァ。先《ま》づ、吾《わ》ァど（私たち）雇ひは函館海岸町の日魯《にちろ》の番屋さ集まつて出航の日を待つんだども、そこには實《じつ》にいろんな者がをる――。そのとき聞いたいろんな者と云ふのは、鰊場の雇ひのはるか上を行きます。そこでは康夫のやうな教師風情の男とて少しも珍しくない、それどころか昨日まで花街を遊び歩いてゐたやうな輩も、學生も、農民も、勤め人も、十四やそこらの子どももゐて、それらが全部雜夫だと云ふのですから。五百人もそんな雜夫を詰め込んだ數十棟の番屋は、漁場別に分けられてゐてもほとんど養鷄場の混雜で、大概は出航直前まで街に繰りだして呑み明かすのださうですが、こゝからは娘ごには聞かせられね話だべと平次郎さんは語りません。さうして僅かな前渡し金も使い果たしての丸裸の出航のときには、昨日まで意氣軒昂だつた男たちもみなシュンとした囚人さながらの風情で、これが慘めやら可笑《おか》しいやらではあるのだが、皆このとき、もしかするとこれが陸の見納めかと思つたり、それでも手ぶらでは歸《かえ》れぬと思つたり、何とも云へぬ哀感と高揚が一緒にやつて來るのだと云ふのでした。

さて、沖で吾《わ》ァを待つてゐるのは千トンくらゐの貨物船ど。そこに漁場で使ふ網から道具から米や鹽《しお》からの一切が積んである。雜夫は艀《はしけ》がら繩梯子《なわばしご》で船に乘る。船頭や會社の人間はタラップを使ふ。社員と大船頭は、まなこ覺めるやうなあの日魯の青い制服に、ソフト帽ど。こゝからもう世界が違ふども、誰でもさうして勤め上げてゆぐもんだへで不滿を云ふひまはね。だども雜夫には船室もねえし、貨物と一緒の船倉に筵《むしろ》敷いて六晝夜《ちゅうや》だば、船醉ひよりも何よりも電球の下でぢつと床に張りついでゐると、こゝろが辛くなる。巖を十四で初めて聯《つ》れで行つたとぎは、あれを脇に抱いて、野口の昭夫さんもかうして船頭になつたんだどと厳しいこども云つたのは、皆の手前もあつたからだども、巖は先づ弱音ば吐がねし、いつかは吾も船頭さなりたいと顔に書いである。口にはしなかつたどもホッとして救はれた心地したのは、父親の吾のはうだつた。

　宗谷海峡から千島列島を越えてゆく間は大抵、時化《しけ》が續《つづ》いて死ぬ思ひがする。鐵《てつ》の船は軋《きし》むと恐ろしげな音ば立でるものだへで、飯コ食ふ力もなぐなつて、船倉の上のハッチが空氣の入れ換へのために一寸ばかり開げであるところから、ぢつと小さい空一點《いってん》を見續けてゐたら、それでも少しづつ空の色が重く變はつてくる。イルカやアザラシの群れを追ふ鷗の聲が降つてくる。機關の音が低ぐなる。もうすぐだ、もうすぐだと思つてゐると、甲板でカン〳〵鐘が鳴りだして「上陸」の號令《ごうれい》だ。吾ァど、天《あま》の岩戸が開いたみだいにハッチから飛び出すんだども、春が來たばかりのカムチャツカはびた〳〵張りつぐやうな霧で何も見えね。それが不思議に、あァカムチャツカさ來たと思ふんだから、あれはきつと大氣の感じだと思ふ。潮と魚臭と土と草だけで、一切の人間の臭ひがないと云ふのは何とも云へね不思議なものど。

　したども吾ァど、さうもぢつとしてはゐられね。すぐに艀《はしけ》代はりの保津《ほっつ》船ば下ろして荷下ろしど。ぐづ〳〵してゐたら拳骨が飛んでくる。遠淺の濱《はま》だきャア最後は船を降りで、吾ァど荷物ば擔《かつ》いで歩いて上陸するんだども、あの海の波は一つ一つが何と云ふか重くて固くて、この邊《あた》りの波とは違ふ。大男が足ば踏ん張つてもひつくり返るこだある。何十貫もの荷物ば擔いで、船と濱を一日十數回も往復するのが一週間も續いだら、若ェ者でも最後は足腰立だなぐなるべ。んでせ沖では船がボォ、ボォと汽笛ば鳴らして、早くしろォ早くしろォと催促する。その間も霧が晴れだと思つたら雨。雨が上がつたど思つたら霧で、とき〴〵鷗の聲だけがする。空はいつも薄暗いやうな薄明るいやうなで、晝《ひる》も夜も分がらね。六月のカムチャツカは、深夜の午後十一時前にやつと日が沈み、午前三時にはもう夜明けが來るんだども、天候によつては一日ぢう日が差さないこどもあつて、だん〳〵吾らの目も怪しぐなつて行ぐんだべ。日本人は戰爭に勝つて權益《けんえき》をば得て鮭ば獲《と》りに來てるだけだども、よぐまァ露助《ろすけ》はこたな土地に住んでるもんだばと思ひ〳〵、遠ぐを仰ぎ見だら、雲のごとく眞つ白な山脈が浮かんでゐる。あれはほんたうにうつくしいものだ。そのはるか下の濱には、暖を取るために焚いでゐる石炭の眞つ黒な煙が流れでゐる。煙の向かうには、濱の後方に張りつくやうにして番屋や倉庫の建つてゐるのが見える。吾ァどさうして上陸したころには春はもう行つてしまつて、一日で草が生えだと思つたら夏だ――。

實《じつ》を云へば、私がかうして平次郎さんの話をあらためてなま〳〵と呼び戻したのは、貴方《あなた》がカムチャツカへ行くやうになつてからのことでしたが、さう云ふときいつも、貴方が遠くに眺めてゐるのだらう萬年雪《まんねん》の山々の姿を想像してをりました。それはまた私の父康夫が濱から眺めたのだらう山々でもあり、この私は一度も見たことがないけれどもいまこれを書いてゐる間も、ほんたうは夢のなかで見たことがあるのではないかと云ふ氣がしてきます。平次郎さんは續けます。——吾ァがゐだ漁場は四ヶ統で、罐詰《かんづめ》工場はながつたけれども、漁夫と雑夫に社員あはせて百四、五十人はゐだ。濱の奥の崖の上には吾ァど番屋と、社員と船頭の宿舎があつて、宿舎のはうは吾ァ隣の醫務室《いむしつ》の小屋さ行ぐとぎに遠くから見るだけだども、綠色のペンキば塗つたハイカラな建物で、煉《れん》瓦《が》の煙突からいつも煙が上がつてゐる。したどもその周りは何と云つてもカムチャツカのツンドラで、夏草と川と山のほがは何も見えね。内地では見だこどもねえ花コ山ほど咲いで、風コびう〳〵鳴つてるだけど。いくら大會社の社員でも百日もあそこで暮らして、吾ァど見回りばして、帳簿つけで、漁區の監視に來る露助と酒呑んで給料貰ふのかと思へば哀しいものだば。

漁のはうは、型入れも網入れも鰊の建網《たてあみ》と似だやうなものだども、網起こしは枠網に追ひ込む代はりにボツ船に汲《く》み上げて濱へ運んでゆぐ。ドーコイドッコイセノ、一起こしで銀鮭四、五千尾も入るじゃ、陸は大變《たいへん》だ。デッキ場と云つて、濱に筵《むしろ》ば敷いて雑夫はマキリ（小刀）で鮭のサヽメ（えら）とはらわた抜いで鹽ば腹に詰めるんだども、これが晝も夜もね。片付げても片付げても、ウィンチで吊り下げられた畚《もっこ》の鮭が頭の上からバッタ〳〵降つてくる。吾も若いころはやつたけれども、膝まで血とはらわたの海に浸かつて片手にマキリ、片手に鮭で舟漕《こ》いでるこどもある。頭の上で、はらわたの蛆《うじ》ば狙ふ鷗がギャー〳〵飛び回る。カムチャツカの夏の蚊も、濱の吾ァど年に一度の御馳走なんだべ、ブン〳〵飛び回る。夜は石炭の焚き火で血が赤々して、鮭の目玉も赤々して、うと〳〵してゐるとこゝはどこだと思つたりもする。さう云へば、吾ァど獲つた鮭は英國さ行ぐんだど。巖は初めの二年、デッキ場でさうして仕事してゐるときに、五百間沖の網起ごしの聲が聞こえだと云つてだども、聞こえるわげねのは吾ァよぐ知つてる。聞こえるのは、丘の上の社員宿舍の蓄音機の音樂か、石炭の燃える音か、鷗の聲か、波と風と草の音か。それからしばらくしてやつて來る積取り船の汽笛――。あれが來たら、吾ァどまた鮭を詰めた函《はこ》ば擔いで濱と保津船の往復だども、積取り船が手紙や一寸《ちょっと》した菓子や雑誌を運んで來るのが樂しみで、みな力が湧いでくるのだば――。

なんと手紙が屆くのだとは。私たちはそんな話は父から聞いてゐません。さうと知つて平次郎さんは少し困つた顔をしましたが、續《つゞ》けて、康夫さんは吾《わ》が寢る時間を削つて字の書けね連中の手紙を代筆してやつてると巖が云つてたへで、自分の手紙は書くひまがないに違へね、などと云ひました。巖は父親にも、康夫のことをこゝろ優しい立派な人だと話してゐたのです。立派かどうかは別にしても、娘としては人のための勞をいとはない父の話を聞いて惡い氣はしません。私は何だかほんのりして、濱で鮭のはらわたにまみれた康夫の顏や、沖揚げの船を漕ぐ巖の顏を思ひ浮かべてをりましたが、そのときもやはり不思議なほど鮮明なかたちにならないまゝ鷗の聲や風の音ばかり耳に聞こえてゐたやうな氣がします。それでも私はこの後父に手紙を書き、弟たちの學校の作文や美也子の繪《え》を入れた小さな小包を作つて函館の日魯《にちろ》宛《あ》てに送りました。そのときは、娘の手紙を讀んだ康夫が子どものことで胸を傷めたり、もつと頑張らねばと自分を叱咤しないやう、しごく月竝《つきな》みな身邊《しんぺん》のことしか書きませんでしたが、いま思ふとそんな苦心には何の意味もなかつたと痛感します。貴方や谷川巖がたまに書いてくれる葉書も呆れるほど簡素だけれど、受け取つてみれば、私は遠方にゐる貴方のことを逐一知りたかつたのではない、貴方の字をこの手のなかで眺めるだけでよいのだと云ふことに氣づかされますから。

さて、最後に當地《とうち》の夏のことをもう一つ書いておきませう。八月の盂蘭盆《うらぼん》のころ、私が毎日通ふ江差の町では姥神神宮の例祭がありました。當日は土場をはじめ海岸沿ひの集落が空つぽになつてしまふほどで、私は子守があるので夜まで一緒にはなれなかつたのですが、美也子も幸代さんと揃ひの浴衣を八重さんに着せてもらひ、その日はみんなで土場から繰りだしたのでした。姥神祭りは藩政時代から續く夏祭りで、野邊地祭りと同じく豪商たちが京都から山車《だし》人形や水引幕を買ひ、いまに傳《つた》へられてゐるものですが、こちらのはうは本物の猩々緋《しょうじょうひ》や唐子《からこ》四季戲圖《ぎず》などが揃ひ、山車人形のお顔も能面、文樂、歌舞伎、武者人形など絢爛豪華そのものです。

その日の午前中、私は海產物店の姉妹を聯《つ》れて町を歩きましたが、どこの町内も、高く青木と幟《のぼり》を立てゝ出發を待つ山車の周りでは揃ひの浴衣や法被《はっぴ》姿の曳《ひ》き手や囃《はや》し方がざわ〳〵道に溢れ、氣の早い祇園囃子《ぎおんばやし》がピーシャラ、ピーシャラ、コン〳〵チキチンと鳴りだしてをりました。晝《ひる》前、海產物店に戻るころには通りはもう人垣が出來てをり、宴席の準備でたすき掛けの女中さんたちが走り回る屋敷の二階で姉妹を晝寢させてゐると、格子窓の下からは町のあちこちで巡行の始まつた山車の賑はひが響きわたつてきました。夕刻まで町を巡り續けるお囃子は「ゆきやま」と云ひ、笛も鉦《かね》も少しゆつたりしたものです。段々の坂道の町ですから、それは高いところから順に低いところへ移つてゆき、最後に一番下の中歌町へ降りてくると通りの先にある姥神神宮へゆつくりと向かひます。奉納に向かふ全部の山車が各々少しづつ違ふ音色の祇園囃子に導かれ、格子窓の外をゆら〳〵搖れる青木と房飾りのついた幟が通り過ぎていき、神宮の境内のはうから太鼓も加はつて一層高くなつた「たてやま」の囃子が流れてくると、店の前の「ゆきやま」と重なり合つて、もう頭の芯《しん》までコンチキチン、コンチキチンと鳴りだすのです。

夕刻に私が海產物店を出たころには、山車の提燈《ちょうちん》に火が入り、神宮を出て再び町を練りゆく「かへりやま」の囃子はどれも、チキチン〳〵と嵐のやうに鳴り響いて、江差の夜の全部が赤々と燃えだすやうでした。八重さんや子どもたちと待ち合はせたのは酒田町の商店街でしたが、そこには夏祭りらしい夜店が竝び、すぐ隣の新地の花街へ向かふ山車の囃子と物賣《ものう》りの聲が響き合つてもう話し聲も聞こえないほど。八重さんは本染の浴衣に半幅帶をたゞ貝の口に結んでゐても、何とも云へず粋《いき》な風情で誰もが振り向きます。提燈の下で子どもたちが金魚掬ひをしてゐる間、八重さんはいまにも白粉《おしろい》が匂つてきさうな仕種で扇子をパタ〳〵させながら、小娘のやうにくす〳〵笑ひ、ほんまの話しまヒョかと私に耳打ちします。二十年も昔の話やけど、昭夫さんはカムチャツカから歸つてくると、すぐに函館からやつて來やはつて、稼いできたお金全部持つて意氣揚々とそこの新地のお茶屋にあがりはつたものやつた。カムチャツカ云ふても、いまよりずつと大變《たいへん》な時代やつたのは確かやけど。俺はその邊《へん》のお大盡《だいじん》には負けへん、八重はよその座敷には出させへん云ひはつて、そらまァあんな偉丈夫やさかい、うちも惡い氣はせェへんのやけど、さうかうして半月も函館の宿舍へ歸りはらしません。そやかて昭夫さんもまだ若かつたし、そんな大したお金やあらしまへん。おかげでうちはほかの贔屓筋《ひいき》に顔が立たへんやうになつて、えらいこッチャ、もうあの人と所帯持つほかのうなつてしまうたんやけど、あとでアッしまうたと思ふたわ。漁師の亭主なんか持つたら一年で一番樂しいお祭りの日に、うちはひとりやないの。着飾つても見せる相手もあらへん。この埋め合はせは高うつくよ云ふて、子どもが出來るまではあの人にはよう着物買ふてもらうた。あゝえゝ時代やつたわ――。八重さんのそんな話を聞き、さうか、康夫も谷川巖も船を降りるまではこの祇園囃子を聞くことはないのだと思つたりしてゐると、私の耳のなかでチキチン〳〵の音は何だか一層狂ほしく鳴りだすのでした。

さて、例祭が過ぎた翌々日の夜明け前、土場の家に函館から電報が届きました。受け取つたのは八重さんで、隣の寝間で私は物音だけ聞いてゐたのですが、しばらくして八重さんが襖から顔をだし、聲も出さずに私のはうを見つめました。日魯からの電報には一行、『ノグチヤスオ、シス』とありました。

その朝のことで覺《おぼ》えてゐるのは、早朝に次男の誠太郎さんが自轉車《じてんしゃ》をキー〳〵鳴らして、江差の海産物店へ事情を傳《つた》へに走つてくれたことくらゐです。

後日、會社から届いた見舞ひ状の宛て名が私の名前になつてゐるのを見たときは、何とも奇妙な、臓腑に冷たい石が一つ入つたやうな感じがしたのでしたが、思へばあれは、この私がつひに遺《のこ》された家族の筆頭になつたことの實感《じっかん》であつたかも知れません。康夫は八月六日作業中に手に軽い創傷を負ひ、併設《へいせつ》の診療所で處置《しょち》を受けた後、八日に容體《ようだい》が急變し、九日早朝敗血症で死亡したと云ふことで、後に昭夫さんから聞いた話では、八日に高熱が出て診療所に運ばれたときにはもう意識はなかつたさうです。遺體《いたい》は現地で荼毘に付して弔ひ、遺骨と遺品は後日、規定の給料及び見舞金とともに届けられると、手紙にはありました。

それから數日して、私たちが日魯宛てに出した小包が先《ま》づ返つてきました。積取り船の便が間に合はず結局康夫には届かなかつたのです。康夫が戻つて來たのは九月の終はりでした。その日の晝前、土場の街道に黑塗りの乘用車が現れ、そこには日魯の青い制服の人も乘つてゐたのを覺えてゐますからあれはたぶん會社の車だつたのでせう、家の前で降り立つた昭夫さんの腕のなかの白布の箱を見たとき、私には實感と云へるやうなものは何もなく、あゝ野口の四男の郁夫さんが英靈になつて筒木坂の野邊《のべ》を歸つて來られたときもこんな感じだつたのかと、ふと思ひ浮かべてゐたりでした。私は父の遺骨を前にたゞ突つ立ち、八重さんが言葉もなく腰を深々と折り疊《たた》み、哲史と幸生はぢつと下を向き、美也子がひとり「お父さまは？」と長閑《のどか》な笑ひ聲をあげてピョン〳〵飛び跳ねてをりました。

夕刻になつて、函館から汽車便で歸り着いた忠夫伯父をはじめ同じ漁場に行つてゐた谷川巖ら土場の男たち數名が戻り、野口の佛間《ぶつま》で通夜をしてゐた私たちの耳にも、それは戸外の一寸した氣配でさうと分かつて、そんなときでさへ思はず聞き耳を立て、僅《わず》かにざわめいたりもしたのは、それほど死者の空氣が重かつたと云ふことです。しばらくして、歸着《きちゃく》したばかりの男たちが座敷の後ろにあらはれて言葉少なに弔問の言葉を殘してゆき、そこには巖の强張《こわば》つた聲もありましたが、それもすぐに絶えてしまつた後には再び戸板の外の、川岸の草の音だけが殘りました。カムチャツカの漁場では、事故や病氣で亡《な》くなつた者は同鄕の漁夫たちの手で番屋の裏の丘に草を積んで燃やすのだと云ひます。私がいまもかうして土場の草の音をとき〴〵思ひ浮かべるのは、康夫が遠い外地の風と草の音に包まれて灰に返つたことを思ふせゐかも知れません。

あれは八月の暑い最中のことだつたと思ふのですが、私は役場の新聞で政府の發表した國體明徵《こくたいめいちょう》の聲明文《せいめいぶん》を讀《よ》みました。私と康夫が初山別にゐた三月末、國會で決議された美濃部達吉の天皇機關說排擊について國が出した最後の結論でした。先日ふと、あのとき私が讀んだ聲明文の文言を確かめたいと云ふ思ひに驅られて、淳三の定期檢診の歸りに縣立《けんりつ》圖書館で調べてみましたら、貴方もどこかで讀んだかも知れないけれど、我ガ國體ハ天孫降臨ノ際下シ賜ヘル御神勅《しんちょく》ニ依リ昭示セラルル所《ところ》ニシテ、萬世《ばんせ》一系ノ天皇國ヲ統治シ給《たま》ヒ、と云つたふうでした。當時の私たちにはとくに異様な言葉でもなかつたけれど、いまは、康夫が教職を辭《じ》してまで逃れたかつたものがこの言葉のなかにあると云ふ氣がします。若《も》シ夫《そ》レ統治權ガ天皇ニ存セズシテ天皇ハ之《これ》ヲ行使スル爲ノ機關ナリト爲《な》スガ如キハ、是《こ》レ全ク萬邦無比ナル我ガ國體ノ本義ヲ愆《あやま》ルモノナリ、です。

さう云へば、東京の三宅坂で皇道派の陸軍將校が陸軍軍務局長永田鐵山《てつざん》を斬り殺した事件が報じられたのも同じころでした。當地の新聞では、教育總監《そうかん》眞崎甚三郎《じんざぶろう》への更迭人事についての義憤を晴らしたと云ふ犯人の將校は、元は青森歩兵第五聯隊《れんたい》の出身だとあり、東北農村の疲弊を知つてゐる人なら、あるいはほんたうに北一輝に贊同したのかも知れないと思つたり、滿洲で戰死した野口の郁夫さんは生前、この相澤とか云ふ人に會つてゐたのかも知れないと思つたりしつゝ、血盟團《けつめいだん》以來何だか戰國時代のやうな野蠻《やばん》な軍部を、康夫なら何と云ふだらうと頻《しき》りに考へたものでした。

ところで土場では、カムチャツカから歸つた男たちは休む間もなく秋の鰯《いわし》漁を始めます。筒木坂のはうも稻刈りで祖父母とも動けない時期だつたため、かたちばかりの簡素な葬儀が濟《す》まされた後は、村はふと見回すとほんたうは何事もなかつたのだと思ふ穩やかさと、家々や濱に男たちが戻つた賑はひに包まれてをりました。忠夫さんと昭夫さんは葬儀の夜に私を呼び、生活の心配はしなくてよいから弟妹たちの將來については私が決めるやうにと云ひ渡して、次の日からやはり漁に出てゆきました。その日、二人と入れ違ひに谷川巖が玄關先にあらはれ、私に一寸表に出るやう手招きしたのですが、それはいまから沖へ網入れに行くといふ直前のことで、巖は私を裏の川岸へ誘ひ、康夫に貰つたといふ萬年筆《まんねんひつ》を私の手に握らせて、康夫さんの形見だからどうしても晴子さんに返さねばと思つたと云ふ意味のことを云ひました。初山別で康夫が「三日月」さんに上げようとして斷られたらしい、あの萬年筆です。後に康夫の遺品を調べたとき、東京から持つてきたはずの何本かの萬年筆や、ペーパーナイフや、ドイツ製の鋏《はさみ》や懷中時計、ルーペなどが一つも殘つてゐないのを知つて驚いたものですが、康夫は漁夫になつたときから、すでに少しづつ形見分けを始めてゐたやうなもので、さう思ふと遺された者としては複雑な心地にもなつたことでした。

吾《わ》が船頭になつたら、晴子さんに苦勞はさせね。

巖はそのとき、不器用に低く吐きだすやうな聲《こえ》で確かにさう云ひました。いまになつて確かにさうだつたと思ひ返すのですが、私の耳も頭ももうろくに働いてゐなかつたに違ひありません。たつたいま觸《ふ》れたばかりの巖の手だけをぼんやり見てゐますと、そのときになつて急に、康夫の遺骸《いがい》を運び草を積んで燃やしたのだらう巖のその手が激しく切なくなつたと云ふか、あるいは目の前の若々しくうつくしい手が、いまとなつては世界に殘つてゐるたゞ一つの實體《じつたい》であるやうな氣分になつたと云ふか。あるいはまた、この一ケ月餘《あま》りの不確かな鈍い心地が一氣に何かの鋭いかたちを持つたとでも云ふのでせうか。私はいきなり巖を殘して家へ驅け戻つてしまつたのでした。ばかですね、こゝろと反對《はんたい》のことをしてしまふのだから。それで家へ歸つてから喉がをかしくなるほど泣きましたけれど、女が泣くときには大抵、肝心の理由はすでに不確かになつてゐるもので、そのときも最後は、そも〳〵何が悲しかつたのか自分でも分からなくなつてゐたのだらうと云ふ氣がします。

ともあれさうしてまた一晩を不確かに過ごし、巖のあの一言さへ夢だつたやうに感じられますと、この私は何だか父母をはじめあらゆるものを失ふやう豫《あらかじ》め決められてゐるのだと云つた妙な諦觀《ていかん》にも襲はれて、早朝寢間の戸板を開けて草のさは〳〵鳴る音を聞きながら、私はやう〳〵遺された自分たちの身の振り方を決めなければと考へたのでした。尤《もっと》も大筋は、筒木坂にゐたときすでに私のこゝろのなかでは固まつてゐたことであつたのかも知れません。最初に本郷の岡本の祖父母宛てに手紙を書き、一日置いて市ヶ谷の民子さん夫婦宛てに事情を書き送つた三日後には野口の家に民子さんからの電報が着きました。たぶんかうなるだらうと豫想《よそう》してゐた通り、『スグ、ムカヘニイク』と。

さうしてさらに三日くらゐして、民子さんは江差の中歌町の自動車會社のタクシーで土場にあらはれ、忠夫さんと昭夫さんの二人も急いで濱《はま》小屋から戻つてきたのでしたが、鰯の鱗《うろこ》を光らせ魚臭をぷん〳〵させた野口家の長男次男と對面《たいめん》した民子さんの心中たるや、想像したくもありません。尤も、昭夫さんたちとて同じことだつたはず。ほゞ二年ぶりに會つた民子さんと云へば、富子のあの水色のコートも顔負けの豪勢な洋装で土場の街道に乗りつけ、近所の人びとがみな濱のはうから見てゐる騒ぎだつたのですから。これには人あしらひに長《た》けた八重さんも戸惑つたふうでしたが、結局は子どもたちを引き取るに足る裕福さを野口の人びとに見せつけるのに、一番手つとり早い方法だつたかも知れません。また私も、富子と面差しの似てゐる民子さんに會つたとき、康夫が苦手だつた人だけれど、これでよかつたのだとあらためて自分に云ひ聞かせることにもなりました。それから三日間ほど民子さんは江差の旅館に滯在して弟二人の轉校《てんこう》の手續きを濟ませ、私は弟妹たちの荷作りをして出發の支度をしました。弟妹たちは、このところ引つ越しばかりだと幾らかは醒《さ》めた顔もしてをりましたが、あとで考へると私も彼らも云ひたいことを云ふのを實《じつ》によく抑へてゐたと思ひます。

最後の晩、野口の人びとの前で私が弟妹たちに云ひ渡したのは手短かなことです。哲史は本郷の岡本家へ、幸生と美也子は市ヶ谷へ行くこと。銀行に預けてあるお金は四人で平等に分けること。筒木坂に殘してきた康夫の書物は東京へ送るから生涯大事にすること。土場の暮らしが氣に入つてゐた幸生はふくれ面をしてうつむき、美也子は自分だけが無理を云つてはいけないけれども私はお父さまと一緒がいゝと顔に書いてあつて、これも不機嫌でした。哲史の本心は私にも分からなかつたのですが、ぢつと私を見てゐた後、それで姉さんはどうするんだと一言云ふので、私はもう大人だから働き口を見つけると答へますと、自分は何ひとつ承服出來ないと云つた目をして默り込んだものでした。翌朝、どうしても漁から手を放せない昭夫さんと忠夫さんは先に家を出ていき、野口の子どもたちも學校へ行つた後、民子さんがまたタクシーと貨物自動車で迎へにあらはれて、私の弟妹たちは土場を發《た》つてゆきました。美也子がタクシーの窓から手をぶん〳〵振つて「またね！　またね！」と元氣な聲をあげました。

このときほんたうを云へば、私は筒木坂で納骨をし、荷物を東京へ送ることのほかは何も決めてゐたわけでなく、數年したら自分も結婚して、またいつか弟妹たちに會ひに行くことも出來るだらうとぼんやり考へてゐただけでしたが、今日なほも、この私があのとき弟妹たちを東京へやらず、皆で土場で暮らす選擇《せんたく》をしてゐたらと云ふ思ひは盡《つ》きません。昭和二〇年三月、東京大空襲で學徒動員先の工場にゐた美也子が死亡したと書いてきた民子さんの手紙を讀んだとき、そしてまた、それから二ケ月も經《た》たない五月、特攻隊に志願した幸生が最後に鹿兒島の知覽《ちらん》からよこした手紙を野邊地《のへじ》で讀んだとき、私は土場の街道を遠ざかつて行つた十年前のタクシーを思ひ浮かべるしかなかつたのです。

土場の鰯漁は十月一杯續《つづ》き、私は江差の海產物店へ子守に通ひ續けて、二度ほど濱小屋で姿を見かけたほかは巖と會ふこともなく、年の暮れ忠夫さんとともに筒木坂へ歸る日を迎へました。昭夫さんの家族全員が見送つてくれましたが、前の日お別れを云ひに谷川の家へ行きましたら、平次郎さんと巖は山へ入つてゐて會へず、それつきりになりました。さう〳〵、いまやつと思ひだしました、私の水色のコートは土場を去るときに、いつか幸代さんが着られるだらうと思つて置いてきたのです。

さて十ケ月ぶりの筒木坂はすつかり晩秋の灰色が降りて、二年續きの死者を出した野口の家を包んでをりました。臨月だつたタヱさんは私たちの歸還から間もなく無事に男兒を產み、祖父母の芳郎もキトも、當主の忠夫さんも息子の武志さんも、下の子どもたちも去年と同じやうに各々立ち働き、圍爐裏《いろり》はぱち〳〵燃え、佛壇には康夫の位牌が一つ加はつたのですが、私は臺所《だいどころ》と厩《うまや》を行き來しながらふと邊《あた》りを眺めるとき、康夫と云ふ野口家の三男はほんたうはとうの昔にこの家から消え去つてゐた人だつたのだと云ふ氣がしました。二十年ぶりに東京から戻つた康夫がこの家で暮らしたのも、數へてみれば百日もなく、土間の上のマギ（屋根裏）に横たはつて何事か考へたのだらうけれども、懐かしさと云ふ意味では私たち子ども以下だつたかも知れない、と。さう思ふと、もう弟妹たちもツネちゃんもゐない野口の家は、何だか冬の田畑に薄靄《うすもや》が降りるやうにして翳つていき、私はふと宇宙船の船長に戻つてこゝへ初めて降り立つたときの不思議な風景を思ひだしながら、時を忘れてゐたりもしました。

ところで土場の昭夫さんは、康夫を死なせた悔いを初めて私宛てに書きよこした上、日魯《にちろ》の幹部のツテを頼つて私の奉公先を探してくれてゐたのでした。私は、昭夫さんが初山別で康夫の身の安全のために精一杯の配慮をしてくれてゐたことを知つてゐます。だから少しも恨んではゐないし、どうかよろしくお願ひしますと返事をだしました。そして年の瀬も押し詰まつたとき、野邊地の福澤家が一番よいと思ふと云ふ返信が來たのですが、縣下《けんか》有數の名家で、當世は衆議院議員福澤勝一郎その人の本宅だと云ふ福澤の名は筒木坂まで聞こえてゐて、忠夫さん夫婦も驚いたり喜んだりでした。

昭和一一年の一月二十二日、昭夫さんは筒木坂まで迎へに來てくれ、私は自分の洋服を全部トキさんにあげて福澤から送られてきた新しい着物を着、小物を包んだ風呂敷一つを手に出發しました。康夫の好きだつた北村透谷《とうこく》集の薄い岩波文庫を一冊だけ、荷物に入れてゆきました。その日、昭夫さんが木造《きづくり》で買つて來た新聞に、昨日政友會が任期滿了を前に內閣不信任案を提出して帝國議會が解散したとあり、福澤勝一郎代議士が今日明日にも地元入りすることになると、先方はごつた返してゐるかも知れないことだけが案じられた、そんな出發でした。數日前、政府は昭和五年のロンドン海軍軍縮條約を破棄するに至つてをりましたが、かつて康夫が終はりだ、終はりだと云ひ續けてきた政《せい》黨《とう》政治は確かに死んだと云へる政治の狀況の下、福澤が民政黨の穩健派《おんけんは》だと云ふ風聞だけが氣分的にほんの少し救ひでした。

こゝで最後に、野口の家を出る前に昭夫さんと一緒に墓所へお參りに行つたとき、一つとても不思議な經驗をしたことを書いておきませう。お墓に線香を上げてふと見ると、二十間ほど離れた普門庵《ふもんあん》の石段の下にオーバーコートを着た長身の男性が一人立つてをり、こちらに輕く會釋《えしゃく》をします。私たちも會釋を返し、その男性はそのまゝ地吹雪の止《や》んだ雪道を野のはうへ立ち去つていきました。村の人でなく、よその集落から來たやうにも見えず、どこから來たのかと私たちは思はずその遠い後ろ姿を見送つたのでしたが、あの數分の間、昭夫さんもきつと私と同じことを考へたに違ひないと思ふのです。あれは康夫だ、と。』

「この際だから、もう一つ打ち明けましょう」

野口誠太郎は言葉を探すようにして少し間を置いた後、自嘲の笑みを噴きださせながら言ったのだった。

「晴子さんが土場を去った日の夜、巌がうちの家にやって来たんです。親父が役場の寄り合いで家にいなかったものですから、お袋が応対に出て、ぼくは奥の部屋で勉強しているふりをして息を殺していました。巌は、晴子さんが発ったことを誰かに聞いて急いで山を降りてきたと言ってました。彼はその日が出発だったとは知らずに前の日から山仕事に出ていたわけですが、実をいうと何日か前の朝、学校へいく途中にぼくは偶然巌に会って、そのとき彼が晴子さんの出発はいつだと聞いてきたんで、ぼくはとっさに嘘の日付を教えたんです。これでお分かりでしょう？　……しかしそれにしても、今日はぼくもどうして貴方《あなた》にこんな話をしたのだろう。四十年前の話だとは言っても、貴方も戸惑われたに違いない。遠縁の男の顔にまじまじと見入っては、「貴方、晴子さんに似ているという顔をし、遠縁の男の顔にまじまじと見入っては、「貴方、晴子さんに似ているなと言われるでしょう？」と繰り返した。

　そのとき彰之は「ときどき言われます」と応《こた》えてから、突如考えていたのだった。かつて周囲にそう言われて育ち、三十前になってもなお他人に言われるこれは、はたして親子が似ているという世間話の範囲の話なのだろうか、と。母と似ているという自分の顔が初対面の野口誠太郎になにがしかのあらぬことを思いださせ、噴きださせたのではないか、と。最初から何かしらひっかかり続けた誠太郎のねばりつく眼差しも、あらためてそう思い眺めると、自分を見る父淳三や福澤榮、福澤徳三たちのそれと似ていなくもないと感じられた。そしてさらには、もって生まれてきた面の皮一枚の意味を自分はひょっとしたら無意識に知っていて、それを嫌って家を出たのだろうかと、十八年来の自問自答を彰之はそのときもまた知らぬ間に繰り返したのだ――。尤も、野口の家を辞去した帰りにバス停から暗くなりかけた土場の草地をもう一度眺めたとき、あいまいに去来したのは、病床の父を看病しながら独り家を守っていた母の、それまで想像したこともなかった若い時代のぼんやりした影絵と、そんなものを思いがけずかいま見た軽い驚きのようなものだけだったのは確かだった。

彰之はそうして数分か数十分の間、一年前に土場を訪ねたときの一部始終と、その後晴子自身が書き送ってきた手紙の文面を渾然とさせながら呼び戻した後、二段目の模様が編み上がった肩掛けを腕の長さにかざし、不完全ながら何とか六角花文と分かる編み目のくっきりした凹凸を眺めた。それからなおも自分が母に似ているというのはせいぜいこの程度の粗い近似なのだ、一つの円に内接した正n角形がそうであるように問題は永遠に埋まらない差異のほうなのだと考えたりしたとき、ほとんど意識のすみにも止まらない速さで、もう一つ閃き去っていったのだった。そういえば自分とどこかで会ったと執拗に言う松田某の眼差しも、誠太郎たちのそれに似ている、と。

数分前から、足立甲板長が赤い目をして居住区を行き来しており、いよいよ漁場に入ったのか、千メートルほどの近さの霧笛が二つ、三つ重なって聞こえてきた。と思うと、通路から「おめ一直《いっちょく》だば早く飯食ってこい。時間ねえど」という足立の急《せ》いた声がして、彰之は編み物を置いて食堂へ行き、自分でご飯と汁を器によそい、まだ三人が残っている六人掛けのテーブルに着いた。賄《まかな》いのトシオ某はしみだらけの配膳台に両肘をついて漫画雑誌から顔もあげず、耳にはカセットテープレコーダーのイヤホンがさしてあった。出航前に挨拶だけはした四十代の甲板員三人は、除氷作業から戻ってきたところか霜焼けした赤い顔をして、彰之のほうへぎこちない盗み見るような目をよこした。彰之も会《え》釈《しゃく》を返し、福澤の船の味とはまた違う塩けの強い三平汁を啜《すす》り、炊飯器のなかで冷えて水っぽくなったご飯に箸をつけた。たいていどの船も、長年沁みた煤や魚脂がスチームで絶えまなく熱せられて臭い立つ居住区では、不思議に冷えた飯が似合うのだったが、東京の食堂にいたというトシオの作った汁や煮込みの副菜の味は、八年前に大学を出てすぐ乗り込んだ船で賄いに立った男が作ったものと比べたら、はるかにまともだった。

これで同席の男たちを気にせず食うことが出来たらなお言うことはなかったが、そればかりは叶《かな》えられず、そのときもすぐに「甲板長の軍歌聞かされたら寝られねべ」と一人が話しかけてきた。足立の不眠症の話か。彰之は一瞬考えたが、口外するなと松田に言われたばかりであったし、「別に」と応えると、同じテーブルの端では「年明けからひどくなったな」という別の声がし、それ以上はどこか神経質な感じのする低い嗤《わら》い声になった。「ルソンの生き残りだば、おっかね、おっかね」と。それは乗船したときに肌で分かったこの船特有の空気の一つだったが、その正体は年明けからの百日、釧路とカムチャツカの千五百キロを往復し続けた末のいま時分にやって来る疲労の産物だったのか。あるいは前回事故を起こしたという船から去りやらぬ陰気の名残だったのか。たかだか十二人の甲板員のなかに、体調に何らかの問題を抱えた足立のような人間がいるのは漁船の労働環境としては最悪に違いなかったが、彰之に出来るのはせいぜい考えないことだけだった。

それからすぐ、頭上を鋭いブザーが響きわたり、操業開始を告げる漁撈長《ぎょろうちょう》の声がスピーカーから流れだした。食堂の外では「一直は集合、集合」という足立の号令が通路を上へ行き下へ行きしており、その傍から出番はまだ先の二直や機関部の者たちの、休息を破られた呻き声がそこここから漏れだしていた。これから五、六日間、不規則な三交替の終夜操業の始まりだった。彰之が急いで一膳の飯をかき込んで席を立ったとき、最初に口をきいた男がもう一度声をかけてきて、早口に言い捨てていった。

「おめ、甲板長が軍歌を唄いだしたら何が起こるか分がらねはんで、なるべく近づくんでねえど」、と。

5

うっすらと明けた空は白く、みぞれ状の氷を含んだ波浪もざらざらと白く、操業中のほかの漁船の船影も濃い白だった。それらの全部が、北幸丸の漁撈甲板とともに大きく傾きながら浮き上がっては沈み、彰之たち甲板員は頭上高くキンキンした高音を放って回り続ける西風を聞き、足の下の地鳴りに似た海音を聞き、また高い風音を聞くのだった。

時速四ノットほどの低速になった漁撈甲板では、一直の甲板員七名がかりでまず全長一〇〇メートル近いトロール漁網の山をスリップウェーに向かって引き出すことに始まり、漁網の入口となる袖網《そであみ》にペンネント（連結用索具）や手綱をシャックル（金具）で繋《つな》ぎ、ヘッドロープやコッドラインなど二十種類近いワイヤー類を手繰っては連結や結束を確かめ、一方、畳二枚分以上もあるオッターボード(網口開口板)二枚の準備が始まった船尾のギャロスの中央の滑車には、その巨大な網を吊り上げて海へ投入するためのワイヤーが張られる。船橋下の大型トロールウィンチの二つのメインドラムがゴロゴロ唸りを上げて動きだすと、漁網は袖網の先端まで巻き上げられ、左舷《さげん》の漁撈ウィンチのほうは、船尾のつり出し用滑車を介して張られたワイヤーを巻き込んで、長さ二〇メートルほどのコッド(身網末端の漁捕部)をぞろりと持ち上げてゆく。その下で全部で数トンにもなるワイヤーやロープ類が絡《から》まないようさばき、持ち上げ、移動させる彰之たちの腕はたちまち棒になり、真新しいゴム手袋は錆と水垢で黒ずみ、凍りついてひび割れた。視線の先には忙しく移動しながら右へ左へと指図を飛ばす足立の姿があり、少し目を上げて振り向くと、唸りを上げるウィンチの後ろのデッキには操作レバーを手に何か怒鳴っている甲板員の姿があり、その頭上の船橋のガラス窓のなかには、甲板の作業を見下ろす西谷漁撈長の顔がある。

その船橋の窓の下のスピーカーから「網、レッコー!」の西谷の号令がかかった。船尾の足立がつり出し用滑車のストッパーを外し、コッドが海へ落ちてゆく。同時に再び回りだしたウィンチに送られて、コッドに続く漁網が傾斜したスリップウェーから海中へ滑り降りていった直後、「ウィンチ停止！」「網成り確認！」「ストッパー確認！」の号令が降り、トロールウィンチからいまや二本の手綱が海中へ伸びるだけとなった甲板を、彰之たちは各々走るのだ。手綱付きで海に浮かんだ網は船から一〇メートルほど後方に黒々とした影をつくって流れており、船尾ではワイヤーストッパーでせき止められてたるんだ二本の手綱を、各々甲板員三人がかりで拾い上げ持ち上げて、門型をしたギャロスの下のトップローラーに通すと、逆回転のウィンチがその手綱を船側に巻き込み、ワイヤーストッパーが再び弛《ゆる》んだところで「ウィンチ停止！」。

そこで、左舷のほうから「オッター取付け！」と叫んだのは今度は足立の声だった。彰之は右舷のほうにいて、二人がかりで右舷側のオッターボードに繋がれたペンネントのロープと手綱の金具をG型フックで連結し、左舷のほうと合図を送り合うと、四たび動きだしたウィンチに送られて遊びワイヤーの終わりとワープ（曳網索）の連結部が現れ、それがトップローラーを通過して眼前まで垂れてきたところで、四たび「停止！」。彰之たちは両舷各々のオッターボード付属のチェーンを、遊びワイヤーとワープの連結部にシャックルで繋ぐ。合図が飛び、ウィンチの逆回転で四たびワープの弛みが巻き込まれ、遊びワイヤーを介して両端を手綱とワープに繋がれたかたちになったオッターボードを前に、「ストッパー解除！」の足立の声が飛び、彰之たちはギャロスの両端からオッターを吊り下げていたフックを外す。船橋に向かって足立が大きく手を振る。スピーカーが「オッター、レッコー！」と叫ぶ。その直後、五たび送り出され始めたワープの先から、一枚の重量がほぼ一・八トンの巨大なボードが二枚揃《そろ》ってゆるりと海へ落ちてゆき、彰之たちの眼下で、まるで優秀な高飛び込み選手のように鋭く短い水しぶきを上げた。

二枚のオッターボードは、半速か微速に速度を落とした船に曳《ひ》かれる海の大凧《おおだこ》であり、それぞれの裏側はさらに袖網の二つの先端に繋がれて、スケトウを誘い込む網口を大きく開かせ、ワープを固定させ安定させる。彰之が中学生のころには、福澤水産はすでにこの船尾トロールの縦型オッターボードの導入をすすめており、従兄の遙に連れられて年末にドック入りする船を見にいったとき、船尾にぶら下がったその実物を初めて目の当たりにしたのだった。そのとき彰之は遙がその仕組みを得意気に話すのを聞きながら、学校で習ったばかりの物理のわずかな知識を総動員して、海中で曳かれる大凧が受ける水の抵抗や浮力、二枚で網口を開かせるときの重心の取り方や、傾斜角度や曳網速力との関係などを思いめぐらせたものだが、帰りに生まれて初めて県立図書館へ行ったのも、その詳しい構造を知るためだった。二枚のオッターボードは、いまはゆっくり送り出されるワープに曳かれてみるみるうちに船尾後方へ流れながら互いの距離を開けてゆく。

それはすぐに船尾の彰之たちからは見えなくなったが、トロールウィンチでワープを送り出しながら船が機関全速で走りだすと、それは数百メートル先で二枚のオッターが十分に開いたことの合図だった。また、毎分一〇〇メートルくらいの速度でワープが送り出される時間を計っていると、いまどのくらいの距離にあるのかもだいたいは見当がつく。そして五、六分かけて機関は再度微速になり、ウィンチが止まって、船は六〇〇メートル前後のワープを伸出し終わり、いよいよこれから、オッターとともにはるか後方に送り出した巨大なトロール漁網を曳き始めるのだ。

こうして初回の投網《とあみ》は、工場甲板にまだ魚がないこともあり幾らか長閑《のどか》な作業でもあるのだったが、曳網が始まって余裕が出来たはずの漁撈甲板では、足立がなおもひとり一息つくひまもなく右へ左へワイヤー類の整理に走っていて、彰之は一寸《ちょっと》その姿に目を留めた。トン数に比べて漁具の種類も量も多すぎ、どこをどう片付けても整頓《せいとん》には限界のある北転船の漁撈甲板で、足立は同径のワイヤーやロープを集めては束ね、揚網時に使う門型マストや、全部で六本ある引揚げポストの、大小の滑車から張り渡された数十本ものワイヤーを点検しながら、あれを引っ張れ、それを締めろと甲板員に指示をするかと思えば、風音に裂かれて切れ切れになった「海行かば」が聞こえてくる。それを遠目に眺めて甲板員たちは顔を見合せ、潮が退《ひ》くように下の工場甲板の方へ一人去り二人去りして、上にはその足立と、彰之と、民謡保存会会長の山崎某の三人が残るのみになった。その山崎は、幾らか芝居じみたくわえ煙草で悠々と動きながら、足立の方へ「年寄りがそただ動いだら腰傷《いた》めるど！」と怒鳴って笑い、次いで「今日は重症だべ」と彰之のほうへ目配せし、あんたも下へ行けと顎《あご》を振ってよこした。

北幸丸は一網約二時間ほど曳くということで、その間、工場甲板は網が揚がったときの準備だった。船尾のフィッシュハッチの下の魚溜《だ》まりをホースの水で洗い、そこから船首の下の魚艙《ぎょそう》まで通っている二本のコンベアを洗い、そのコンベアから魚艙の一枡《ます》一枡の入口に延びている樋《とい》を洗い、樋の下に各々畳一枚分ほどの大きさの口を開けている魚艙の壁を洗う。船底の魚艙は一枡百トンのスケトウが入る大きさに壁と柱で仕切られており、生《なま》操業期にはその各々に氷を入れてバラ積みし、五月からの凍魚操業ではその同じ場所に、パン立て（冷凍用型枠に並べて詰める工程）したフィレーの、数千個もの冷凍ブロックが積み上げられる。

バラ積みのいまは、凍魚操業のときに必要な裁割やパン立てなどの加工がなく、選別だけで魚艙に落とし込むため作業も準備も比較的楽だったが、足の下のその魚艙も、足元も、製氷機もコンベアも頭上すれすれを走るダクトの山も、水垢と鉄錆と魚脂で赤黒く染まり、まだ魚がないうちから十年分の澱《よど》んだ魚臭を立てていた。その甲板で、彰之はときおりゴムの作業着にホースの海水を浴びながら、魚艙の枡に敷く何十枚もの畚《もっこ》を畳んで積み上げる作業をしたが、畚は入港時の水揚げのときに一枚一枚クレーンで吊り上げるためのもので、いざコンベアに送られて魚が枡に入り始めると、量を見計らって次々に一枚ずつ枡の中の柱に吊り下げ、その一枚が一杯になるとまた次の一枚を吊り下げ、また次の一枚を吊り下げ、の作業になる。しかし、それもまだ少し先のことだった。畚の網を折り畳む彰之の傍らを、長靴をびたびた鳴らして行き交う男たちからはときどき家族の自慢話が聞こえ、卑猥な笑い声が降り、聞き覚えのある声に顔を上げると、あの松田であったり、食堂で声をかけてきた男であったりした。またその間も、漁撈甲板と工場甲板をせわしく行き来する足立の姿があり、揚網当番は誰と誰といった指示を二度三度と繰り返し、何度もコンベアや魚艙の準備具合を覗き込んでは消えてしまうと、後にはしばしば微妙に神経質な沈黙が広がった。そういうとき、誰かと目が合うと返ってくるのはあいまいな視線だけだったが、そのつど彰之は操業直前に食堂で甲板員の一人が耳打ちした言葉をほんの一寸呼び戻し、直後に自分で否定してはわずかに不安定な気分をつのらせ、しかしそれもまたすぐに否定した。よく言われる、出口のない船で些細な個人の気分や感情が伝染し増殖するときの感覚というのは、いったいあるのかないのか。あるいは、それは結局のところ過敏で臆病で不安定な自分自身の神経の迷走ではないのか。だいいち、たかが経験八年の漁船員のこの皮膚や骨がいったい何を知っているというのか。実際、とりとめもなくそんな自問自答をする程度には、甲板に畚を運び積み上げてゆく作業はしばし単調であり、ほかの男たちの動きも聞こえてくる雑談の声もひどく緩慢だった。

午前十時、揚網時刻を告げるブザーとともに彰之たちは再び漁撈甲板に上がり、先《ま》ずは白々と明るい海に眼球を刺されながら船尾の後方を仰ぎ見た。すでにトロールウィンチがゆっくり回りだしており、そこから甲板を貫いて船尾ギャロスのトップローラーへ、海へと、網を曳いた二本のワープはちぎれそうにピンと張って、重たげにぶるぶる震えながら巻き上げられてゆく。ものの数分で、船尾の三、四〇メートル後方の波間にオッターボードの白色があらわれ、さらにその後方に黒く長い網の影があらわれるともう、その上は獲物を狙うカモメの叫び声で埋まっており、どんどん近づいてくる網と一緒にその声も近づいてきた。それから、足元を震わせていた機関の振動が止まったかと思うと、激しく水を垂らしながらオッターボードが揚がってきて、ギャロスまで吊り上げられたところで一旦《いったん》ウィンチが止まった。と、すかさず足立が「取外し！」と叫ぶ。彰之たちは投網時とは逆の手順で、オッターのチェーン類と遊びワイヤーやワープの連結を外したり付け替えたりし、その端ではトップローラーのワープを送ったり止めたりするための合図をウィンチへ送る足立の腕が、ほとんど右へ左へ飛び跳ねるかのように動いていた。オッターの取外しが終わると、ウィンチはいよいよ網に直結した手綱をギリギリ巻き込み始め、見る間にオレンジ色のフロート（浮子）を付けた袖網がスリップウェーから揚がってきて、先端がトロールウィンチに達した。一方、ぞろぞろと海へ続く身網の先の、スケトウを詰め込んではちきれそうなコッドはもう、船尾のすぐ後方に真っ黒な巨体をあらわしており、その上に群れるカモメが網へ向かって急降下を繰り返しながら割れるような声を立てていた。何千回経験しても、そのつど誰もが五十トン入ったか、百トン入ったかと息を呑むときだった。一網の漁獲量が多ければ多いほど、五百トンの魚艙を満杯にして一航海を切り上げる時期が早くなる。それだけ帰港が早くなる。

「巻き上げ！」という漁撈長の声がスピーカーから降り、彰之たちはすかさず甲板に揚がっている胴網に巻き上げ用のストロップ（ロープ）を巻きつけ、フックを取り付けた。船橋前の巻き上げポストの滑車とトロールウィンチのセンタードラムを介したワイヤーが、氷柱《つらら》を振り落として震えながらそのフックを吊り上げ、胴網を絞り上げながらじりじりとコッドを引きずり揚げてゆく。間もなくスリップウェーから姿をあらわしたコッドは大き過ぎず小さ過ぎず、中身は五、六十トンぐらいかと思われたが、それでも幅三メートルのスリップウェーにつかえるほどの膨らみがあって、はちきれそうな網地に補強用の力ロープとコッドバンドがしっかり食い込んでいたものだった。彰之たちは揚ってくるコッドの、身網との連結部の吊りワイヤーと巻き上げワイヤーをさらに繫ぐ。誘導する「オーライ、オーライ！」の足立の声が嗄《か》れ、船全体を大きくかしがせながら巻き上げワイヤーが軋《きし》み続ける。そうして見る間に長さ二〇メートルのコッドはざわざわ海水を垂らし魚臭を立てながら、漁撈甲板を長々と埋め尽くして彰之たちの眼前にどたりと横たわった。しばし重いワイヤーをあっちへ繫ぎこっちへ繫ぎした腕や腰の軽い痺《しび》れとともに眺めるそれは、彰之にとって一年ぶりのトロール漁のトロール漁たる実感だった。

続いて漁撈甲板では、すぐにスリップウェー近くにあるフィッシュハッチが開き、フォークを手に集まった彰之たちの前で、コッドの開口部を繫いであるロープが引き抜かれ網口が開かれた。どっと甲板に噴きだしたスケトウはたちまち彰之たちの脚を呑み込み、それをフォークで掻《か》きだし押しやって、足元に畳一枚ほどの穴を開けているハッチに落とし込んでゆく。一方、ハッチの下の魚溜まりでは頭上から降り注ぐスケトウに埋まって、二直の甲板員や非番の機関士たちが同じようにすくっては投げ、すくっては投げしてスケトウの山をコンベアに送り出してゆくのだが、それはあっという間に追いつかなくなって「ストップ！　ストップ！」の叫び声が下から聞こえ、上から彰之たちが返すのはスケトウの雨と、そこそこの漁獲だった安堵の笑い声だ。

スケトウは体長三、四〇センチで、乳白色の胴体には薄い茶色の斑点が連なった二本線の模様があり、抱卵の時期のいま、尖った三角の口許《くちもと》と、子を詰め込んで膨れた腹びれのあたりを薄赤く染めて揚がってくるのがなんとも生々しいのだった。それが山になると全体が薄いピンク色に見え、そこに空気で内臓を破裂させたものたちの血が混じり合ってスケトウたちはさらに薄赤く染まりながら、摂氏零度前後の外気温よりわずかに温かい体温で彰之たちの凍りついたゴム長の脚回りをひたひたと包み込んだ。そのすぐそばでは開いた網口から石炭を掻きだすようにスケトウを掻きだす者の腕が前後し、彰之もまた腕を痺れさせながらフォークを薄紅に色づいたスケトウの山に突き刺し、突き刺し、ハッチへ向かってすくいやる。

そのうち再度「ストップ！　ストップ！」と下の魚溜まりから聞こえてきたのは、いつの間にかもう工場甲板へ移動している足立の声で、その直後油圧ハッチの扉ががらがら音を立てて閉まった。北転船の工場甲板の広さや人員やコンベアの処理能力は三十トンが限界で、それを越えると一旦ハッチが閉まる。漁撈《ぎょろう》甲板のコッドはまだ半分以上の漁獲物を残しており、してみれば一網五十トン以上はたしかにあったということだった。

膝までスケトウに埋まったまま、再びハッチが開くまでしばし手を休めると、甲板員の一人が早速潰《つぶ》れた小さなスケトウの一尾をつまんでポーンと空へ放り投げた。たちまち一羽のカモメが急降下してそれをさらってゆき、男は「ほら見れ、あれが吾《わ》ァまゆみちゃんだど！」などと笑った。続いて別の男がどこかの女の話を始めるとまた、あはは、えへへと笑い声があがり、そのうち「おめ独身か。おめみてな若ェもんがなしてだば」「なんもなんも、遊びすぎでるんでねえか」と彰之のほうへ話が飛んできた。彰之は適当に「なんもだ」と照れ笑いを返しながら、一瞬、出航前に野辺地の福澤本家を訪ねてきたらしい保険外交員の女のことを思い、しかしそれもすぐに再び足元で開いたハッチにかき消された。彰之たちは再び機械と化してスケトウの山を掻きだし押しやりしてハッチに落とし込み続け、その間にもふと見上げた昼近くの空は早くも夕刻のように翳《かげ》り始めて、海の色はぐんと濃さを増していた。カモメの声は湿りけを帯びた西風にざわざわ追われるように遠ざかってゆき、しばし話し声が絶えて全身に波浪の轟音《ごうおん》が立ち戻ってくると、海の寂しさのようなものか、彰之たちは理由もなく一寸臓腑《ぞうふ》が締まるような感じに襲われ、急いでまた誰かが景気のいい話を始めて笑い合う。

結局、六十トン近くのスケトウをコッドから出し終えるのに一時間ほどかかり、鱗《うろこ》や血で薄紅に染まった甲板を洗い始めたころには、辺りはもう一面の濃霧だった。船橋の上のハロゲン灯が点《つ》き、白濁した黄色い光の下で次の投網に備えて、彰之たちは急いでコッドの網口をロープで再び縫い合わせる作業にかかったが、凍った網目の一つ一つを拾いながらロープを通しては締めつけてゆく間、いまにも破れそうに重い水滴を含んだ霧が顔やゴム着に張りつき、それが重力で流れ落ち、筋を描いて見る間に凍りつく。そこへまたいつの間にか「片づいたかあ！」という大声が聞こえて振り返ると、門型マストの下の出入口からあらわれた足立が甲板いっぱいに散乱した漁網やワイヤーの山の間をまたせわしく行き来する光景になり、一緒に鼻唄《はなうた》や口笛もあっちへ行きこっちへ行きになったが、それもいまはひっきりなしに近隣の漁船たちが響かせ合う霧笛にかき消されがちで、彰之たち甲板員がどれもゴム着の黒い影のようになって手と脚を運び続けた末に、やがて漁撈甲板には初回と同じように長大な漁網の塊がぞろりと広げられていたものだった。

外気温が氷点下の漁撈甲板での作業は二時間が限界で、二回目の投網は二直と交替し、彰之は工場甲板へ移動した。一回目の六十トンはすでにほぼ魚艙へ消えており、彰之は魚溜まりやコンベアを再び洗い、雑魚《ざこ》や潰れた魚屑《くず》が散乱した床をデッキブラシで洗う作業をした。狭い通路でゴム長の足元が滑らないよう率先して床を洗うのは、ただ自分のためであり、作業能率のためであり、その間に福澤の船とは少し配置の違う製氷機や樋やところ狭しと積み上げられた魚艙の仕切り板などを確認し、頭に入れたのも同じことだった。そうしてふと我に返ると、自分がいつになく神経質で慎重になっているのを感じて居心地の悪さに襲われ、どうしたのだろうと当てもなく自分の腹を探ったりし、赤い目をして走り回る足立のせいかとふと目を上げたが、本人の姿はもうその辺にはなかった。代わりに頭上では、二回目の投網が始まった漁撈甲板のスピーカーの声が鳴りだし、トロールウィンチの振動が天井をゴロゴロ震わせて伝わってくると、彰之はまた少し床を洗う手を急がせながら、そうだ、野辺地へ自分を訪ねてきたという女は誰だろうと考えていた。保険が云々とばかばかしい嘘をついて福澤本家の玄関に現れたのだろうその女は、福澤彰之の実家が米内沢《よないさわ》の分家のほうだと知らない何者かであり、だとすれば地元の人間ではないのだったが、自治大臣福澤榮の邸宅だとも知らずに、家の者の誰に何を告げたのか。

応対したのが榮の実姉の初子でなければよいが、もしもそうだったらあの隠然とした白塗りの顔に玄関の上がり框《がまち》の上から見下ろされた女は、何とも間が抜けていて哀しい。誰にしろ本家の人間は晴子に電話をかけ、貴女《あなた》の息子さんを訪ねてきた女性がいましたよと薄ら笑いを浮かべたに違いない。そんな想像を巡らせると、自分の女というわけでもない何者かではあったが、彰之は自分を訪ねてきた女のほうを庇《かば》いたい気持ちになり、同時にまた、どうして本家なんかへ行ったんだ、だから君はぐずなんだと根も葉もない怒りに駆られていた。そうして、自分がかつてぐずだと言って責めたり侮蔑《ぶべつ》したりした女の、比較的鮮明な面差しを二つ三つ呼び戻してはっとし、さらに不快な落ちつかない心地を増幅させたが、顔を思い出したのはいずれも大学時代かそれ以前に付き合いのあった女で、いまごろ青森に現れる理由は何もなかった。想像は振り出しに戻り、それにしても母のところへも本家から電話が行ったというのが一番不愉快だと思ううちに、頭上は「オッター、レッコー！」で、間もなくオッターボードが落下する水音が聞こえ、ワープの走る振動が船全体をびりびり震わせた。

その後、網が揚がるまで交代で昼飯を食いに行ったとき、食堂の短波ラジオは大時化《おおしけ》の海上予報を伝えていた。上で海図を睨《にら》む漁撈長《ぎょろうちょう》や航海士の一寸《ちょっと》した緊張が、居住区にもひそやかに降りてきて甲板員たちの神経に伝わり、そういうときにありがちな隠微な与太話でテーブルはひときわ賑やかだった。さっき起ぎだとぎ吾《わ》ァ女の夢コ見でだんだども、寝ぼけて金玉ばぶつけてよ、吾のあそこば蹴るのはカガァしかいねえもんだへで、わいはァ見つかったかど思って冷や汗出だど。したら下でくっちゃくっちゃいう音ァ聞こえるべ、何がと思ったら、あの若いのが寝ぼけて口をくっちゃくっちゃしてるのさ。機関部の、あの若い奴。おうやめろ、おめがそただ音だすから変な夢コ見るんでねえか、吾ァ言って叩き起ごしてやるべと思ったらさ、ちらっと見えたのがまァ立派なこだ。こーっただテント張ってるでば、さすが若ェもんは違うべ。見でるうちに吾のほうがどもなく変な気分になって、あァ船はやっぱり頭によぐね。したてあの野郎、何だか乳臭い匂いがして、肌はすべすべだきゃァ――。そんな話をして雪崩《なだれ》のように笑いだす男らの傍らで、彰之は一膳《いちぜん》の飯とけんちん汁を食い、最初の網に混じっていたカレイの刺し身を食った。その間にも、いったん止まっていた機関が再びドドンドドンと唸りだし、船が二度目の曳網に入ったのが分かった。で、福澤さん、おめ幾つだ？　三十？　おめも肌コすべすべだじゃ、おなごに舐《な》めたいて言われるくちだべ。んでせ小指コ嚙《か》まれて――。すると、あなたが嚙んだ小指が痛い――ふいと歌謡曲の一節を唄いだしたのは配膳台の中のトシオで、おう一番若いのがあそこにおったどと男たちはトシオの方を見、さらに笑う。

彰之が食べ終わった食器を下げに立ったとき、トシオは配膳台に肘をついてなおも漫画雑誌に目を落としたまま「結局、躁《そう》ってやつだよね」と鼻先で唄うように言った。「誰の話だ」と彰之は一寸聞き返し、トシオは「甲板長たち、みんな」と言い、彰之が返事をためらううちにもう一言「日本じゅうが躁でポップで、何もないよ、いまの時代」と続いた。

「東京で演劇をやってたと聞いたけれど、演劇も躁でポップだったというわけか」

「まあね。要は退屈してるんでしょ、みんな。ぼくら、とりあえず叫んだり唄ったりしてみたけどさ。何もないよ、やっぱり。漁船に乗ったら少しは違うかと思ったけど、結局大人が一番退屈してるんじゃない。ぼくらはまだキリギリスにもなれるけど、大人はせいぜいアリを演じるしか能がないだけでさ、結局どっちも躁ってやつでしょ」

「さあどうだろう」

「あ、いまぼくのこと嗤《わら》ったでしょ？　いいですよ、別に。ぼくらは小指を嚙むの嚙まないのって世代じゃないし。退屈してるだけだし。『銭ゲバ』、最高だし」

「嗤ってないよ」

彰之はそう応えながら、表情もなく白々とした青年の顔に見入り、漁船員になって以来あまり経験した覚えのない種類の、分厚い不毛に顔面を撫でられたような不快を味わったが、一方それについて反芻《はんすう》するだけの忍耐はすでに失っており、最後はわずかに焦燥を募らせながら早々に食堂を後にしただけだった。三十男の肌がすべすべだの、小指が云々だのという男たちの与太話を嗤ったのは、むしろトシオのほうに違いなかったが、しかしそれのどこが「躁」か。もっとも、トシオの世代のいとも軽やかな物事の断じ方に対して覚えたのが違和感なのか羨望《せんぼう》なのか、なおも判然としないまま、彰之はそのときふいに、そうだ、自分はたしかに足立のような男を見たことがあるのだと鈍く閃《ひらめ》いていた。

それは彰之が十二歳で家を出る前の年の秋だったが、そのころ父淳三が病院から受けていた診断は「躁状態」というもので、復員して以来の鬱《うつ》病がそのころ突然「躁」に転じたのだった。深夜に床についたかと思うと未明には起き出し、広縁にイーゼルを立ててデッサンを始める病人は、そのうち急《せ》いた声で「晴子、晴子」と呼ぶ。隣の寝間で起き出していく母の気配があり、一、二時間して母はまた戻ってくるのだったが、そういう朝、母子は広縁を画紙だらけにして立ち続けている淳三を置いて、息を殺すようにして朝食を取る。食卓に残された父の分の伏せた茶碗や椀は、ときに彰之が学校から戻ったときもそのままになっていて、見ると淳三はまだ広縁に立ち続けており、その足元で、散乱した画紙や絵筆を片付けながら母は彰之や姉の美奈子に目配せをし、淳三もまた、子どもが見たことのない陽気さで「お帰り！」と微笑《ほほえ》んだりする。淳三はまた突然、母子を前に活き活きとセザンヌやマチスの構図の話をし始めたら止まらず、宿題があるからと子どもが席を立とうとするといきなり激昂《げきこう》し、翌朝にはまた絵の具を塗り替えたように明るい病人の顔になる。そうして幾日も寝ていない赤い目をして絵を描き続けていた淳三はしかし、結局一枚の絵も完成させた気配がなく、激しい気分の亢進《こうしん》で消耗し尽くされて三年後にはまた鬱状態に戻ってしまったのだったが、言われてみれば、少なくとも甲板長の足立はたしかに、幾らか昔の淳三の「躁」に近いのかも知れなかった。しかしだとすれば、その一寸した賑やかさも少々傍《はた》迷惑だというに過ぎない。そうして彰之は、すみやかにそれ以上の関心を捨て去ると、そのうちやって来るはずの、ある麻痺の快感を無意識のうちに待ちながら、しばし工場甲板で身体を動かし続けた。

工場甲板の方から、彰之たちが魚溜《だ》まりの上のフィッシュハッチが開くのを見上げたとき、まだ午後二時過ぎの空はすでに雪模様となった濃い灰色だった。その開いた縁から、最初にざらめのような氷混じりの海水が落ちてきたのに続いて、漁撈甲板の男たちの声もない激しい息づかいが白い吐息の幕になって滑り込んできた直後、氷温に近い海で身の締まった石のようなスケトウの塊の雪崩になった。三メートル四方ほどの魚溜まりに立つ彰之たちは、たちまちゴム着の腹のあたりまでスケトウに埋まり、三人がかりでフォークをふるい掻きだすと、それをまた別の男たちが同じくフォークをふるい掬《すく》いあげてコンベアへ送り出す。二本のコンベアが重たげにゴロゴロ動いてゆく端では、男たちがスケトウに混じっている雑魚や海草を片手で投げ捨て投げ捨て、もう一方の手で魚艙《ぎょそう》の入口へ向かう樋《とい》へスケトウの山を押し流してゆく。

魚溜まりにはなおも数十トンのスケトウが落とし込まれていき、ときどき漁撈甲板を洗う波が強風に吹き流され海水のカーテンになって、彰之たちの上に降り注いだ。ゴム着の下で噴き出す汗は、外側に粘りつき流れ落ちるスケトウの潰れた臓物や血とつながっているように感じられ、ひやひやとした冷たさはいつの間にかむっとする生温かさと入れ替わり、すぐに冷えてはまた温まる。腰から下を押し包む数万尾もの魚体は互いに跳ね合い、ねじ曲がり反り返りながら、まだ生きているように吸いついてくるのだったが、それがふと何十もの女の舌に絡《から》みつかれている感じになるのはほかの男たちも同じらしかった。激しく息を切らせ、保護帽の下の顔を赤らめてフォークをふるい続ける間、誰かがミミズ千匹だべと嗤うと、どこからともなく湧きだした別の嗤い声が低いさざ波のようにコンベアの奥へ広がった。

その端で、彰之はどこの誰というのでもない女の舌をなおも思い浮かべてみたが、鋭い陰圧を持ち、唾液《だえき》を滲《にじ》ませ吸い取り吸いつきながら休みなく蠕動《ぜんどう》する女の小さい舌は、無明の襞《ひだ》の生き物か、精巧な吸盤をもつスルメイカの触腕掌部のようなのだった。スルメイカは、触腕の先で収縮をくりかえす吸盤の筋肉の内側にはキチン質の歯のような突起が環状に並び、吸いついたものに食いつき離さない。それに似た女の舌はまさに男の皮膚に張りつき、その下の体液を押し出してはそれを舐め取り、温め、こねまわして醱酵させ、饐《す》えさせる器官だった。一方、男の固く薄い肉は入念にほぐされ充血させられて、ぴちゃぴちゃさざめき這いまわるその小さな器官を生かす養分の塊になる。そうして強靭《きょうじん》な肉柱に支えられた吸盤に食《は》まれ、舐め上げられながら、彰之はただじっとその不吉で滑稽な音を聴き、女は笑っているのか怒っているのかも定かでない荒々しい息づかいを立て、腹の下の脚のほうでときに歯を軋《きし》ませる。男の腹を跨《また》いで開いた女の脚は、薄赤く染まって魚のような体液の刺激臭を立てながら、くっきりした三角形をつくっており、その脚の手前に垂れた二つの乳房の先にあるのは、生々しく腫《は》れて膨らみ黒ずんだ葡萄のような乳首だ――。

近くでフォークを動かし続ける男が、はらわたを潰されたスケトウの一尾を投げ捨てて、たまらねえなと呻いた。前方の魚艙の底からは「そろそろ満杯だぞ!」と叫ぶ声があり、樋を通って魚艙の枡《ます》へ流し込まれる製氷機のスライス氷が、電灯の下でざらざら光った。新しい枡に畚《もっこ》を吊り下げる男たちが魚艙へ駆け降りてゆき、魚溜まりの頭上ではニ度目のハッチが開いて、波しぶきのカーテンを垂らしながら再びスケトウの塊が落ちてきた。しかし彰之たちの目にはもう、ハロゲン灯の黄色い光のなかから溢れ出し、暗い魚溜まりへ落ちて積み上がり押し流される薄赤い何ものかがあるだけで、そろそろ一年ぶりの甲板作業のリズムを取り戻した彰之の意識は、福澤の船でもそうであったように、自分の身体が音もなく噴き出させる汗や腕の痺《しび》れのなかへ速やかにもぐり込もうとしていた。

その後の三回目の投網は凍結したトロールウィンチの整備で大幅に遅れ、彰之が三たび交替して漁撈甲板に上がったのは午後七時過ぎだった。外はハロゲン灯の強烈な黄色の燭光《しょっこう》のせいで夜も昼もなく、見る間に着氷していくマストやワイヤーの下で危険な投網の準備にかかると、風音すらしばし耳から遠のいた。機関部員が事前に整備してもトロールウィンチはいつまた凍るか分からず、網やワープを送りだす最中にドラムがスリップすると大事故につながるため、手慣れた結束や繋《つな》ぎ替えの一つ一つ、移動や巻き上げ一つ一つにも神経が少しずつ消耗した。

「網、レッコー！」

黄色い燭光の降る下、船尾の滑車で吊り上げられていたコッドが海へ落下してゆき、続いてスリップウェーから滑り降りていった身網は、見る間にスリップウェーの先の漆黒の海に呑《の》み込まれた。彰之たちはギャロスの両側から手綱をトップローラーに通し、再び動きだしたウィンチがオッターボード取付け位置までそれを巻き込んでゆく。「取付け！」と叫ぶ足立の声が強風にちぎれながら飛んでくる。その声に引かれるようにして、彰之はギャロスの左舷《さげん》側に足立の顔があるのを見る。眉を白く凍らせ、霜焼けで頬を赤黒くしたそれは朝の初回の投網時とほぼ同じ位置にあったが、そういえばこの十一時間、食堂では一度も会わず、一服した気配もなく、彰之が作業をしていた間つねに上か下のどこかで聞こえていたのが足立の声だった。しかし、ふとそんなことを考えたのも一瞬であり、彰之はオッターペンネントと手綱の連結に神経を奪われ、また数分足立の姿は視界から消えた。入れ替わりに、凍った手綱はきりきり悲鳴のような音を立てて頭上を送られていき、遊びワイヤーとワープの連結部が現れたところで、彰之たちはそこに今度はオッターのトーイングチェーンをシャックルで連結し、金具を確認し、左舷側へ合図を送ろうと振り返った、そのときだった。

霙《みぞれ》のカーテンの向こうには、ハロゲン灯に照らされて鈍く光る左舷側のオッターやワイヤーがあり、右舷側の彰之たちは無意識に目を見開いた。トップローラーの下でたわんでいる遊びワイヤーの形状がおかしいと直感し、そこに連結されていなければならないトーイングチェーンの姿がないのを見た。そしてその直後、一人が「チェーン！　チェーン！」と叫びだし、スリップウェーの向こうからは、一瞬何が起こったのか分からないといったふうな顔の足立がこちらを見、黄色い光のなかで目をしばたたいた。「チェーンが外れてる！」もう一度誰かが叫び、足立の後方の漁撈ウィンチのほうから、

「てめえら騒ぐとぶっ殺すぞ！」と松田が怒鳴った。

それから一寸おいて、船橋のスピーカーからは「オッターがどうかしたか」という漁撈長の声が降ってきたのだったが、シャックルからチェーンが外れたらしい連結のミスも、それに気づいた甲板員の発狂したような怒号も船橋には届かなかったのか、あるいは、彰之たちが見たのはみな幻だったのか。

（下巻へつづく）

高村薫著

黄金を抱いて翔べ

大阪の街に生きる男達が企んだ、大胆不敵な金塊強奪計画。銀行本店の鉄壁の防御システムは突破可能か？　絶賛を浴びたデビュー作。

高村薫著

神の火（上・下）

苛烈極まる諜報戦が沸点に達した時、破天荒な原発襲撃計画が動きだした――スパイ小説と危機小説の見事な融合！　衝撃の新版。

高村薫著

リヴィエラを撃て（上・下）

日本推理作家協会賞／日本冒険小説協会大賞受賞

元ＩＲＡの青年はなぜ東京で殺されたのか？白髪の東洋人スパイ《リヴィエラ》とは何者か？　日本が生んだ国際諜報小説の最高傑作。

高村薫著

マークスの山（上・下）

直木賞受賞

マークス――。運命の名を得た男が開いた扉の先に、血塗られた道が続いていた。合田雄一郎警部補の眼前に立ち塞がる、黒一色の山。

高村薫著

照柿（上・下）

運命の女と溶鉱炉のごとき炎熱が、合田と旧友を同時に狂わせてゆく。照柿、それは断末魔の悲鳴の色。人間の原罪を抉る衝撃の長篇。

高村薫著

レディ・ジョーカー（上・中・下）

毎日出版文化賞受賞

巨大ビール会社を標的とした空前絶後の犯罪計画。合田雄一郎警部補の眼前に広がる、深い霧。伝説の長篇、改訂を経て文庫化！

川端康成著

雪国

ノーベル文学賞受賞

雪に埋もれた温泉町で、芸者駒子と出会った島村――ひとりの男の透徹した意識に映し出される女の美しさを、抒情豊かに描く名作。

川端康成著

古都

捨子という出生の秘密に悩む京の商家の一人娘千重子は、北山杉の村で瓜二つの苗子を知る。ふたご姉妹のゆらめく愛のさざ波を描く。

北杜夫著

幽霊

―或る幼年と青春の物語―

大自然との交感の中に、激しくよみがえる幼時の記憶、母への慕情、少女への思慕――青年期のみずみずしい心情を綴った処女長編。

北杜夫著

楡家の人びと

（第一部～第三部）

毎日出版文化賞受賞

楡脳病院の七つの塔の下に群がる三代の大家族と、彼らを取り巻く近代日本五十年の歴史の流れ……日本人の夢と郷愁を刻んだ大作。

幸田文著

流れる

新潮社文学賞受賞

大川のほとりの芸者屋に、女中として住み込んだ女の眼を通して、華やかな生活の裏に流れる哀しさはかなさを詩情豊かに描く名編。

幸田文著

きもの

大正期の東京・下町。あくまできものの着心地にこだわる微妙な女ごころを、自らの軌跡と重ね合わせて描いた著者最後の長編小説。

坂口安吾著
白痴
自嘲的なアウトローの生活を送りながら「堕落論」の主張を作品化し、観念的私小説を創造してデカダン派と称される著者の代表作7編。

志賀直哉著
小僧の神様・城の崎にて
円熟期の作品から厳選された短編集。交通事故の予後療養に赴いた折の実際の出来事を清澄な目で凝視した「城の崎にて」等18編。

志賀直哉著
暗夜行路
母の不義の子として生れ、今また妻の過ちにも苦しめられる時任謙作の苦悩を通して、運命を越えた意志で幸福を模索する姿を描く。

島崎藤村著
破戒
明治時代、被差別部落出身という出生を明かした教師瀬川丑松を主人公に、周囲の理由なき偏見と人間の内面の闘いを描破する。

谷崎潤一郎著
春琴抄
盲目の三味線師匠春琴に仕える佐助は、春琴と同じ暗闇の世界に入り同じ芸の道にいそしむことを願って、針で自分の両眼を突く……。

谷崎潤一郎著
細雪（ささめゆき）
毎日出版文化賞受賞（上・中・下）
大阪・船場の旧家を舞台に、四人姉妹がそれぞれに織りなすドラマと、さまざまな人間模様を関西独特の風俗の中に香り高く描く名作。

太宰治著
斜陽
〝斜陽族〟という言葉を生んだ名作。没落貴族の家庭を舞台に麻薬中毒で自滅していく直治など四人の人物による滅びの交響楽を奏でる。

太宰治著
津軽
著者が故郷の津軽を旅行したときに生れた本書は、旧家に生れた宿命を背負う自分の姿を凝視し、あるいは懐しく回想する異色の一巻。

辻邦生著
西行花伝
谷崎潤一郎賞受賞
高貴なる世界に吹き通う乱気流のさなか、現実とせめぎ合う〝美〟に身を置き続けた行動の歌人。流麗雄偉の生涯を唱いあげる交響絵巻。

長塚節著
土
鬼怒川のほとりの農村を舞台に、貧しい農民たちの暮し、四季の自然、村の風俗行事などを驚くべき綿密さで描写した農民文学の傑作。

永井荷風著
濹東綺譚
小説の構想を練るため玉の井へ通う大江匡と、なじみの娼婦お雪。二人の交情と別離を描いて滅びゆく東京の風俗に愛着を寄せた名作。

林芙美子著
浮雲
外地から引き揚げてきたゆき子は、食べるためには街の女になるしかなかった。恋に破れ、ボロ布の如く捨てられ死んだ女の哀しみ……。

福永武彦著

草の花

あまりにも研ぎ澄まされた理知ゆえに、友を、恋人を失った彼——孤独な魂の愛と死を、透明な時間の中に昇華させた、青春の鎮魂歌。

深沢七郎著

楢山節考

中央公論新人賞受賞

雪の楢山へ老母を背板に乗せて捨てに行く孝行息子の胸つぶれる思い——棄老伝説に基づいて悲しい因習の世界を捉えた表題作等4編。

堀　辰雄　著

風立ちぬ・美しい村

高原のサナトリウムに病を癒やす娘とその恋人の心理を描いて、時の流れのうちに人間の生死を見据えた「風立ちぬ」など中期傑作2編。

三島由紀夫著

午後の曳航《えいこう》

船乗り竜二の逞しい肉体と精神は登の憧れだった。だが母との愛が竜二を平凡な男に変えた。早熟な少年の眼で日常生活の醜悪を描く。

三島由紀夫著

春の雪

（豊饒の海・第一巻）

大正の貴族社会を舞台に、侯爵家の若き嫡子と美貌の伯爵家令嬢のついに結ばれることのない悲劇的な恋を、優雅絢爛たる筆に描く。

三島由紀夫著

サド侯爵夫人・わが友ヒットラー

獄に繋がれたサド侯爵をかばい続けた妻を突如離婚に駆りたてたものは？　人間の謎を描く「サド侯爵夫人」。三島戯曲の代表作2編。

T・ウィリアムズ
小田島雄志訳
欲望という名の電車

ニューオーリアンズの妹夫婦に身を寄せたブランチ。美を求めて現実の前に敗北する女を、粗野で逞しい妹夫婦と対比させて描く名作。

T・ウィリアムズ
小田島雄志訳
ガラスの動物園

不況下のセント・ルイスに暮す家族のあいだに展開される、抒情に満ちた追憶の劇。斬新な手法によって、非常な好評を博した出世作。

B・ヴィアン
曾根元吉訳
日々の泡

肺に睡蓮の花を咲かせ死に瀕する恋人クロエ。愛と友情を語る恋人たちの、人生の不条理への怒りと幻想を結晶させた恋愛小説の傑作。

オースティン
中野好夫訳
自負と偏見

高慢で鼻もちならぬ男と、それが自分の偏見だと気づいた娘に芽ばえた恋……平和な田舎町にくりひろげられる日常をユーモアで描く。

カフカ
高橋義孝訳
変身

朝、目をさますと巨大な毒虫に変っている自分を発見した男――第一次大戦後のドイツの精神的危機、新しきものの待望を託した傑作。

カフカ
前田敬作訳
城

測量技師Kが赴いた〝城〟は、厖大かつ神秘的な官僚機構に包まれ、外来者に対して決して門を開かない……絶望と孤独の作家の大作。

カミュ
窪田啓作訳
異邦人
太陽が眩しくてアラビア人を殺し、死刑判決を受けたのちも自分は幸福であると確信する主人公ムルソー。不条理をテーマにした名作。

カポーティ
佐々田雅子訳
冷血
カンザスの片田舎で起きた一家四人惨殺事件。事件発生から犯人の処刑までを綿密に再現した衝撃のノンフィクション・ノヴェル！

カポーティ
村上春樹訳
ティファニーで朝食を
気まぐれで可憐なヒロイン、ホリーが再び世界を魅了する。カポーティ永遠の名作がみずみずしい新訳を得て新世紀に踏み出す。

G・G＝マルケス
野谷文昭訳
予告された殺人の記録
閉鎖的な田舎町で三十年ほど前に起きた幻想とも見紛う事件。その凝縮された時空に共同体の崩壊過程を重層的に捉えた、熟成の中篇。

G・グリーン
田中西二郎訳
情事の終り
夫のある女と情事を重ねる中年の作家ベンドリクス。絶妙な手法と構成を駆使して愛のパラドクスを描き、信仰の本質に迫る代表作。

堀口大學訳
コクトー詩集
新しい詩集を出すたびに変貌を遂げた才気の詩人コクトー。彼の一九二〇年以降の詩集『寄港地』『用語集』などから傑作を精選した。

ゴールディング
平井正穂訳
蠅の王
ノーベル文学賞受賞

戦火をさけてイギリスから疎開する少年たちの飛行機が南の孤島に不時着した。少年漂流物語の形をとって人間の根源をつく未来小説。

サン＝テグジュペリ
堀口大學訳
夜間飛行

絶えざる死の危険に満ちた夜間の郵便飛行。全力を賭して業務遂行に努力する人々を通じて、生命の尊厳と勇敢な行動を描いた異色作。

サリンジャー
野崎孝訳
フラニーとゾーイー

グラース家の兄ゾーイーと、妹のフラニーの心の動きを通して、しゃれた会話の中に、若者の繊細な感覚、青春の懊悩と焦燥を捉える。

ジョイス
柳瀬尚紀訳
ダブリナーズ

20世紀を代表する作家がダブリンに住む人々を描いた15編。『フィネガンズ・ウェイク』の訳者による画期的新訳。『ダブリン市民』改題。

A・シリトー
丸谷才一
河野一郎訳
長距離走者の孤独

優勝を目前にしながら走ることをやめ、感化院長らの期待にみごとに反抗を示した非行少年の孤独と怒りを描く表題作等8編を収録。

スタンダール
小林正訳
赤と黒（上・下）

美貌で、強い自尊心と鋭い感受性をもつジュリヤン・ソレルが、長年の夢であった地位をその手で摑もうとした時、無惨な破局が……。

晴《はる》子《こ》情《じょう》歌《か》（上）

新潮文庫　た－53－31

平成二十五年五月一日発行
平成二十五年五月二十日二刷

著者　髙《たか》村《むら》薫《かおる》

発行者　佐藤隆信
発行所　株式会社新潮社
郵便番号　一六二—八七一一
東京都新宿区矢来町七一
電話　編集部(〇三)三二六六—五四四〇
読者係(〇三)三二六六—五一一一
http://www.shinchosha.co.jp

印刷・株式会社精興社　製本・加藤製本株式会社

ISBN978-4-10-134723-3 C0193